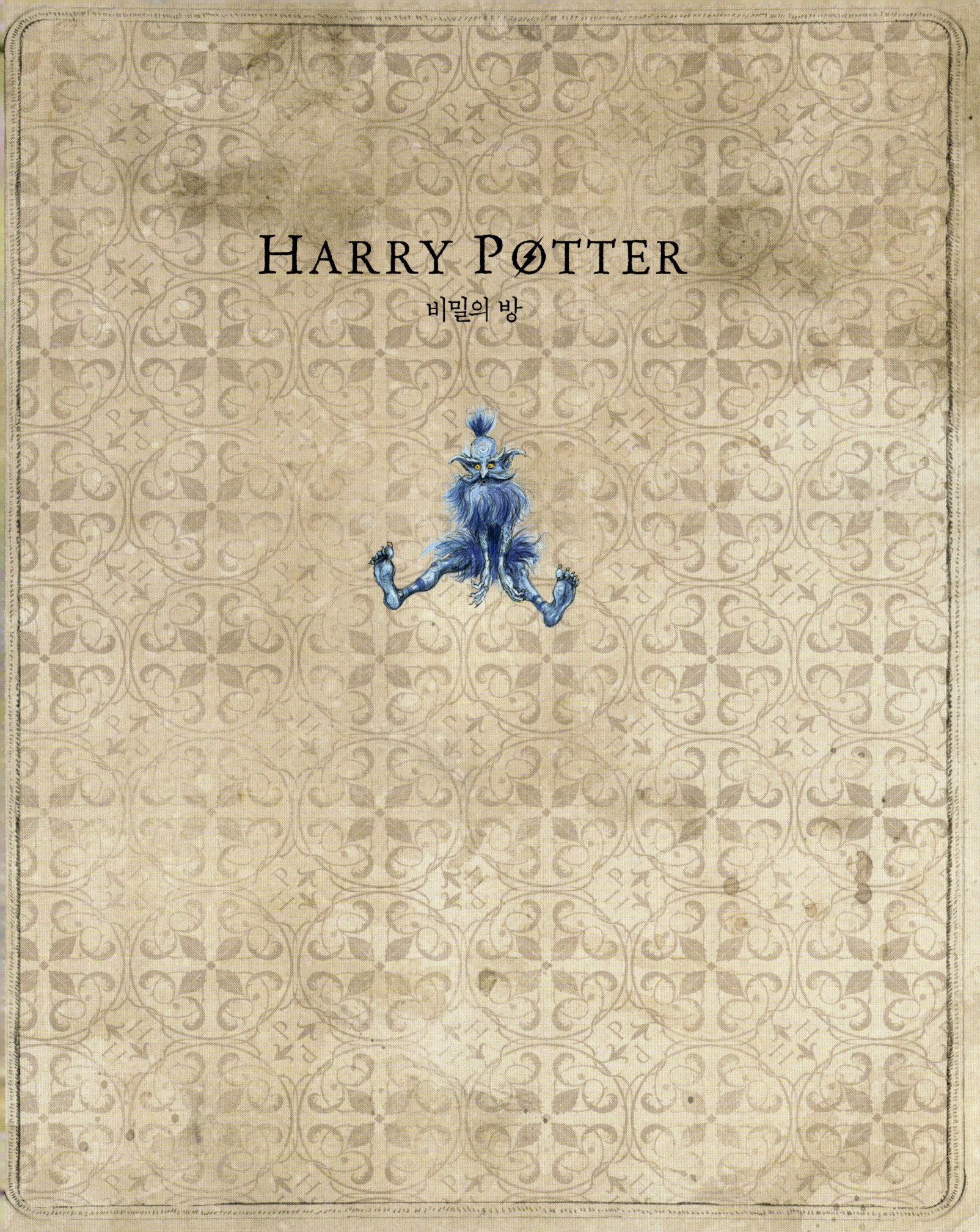

## 해리 포터 시리즈

읽는 순서:

해리 포터와 마법사의 돌
해리 포터와 비밀의 방
해리 포터와 아즈카반의 죄수
해리 포터와 불의 잔
해리 포터와 불사조 기사단
해리 포터와 혼혈 왕자
해리 포터와 죽음의 성물

라틴어로도 읽을 수 있는 책:

해리 포터와 마법사의 돌
해리 포터와 비밀의 방

웨일스어, 고대 그리스어, 아일랜드어로도 읽을 수 있는 책:

해리 포터와 마법사의 돌


## 함께 읽을 책

신비한 동물 사전
퀴디치의 역사
(코믹 릴리프와 루모스를 돕고자 출간되었음)
음유시인 비들 이야기
(루모스를 돕고자 출간되었음)

이 세 권은 또한 다음의 시리즈로 출간되었습니다:
호그와트 라이브러리
(코믹 릴리프와 루모스를 돕고자 출간되었음)

# HARRY POTTER

## 비밀의 방

J.K. 롤링 지음 | 짐 케이 일러스트 | 강동혁 옮김

문학수첩

해리 포터와 비밀의 방

초판 1쇄 인쇄 2019년 11월 5일
초판 4쇄 인쇄 2023년 12월 7일

지은이 | J.K. 롤링 그린이 | 짐 케이 옮긴이 | 강동혁 발행인 | 강봉자. 김은경 펴낸곳 | (주)문학수첩
주소 | 경기도 파주시 회동길 503-1(문발동 633-4) 출판문화단지
전화 | 031-955-9088(마케팅부), 9536(편집부)
팩스 | 031-955-4455 등록 | 1991년 11월 27일 제16-482호
홈페이지 | www.moonhak.co.kr 블로그 | blog.naver.com/moonhak91 이메일 | moonhak@moonhak.co.kr

ISBN 978-89-8392-781-1 04840
978-89-8392-779-8(세트)

이 도서의 국립중앙도서관 출판예정도서목록(CIP)은 서지정보유통지원시스템 홈페이지(http://seoji.nl.go.kr)와 국가자료종합목록
구축시스템(http://kolis-net.nl.go.kr)에서 이용하실 수 있습니다. (CIP제어번호 : CIP2019038451)

* 파본은 구매처에서 바꾸어 드립니다.

HARRY POTTER & THE CHAMBER OF SECRETS
First published in Great Britain in 1998 by Bloomsbury Publishing Plc
This edition Published in October 2016
Text © J.K. Rowling 1998
Illustrations by Jim Kay © Bloomsbury Publishing Plc 2016
Wizarding World is a trade mark of Warner Bros. Entertainment Inc.
Wizarding World Publishing and Theatrical Rights © J.K. Rowling
Wizarding World characters, names and related indicia are TM and © Warner Bros. Entertainment Inc. All rights reserved.
Korean translation copyright © 2019 by Moonhak Soochup Publishing Co., Ltd.

저자와 일러스트레이터의 저작인격권이 보장되어 있습니다.
이 책에서 등장하는 모든 인물과 사건은 허구이며 실존 인물과 사건을
연상시키는 부분이 있더라도 이는 저자의 의도와 무관합니다.
이 책은 저작권사와의 독점계약으로 (주)문학수첩에서 출간되었습니다.
저작권법에 의해 한국 내에서 보호를 받는 저작물이므로 무단 전재와 무단 복제를 금합니다.

도망치고 싶을 때 운전대를 잡아 주고,
날씨가 궂을 때 함께 있어 주는 친구,
션 P. F. 해리스에게

J.K. 롤링

당신은 정말 대단해요. 고맙습니다!
앨리슨에게

짐 케이

# CONTENTS

CHAPTER 1
최악의 생일  1

CHAPTER 2
도비의 경고  10

CHAPTER 3
버로  19

CHAPTER 4
플러리시 앤 블러츠 서점에서  35

CHAPTER 5
후려치는 버드나무  57

CHAPTER 6
길더로이 록하트  71

CHAPTER 7
머드블러드와 속삭임  83

CHAPTER 8
사망일 파티  95

CHAPTER 9
벽에 쓰인 글자 108

CHAPTER 10
불량 블러저 123

CHAPTER 11
결투 동아리 140

CHAPTER 12
폴리주스 마법약 157

CHAPTER 13
아주 비밀스러운 일기장 172

CHAPTER 14
코닐리어스 퍼지 188

CHAPTER 15
아라고그 201

CHAPTER 16
비밀의 방 216

CHAPTER 17
슬리데린의 후계자 232

CHAPTER 18
도비가 받은 보상 247

# CHAPTER 1
# 최악의 생일

처음 있는 일도 아니지만, 아침 식사 시간 프리빗가 4번지에서는 말다툼이 벌어졌다. 조카 해리의 방에서 시끄럽게 울어 대는 올빼미 소리 때문에 버넌 더즐리 씨가 아침 일찍 깨고 만 것이다.

"이번 주에만 세 번째다!" 그가 식탁 너머로 고함쳤다. "조용히 못 시키면 저놈의 올빼미를 보내 버려야 할 거야!"

해리는 다시 한 번 애써 설명했다.

"답답해서 그런 거예요." 해리가 말했다. "쟤는 바깥을 날아다니는 데 익숙하다고요. 밤에 내보낼 수만 있으면……."

"누굴 멍청이로 아냐?" 버넌 이모부가 무성한 콧수염에 묻은 달걀프라이 조각을 달랑거리며 으르렁댔다. "저 올빼미를 내보냈다간 무슨 일이 벌어질지 뻔하지."

그는 그렇게 말하며 아내 피튜니아와 은밀한 시선을 주고받았다.

해리가 말대꾸하려고 했지만 그의 말은 더즐리 부부의 아들 더들리의 길고 요란한 트림 소리에 묻혀 버렸다.

"베이컨 더 먹고 싶어."

"프라이팬에 좀 더 있단다, 애야." 피튜니아 이모가 촉촉한 눈길을 돌려 비대한 아들을 보며 말했다. "기회가 있을 때 잘 먹여 놔야지……. 들리는 얘기로는 학교 음식이 별로인 것 같던데……."

"말도 안 돼, 피튜니아. 내가 스멜팅스에 다녔을 때는 한 번도 배고팠던 적이 없다고." 버넌 이모부가 우렁차게 말했다. "더들리도 충분히 잘 먹을 거야. 안 그러냐, 아들?"

너무 비대한 탓에 엉덩이가 식탁 의자 양옆으로 축 늘어진 더들리가 씩 웃음 지으며 해리를 돌아보았다.

"프라이팬 가져와."

"마법 주문을 잊었나 보네." 해리가 짜증스러운 듯 말했다.

이 간단한 한마디가 더들리 가족에게 미친 효과는 믿을 수 없을 정도였다. 더들리는 숨을 들이켜더니 부엌 전체를 뒤흔드는 쾅 소리와 함께 의자에서 굴러떨어졌다. 더들리 부인은 작은 비명을 지르며 두 손을 들어 입을 막았다. 더들리 씨는 자리에서 벌떡 일어났다. 그의 관자놀이에서 핏줄이 불뚝거리고 있었다.

"'프라이팬 좀 줄래?'라고 말해야 한다는 뜻이었어요!" 해리가 재빨리 말했다. "제 말은 그런 뜻이 아니……."

"내가 말했을 텐데!" 이모부가 식탁에 온통 침을 튀기며 쩌렁쩌렁하게 소리쳤다. "우리 집에서 마법의 '마' 자라도 꺼내면 어떻게 된다고 했지?"

"하지만 전……."

"감히 더들리를 위협하다니!" 버넌 이모부가 주먹으로 식탁을 쾅 내리치며 고함을 질렀다.

"저는 그냥……."

"경고했다! 이 집에서 네 녀석의 비정상적인 성향이 입에 오르내리는 건 못 참아!"

해리는 이모부의 검푸른 얼굴에서 이모의 창백한 얼굴로 시선을 돌렸다. 피튜니아 이모는 더들리를 일으켜 세우려 애쓰고 있었다.

"알았어요." 해리가 체념한 듯 중얼거렸다. "알았다고요……."

버넌 이모부는 숨 찬 코뿔소처럼 헐떡거리면서 작고 날카로운 눈으로 해리를 뚫어지게 바라보다가 다시 자리에 앉았다.

여름방학이 되어 해리가 집에 돌아온 뒤로 버넌 이모부는 줄곧 그를 당장에라도 터질지 모르는 폭탄처럼 대했다. 해리가 평범한 소년이 아니기 때문이었다. 사실, 해리만큼 평범하지 않기도 힘들었다.

해리 포터는 마법사였다. 호그와트 마법학교 1학년 과정을 이제 막 마친 풋내기 마법사. 더들리 가족이 방학 동안 집에 돌아와 있는 해리를 아무리 못마땅하게 여긴들 그것은 해리가 느끼는 기분에 비하면 아무것도 아니었다.

## 최악의 생일

호그와트가 너무나도 그리운 마음에 해리는 꼭 끊임없는 가슴 통증에 시달리는 것 같았다. 비밀 통로들과 유령들이 있는 성도, 그곳에서의 수업도 (마법약 교수인 스네이프는 예외지만), 부엉이와 올빼미 들이 가져다주는 우편물도, 대연회장에서 진수성찬을 먹던 일도, 탑 속 기숙사 침실의 사주식 침대(네 귀퉁이에 기둥이 있고 덮개와 커튼을 단 침대 ―옮긴이)에서 잠자던 것도, 금지된 숲 근처 오두막으로 숲지기 해그리드를 만나러 가던 일도 그리웠다. 마법사 세계에서 가장 인기 있는 스포츠인 퀴디치(여섯 개의 높은 골대와 네 개의 날아다니는 공으로 열네 명의 선수가 빗자루를 타고 하는 경기)는 특히 그리웠다.

해리가 집에 오자마자 버넌 이모부는 그의 온갖 마법 책과 마법 지팡이, 교복 로브, 솥단지, 최고급 빗자루인 님부스 2000을 계단 밑 벽장에 넣고 잠가 버렸다. 해리가 여름 내내 연습을 하지 못해 기숙사 퀴디치 팀에서 쫓겨난들 더즐리 가족이 신경이나 쓸까? 해리가 숙제를 하나도 못 한 채 학교에 돌아간대도 그게 더즐리 가족한테 무슨 큰일이겠는가? 더즐리 가족은 마법사들이 머글이라고 부르는 존재(핏줄에 마법의 피가 단 한 방울도 흐르지 않는 사람을 말한다)였고, 그저 가족 중에 마법사가 있다는 사실을 굉장히 수치스러워할 뿐이었다. 버넌 이모부는 심지어 마법사 세계의 어느 누구에게도 메시지를 전하지 못하도록 해리의 올빼미 헤드위그를 새장에 가두기까지 했다.

해리는 더즐리 가족과 조금도 닮지 않았다. 버넌 이모부는 덩치가 크고 짧은 목에 풍성한 검은색 콧수염을 기르고 있었다. 피튜니아 이모는 말처럼 생긴 얼굴에 뼈가 앙상했다. 더들리는 금발이었으며, 돼지 같은 분홍빛 피부에다 뚱뚱했디. 반면 해리는 몸집이 작고 깡말랐으며 반짝이는 초록빛 눈에, 늘 흐트러져 있는 머리카락은 칠흑 같은 검은색이었다. 그는 동그란 안경을 썼고 이마에는 가느다란 번개 모양 흉터가 있었다.

해리를 마법사 중에서도 유별난 존재로 만든 것이 바로 이 흉터였다. 이 흉터는 굉장히 불가사의한 해리의 과거, 그러니까 11년 전 해리가 더즐리

네 집 현관 계단에 남겨지게 된 이유를 설명해 주는 유일한 단서였다.

어떻게 그랬는지는 알 수 없지만 해리는 한 살 때 역사상 가장 대단한 어둠의 마법사이자 지금까지도 수많은 마법사가 그 이름을 말하길 두려워하는 자, 볼드모트 경의 저주에서 살아남았다. 부모님은 볼드모트의 공격으로 목숨을 잃었지만 해리는 번개 모양 흉터가 생겼을 뿐 살아남았고, 누구도 알 수 없는 어떤 이유로 볼드모트의 힘은 해리를 죽이지 못한 그 순간 파괴되었다.

그리하여 해리는 죽은 어머니의 언니 부부 밑에서 자라게 되었다. 일부러 그런 것도 아닌데 자신이 왜 계속 이상한 일들을 일으키는지 전혀 이해하지 못한 채, 해리는 그 흉터가 부모님이 돌아가신 자동차 사고 때 생긴 거라는 더즐리 부부의 말을 믿으며 그들과 10년을 보냈다.

그러던 중 정확히 1년 전, 호그와트가 해리에게 편지를 보내면서 모든 진실이 드러났다. 해리가 자리 잡게 된 마법사 학교에서는 모두가 그와 그의 흉터를 알아보았다. 하지만…… 학기가 끝난 지금, 해리는 다시 여름 내내 더즐리 가족과 함께 지내고 있었다. 시궁창에서 뒹굴다 온 개 취급을 받는 신세로 돌아온 것이다.

더즐리 가족은 오늘이 해리의 열두 번째 생일이라는 사실도 기억하지 못했다. 물론 해리도 큰 기대는 하지 않았다. 생일이라고 해서 그들이 케이크는커녕 적당한 선물 하나 해 준 적이 있는 것도 아니었다. 그렇다고 아예 모른 체한다는 건…….

그 순간, 버넌 이모부가 거드름을 피우며 목을 가다듬더니 말했다. "자, 모두 알겠지만 오늘은 아주 중요한 날이다."

해리는 믿기 어렵다는 듯 이모부를 올려다봤다.

"오늘이 내 회사 생활에서 가장 큰 거래를 성사시키는 날이 될 수도 있어." 버넌 이모부가 말했다.

해리는 다시 토스트로 관심을 돌렸다. 그럼 그렇지. 해리는 씁쓸하게 생각했다. 버넌 이모부는 그 멍청한 저녁 식사 얘기를 하고 있었다. 벌써 보름째 그것 말고는 아무 얘기도 하지 않았다. 오늘 저녁 식사를 하러 오기로 한 웬 부자 건축업자 부부의 남편이 버넌 이모부에게 대량 주문을 할지도 모른다는 것이었다(버넌 이모부의 회사에서는 드릴을 만들었다).

"일정을 한 번 더 점검해 봐야 할 것 같은데." 버넌 이모부가 말했다. "8시에는 모두 자기 위치에 있어야 해. 피튜니아, 당신은?"

"거실요." 피튜니아 이모가 재빨리 말했다. "우리 집에 오신 분들을 친절하게 맞이할 준비를 하고 있어야죠."

"좋아, 좋아. 그럼 더들리는?"

"난 문 열어 줄 준비를 하고 있을 거야." 더들리는 바보 같은 미소를 지어 보였다. "외투 받아 드릴까요, 메이슨 아저씨, 아주머니?"

"얼마나 *사랑스러워하실까*!" 피튜니아 이모가 흥분을 감추지 못하고 목소리를 높였다.

"훌륭하다, 더들리." 버넌 이모부는 그렇게 말하고 해리에게 고개를 돌렸다. "그럼 넌?"

"저는 제 방에 있으면서, 아무 소리도 내지 않고 없는 척할게요." 해리가 생기 없는 말투로 대본을 읽듯이 말했다.

"그렇지." 버넌 이모부가 심술궂게 말했다. "나는 그분들을 거실로 안내한 다음 피튜니아 당신을 소개하고 마실 것을 대접할 거야. 8시 15분에는……."

"저녁 식사가 준비됐다고 알릴게요." 피튜니아 이모가 말했다.

"그럼 더들리, 네가 할 말은?"

"식당으로 안내해 드릴까요, 메이슨 아주머니?" 더들리가 보이지 않는 여자에게 살찐 팔을 내밀며 말했다.

"우리 완벽한 꼬마 신사!" 피튜니아 이모가 코를 훌쩍거렸다.

"그럼 넌?" 버넌 이모부가 해리에게 사나운 목소리로 물었다.

"저는 제 방에 있으면서, 아무 소리도 내지 않고 없는 척할게요." 해리가 심드렁하게 말했다.

"바로 그거야. 자, 식사 자리에서는 듣기 좋은 칭찬을 몇 마디 건네야 해. 피튜니아, 좋은 생각 있어?"

"버넌 말로는 골프를 굉장히 잘 치신다던데요, 메이슨 씨……. 그 드레스 어디서 샀는지 꼭 좀 알려 주세요, 메이슨 부인……."

"완벽해. ……더들리?"

"이건 어때? 학교에서 '나의 영웅'에 관한 글을 썼는데요, 메이슨 아저씨, 저는 아저씨에 대해서 썼어요."

이번 건 피튜니아 이모와 해리 둘 다 감당하기 어려웠다. 피튜니아 이모는 울음을 터뜨리며 아들을 끌어안았지만 해리는 웃는 모습을 들키지 않기 위해 식탁 밑으로 고개를 숙였다.

"그럼 인마, 넌?"

해리는 웃지 않으려고 안간힘을 쓰며 식탁 밑에서 고개를 들었다.

"저는 제 방에 있으면서, 아무 소리도 내지 않고 없는 척할게요." 해리가 말했다.

"반드시 그래야 할 거다." 버넌 이모부가 위압적으로 말했다. "메이슨 부부는 너에 대해서 아무것도 모르고 앞으로도 그럴 테니까. 저녁 식사가 끝나면 당신은 메이슨 부인을 다시 거실로 안내해 커피를 대접해, 피튜니아. 그럼 내가 화제를 드릴 쪽으로 돌릴 테니까. 운이 조금이라도 따라 주면 10시 뉴스 전에 계약서에 서명하고 마무리 지을 수 있겠지. 내일 이맘때쯤이면 우린 마요르카에 있는 별장에 가서 쇼핑을 하고 있을 거야."

해리는 별로 신나지 않았다. 마요르카에 있다고 해서 더즐리 가족이 프리빗가에 있을 때보다 해리에게 조금이라도 더 잘해 줄 리는 없었다.

"좋아, 난 시내에 가서 더들리와 내가 입을 정장 재킷을 찾아오도록 하지. 그리고 너." 이모부가 해리에게 이를 드러냈다. "너는 이모가 청소하는 동안 거치적거리지 말고 나가 있어라."

해리는 뒷문을 나섰다. 눈부실 정도로 햇빛이 쨍쨍한 날이었다. 그는 잔디밭을 가로질러 가서 정원 벤치에 털썩 주저앉아 숨죽여 노래했다. "생일 축하합니다…… 생일 축하합니다……."

카드도 선물도 없는 데다가, 저녁에는 존재하지 않는 척하며 지내야 한다니. 해리는 처량하게 산울타리를 가만히 응시했다. 이렇게까지 외로웠던 적은 없었다. 해리는 호그와트의 다른 무엇보다도, 퀴디치보다도, 가장 친한 친구인 론 위즐리와 헤르미온느 그레인저가 보고 싶었다. 하지만 그들은 해리를 전혀 보고 싶어 하지 않는 것 같았다. 둘 중 누구도 여름 내내 편지 한 통 쓰지 않았다. 론은 해리를 집으로 초대하겠다고까지 했는데 말이다.

해리는 마법으로 새장을 열고 헤드위그를 통해 론과 헤르미온느에게 편지를 보낼까 하는 생각을 셀 수 없을 만큼 했지만 그런 위험을 감수할 수는 없었다. 미성년 마법사들은 학교 밖에서 마법을 사용하지 못하게 되어 있었다. 해리는 더즐리 가족에게 이 사실을 알리지 않았다. 더즐리 가족이 *해리*를 마법 지팡이, 빗자루와 함께 계단 밑 벽장에 가두지 않는 건 오직 해리가 자기들을 모두 쇠똥구리로 만들어 버릴지도 모른다는 두려움 덕분이라는 것을 알기 때문이었다.

집에 돌아오고 나서 첫 2주 동안 해리는 나지막한 목소리로 말도 안 되는 단어들을 중얼거리며 더즐리가 그 뚱뚱한 다리로 온 힘을 다해 방을 빠르게 뛰쳐나가는 모습을 보고 즐거워했다. 그러나 론과 헤르미온느에게서 오랫동안 아무 소식이 없자 마법사 세계로부터 너무나 단절된 기분이 들어, 더즐리를 놀리는 일조차 재미가 없어졌다. 이제 론과 헤르미온느는 그의 생일까지 잊었다.

호그와트에서 연락 한 통만 받을 수 있다면 당장 뭔들 내놓지 못할까? 어느 마법사라도 좋았다. 그 모든 게 꿈이 아니었다는 사실을 확인할 수 있다면 철천지원수 드레이코 말포이를 본대도 반가울 지경이었다…….

물론 호그와트에서 보낸 1년이 즐겁기만 한 건 아니었다. 학기가 끝날 때쯤 해리는 다름 아닌 볼드모트 경과 직접 맞닥뜨려야 했다. 볼드모트는 예전에 비해 약해지긴 했어도 여전히 무섭고, 교활하고, 힘을 되찾겠다는 결의도 대단했다. 이제까지 두 번 볼드모트의 손아귀에서 빠져나오긴 했지만 아슬아슬한 탈출이었다. 몇 주가 지난 지금까지도 해리는 식은땀에 젖어 한밤중에 깨어나곤 했다. 볼드모트는 지금 어디에 있을지 궁금해하면서, 그자의 분노한 얼굴과 부릅뜬 광기 어린 눈을 떠올리면서…….

벤치에 늘어져 있던 해리는 문득 허리를 똑바로 세웠다. 아무 생각 없이 울타리를 바라보고 있는데, *울타리가 그를 마주 바라보았다.* 잎사귀 사이에서 큼직한 초록색 눈동자 두 개가 나타났다.

해리가 벌떡 일어선 *그 순간* 잔디밭 저쪽에서 놀려 대는 목소리가 들려왔다.

"난 오늘이 무슨 날인지 알지롱." 더즐리가 해리를 향해 뒤뚱뒤뚱 걸어오며 노래를 불렀다.

커다란 눈동자는 몇 차례 깜빡이다가 사라졌다.

"뭐라고?" 눈동자가 있던 자리에서 시선을 떼지 못한 채 해리가 물었다.

"난 오늘이 무슨 날인지 알지롱." 더즐리가 해리에게 곧장 다가오면서 반복했다.

"잘됐네." 해리가 말했다. "그러니까 드디어 모든 요일을 배운 거구나."

"오늘 네 *생일이잖아.*" 더즐리가 피식 웃으며 말

했다. "어떻게 카드 한 장 못 받냐? 그 괴물 동네에 친구 한 명 없나 보지?"

"우리 학교 얘기를 하는 걸 너희 엄마가 못 들었어야 할 텐데." 해리가 담담하게 말했다.

더들리가 뚱뚱한 엉덩이를 따라 흘러내리던 바지를 추켜올렸다.

"울타리는 왜 노려보고 있었어?" 그가 의심스러운 목소리로 물었다.

"저기에 불을 붙이려면 어떤 주문이 가장 좋을지 생각하는 중이었어." 해리가 말했다.

더들리는 즉시 비틀거리며 뒤로 물러났다. 그의 통통한 얼굴에 겁에 질린 표정이 떠올랐다.

"아, 안 돼. 아빠가 마, 마법 쓰지 말라고 했잖아. 널 집에서 쫓아낸다고 했어. 너는 갈 데도 없고…… 너를 데려갈 친구도 한 명 없잖아."

"*지거리 포커리!*" 해리가 사나운 목소리로 말했다. "호커스 포커스…… 스퀴글리 위글리……."

"**엄마아아아아!**" 더들리가 울부짖으며 황급히 집으로 달려가다가 자기 발에 걸려 넘어졌다. "**엄마아아아! 쟤 그거 해!**"

해리는 잠깐 동안 재미 본 대가를 호되게 치렀다. 더들리에게도, 울타리에도 아무 일이 벌어지지 않았으니 피튜니아 이모는 해리가 실제로 마법을 쓰지 않았다는 걸 알았지만 어쨌든 비누거품투성이 프라이팬으로 그의 머리를 후려치려 들었고 해리는 몸을 피해야 했다. 그런 다음 이모는 해리에게 할 일을 주면서 다 마칠 때까지는 음식을 먹지 못할 거라고 으름장을 놓았다.

더들리가 빈둥빈둥 아이스크림을 먹으며 지켜보는 가운데 해리는 창문을 닦고, 세차를 하고, 잔디를 깎고, 꽃밭을 손질하고, 장미 가지를 친 다음 물을 주고, 정원 벤치를 다시 페인트 칠했다. 태양이 머리 위에서 이글거리며 목덜미를 태웠다. 해리도 더들리가 던진 미끼를 물어선 안 된다는 것쯤 알고 있었다. 하지만 더들리의 말이 그의 아픈 곳을 찔렀다……. 어쩌면 그는 호그와트에 친구 한 명 없는지도 몰랐다…….

'유명하신 해리 포터 님 신세를 한번 보라지.' 해리는 꽃밭에 거름을 주면서 씁쓸하게 생각했다. 등이 쑤시고 얼굴에 땀이 흘렀다.

기진맥진한 상태에서 드디어 피튜니아 이모가 부르는 소리가 들린 건 저녁 7시 반이었다.

"들어와! 신문지 밟고!"

해리는 기꺼이 환한 부엌 그늘로 이동했다. 냉장고 위에는 오늘 저녁 디저트랍시고 설탕에 절인 제비꽃으로 장식한 어마어마한 크기의 휘핑크림 무더기가 놓여 있었다. 뼈째 구운 돼지고기가 오븐

안에서 지글거리고 있었다.

"빨리 먹어라! 메이슨 씨 부부가 곧 오실 테니까!" 피튜니아 이모가 부엌 식탁에 놓인 빵 두 조각과 치즈 한 덩어리를 가리키며 을러댔다. 이모는 이미 연어 빛깔 칵테일 드레스를 입고 있었다.

해리는 손을 씻은 다음 초라하기 짝이 없는 저녁을 게 눈 감추듯 먹어 치웠다. 식사를 마치자마자 피튜니아 이모가 접시를 확 채 갔다. "2층으로 가! 어서!"

거실 문을 지나며 해리는 나비넥타이에 정장 재킷을 입은 이모부와 더들리를 힐끗 보았다. 해리가 막 2층 층계참에 도착했을 때 초인종이 울렸고 버넌 이모부의 분노한 얼굴이 계단 밑에서 나타났다.

"명심해라, 이 녀석. 한 번이라도 소리가 들렸다간······."

해리는 까치발을 들고 자기 방 안으로 미끄러져 들어간 다음 문을 닫았다. 그러고는 침대 위에 몸을 던지려고 홱 돌아섰다.

문제는, 침대 위에 이미 누군가가 앉아 있었다는 것이다.

## CHAPTER 2
# 도비의 경고

간신히 소리는 지르지 않았지만 하마터면 그럴 뻔했다. 침대 위의 작은 생물은 크고 박쥐처럼 생긴 귀에, 툭 튀어나온 초록색 눈은 테니스공만 했다. 해리는 곧바로 이 생물이 오늘 아침 정원 울타리에서 그 자신을 쳐다보던 존재라는 것을 알아차렸다.

둘이 서로를 뚫어지게 바라보는 가운데 복도에서 더들리의 목소리가 들려왔다.

"외투 받아 드릴까요, 메이슨 아저씨, 아주머니?"

그 생물은 침대에서 미끄러져 내려오더니, 길고 가느다란 코끝이 카펫에 닿을 정도로 깊숙이 허리를 숙였다. 팔다리 부분에 구멍을 낸 낡은 베갯잇 같은 것을 걸친 녀석의 옷차림이 해리의 눈길을 끌었다.

"어…… 안녕." 해리가 쭈뼛거리며 입을 열었다.

"해리 포터!" 그 생물이 말했다. 높은 목소리가 계단 아래까지 들릴 게 틀림없었다. "도비는 굉장히 오랫동안 당신을 만나고 싶었어요……. 이런 영광스러운 일이…….."

"고, 고마워." 해리는 그렇게 말하며 벽에 붙어서 헤드위그 옆에 있는 의자까지 이동한 다음 거기에 앉았다. 헤드위그는 커다란 새장 속에서 잠들어 있었다. 해리는 "넌 뭐야?"라고 묻고 싶었지만 그 말이 너무 무례하게 들릴 것 같아 대신 이렇게 물었다. "넌 누구야?"

"도비예요. 그냥 도비요. 집요정 도비." 그 생물이 말했다.

"아, 그래?" 해리가 말했다. "어…… 예의 없게 굴려거나 그런 건 아니지만, 지금은 집요정이 내 방에 있기에 별로 좋은 때가 아니야."

거실에서 피튜니아 이모의 높고 가식적인 웃음소리가 들려왔다. 집요정은 고개를 축 늘어뜨렸다.

"네가 반갑지 않다거나 그런 건 아닌데" 하고, 해리가 재빨리 말했다. "하지만, 어, 네가 여기에 온 특별한 이유가 있을까?"

"아, 그럼요." 도비가 진지하게 말했다. "도비는 이야기를 해 드리려고 왔어요……. 어렵네요……. 도비는 어디서부터 시작해야 될지 모르겠어요……."

"앉아." 해리가 침대를 가리키면서 정중하게 말했다.

당혹스럽게도 집요정은 울음을 터뜨렸다. 아주 시끄럽게.

"아, 앉으라니!" 도비가 울부짖었다. "한 번도…… 단 한 번도……."

아래층에서 들려오던 목소리가 멈칫하는 것 같았다.

"미안해." 해리가 속삭였다. "기분 나쁘게 하려던 건 아니야."

"도비를 기분 나쁘게 했다뇨!" 집요정은 목이 메는 듯했다. "도비는 단 한 번도 마법사한테서 앉으라는 말을 들어 본 적이 없어요. 꼭 동등한 존재라도 된 것처럼……."

해리는 '쉿!' 하면서 애써 달래는 표정을 지으며 도비를 다시 침대로 이끌었다. 딸꾹질을 하면서 침대에 앉은 도비는 마치 무지 못생긴 커다란 인형처럼 보였다. 마침내 도비는 간신히 마음을 추스르고 눈물이 그렁그렁 맺힌 큼직한 눈에 흠모의 빛을 가득 담은 채 해리를 뚫어지게 쳐다보았다.

"괜찮은 마법사를 한 명도 못 만나 봤구나." 해리가 도비의 기운을 북돋아 주려고 말했다.

도비는 고개를 젓더니 예고도 없이 펄쩍 뛰어올라 창문에 거세게 머리를 박으며 "못된 도비! 못된 도비!" 하고 소리치기 시작했다.

"하지 마. 뭐 하는 거야?" 해리가 벌떡 일어나 도비를 다시 침대로 끌어당기며 쉿 소리를 냈다. 헤드위그가 유난히 큰 소리로 끽끽거리면서 깨어나 날개를 사납게 퍼덕거리며 새장 창살을 두들겼다.

"도비는 도비를 벌줘야 해요." 두 눈동자가 살짝 가운데로 몰린 채 집요정이 말했다. "도비는 하마터면 도비의 집안을 욕할 뻔했어요……."

"너희 집안?"

"도비가 섬기는 마법사 집안 말이에요……. 도비는 집요정이에요. 영원히 한 집안, 한 가문을 섬겨야 해요……."

"네가 여기 와 있는 걸 그 사람들이 알아?" 해리가 호기심을 느끼며 물었다.

도비는 몸을 떨었다.

"오, 아니에요. 아녜요……. 당신을 보러 왔으니 도비는 도비를 가장 심하게 벌줘야 해요. 이번 일로 도비는 귀를 오븐 문에 찧어야 할 거예요. 그분들이 알게 되면……."

"하지만 네가 오븐 문에 귀를 찧으면 그 사람들이 알아차리지 않을까?"

"아닐 거예요. 어쨌든 도비는 항상 무슨 이유로든 도비를 벌줘야 하거든요. 그분들은 도비가 그렇게 하도록 놔둬요. 가끔은 그 이상의 벌을 주어야 한다고 알려 주기도 하고요……."

"근데 왜 떠나지 않아? 달아나는 게 어때?"

"집요정은 누가 해방시켜 주어야만 해요. 그리고 제가 모시는 집안은 절대로 도비를 놓아주지 않을

거예요……. 도비는 죽을 때까지 그 집안을 섬겨야 해요……."

해리는 도비를 뚫어지게 바라보았다.

"그런데 나는 이곳에 고작 4주 더 머문다고 억울해했으니." 해리가 말했다. "네 얘기를 들으니까 더즐리 가족이 인간적으로 느껴질 정도다. 누가 널 도울 수는 없어? 내가 도와줄까?"

다음 순간 해리는 그렇게 말하지 말 걸 그랬다고 생각했다. 도비가 다시 갑작스럽게 고마움의 울음을 터뜨린 것이다.

"제발." 해리가 기겁하며 속삭였다. "부탁이니까 조용히 해. 더즐리 가족이 무슨 소리라도 들으면, 네가 여기에 있는 걸 알기라도 하면……."

"해리 포터가 도비를 도와주겠다고 하다니……. 도비는 해리 포터가 위대하다는 말은 들었지만 착하기까지 할 줄은 전혀 몰랐어요……."

해리는 얼굴이 확 뜨거워지는 것을 느꼈다. "내가 위대하다니, 무슨 얘기를 들었는지는 모르겠지만 헛소리야. 나는 호그와트에서 학년 수석도 아니었는걸. 수석은 헤르미온느지. 걔는……."

하지만 해리는 금세 입을 다물었다. 헤르미온느를 떠올리자 마음이 아팠기 때문이다.

"해리 포터는 겸손하고 자기를 내세우지 않네요." 도비가 동그란 눈을 환하게 빛내며 숭배하듯 말했다. "해리 포터는 이름을 말해서는 안 되는 그 사람한테 승리를 거뒀다고 떠벌리지 않아요."

"볼드모트?" 해리가 말했다.

도비가 박쥐처럼 생긴 귀를 두 손으로 틀어막고 끙끙거렸다. "아, 그 이름은 말하지 마세요! 그 이름은 말하지 말아요!"

"미안." 해리가 서둘러 말했다. "그 이름을 말하는 걸 싫어하는 사람이 많다는 건 알아. 내 친구 론도……."

해리는 다시 말을 멈췄다. 론을 떠올리는 것도 고통스러웠다.

도비가 해리에게 몸을 기울였다. 가까이서 보니 눈이 거의 헤드라이트만 했다.

"도비는 들었어요." 도비가 쉰 목소리로 말했다. "해리 포터가 바로 몇 주 전에 두 번째로 어둠의 왕을 만났다고요……. 해리 포터가 이번에도 살아남았다고요."

해리가 고개를 끄덕이자 도비의 눈이 돌연 눈물로 반짝거렸다.

"아." 도비가 숨을 들이켜더니 입고 있던 더러운 베갯잇 끄트머리로 얼굴을 가볍게 훔치며 말했다. "해리 포터는 용맹하고 대담해요! 해리 포터는 이미 수많은 위험을 무릅썼어요! 하지만 도비는 해리 포터를 지켜 주려고, 해리 포터에게 경고하려고 여기에 온 거예요. 정말로 오븐 문에 귀를 찧어야 하더라도 말예요……. *해리 포터는 호그와트로 돌아가선 안 돼요.*"

나이프며 포크가 쟁그랑거리는 소리와 멀리서 울리는 버넌 이모부의 목소리만 아래층에서 들려올 뿐 방 안은 갑자기 침묵에 휩싸였다.

"뭐, 뭐라고?" 해리가 말을 더듬었다. "하지만 난 돌아가야 돼. 9월 1일에 학기가 시작해. 날 버티게 하는 건 그것뿐이야. 넌 여기가 어떤지 모르잖아. 여긴 *내 자리가* 아니야. 내가 있어야 할 곳은 너희 세계야. 호그와트라고."

"아뇨, 아뇨, 아뇨." 도비는 귀가 퍼덕거릴 만큼 세차게 고개를 저으며 새된 소리를 질렀다. "해리 포터는 안전한 곳에 머물러야 해요. 너무나 위대하고 너무나 착한 해리 포터를 잃을 순 없어요. 해리 포터는 호그와트로 돌아가면 아주 심각한 위험에 처할 거예요."

"왜?" 해리가 놀라서 물었다.

"음모가 있어요, 해리 포터. 올해 호그와트 마법학교에서 아주 끔찍한 일을 일으키려는 음모 말이에요." 도비가 속삭이더니 갑자기 온몸을 떨었다. "도비는 몇 달 전부터 알고 있었어요. 해리 포터가 위기에 처해선 안 돼요. 해리 포터는 너무나 중요한 사람이니까요!"

"끔찍한 일이라니?" 해리가 바로 말을 이었다. "누가 그런 음모를 꾸미는데?"

도비는 목이 메는지 이상한 소리를 내더니 미친 듯이 벽에 머리를 박았다.

"알았어!" 해리가 집요정의 팔을 잡아 그 짓을 못하게 하며 외쳤다. "말할 수 없다는 건 알겠어. 근데 왜 *나한테* 알려 주는 거야?" 갑자기 불쾌한 생각이 해리를 덮쳤다. "잠깐만. 이게 볼…… 미안, '그 사람'하고 관련된 일은 아니지? 고개를 젓거나 끄덕이기만 해." 해리가 얼른 덧붙였다. 도비의 머리가 불안하게도 다시 벽 쪽으로 기울어졌던 것이다.

도비는 천천히 고개를 저었다.

"아뇨, 이름을 말해서는 안 되는 그 사람은 아니에요."

그러면서도 도비는 눈을 크게 뜬 채 해리에게 힌트를 주려고 애쓰는 듯했다. 그러나 해리는 전혀 감을 잡을 수 없었다.

"그자한테 형제가 있는 건 아니잖아. 그치?"

도비는 고개를 끄덕였다. 눈이 더한층 휘둥그레졌다.

"뭐, 그럼 호그와트에서 끔찍한 일을 벌일 만한 사람이 또 떠오르지는 않는데." 해리가 말했다. "내 말은, 무엇보다 덤블도어 교수님이 있잖아. ……그분이 누군지는 알지?"

도비는 고개를 숙였다.

"알버스 덤블도어는 호그와트를 거쳐 간 교장들 중에서 가장 위대한 사람이에요. 도비도 알아요. 도비는 덤블도어의 힘이 이름을 말해서는 안 되는 그 사람의 전성기 때와 맞먹는다는 얘기를 들었어요. 하지만……." 도비의 목소리가 긴박하게 소곤거리는 소리로 바뀌었다. "덤블도어는 쓰지 않는 힘들이 있어요……. 품위 있는 마법사들은 결코 쓰지 않는……."

도비는 해리가 말리기도 전에 침대에서 뛰어내려 책상 스탠드를 움켜쥐고 귀가 찢어질 듯 꺅꺅 소리를 지르며 자기 머리를 때리기 시작했다.

아래층에 갑작스러운 침묵이 내려앉았다. 몇 초 후, 해리는 심장이 미친 듯이 두근거리는 와중에 버넌 이모부가 "더들리가 또 텔레비전을 켜 놨나 보네요, 요 말썽꾸러기 녀석!" 하고 소리치며 복도로 나오는 소리를 들었다.

"빨리! 옷장으로 들어가!" 해리가 쉿 하며 도비를 옷장 안에 밀어 넣은 다음 문을 닫고 침대로 막 몸을 던진 순간 문손잡이가 돌아갔다.

"도대체, 무슨, 짓거리를, 하고, 있는, 거냐?" 버넌 이모부가 해리의 얼굴에 무시무시할 만큼 가까이 얼굴을 들이민 채 이를 악물고 말했다. "네놈 때문에 방금 일본인 골프 선수가 나오는 농담의 절정 부분을 망쳤어! ……한 번만 더 소리를 냈다간 아예 태어난 걸 후회하게 될 거다, 이 자식!"

이모부는 발을 쿵쿵 구르며 방을 나갔다.

해리는 몸을 부르르 떨면서 도비를 옷장에서 꺼

내 주었다.

"어떤 집인지 봤지?" 그가 말했다. "왜 내가 호그와트로 돌아가야 하는지 알겠어? 호그와트는 친구가 있는…… 그러니까, 친구가 있다고 *생각되는* 유일한 곳이야."

"해리 포터한테 편지 한 통 안 쓰는 친구들 말이죠?" 도비가 다 알고 있다는 듯 말했다.

"아마 걔들은 그냥…… 잠깐만." 해리가 얼굴을 찌푸리며 말했다. "내 친구들이 편지 안 보낸 걸 네가 어떻게 알아?"

도비는 발끝을 꼼지락거렸다.

"해리 포터는 도비한테 화를 내면 안 돼요. 도비는 다 잘되게 하려고 그런 거예요……."

"네가 내 편지를 가로채고 있었던 거야?"

"도비가 여기 그 편지들을 가지고 있어요." 집요정이 말했다. 도비는 해리의 손이 닿는 범위를 민첩히 벗어나, 입고 있던 베갯잇 안쪽에서 두꺼운 편지 뭉치를 꺼냈다. 해리는 헤르미온느의 깔끔한 글씨와 론의 삐뚤빼뚤한 글씨, 호그와트 숲지기인 해그리드에게서 온 것처럼 보이는 휘갈겨 쓴 글씨까지 모두 알아볼 수 있었다.

도비가 걱정스럽게 해리를 올려다보며 눈을 깜빡거렸다.

"해리 포터는 화를 내선 안 돼요……. 도비는…… 해리 포터가 친구들이 자기를 잊었다고 생각하길 바랐어요……. 그러면 해리 포터가 학교에 돌아가고 싶어 하지 않을 수도 있다고 생각했어요……."

해리는 듣지 않았다. 그가 편지를 낚아채려 했지만 도비는 손 닿지 않는 곳으로 펄쩍 뛰어올랐다.

"해리 포터는 편지를 갖게 될 거예요, 호그와트로 돌아가지 않겠다고 도비한테 약속하면요. 아, 이건 당신이 맞닥뜨려서는 안 되는 위험이에요! 돌아가지 않겠다고 말씀하세요!"

"싫어." 해리가 화를 내며 말했다. "내 친구들 편지 내놔!"

"해리 포터가 정 이렇게 나오면 도비한테도 선택의 여지가 없어요." 집요정이 슬픈 듯 말했다.

해리가 채 움직이기도 전에 도비는 쏜살같이 달려가 침실 문을 열고 계단 아래로 질주했다.

입이 바싹 마르고 속이 뒤틀렸다. 해리는 도비를 뒤쫓아 달리면서도 소리를 내지 않으려고 애썼다. 그는 마지막 여섯 계단을 뛰어내려 고양이처럼 복도 카펫에 내려선 다음 도비를 찾으려고 주위를 둘러보았다. 식당에서 버넌 이모부의 말소리가 들려왔다. "……왜, 그 엄청나게 웃긴 미국인 배관공 얘기 있잖습니까, 메이슨 씨. 피튜니아한테도 해 주세요. 피튜니아가 듣고 싶어서 안달이랍니다……."

복도를 달려 부엌으로 들어간 해리는 심장이 철

렁 내려앉는 것을 느꼈다.

피튜니아 이모의 걸작 디저트, 크림이 산처럼 쌓여 있고 설탕에 절인 제비꽃으로 장식된 그 디저트가 천장 근처에 둥실둥실 떠 있었다. 부엌 한구석 찬장 위에 도비가 웅크리고 있었다.

"안 돼." 해리가 쉰 목소리로 말했다. "제발…… 저 사람들이 날 가만두지 않을 거야……."

"해리 포터는 학교로 돌아가지 않겠다고 말해야 해요."

"도비…… 부탁이야……."

"말해요……."

"못 해!"

도비가 해리에게 안타까운 눈길을 던졌다.

"그럼 도비는 이럴 수밖에 없어요. 오로지 해리 포터를 위해서예요."

심장이 멎을 듯한 굉음과 함께 디저트가 바닥에 떨어졌다. 접시가 산산조각 나면서 창문과 벽에 크림이 튀었다. 다음 순간 도비는 시끄러운 소리와 함께 사라졌다.

식당에서 비명 소리들이 들렸다. 버넌 이모부가 부엌으로 뛰어 들어와, 머리부터 발끝까지 피튜니아 이모의 디저트를 뒤집어쓰고 충격으로 얼어붙어 서 있는 해리를 발견했다.

처음에는 버넌 이모부가 이 모든 상황을 성공적으로 해명할 것처럼 보였다("그냥 우리 조카예요. 정신적으로 심한 장애가 있지요. 낯선 사람들을 보면 상태가 안 좋아져서 2층에만 있게 했는데……"). 이모부는 손을 내저어 메이슨 씨 부부를 다시 식당으로 돌려보냈고, 해리에게는 메이슨 씨 부부가 돌아가면 죽기 일보 직전까지 매질을 하겠다고 엄포를 놓으며 대걸레를 건넸다. 피튜니아 이모가 냉장고에서 아이스크림을 꺼내는 동안 해리는 계속 부들부들 떨면서 부엌을 깨끗이 닦기 시작했다.

그때까지만 해도 버넌 이모부는 거래를 성사시킬 수 있었을지 모른다. 올빼미만 없었더라면.

피튜니아 이모가 후식으로 박하사탕 상자를 돌리고 있을 때 커다란 외양간올빼미 한 마리가 식당 창문으로 날아들어 와 메이슨 부인의 머리에 편지를 한 통 떨어뜨리고 다시 밖으로 휙 날아갔다. 메이슨 부인은 밴시(구슬픈 울음소리로 가족 중 누군가가 곧 죽을 것임을 알려 준다는 아일랜드의 여자 귀신—옮긴이)처럼 비명을 지르더니 미치광이들 어쩌고 소리치면서 집 밖으로 뛰어나갔다. 메이슨 씨는 더즐리 부부에게 자기 아내가 모양과 크기에 상관없이 새라면 다 죽을 만큼 무서워한다면서, 이것이 당신들식 농담이냐 묻고는 바로 떠나 버렸다.

해리는 넘어지지 않으려고 대걸레를 꽉 쥔 채 버티고 서 있었다. 잠시 뒤 버넌 이모부가 해리를 향해 성큼성큼 다가왔다. 그의 작은 눈이 악마처럼 번뜩였다.

"읽어!" 이모부가 올빼미가 배달한 편지를 휘두르며 패악스럽게 식식거렸다. "어서, 읽어라!"

해리는 편지를 받아 들었다. 생일 축하 인사는 써 있지 않았다.

포터 군에게.

오늘 저녁 9시 12분, 귀하의 거주지에서 부유 마법이 사용되었다는 정보를 입수했습니다.

아시다시피 미성년 마법사에게는 학교 밖에서의 마법 주문 사용이 허용되지 않으며, 추가 사용 시 퇴학으로 이어질 수 있습니다(미성년 마법의 합리적 제한에 관한 법령, 1875, C항).

또한 비마법 사회 구성원(머글)들에 의해 발견될 위험이 있는 모든 마법 행위는 국제 마법사 연맹 비밀 유지 법령 13항이 규정한 중죄라는 점을 유념해 주시기 바랍니다.

즐거운 방학 보내십시오!

마팔다 홉커크

마법 정부

마법 부당 사용 관리과

해리는 편지에서 눈을 들고 침을 꿀꺽 삼켰다.

"학교 밖에서 마법을 못 쓰게 돼 있는 걸 우리한테 말 안 하다니." 버넌 이모부가 말했다. 그의 두 눈에서 광기가 번뜩였다. "말하는 걸 잊었나……. 깜빡이라도 하셨나……."

이모부가 거대한 불도그처럼 이를 다 드러내고 해리를 향해 위협적으로 다가왔다. "그래, 전해 줄 소식이 있다, 녀석아……. 난 널 가둘 거야……. 절대 그 학교로 돌아가지 못하도록…… 절대로……. 만약 네가 마법을 써서 나가려고 하면 그놈들이 널 퇴학시키겠지!"

그는 미친 사람처럼 웃으며 해리를 2층으로 질질 끌고 올라갔다.

버넌 이모부는 내뱉은 말 그대로 지독하게 굴었다. 다음 날 아침, 그는 사람을 불러 해리의 창문에 쇠창살을 달았다. 하루에 세 번 적은 양의 음식을 안으로 밀어 넣을 수 있도록 침실 문에 직접 개구멍을 만들기도 했다. 아침과 저녁에 한 번씩 화장실 갈 때만 해리를 내보내 주었다. 그때를 빼면 해리는 온종일 방 안에 갇혀 있었다.

사흘이 지났다. 더즐리 가족은 화가 누그러진 기색을 보이지 않았고 해리는 그 상황에서 빠져나갈 방법을 도무지 떠올릴 수가 없었다. 그는 침대에 누워 창밖에서 태양이 가라앉는 광경을 지켜보며 비참한 마음으로 앞으로 어떤 일이 벌어질지 생각해 보았다.

마법을 써서 방을 빠져나간다고 해도, 마법을 썼다는 이유로 호그와트에서 퇴학당하면 그게 다 무슨 소용인가? 그러나 프리빗가에서의 생활은 최악의 상황에 다다라 있었다. 자고 일어나 보니 과일박쥐로 변해 있다든지 하는 일은 없으리라는 것을 더즐리 가족이 알아 버린 지금 해리는 유일한 무기를 잃은 셈이었다. 도비는 호그와트에서 벌어질 끔찍한 사건으로부터는 해리를 구해 줬는지 모르지만 이대로라면 그는 어쨌거나 굶어 죽을 터였다.

개구멍이 달가닥거리더니 피튜니아 이모의 손이 나타나 통조림 수프 한 그릇을 방 안으로 밀어 넣었다. 배가 아플 정도로 고팠던 해리는 침대에서 벌떡 일어나 그릇을 낚아챘다. 돌처럼 차가웠지만 단숨에 반이나 마셔 버렸다. 그런 다음 헤드위그의 새장 앞으로 가서 그릇 바닥에 남아 있던 흐물흐물한 채소를 빈 먹이통에 부었다. 헤드위그는 깃털을 곤두세우며 정말 먹기 싫다는 눈길로 해리를 쏘아보았다.

"부리 저어 봐야 소용없어, 이게 전부니까." 해리가 차가운 목소리로 말했다.

해리는 개구멍 앞 바닥에 빈 그릇을 내려놓고 침대에 도로 누웠다. 왠지 수프를 먹기 전보다 더 배가 고팠다.

앞으로 4주가 지난 뒤에도 살아남는다는 가정하에, 해리가 호그와트에 나타나지 않으면 어떤 일이 벌어질까? 사람을 보내 해리가 학교에 오지 않은 이유를 알아보려나? 그 사람은 더즐리 부부가 해리를 학교에 보내게 할 수 있을까?

방이 어두워지고 있었다. 기진맥진하고, 배가 꼬르륵거리고, 답도 없는 똑같은 물음이 머리를 맴도는 와중에 해리는 선잠이 들었다.

그는 동물원에 전시되는 꿈을 꾸었다. 그의 우리에는 '미성년 마법사'라는 팻말이 붙어 있었다. 사람들이 쇠창살 사이로 눈을 휘둥그렇게 뜨고 구경하는 동안 그는 굶주리고 허약해진 몸으로 지푸라기 침대에 누워 있었다. 해리가 구경꾼들 사이에서 도비의 얼굴을 발견하고 소리치며 도움을 구했지만 도비는 "해리 포터는 그곳에 있어야 안전해요!"라고 외치고는 사라졌다. 잠시 후 더즐리 가족이 나타났다. 더들리가 우리의 쇠창살을 덜컥덜컥 흔들며 해리를 비웃었다.

"그만해." 해리가 중얼거렸다. 덜컥거리는 소리가 쿡쿡 쑤시는 머리를 두들겼다. "날 좀 내버려 둬…… 그만둬…… 자려고 하잖아……."

해리는 눈을 떴다. 창문 쇠창살 사이로 달빛이 비치고 있었다. 누군가가 쇠창살 사이로 정말 그를 바라보고 있었다. 주근깨투성이 얼굴에 빨간 머리카락, 긴 코를 가진 누군가가.

론 위즐리가 창밖에 있었다.

# CHAPTER 3
# 버로

"론!" 해리는 숨죽여 소리치고 살금살금 창문으로 다가갔다. 그는 쇠창살 사이로 이야기할 수 있도록 창을 밀어 올렸다. "론, 어떻게…… 이게 무슨……?"

해리는 펼쳐진 광경에 충격을 받아 입을 딱 벌렸다. 론이 공중에 멈춰 선 낡은 청록색 자동차 뒷좌석 창문 바깥으로 몸을 내밀고 있었다. 앞좌석에서 해리를 향해 씩 웃고 있는 것은 론의 쌍둥이 형인 프레드와 조지였다.

"잘 있었냐, 해리?"

"무슨 일이 있었던 거야?" 론이 말했다. "왜 답장 안 했어? 우리 집에 오라는 얘기를 열두 번은 했는데. 그러고 있는데 아빠가 집에 와서 네가 머글들 앞에서 마법을 쓰는 바람에 공식 경고를 받았다는 거야……"

"내가 그런 게 아냐. ……근데 너희 아빠가 그걸 어떻게 아셔?"

"마법 정부에서 일하시거든." 론이 말했다. "학교 밖에서 마법을 쓰면 안 된다는 건 너도 알잖아."

"너한테 그런 말을 들으니 좀 어이없는데." 해리가 공중에 떠 있는 자동차를 뚫어지게 바라보며 말했다.

"아, 이건 해당 안 돼." 론이 말했다. "우린 빌리기만 한 거거든. 차는 아빠 거야. 우리가 마법을 건 게 아니잖아. 하지만 같이 사는 머글들 앞에서 마법을 쓰면……."

"말했잖아, 내가 그런 게 아니라니까. 지금 설명하기에는 얘기가 너무 길다. 저기, 호그와트에 더즐리 가족이 나를 가둬 놓고 학교로 돌아가지 못하게 한다고 설명해 줄 수 있어? 당연한 소리지만 마법을 써서 나갈 수도 없다는 얘기도 좀 전해 줘. 그랬다간 마법 정부에서 내가 사흘 동안 두 번이나 마법을 썼다고 생각할……."

"헛소리 그만해." 론이 말했다. "우린 너를 우리 집에 데려가려고 온 거야."

"하지만 너도 마법으로는 나를 꺼내 줄 수…….."

"그럴 필요 없어." 론은 그렇게 말하며 앞좌석 쪽으로 고개를 까닥하더니 씩 웃었다. "내가 누굴 데려왔는지 잊었구나."

"쇠창살에 묶어." 프레드가 해리에게 밧줄 한쪽 끝을 던지며 말했다.

"더즐리 가족이 깨면 난 죽은 목숨이야." 해리가 그렇게 말하며 밧줄을 쇠창살에 단단히 묶자 프레드는 엑셀을 밟았다.

"걱정 마." 프레드가 말했다. "이제 물러서."

해리는 헤드위그 옆 어두운 곳으로 뒷걸음질했다. 헤드위그는 상황의 중대함을 알아차린 듯 가만히 침묵을 지키고 있었다. 자동차 엔진이 점점 더 시끄럽게 돌아가더니 갑자기 으드득하는 소리와 함께 쇠창살이 창문에서 깨끗하게 떨어져 나갔다. 프레드는 곧바로 하늘 높이 차를 몰았다. 해리가 창문으로 다시 달려가 보니 쇠창살은 땅에서부터 약 1미터 높이에서 대롱거리고 있었다. 론이 헐떡이며 자동차 안으로 쇠창살을 끌어 올렸다. 해리는 불안해하면서 귀를 기울였지만 더즐리 부부의 침실에서는 아무 소리도 들리지 않았다.

쇠창살이 뒷좌석 론 옆에 안전하게 끌어 올려지자 프레드는 자동차를 후진해서 최대한 창문 가까이 갖다 댔다.

"타." 론이 말했다.

"근데 내 호그와트 물건들이 다…… 마법 지팡이랑…… 빗자루랑……."

"어디 있는데?"

"계단 밑 벽장에 있는데 문이 잠겨 있어. 나는 이 방에서 나갈 수가 없고……."

"걱정하지 마." 조수석에 있던 조지가 말했다. "비켜, 해리."

프레드와 조지가 조심스럽게 창문을 넘어 해리의 방으로 들어왔다. 조지가 주머니에서 흔한 머리핀을 꺼내 열쇠 구멍에 넣고 돌리기 시작했다. 하여튼 알아줘야지 싶었다.

"이런 머글 재주를 익혀 봐야 시간 낭비라고 생각하는 마법사가 많지." 프레드가 말했다. "하지만 우리가 보기에는 이런 기술들도 배울 만한 가치가 있어. 약간 느리긴 하지만."

조그맣게 찰칵 소리가 나더니 문이 활짝 열렸다.

"그럼, 우리는 네 짐 가방을 가져올게. 너는 네 방에서 필요한 걸 집어서 론에게 넘겨줘." 조지가 속삭였다.

"맨 아래 계단 조심해. 삐걱거려." 해리가 속삭이는 소리를 들으며 쌍둥이는 어두운 층계참으로 사라졌다.

해리는 다급히 방을 돌아다니며 물건을 챙겨 창밖의 론에게 넘겨주었다. 그런 다음 계단 위로 짐 가방을 옮기는 프레드와 조지를 도우러 갔다. 버넌 이모부의 기침 소리가 들렸다.

마침내 숨을 헐떡이며 층계참에 도착한 그들은 가방을 들고 열린 창문으로 향했다. 프레드는 다시 자동차 안으로 기어들어 가 론과 함께 가방을 잡아당겼고 해리와 조지는 방 안에서 밀었다. 가방이 창 너머로 조금씩 조금씩 움직였다.

버넌 이모부가 다시 기침했다.

"조금만 더." 자동차 안에서 잡아당기던 프레드가 헐떡거렸다. "한 번만 제대로 밀면……."

해리와 조지가 어깨로 들이받자 가방은 창밖 자동차 뒷좌석으로 미끄러졌다.

"좋아, 가자." 조지가 속삭였다.

하지만 해리가 창턱으로 기어오른 순간 갑자기 뒤에서 꽥 우는 소리가 났고 곧바로 버넌 이모부의 천둥 같은 목소리가 이어졌다.

**"저 지긋지긋한 올빼미 같으니라고!"**

"헤드위그를 잊었어!"

해리가 황급히 다시 방 안을 가로지른 순간 층계참 불이 달칵 켜졌다. 해리는 헤드위그의 새장을 낚아채듯 들고 창문으로 돌진해 바깥에 있는 론에게 넘겼다. 해리가 다시 서랍장 위로 허둥지둥 기어오르는 찰나 버넌 이모부가 잠기지 않은 문을 쾅쾅 두드렸고, 곧이어 문이 활짝 열렸다.

어느새 버넌 이모부가 문 앞에 서 있었다. 버넌 이모부가 성난 황소처럼 고함을 내지르더니 해리에게 달려들어 그의 발목을 움켜잡았다.

론, 프레드, 조지는 해리의 팔을 잡고 있는 힘껏 끌어당겼다.

"피튜니아!" 버넌 이모부가 소리 질렀다. "애가 도망치고 있어! **애가 도망친다고!**"

위즐리 형제가 한 차례 힘껏 잡아당기자 해리의 다리가 버넌 이모부의 손아귀에서 빠져나왔다. 해리가 자동차에 들어가 문을 쾅 닫자마자 론이 외쳤다. "밟아, 프레드!" 자동차는 갑작스레 달을 향해 튀어나갔다.

해리는 믿을 수가 없었다. 이제 자유다. 그는 창문을 내렸다. 밤바람에 머리카락이 마구 흩날렸다. 해리는 점점 작아지는 프리빗가의 옥상들을 돌아보았다. 버넌 이모부, 피튜니아 이모, 더들리 모두 놀라서 말을 잃은 채 해리의 방 창밖으로 몸을 내밀고 있었다.

"내년 여름에 봐요!" 해리가 외쳤다.

위즐리 형제가 큰 소리로 웃음을 터뜨렸고 해리는 자동차 좌석에 다시 자리를 잡고 앉아서 입이 귀에 걸리도록 활짝 웃었다.

"헤드위그를 내보내 줘." 해리가 론에게 말했다. "날아서 우리를 쫓아올 수 있을 거야. 꽤 오랫동안 날개 한 번 못 폈거든."

조지가 론에게 머리핀을 건넸다. 잠시 후 헤드위그는 기뻐하며 창밖으로 솟구쳐 오르더니 마치 유령처럼 그들 옆을 미끄러지듯 날았다.

"그래서…… 어떻게 된 건데, 해리?" 론이 재촉하듯 물었다. "무슨 일이 있었던 거야?"

해리는 도비와 도비의 경고, 제비꽃 디저트 참사에 대해 다 이야기해 주었다. 해리가 말을 마치자 얼떨떨한 침묵이 길게 이어졌다.

"진짜 수상한데." 마침내 프레드가 말했다.

"확실히 의심스러워." 조지도 동의했다. "그러니까 이 모든 일을 꾸미고 있는 사람이 누군지도 말하지 않으려 했다는 거지?"

"말할 수 없었던 것 같아." 해리가 말했다. "얘기

했잖아. 한 마디라도 흘리려나 싶으면 곧바로 벽에다 머리를 찧기 시작했어."

프레드와 조지가 서로를 바라보았다.

"뭐야, 걔가 나한테 거짓말을 했다고 생각하는 거야?" 해리가 말했다.

"글쎄." 프레드가 말했다. "이렇게 생각해 봐. 집요정들은 강력한 마법 능력을 갖고 있지만 보통 주인 허락 없이는 못 써. 내 생각에는 누가 널 호그와트로 돌아오지 못하게 하려고 도비라는 녀석을 보낸 것 같아. 장난친 거지. 학교에 너한테 원한 품을 만한 애가 있어?"

"응." 해리와 론이 곧바로 동시에 대답했다.

"드레이코 말포이." 해리가 덧붙였다. "날 무지 싫어해."

"드레이코 말포이?" 조지가 돌아보며 물었다. "루시우스 말포이네 아들 아냐?"

"분명 그럴 거야. 그렇게 흔한 이름은 아니잖아?" 해리가 말했다. "왜?"

"아빠가 루시우스 말포이 얘기를 하는 걸 들은 적이 있어." 조지가 말했다. "'그 사람'의 열렬한 추종자였대."

"그리고 '그 사람'이 사라지니까" 하고, 프레드가 목을 길게 빼고 해리를 돌아보며 말을 이었다. "루시우스 말포이가 돌아와서 자긴 무슨 일을 했든 자기 의지로 그런 게 아니라고 했대. 개똥 같은 소리지. 아빠는 루시우스 말포이가 '그 사람'의 측근 중에서도 최측근이었다고 생각해서."

해리도 말포이 가족에 대해 그런 소문을 들은 적이 있었다. 놀라운 일도 아니었다. 드레이코 말포이에 비하면 더들리 더즐리는 상냥하고 배려심 넘치고 세심한 소년처럼 보일 정도였으니까.

"말포이네 집에 집요정이 있는지는 모르겠는데……." 해리가 말했다.

"뭐, 어딘지는 몰라도 도비의 주인은 전통 있는 마법사 집안일 거야. 부자일 테고." 프레드가 말했다.

"그래, 엄마는 항상 우리 집에도 다림질을 해 주는 집요정이 있으면 좋겠다고 했어." 조지가 말했다. "하지만 우리 집에 있는 건 다락에 사는 쓸모없는 늙은 굴(아라비아 신화에 나오는 식인 괴물로, 해리 포터 세계에서는 다락 또는 헛간에 살면서 벌레나 가축을 잡아먹으며 이따금 소음을 내는, 조금 친근한 괴물로 나온다—옮긴이)이랑 정원 여기저기에 흩어져 사는 땅요정뿐이야. 집요정은 크고 오래된 대저택이나 성 같은 곳에 있어. 우리 집에서는 한 마리도 못 잡을걸……."

해리는 입을 다물었다. 드레이코 말포이가 대개 어떤 물건이든 최고급으로 가지고 있는 걸로 보아 그의 집안은 마법사 금화 더미 속을 뒹구는 엄청난 부자일 게 틀림없었다. 그 애가 거들먹거리며 커다란 저택 안을 걸어 다니는 모습이 눈에 선했다. 집안의 하인을 보내 해리가 호그와트로 돌아오지 못하게 막는 것도 말포이가 할 법한 일이었다. 도비의 말을 진지하게 받아들인 해리가 멍청했던 걸까?

"어쨌든, 널 데려가게 돼서 다행이다." 론이 말했다. "네가 답장 한 통 안 해서 정말 걱정했거든. 처음에는 에롤의 실수라고 생각했는데……."

"에롤이 누군데?"

"우리 올빼미. 엄청 늙었거든. 배달하다가 쓰러졌대도 처음은 아닐 거야. 그래서 그다음에는 헤르메스를 빌리려고 했는데……."

"누구?"

"반장이 됐다고 엄마 아빠가 퍼시한테 사 준 올

빼미." 앞좌석에서 프레드가 말했다.

"그런데 퍼시가 헤르메스를 빌려주지 않으려고 했어." 론이 말했다. "자기한테도 헤르메스가 필요하다면서."

"올여름에 퍼시는 아주 이상하게 굴고 있어." 조지가 얼굴을 찌푸리며 말했다. "끊임없이 어딘가에 편지를 보내고, 대부분 말도 없이 자기 방에 틀어박혀 있는데…… 내 말은, 반장 배지를 광이 나도록 닦는 데도 한계가 있을 거란 말이지. ……너무 서쪽으로 치우쳤다, 프레드." 조지가 계기판의 나침반을 가리키며 덧붙였다. 프레드는 핸들을 돌렸다.

"그럼, 너희 아빠는 차를 가져온 걸 아셔?" 해리는 어떤 대답이 나올지 뻔히 예상하면서도 그렇게 물었다.

"어, 아니." 론이 말했다. "아빠는 오늘 늦게까지 일하셔. 우리가 이걸 타고 날아다닌 걸 엄마가 알아차리기 전에 차를 다시 차고에 가져다 둘 수 있으면 좋겠는데."

"그런데, 너희 아빠는 마법 정부에서 무슨 일을 하셔?"

"제일 따분한 부서에서 일하시지." 론이 말했다. "머글 제품 오용 관리과."

"무슨 과?"

"머글이 만들었는데 마법에 걸린 물건들 있잖아, 그런 물건들이 결국 머글 상점이나 집으로 돌아가게 될 경우에 대비하는 곳이야. 예를 들어서 작년에는 이런 일이 있었어. 어떤 나이 든 여자 마법사가 죽는 바람에 그 사람이 쓰던 찻잔 세트가 골동품 상점에 팔렸는데, 한 머글 여자가 그걸 사서 집에 가져다가 거기에 차를 담아 친구들한테 대접하려고 했어. 정말 악몽이었다니까. 아빠 몇 주씩이나 초과 근무를 하셔야 했어."

"무슨 일이 있었는데?"

"찻주전자가 미쳐서 펄펄 끓는 차를 사방으로 내뿜었고, 어떤 남자는 각설탕 집게에 코를 집혀서 결국 병원에 실려 가고 말았어. 아빠는 정신이 나갈 지경이었지. 사무실에는 아빠랑 퍼킨스라는 나이 든 마법사 한 명뿐이었는데, 단둘이 망각 마법을 걸고 다니면서 사건을 덮으려고 온갖 일을 해야 했어……."

"근데 너희 아빠는…… 이 차를 왜……."

프레드가 웃었다. "그래, 아빠가 머글과 관계된 모든 것에 푹 빠져 있어서 우리 집 창고는 머글 물건으로 가득 차 있어. 아빠는 머글 물건을 분해해서 주문을 걸고 다시 조립하시지. 우리 집을 불시 단속 하면 아빠가 아빠를 바로 체포해야 할걸. 그래서 엄마가 미치려고 해."

"저기 주도로다." 조지가 자동차 앞 유리로 아래를 내려다보며 말했다. "10분 뒤면 도착할 거야……. 다행이다, 날이 밝고 있어……."

동쪽 지평선을 따라 어슴푸레하니 분홍빛이 보이고 있었다.

프레드가 자동차의 고도를 낮추자 헝겊 조각을 이어붙인 것처럼 펼쳐져 있는 어둠에 잠긴 밭과 수풀 들이 보였다.

"우린 마을에서 조금 떨어진 곳에 살아." 조지가 말했다. "오터리 세인트캐치폴이라는 곳이지……."

자동차는 점점 더 땅에 가까워졌다. 어느새 밝고 빨간색을 띤 태양의 가장자리가 나무들 사이로 희미하게 빛났다.

"터치다운!" 자동차가 쿵 하고 땅에 살짝 부딪치자 프레드가 말했다. 그들은 작은 마당 안, 곧 무너

질 것 같은 차고 앞에 착륙했다. 해리는 처음으로 론네 집을 보았다.

집은 한때 커다란 석조 돼지우리였던 것에 여분의 방들을 여기저기 덧붙여 몇 층을 더 높인 것 같았고, 어찌나 기울어졌는지 꼭 마법의 힘으로 떠받치고 있는 것처럼 보였다(다시 생각해 보니 아마 그런 것 같았다). 빨간 지붕 위에 굴뚝 너덧 개가 자리 잡고 있었다. 입구 근처에는 '버로'(Burrow, 땅굴이라는 뜻—옮긴이)라고 적힌 표지판이 땅에 비뚜름하게 꽂혀 있고, 문 주변에는 장화와 심하게 녹이 슨 솥이 아무렇게나 뒤섞여 있었다. 뚱뚱한 갈색 닭 몇 마리가 땅바닥을 쪼아 대며 마당을 돌아다녔다.

"별거 없어." 론이 말했다.

"멋진걸." 해리는 프리빗가를 떠올리며 즐거운 듯 말했다.

그들은 차에서 내렸다.

"자, 이제 정말 조용히 2층으로 올라갈 거야." 프레드가 말했다. "그리고 엄마가 아침 먹으라고 부를 때까지 기다리는 거지. 그런 다음 론, 네가 아래층으로 뛰어 내려가서 이렇게 말해. '엄마, 간밤에 누가 도착했는지 보세요!' 엄마는 해리를 만나서 아주 기뻐할 테고, 우리가 차를 타고 날아다닌 건 누구도 영원히 알지 못할 거야."

"알았어." 론이 말했다. "자, 해리. 내 침실은……."

론의 얼굴이 새파랗게 질렸다. 그의 두 눈이 집 쪽에 붙박여 있었다. 나머지 세 사람이 고개를 돌렸다.

위즐리 부인이 닭들을 흩어 놓으면서 성큼성큼 마당을 가로질러 오고 있었다. 작고 통통하고 상냥한 얼굴의 여성이 그렇게 호랑이 같은 기세를 보이다니 놀라울 정도였다.

"아." 프레드가 말했다.

"이런." 조지가 말했다.

위즐리 부인이 그들 앞에 멈춰서 두 손을 허리에 얹고 죄지은 얼굴들을 하나하나 뚫어지게 노려보았다. 그녀가 두르고 있는 꽃무늬 앞치마 주머니에서 마법 지팡이가 삐져 나와 있었다.

"그래." 위즐리 부인이 말했다.

"좋은 아침이에요, 엄마." 조지가 나름 쾌활하고 애교스러운 목소리로 인사했다.

"엄마가 얼마나 걱정했는지 알기나 하니?" 위즐리 부인이 무시무시한 기세를 담고 나직한 목소리로 말했다.

"죄송해요, 엄마. 그래도 보세요, 우리도 그럴 수밖에……."

위즐리 부인의 세 아들은 모두 어머니보다 키가

컸지만 그녀의 분노가 쏟아지자 몸을 한껏 움츠린 탓에 작아졌다.

"침대는 비었지! 쪽지도 없지! 차는 사라졌지……. 사고가 날 수도 있었어……. 걱정돼서 미칠 뻔했다……. 너흰 신경이나 썼니? ……내 눈에 흙이 들어가기 전엔 절대 그럴 리 없지. 아버지 돌아오실 때까지 기다려라. 빌이나 찰리나 퍼시는 한 번도 이런 적 없는데……."

"퍼시 형님이야 완벽하시니까요." 프레드가 웅얼거렸다.

"**네가 퍼시 발뒤꿈치라도 따라갔으면 좋겠구나!**" 위즐리 부인이 손가락으로 프레드의 가슴을 쿡 찌르며 소리쳤다. "죽을 수도 있었어. 목격될 수도 있었고. 너희 때문에 아버지가 직장을 잃으실 수도 있었다."

그렇게 몇 시간이고 이어질 것 같았다. 목이 쉬도록 소리를 지르던 위즐리 부인이 물러서 있던 해리에게 고개를 돌렸다.

"만나서 정말 반갑구나, 해리." 위즐리 부인이 말했다. "들어와서 아침 좀 먹으렴."

위즐리 부인은 돌아서서 다시 집 안으로 걸어 들어갔다. 해리는 안절부절못하며 론을 힐끗 쳐다보고 그가 격려하듯 고개를 끄덕이자 그녀를 따라 들어갔다.

부엌은 작고 상당히 갑갑했다. 부엌 한가운데 깨끗이 닦아 놓은 나무 식탁과 여러 개의 의자가 있었다. 해리는 의자에 엉거주춤 걸터앉아 주위를 둘러보았다. 마법사의 집에 와 본 건 처음이었다.

맞은편 벽에 걸린 시계는 바늘이 하나뿐이었고 숫자는 전혀 없었다. 시계 가장자리를 따라 '차 준비할 시간', '닭 모이 줄 시간', '지각' 같은 말들이 써 있었다. 벽난로 위 선반에는 《당신의 치즈에 마법을 걸어요》, 《제빵의 마법》, 《1분 진수성찬─그것은 마법이다!》 같은 제목의 책들이 세 겹으로 쌓여 있었다. 또 해리가 잘못 들은 게 아니라면, 싱크대 옆에 있는 낡은 라디오는 방금 "인기 절정의 마법사 가수 셀레스티나 워벡이 출연하는 '마녀의 시간(Witching Hour, 비현실적인 일이 일어난다고 여겨지는 시간을 뜻하는 말이기도 하다─옮긴이)'이 곧 방송된다고 알렸다.

위즐리 부인은 달그락거리고 돌아다니는가 싶더니 되는대로 아침 식사를 준비하면서, 아들들에게 넌더리 난다는 눈길을 던지는 동시에 프라이팬에 소시지 여러 개를 던져 넣었다. 가끔씩 "무슨 생각을 한 건지 모르겠다"거나 "도저히 믿을 수가 없네" 같은 말을 중얼거리기도 했다.

"널 탓하는 게 아니란다, 애야." 그녀가 해리를 안심시키며 그의 접시에 소시지 여덟아홉 개를 놓아주었다. "아서랑 나도 널 걱정했거든. 어젯밤만 해도 네가 금요일까지 답장을 보내지 않으면 우리가 직접 너를 데리러 가야겠다고 얘기했단다. 하지만 정말이지. (그녀는 이제 달걀프라이를 세 개씩이나 해리의 접시에 담고 있었다.) 불법 자동차를 타고 나라 절반을 가로지르다니. 누구라도 너희를 볼 수 있었어."

그녀가 싱크대 속 더러운 식기를 향해 대수롭지 않게 마법 지팡이를 튕기자, 접시들이 저절로 설거지를 시작하면서 부드럽게 땡그랑거리는 소리가 주위에 퍼져 나갔다.

"날이 흐렸어요, 엄마!" 프레드가 말했다.

"먹을 때는 입 다물어라!" 위즐리 부인이 을러댔다.

"그 사람들이 해리를 굶기고 있었다고요, 엄마!" 조지가 말했다.

"너도!" 위즐리 부인이 말했지만, 해리에게 줄 빵을 잘라 버터를 바르기 시작하면서 표정은 조금 부드러워져 있었다.

그 순간, 웬 사람 형체가 나타나 주의를 끌었다. 작은 체구에 빨간 머리, 긴 잠옷을 입고 부엌에 나타난 그 사람은 작게 꺅 소리를 지르더니 다시 달려나갔다.

"지니야." 론이 목소리를 낮추고 해리에게 말했다. "내 동생. 여름 내내 네 얘기만 했어."

"그래, 네 사인을 받고 싶어 할 거야, 해리." 프레드가 씩 웃다가 어머니와 눈이 마주치자 군말 없이 접시 위로 고개를 숙였다. 놀라울 만큼 짧은 시간이긴 했지만, 접시 네 개가 모두 깨끗이 비워질 때까지 더 이상 아무 말도 오가지 않았다.

"제기랄, 피곤하다." 프레드가 마침내 나이프와 포크를 내려놓으며 쩌억 하품을 했다. "가서 잠 좀 자야겠……."

"안 돼." 위즐리 부인이 단호하게 말했다. "밤새 깨어 있던 건 네 잘못이지. 엄마 대신 정원에서 땅요정 좀 없애라. 땅요정들이 다시 통제 불능이 되어 가고 있어."

"아, 엄마……."

"너희 둘도." 위즐리 부인이 론과 조지에게 눈을 부라리며 말했다. "너는 올라가서 자도 된다, 애야." 그녀는 해리에게 덧붙였다. "네가 저 애들한테 저 형편없는 차를 타고 날아와 달라고 부탁한 건 아니잖니."

그러나 잠이 확 깬 해리는 재빨리 대답했다. "저도 론을 도울게요. 땅요정 없애는 걸 한 번도 본 적이 없어서……."

"정말 친절하기도 하지. 하지만 지루한 일이란다." 위즐리 부인이 말했다. "자, 록하트가 이 작업에 대해 뭐라고 썼는지 보자."

그러더니 위즐리 부인은 벽난로 선반에 쌓여 있던 책 더미에서 무거운 책을 한 권 꺼냈다. 조지가 신음했다.

"엄마, 우리도 정원에서 땅요정 없애는 법쯤은 알아요."

해리는 위즐리 부인이 들고 있는 책의 표지를 보았다. 앞표지 전체에 화려한 금색 글자로 '길더로이 록하트의 가정 유해 생물 안내서'라는 제목이 쓰여 있고, 곱슬곱슬한 금발에 밝은 파란색 눈을 가진 매우 잘생긴 마법사의 사진이 큼지막하게 실려 있었다. 마법사 세계에서는 언제나 그렇듯 움직이는 사진이었는데, 길더로이 록하트로 추정되는 그 마법사는 끊임없이 모두를 향해 경망스럽게 윙크를 날리고 있었다. 위즐리 부인이 그를 내려다보며 환하게 웃었다.

"아, 놀라운 사람이야." 그녀가 말했다. "가정 유해 생물에 대해 정말 제대로 알고 있다니까. 아무렴, 훌륭한 책이야……."

"엄만 록하트한테 반했어." 프레드가 아주 잘 들리게 속삭였다.

"말도 안 되는 소리 하지 마라, 프레드." 위즐리 부인이 양 뺨이 발그레해진 채 말했다. "좋아, 네가 록하트보다 잘 안다고 생각한다면 서두르는 게 좋을 거다. 엄마가 검사했을 때 정원에 땅요정이 한 마리라도 있으면 혼날 줄 알아."

위즐리 형제가 하품을 하고 툴툴거리면서 뭉그적뭉그적 밖으로 향하자 해리도 그 뒤를 따랐다. 정원은 넓었고, 해리의 눈에는 정말이지 정원다워 보였다. 더즐리 부부라면 마음에 들어 하지 않았을 것이다. 잡초가 많았고, 잔디도 깎아야 했다. 하지만 담장을 빙 둘러 옹이투성이 나무들이 있었고, 꽃밭에는 해리가 한 번도 본 적 없는 꽃들이 흐드러져 있었으며, 커다란 초록색 연못에는 개구리가 넘쳐났다.

"있잖아, 머글들의 정원에도 땅요정이 있어." 잔디밭을 가로지르며 해리가 론에게 말했다(영미 문화권에는 고깔모자를 쓴 땅요정 인형을 정원에 가져다 놓는 풍습이 있다―옮긴이).

"그래, 나도 머글들이 땅요정이라고 생각하는 것들을 본 적 있어." 론이 허리를 구부려 작약 덤불 속에 고개를 처박고 말했다. "낚싯대를 들고 다니는 뚱뚱하고 조그만 산타 할아버지 같은 것들 말이지……."

격하게 옥신각신하는 소리가 나는가 싶더니 작약 덤불이 흔들리고 론이 허리를 폈다. "이게 땅요정이야." 그가 단호하게 말했다.

"놔줘! 놔줘!" 땅요정이 꽥꽥거렸다.

확실히 산타 할아버지와는 전혀 닮지 않았다. 땅요정은 자그마했고 피부는 가죽 같았으며 크고 울퉁불퉁한 대머리는 꼭 감자 같았다. 땅요정이 뿔처럼 뾰족한 작은 발로 걷어차려고 하자 론은 땅요정을 붙잡고 있는 팔을 쭉 뻗더니 땅요정의 발목을 잡고 녀석을 거꾸로 뒤집었다.

"너도 이렇게 하면 돼." 론이 말했다. 론은 땅요정을 머리 위로 들어 올리고("놔줘!") 올가미를 던지듯 커다랗게 원을 그리며 녀석을 빙빙 돌리기 시작했다. 충격받은 듯한 해리의 표정을 본 론이 덧붙였다. "아프게 하려는 건 아니야. 그냥 이 녀석들을 진짜 어지럽게 만들어서 땅요정 굴로 돌아오는 길을 못 찾게 만들면 돼."

론이 땅요정의 발목을 놓았다. 땅요정은 공중으로 5미터 넘게 날아가 털썩 소리와 함께 산울타리 너머 들판에 떨어졌다.

"한심하군." 프레드가 말했다. "장담하는데, 나는 저 그루터기 너머까지 보낼 수 있어."

해리는 머잖아 땅요정에게 미안함을 느끼지 않아도 된다는 사실을 깨달았다. 처음에는 붙잡은 땅요정을 그냥 울타리 너머에 놓아주려고 했지만 해리의 나약함을 알아챈 녀석이 그의 손가락에 날카로운 이빨을 박아 넣었고, 해리는 손을 흔들어 녀석을 떼어 내려고 애쓰다가……

"와, 해리. 15미터는 날아갔겠는걸……."

하늘은 곧 날아다니는 땅요정으로 빽빽해졌다.

"이것 봐, 얘들은 별로 똑똑하지 않아." 조지가 땅요정 대여섯 마리를 한 번에 낚아채며 말했다. "땅요정 제거 작업이 벌어지고 있다는 걸 알면 구경 한 번 하겠다고 우글우글 올라오거든. 이쯤 되면 그냥 가만히 있어야 한다는 걸 깨달을 법도 한데."

머잖아, 들판에 떨어진 땅요정 무리가 작은 어깨를 축 늘어뜨리고 이리저리 줄지어서 멀어져 가기 시작했다.

"돌아올 거야." 론이 말했다. 그들은 땅요정들이 들판 저편 산울타리 속으로 사라져 가는 광경을 지켜보았다. "여기를 아주 좋아하거든……. 아빠가 쟤들을 너무 물렁하게 대하셨어. 웃기다면서……."

바로 그때 현관문이 쾅 닫히는 소리가 들렸다.

"돌아오셨어!" 조지가 말했다. "아빠가 집에 오셨다고!"

그들은 서둘러 정원을 가로질러 집 안으로 들어갔다.

위즐리 씨는 안경을 벗고 눈을 감은 채 부엌 의자에 푹 주저앉아 있었다. 그는 홀쭉한 남자로, 벗어져 가는 얼마 남지 않은 머리카락은 자식들만큼이나 빨갰다. 그는 여기저기 돌아다니느라 먼지투성이가 된 기다란 초록색 로브를 입고 있었다.

"힘든 밤이었어." 위즐리 씨가 중얼거렸다. 그가 더듬더듬 찻주전자로 손을 뻗는 사이 모두 위즐리 씨 주위에 둘러앉았다. "불시 단속을 아홉 번이나 했다니까. 아홉 번! 그놈의 먼덩거스 플레처는 내가 등을 돌리니까 공격 마법을 걸기나 하고……."

위즐리 씨는 차를 길게 한 모금 마시고 한숨을 쉬었다.

"뭐 좀 찾았어요, 아빠?" 프레드가 잔뜩 기대하는 기색으로 물었다.

"크기가 줄어드는 열쇠 몇 개랑 깨무는 주전자 하나밖에 못 찾았어." 위즐리 씨가 하품했다. "꽤 골치 아픈 물건도 몇 개 있었지만 우리 부서 소관이 아니었단다. 모틀레이크가 정말 희한한 족제비 몇 마리 때문에 심문을 받으러 끌려갔지만 그건 실험 마법 위원회 일이고. 다행스럽게도……."

"왜 열쇠를 줄어들게 만드는 거예요?" 조지가 물었다.

"그냥 머글들을 놀리는 거야." 위즐리 씨가 한숨을 쉬었다. "점점 줄어들다가 사라지는 열쇠를 머글한테 팔아서, 필요할 때 절대로 못 찾게 하는 거지. ……물론 어떤 머글도 열쇠가 점점 줄어든다는 걸 인정하려 하지 않기 때문에 범인을 잡기는 어려워. 머글들은 자기들이 계속 열쇠를 잃어버리는 거라고 주장할 테니까. 가엾게도, 마법인 게 뻔히 보이는데도 기어코 무시하려 든다니까……. 그런데 너희는 못 믿겠지만, 우리 마법사들이 재미 삼아 마법을 건 물건들은 말이다……."

**"예를 들면, 자동차 같은 거?"**

어느새 나타난 위즐리 부인은 기다란 부지깽이를 장검처럼 들고 있었다. 위즐리 씨의 눈이 휘둥그레졌다. 그는 죄지은 사람처럼 아내를 바라보았다.

"자, 자동차라고, 몰리?"

"그래, 아서. 자동차." 위즐리 부인이 눈을 번뜩이며 말했다. "어떤 마법사가 녹슬고 낡은 자동차를 한 대 사다가 자기 부인한테는 어떤 식으로 작동하는지 분해해 보고 싶었을 뿐이라 말해 놓고 실제로는 날아다니게 만드는 마법을 걸었다고 생각해 봐."

위즐리 씨가 눈을 깜빡거렸다.

"그게, 여보, 내 생각에는 당신도 그 마법사의 행동이 법의 테두리에서 많이 벗어나지 않았다는 걸 알게 될 거야. 물론, 어, 그 마법사가, 음, 자기 부인한테 사실을 말했다면 더 좋았겠지만…… 법에도 구멍이 있거든. 당신도 알게 되겠지만…… 그 마법사한테 자동차를 타고 비행할 의도가 없었다면, 자동차가 날 수 있다는 사실 자체는 문제가…….."

"아서 위즐리, 당신이 그 법을 만들 때 마련해 놓은 구멍이잖아!" 위즐리 부인이 소리쳤다. "당신 창고에 있는 그 온갖 머글 쓰레기를 만지작거리려고! 뭔가 잘못 알고 있는 것 같은데, 당신이 날게 할 생각이 없었다는 그 자동차를 타고 오늘 아침 해리가 도착했어!"

"해리?" 위즐리 씨가 멍하니 되풀이했다. "해리라니?"

그가 고개를 돌려 해리를 보더니 자리에서 벌떡 일어났다.

"이런 세상에, 해리 포터 아냐? 만나서 정말 반갑구나. 론한테서 네 얘기 아주 많이…….."

"당신 아들들이 어젯밤 저 자동차를 타고 해리의 집에 날아갔다 왔다고!" 위즐리 부인이 고함을 질렀다. "거기에 대해서는 무슨 할 말이 있으실까, 응?"

"정말이니?" 위즐리 씨가 기대감이 역력한 목소리로 물었다. "아무 문제 없이 잘 가디? 내, 내 말은……." 위즐리 부인의 눈에서 불꽃이 번쩍하자 그가 말을 더듬었다. "그, 그건 아주 잘못된 행동이야, 이 녀석들. 정말이지 아주 잘못된…….."

"두 분은 계속 저러시게 놔두자." 론이 해리에게 소곤거렸다. 위즐리 부인이 황소개구리처럼 부풀어 올랐을 때였다. "가자. 내 방 보여 줄게."

둘은 부엌을 슬쩍 빠져나간 다음 비좁은 통로를 따라, 집 안을 지그재그로 올라가는 고르지 않은 계단으로 향했다. 4층 층계참에 도착해 보니 문 하나가 열려 있었다. 해리의 눈에 그를 빤히 바라보는 갈색 눈이 보이는가 싶더니 곧 문이 탁 닫혔다.

"지니야." 론이 말했다. "쟤가 이렇게 부끄러워하는 게 얼마나 이상한 일인지 넌 모를 거야. 보통은 절대로 입을 안 다물거든."

두 층을 더 올라간 그들은 '로널드의 방'이라는 작은 팻말이 붙어 있고 페인트칠이 벗겨진 문 앞에 도착했다.

방으로 들어가니 비스듬한 천장에 머리가 닿을락 말락 했다. 해리는 눈을 깜빡였다. 마치 용광로 속으로 걸어 들어가는 것 같았다. 론의 방 안에 있는 거의 모든 것이 강렬한 오렌지색으로 물들어 있는 듯했다. 침대보도, 벽도, 심지어 천장까지. 해리는 그제야 하나같이 밝은 오렌지색 로브를 입은 마법사 일곱 명이 빗자루를 든 채 활기차게 손을 흔들고 있는 똑같은 포스터 여러 장이 낡은 벽지에 다닥다닥 붙어 있는 것을 알아차렸다.

"네가 응원하는 퀴디치 팀이야?" 해리가 물었다.

"처들리 캐넌스야." 론이 말하며 오렌지색 침대보를 가리켰다. 침대보에는 두 개의 커다란 검은색 'C'와 빠르게 날아가는 포탄이 선명하게 새겨져 있

었다. "리그 9위야."

론의 마법 교과서는 한구석에 너저분하게 쌓여 있었고, 그 옆에는 《미친 머글 마틴 믹스의 모험》 시리즈로 보이는 만화책이 한 더미 있었다. 론의 마법 지팡이는 창턱에 놓인, 개구리 알로 가득한 어항 위에 있었고 그 옆에는 론의 뚱뚱한 회색 쥐 스캐버스가 한 조각 햇볕을 받으며 졸고 있었다.

해리는 바닥에 놓인 저절로 섞이는 카드 한 뭉치를 넘어가서 작은 창문을 내다보았다. 저 아래 들판에서 위즐리네 집 울타리를 지나 하나씩 하나씩 살금살금 돌아오는 땅요정 무리가 보였다. 해리는 고개를 돌려 론을 보았다. 론은 해리의 소감을 기다리기라도 하듯 긴장한 얼굴로 그를 바라보고 있었다.

"좀 작지." 론이 재빨리 말했다. "네가 머글들하고 살았던 곳하고는 달라. 게다가 내 방 바로 위 다락에는 굴이 사는데, 그 굴이 끊임없이 파이프를 두들기고 신음 소리를 내서……."

그러나 해리는 활짝 미소 지으며 말했다. "내가 가 본 집 중에서 최고야."

론의 귀가 빨갛게 물들었다.

CHAPTER 4

# 플러리시 앤 블러츠 서점에서

버로에서의 생활은 프리빗가에서의 생활과는 하늘과 땅 차이였다. 더즐리네는 모든 것이 깔끔하게 정돈되어 있는 것을 좋아했다. 위즐리네 집은 낯설고 예상하지 못했던 것들로 넘쳐났다. 해리는 부엌 벽난로 선반 위의 거울을 처음 들여다봤을 때 거울이 "셔츠 집어넣어, 꼬질아!"라고 소리치는 바람에 깜짝 놀랐다. 다락에 사는 굴은 사방이 너무 조용해진다 싶을 때마다 울부짖으며 파이프를 떨어뜨렸고, 프레드와 조지의 방에서 일어나는 자은 폭발은 지극히 정상적인 일처럼 여겨졌다. 그러나 론네 집에 지내면서 해리가 가장 특이하다고 생각한 건 말하는 거울이나 철커덕거리는 소리를 내는 굴이 아니라, 모두가 해리를 좋아하는 것 같다는 사실이었다.

위즐리 부인은 해리의 양말 상태를 놓고 수선을 피웠고, 식사 때마다 해리에게 억지로 네 접시씩 먹이려 들었다. 위즐리 씨는 저녁 식사 자리에서 해리가 옆에 앉는 것을 좋아했다. 해리에게 머글과 함께하는 삶에 대해 질문을 퍼부으며 전기 플러그나 우편제도 같은 것이 어떤 식으로 작동하는지 설명해 달라고 부탁하기 위해서였다.

"흥미진진한걸!" 해리가 전화기 사용법 같은 것을 설명하면 위즐리 씨는 그렇게 말하곤 했다. "*기발해. 정말이지, 마법 없이 살아가는 방법을 그렇게나 많이 찾아내다니.*"

버로에 오고 1주일 뒤 어느 햇살 좋은 아침에 해리는 호그와트에서 온 소식을 들었다. 론과 함께 아침을 먹으러 내려가 보니 위즐리 부부와 지니가 이미 부엌 식탁에 앉아 있었다. 해리를 본 순간 지니가 실수로 포리지 그릇을 치는 바람에 그릇이 시끄러운 소리를 내며 바닥에 떨어졌다. 지니는 해리가 나타날 때마다 뭔가를 쳐서 넘어뜨리는 것 같았다. 지니는 그릇을 주우려고 식탁 밑으로 들어갔다가 지는 해처럼 발개진 얼굴로 나왔다. 해리는 눈치채지 못한 척하면서 자리에 앉아 위즐리 부인이 건네는 토스트를 받았다.

"학교에서 온 편지로구나." 위즐리 씨가 해리와 론에게 똑같이 생긴 누르스름한 양피지 봉투를 건네며 말했다. 초록색 잉크로 주소가 적혀 있었다. "덤블도어 교수님은 네가 여기 있는 걸 이미 알고 계신단다, 해리. 빈틈이 없지, 그분은. 너희 둘한테도 왔어." 위즐리 씨가 덧붙였다. 프레드와 조지가 여전히 잠옷을 입은 채로 느릿느릿 들어서고 있었다.

몇 분 동안 모두가 편지를 읽느라 조용했다. 해리의 편지에는 전과 같이 9월 1일 킹스크로스역에서 호그와트 급행열차를 타라고 쓰여 있었다. 이번 학년에 필요한 새 책 목록도 있었다.

2학년 학생들에게는 다음의 책이 필요합니다.
미란다 고스호크,《마법 주문에 관한 표준 교과서: 2학년용》
길더로이 록하트,《밴시와의 휴식 시간》
길더로이 록하트,《굴과 굴러다니기》
길더로이 록하트,《마귀할멈과의 휴일》
길더로이 록하트,《트롤과의 일상 탈출》
길더로이 록하트,《뱀파이어와 항해하기》
길더로이 록하트,《늑대인간과 나돌아 다니기》
길더로이 록하트,《설인과 보낸 365일》

프레드는 자기 책 목록을 다 읽고 해리의 목록을 유심히 보았다.

"네 것도 죄다 록하트 책이네!" 프레드가 말했다. "새로운 어둠의 마법 방어법 교수가 록하트 팬인 게 틀림없어. 장담하는데 여자 마법사일걸."

그 순간 어머니와 눈이 마주친 프레드는 재빨리 마멀레이드를 바르며 부산을 떨었다.

"책값이 많이 들겠는데." 조지가 부모님을 슬쩍 쳐다보며 말했다. "록하트 책은 정말 비싸잖아……."

"뭐, 어떻게든 해 보마." 말은 그렇게 했지만 위즐리 부인은 걱정스러운 표정이었다. "지니 건 중고로 많이 구할 수 있을 거야."

"아, 너도 올해부터 호그와트에 다녀?" 해리가 지니에게 물었다.

지니는 타오르는 듯한 머리카락의 뿌리까지 빨개지면서 고개를 끄덕이며 팔꿈치를 버터 접시에 넣었다. 다행히 해리 말고는 아무도 그 모습을 보지 못했다. 바로 그때 론의 형 퍼시가 들어왔기 때문이다. 그는 이미 옷을 차려입고, 니트 조끼 위에 호그와트 반장 배지를 달고 있었다.

"다들 좋은 아침." 퍼시가 기운차게 말했다. "아주 멋진 날이야."

퍼시는 하나 남은 빈자리에 앉았다가 곧바로 벌떡 일어났다. 그가 엉덩이 밑에서 털이 다 빠진 회색 깃털 먼지떨이를 꺼냈다. 적어도 해리가 보기에는 그랬다. 그다음에야 해리는 그 먼지떨이가 숨을 쉬고 있다는 사실을 알아차렸다.

"에롤!" 론이 퍼시에게서 축 늘어진 올빼미를 받아 들고 녀석의 날개 밑에서 편지를 꺼내며 말했다. "드디어…… 에롤이 헤르미온느의 답장을 가져왔어. 널 더즐리네서 구출할 거라고 헤르미온느한테 편지를 썼거든."

론이 에롤을 뒷문 바로 안쪽에 있는 횃대로 데려가 앉히려고 했으나 녀석은 그대로 떨어져 버렸다. 론은 식기건조대에 에롤을 내려놓으며 "딱하다, 딱해" 하고 중얼거렸다. 그런 다음 헤르미온느의 편지를 뜯고 큰 소리로 읽었다.

론에게, 그리고 거기 있다면 해리에게.

일이 다 잘 풀려서 해리가 무사하길, 그리고 네가 해리를 빼내 오면서 어떤 불법적인 일도 저지르지 않았길 바란다, 론. 그랬다간 해리도 곤란해질 테니까. 정말 걱정되니까 해리가 괜찮으면 바로 좀 알려 줘. 그런데 다른 올빼미를 보내는 게 좋겠어. 한 번만 더 편지를 배달했다간 네 올빼미가 끝장날지도 모르겠다는 생각이 들어서.

당연한 얘기지만 나는 학교 공부 때문에 아주 바빠.

"어떻게 그럴 수가 있지?" 론이 오싹한 듯 말했다. "방학이잖아!"

그리고 다음 주 수요일에 새 교과서를 사러 런던에 갈 거야. 다이애건 앨리에서 만나지 않을래?
무슨 일이 벌어지고 있는지 되도록 빨리 알려 줬으면 좋겠어.

헤르미온느가.

"음, 마침 잘됐구나. 우리도 그날 가서 너희 물건을 전부 구하면 되겠어." 위즐리 부인이 슬슬 식탁을 치우며 말했다. "오늘은 다들 뭘 할 생각이니?"

해리, 론, 프레드와 조지는 언덕 위에 있는 위즐리 가족 소유의 작은 방목지에 갈 계획이었다. 그곳은 나무로 둘러싸여 있어서 아래 있는 마을에서는 보이지 않았다. 즉 너무 높이 날지만 않으면 퀴디치 연습을 할 수 있었다. 진짜 퀴디치 공은 방목지를 빠져나가 마을로 날아가 버리면 해명하기가 너무 힘들 테니 사용할 수 없었다. 대신 그들은 서로 사과를 던지고 받았다. 그들은 번갈아 가면서 해리의 님부스 2000을 탔다. 그것은 의심할 여지 없는 최고의 빗자루였다. 론의 낡은 슈팅스타는 종종 지나가는 나비한테도 추월당했다.

5분 뒤 그들은 빗자루를 어깨에 걸친 채 언덕을 올라가고 있었다. 퍼시에게도 함께할지 물었으나 바쁘다고 했다. 해리는 지금까지 식사 시간 외에는 퍼시를 볼 수 없었다. 그가 나머지 시간에는 자기 방에만 틀어박혀 있었기 때문이다.

"퍼시가 뭘 하는지 좀 알았으면 좋겠네." 프레드가 얼굴을 찡그리며 말했다. "평소의 퍼시 같지 않아. 네가 오기 전날 퍼시의 시험 성적표가 도착했는데 O.W.L.을 열두 개나 받고도 만족스러워하지 않더라니까."

"보통 마법사 등급(Ordinary Wizarding Levels) 말이야." 영문을 모르겠다는 해리의 표정을 본 조지가 설명했다. "빌도 열두 개 받았어. 까딱하다간 집안에 남학생 회장이 한 명 더 생길 판이야. 그런 치욕은 견디기 힘들 텐데."

빌은 위즐리 형제 중 맏이였다. 그와 둘째인 찰리는 이미 호그와트를 졸업했다. 해리는 둘 중 누구도 만나 본 적이 없지만, 찰리는 루마니아에서 용을 연구하고 빌은 이집트에서 마법사들의 은행인 그린고츠 일을 하고 있다는 건 알고 있었다.

"엄마 아빠가 올해 우리 학용품을 전부 마련할 여유가 되실지 모르겠네." 잠시 후 조지가 입을 열었다. "록하트 책 다섯 세트라니! 게다가 지니한테도 로브에 마법 지팡이에 온갖 준비물이 필요한데……."

해리는 아무 말도 하지 않았다. 마음이 조금 불편했다. 런던 그린고츠 지하 금고에는 해리의 부모님이 남긴 거금이 보관되어 있었다. 물론 해리가 돈을 가진 건 마법사 세계에서뿐이었다. 머글 가게에서 갈레온, 시클, 크넛을 쓸 수는 없으니까. 그는 더즐리 가족에게 그린고츠 은행 계좌 얘기를 꺼낸 적이 한 번도 없었다. 마법과 관련된 일이라면 무엇이든 두려워하는 그들이지만 한 무더기의 황금마저 싫어하진 않을 거라는 생각이 들었기 때문이다.

위즐리 부인은 돌아온 수요일 아침 일찍 모두를 깨웠다. 각자 베이컨 샌드위치 여섯 개씩을 빠르게 먹어 치우고 외투를 입고 나자, 위즐리 부인은 부엌 벽난로 선반에서 화분을 집어 들고 안을 들여다보았다.

"거의 떨어져 가는데, 아서." 위즐리 부인이 한숨을 쉬었다. "오늘 좀 더 사야겠네. ……아무튼, 손님 먼저! 너부터 가려무나, 해리!"

그러더니 위즐리 부인은 해리에게 화분을 내밀었다.

해리는 그를 지켜보는 모두를 멀뚱멀뚱 쳐다보았다.

"뭐, 뭘 해야 되는데요?" 해리가 말을 더듬었다.

"해리는 플루 가루로 다녀 본 적이 없어요." 론이 문득 깨달은 듯 말했다. "미안, 해리. 깜빡했어."

"한 번도?" 위즐리 씨가 물었다. "그럼 작년에 학교 물건을 사러 다이애건 앨리에 갈 때는 어떻게 했니?"

"지하철을 타고……."

"정말?" 위즐리 씨가 열정적으로 말했다. "에스컬레비터도 있었니? 정확히 어떻게……."

"지금은 아냐, 아서." 위즐리 부인이 말했다. "플루 가루가 훨씬 빠르단다, 얘야. 하지만 세상에, 전에 한 번도 써 본 적 없다면……."

"괜찮을 거예요, 엄마." 프레드가 말했다. "해리, 일단 우리를 봐."

프레드가 화분에서 반짝이는 가루를 손끝으로 집더니 난로 가까이 걸어가 불길 속에 던져 넣었다.

불길이 큰 소리를 내면서 에메랄드색으로 변하고 프레드의 키보다 커지자, 프레드는 곧장 그 안으로 들어가 "다이애건 앨리!"라고 외치고 사라졌다.

"정확하게 발음해야 한단다, 애야." 위즐리 부인이 해리에게 말하는 동안 조지가 화분에 손을 살짝 넣었다 뺐다. "그리고 올바른 벽난로로 나올 수 있도록 조심하고……."

"올바른 뭐요?" 해리가 긴장하며 말한 순간 불길이 타오르더니 조지 또한 휙 사라졌다.

"음, 선택할 수 있는 마법사들의 벽난로가 끔찍하게 많거든. 그래서 하는 말이란다. 하지만 발음만 정확하게 하면……."

"괜찮을 거야, 몰리. 걱정하지 마." 위즐리 씨가 플루 가루를 집으며 말했다.

"하지만 여보, 해리가 길을 잃어버리면 해리네 이모랑 이모부한테 어떻게 설명하려고?"

"그 사람들은 신경 안 쓸 거예요." 해리가 위즐리 부인을 안심시켰다. "제가 굴뚝에서 길을 잃으면 더들리는 아주 기발한 장난이라고 생각할걸요. 걱정하지 마세요."

"음…… 그래…… 네가 아저씨 다음으로 가렴." 위즐리 부인이 말했다. "자, 불 속에 들어가서 어디로 갈 건지 말하면……."

"그리고 팔꿈치를 몸에 붙이고 있어야 돼." 론이 조언했다.

"눈도 감고." 위즐리 부인이 다시 말했다. "잿가루가……."

"조바심 내지 마." 론이 말했다. "그랬다간 엉뚱한 벽난로로 나갈 수 있어."

"그렇더라도 당황하지 말거라. 너무 빨리 나가지도 말고, 프레드랑 조지가 보일 때까지 기다리렴."

해리는 이 모든 것을 명심하려고 애쓰면서 플루 가루를 손끝으로 집고 벽난로 쪽으로 걸어갔다. 그는 심호흡을 하고 가루를 불길 속에 뿌린 다음 앞으로 나아갔다. 불길이 따뜻한 산들바람처럼 느껴졌다. 입을 벌리자마자 엄청난 양의 뜨거운 재가 입속으로 들어왔다.

"다, 다이애, 건 앨리." 해리는 콜록콜록 기침을 했다.

마치 거대한 배수구로 빨려 들어가는 듯한 느낌이었다. 아주 빠르게 회전하고 있는 것 같았고…… 귓속에서 우르릉거리는 소리는 귀청을 찢을 듯했다…… 해리는 눈을 뜨려고 애썼지만 소용돌이치는 녹색 불꽃 때문에 멀미가 났다……. 뭔가 딱딱한 것이 팔꿈치에 부딪치자 해리는 팔을 몸에 바짝 붙인 채 끊임없이 돌고 돌았다……. 이제는 차가운 손들이 얼굴을 찰싹찰싹 때리는 것처럼 느껴졌다……. 실눈을 뜨자 안경을 통해 흐릿하게 지나가는 벽난로들이 보였고 그 너머 방들의 모습도 힐끗 엿보였다……. 베이컨 샌드위치가 몸속에서 휘돌고 있었다……. 해리는 그만 멈추기를 바라며 다시 눈을 감았다. 그리고 다음 순간, 얼굴을 앞으로 한 채 차가운 돌바닥에 넘어졌다. 안경이 부러지는 느낌이 났다.

해리는 현기증이 나는 가운데 멍투성이에 재투성이가 되어 조심스럽게 일어나 부러진 안경을 밀어 올렸다. 혼자인 건 확실했지만 여기가 어디인지는 전혀 알 수 없었다. 흐릿하게 밝혀진 커다란 마법사 가게처럼 보이는 곳의 석조 벽난로 안에 서 있다는 것만 알 수 있을 뿐이었다. 하지만 여기에 호

그와트 준비물 목록에 있을 법한 물건은 아무것도 없었다. 근처 유리 상자에는 쿠션에 놓인 말라비틀어진 손과 피로 얼룩진 카드 한 벌, 뭔가를 뚫어지게 응시하고 있는 유리 눈알이 들어 있었다. 벽에서는 사악해 보이는 가면들이 음흉하게 내려다보고 있었고, 계산대에는 인간 뼈 한 세트가 있었으며, 녹슨 도구들이 대못에 박힌 채 천장에 매달려 있었다. 설상가상으로, 먼지투성이 가게 창문으로 보이는 좁고 어두운 거리는 결코 다이애건 앨리가 아니었다.

되도록 빨리 나가야 했다. 해리는 벽난로 바닥에 부딪친 코가 아직도 얼얼한 것을 느끼며 소리를 내지 않고 빠르게 문 쪽으로 나아갔다. 하지만 반도 가기 전에 유리창 너머로 두 사람이 나타났다. 둘 중 한 명은 길을 잃고 재투성이가 되고 부러진 안경을 쓴 채로는 결코 만나고 싶지 않은 사람이었다. 드레이코 말포이.

해리는 재빨리 주위를 둘러보다가 왼쪽에 있는 커다란 검은색 캐비닛을 발견했다. 잽싸게 안으로 들어간 그는 내다볼 수 있는 작은 틈만 남기고 문을 닫았다. 잠시 후, 종이 울리더니 말포

이가 가게 안으로 들어왔다.

뒤따라 들어온 남자는 드레이코의 아버지가 틀림없었다. 그럴 수밖에 없는 것이, 그는 드레이코와 똑같은 허여멀겋고 갸름한 얼굴에, 마찬가지로 차가운 회색 눈을 가지고 있었다. 말포이 씨는 가게 안을 돌아다니며 진열해 놓은 물건들을 한가롭게 바라보더니 계산대에 놓인 초인종을 울리고 아들에게 눈을 돌리며 말했다. "아무것도 만지지 마라, 드레이코."

유리 눈알로 손을 뻗던 말포이가 말했다. "선물 사 주시는 줄 알았는데요."

"경주용 빗자루를 사 주겠다고 했지." 말포이의 아버지가 말하며 손가락으로 계산대를 계속 두드렸다.

"기숙사 퀴디치 팀 대표도 아닌데 그게 무슨 소용이에요?" 말포이가 부루퉁하고 화난 표정으로 말했다. "해리 포터는 작년에 님부스 2000을 받았단 말이에요. 걔가 그리핀도르 팀에서 뛰도록 덤블도어가 특별히 허락해 줬다고요. 걘 그렇게 잘하지도 않아요. 그냥 유명해서 그런 거지……. 이마에 같잖은 흉터 하나 있다고 유명해서……."

말포이는 고개를 숙이고 해골로 가득 찬 선반을 들여다보았다.

"……다들 걔가 엄청 똑똑한 줄 알아요. 흉터랑 빗자루를 가진 대단한 *포터*……."

"그 얘기를 벌써 열 번은 했다." 말포이 씨가 화를 억누르는 얼굴로 아들에게 말했다. "그리고 이 점을 상기시켜 줘야겠구나. 해리 포터를 좋아하지 않는 것처럼 보이는 건…… 신중하지 못한 일이야. 우리 마법사 대부분이 그 애를 어둠의 왕을 사라지게 만든 영웅으로 여길 때는 말이다. 아, 보긴."

플러리시 앤 블러츠 서점에서

기름진 머리카락을 올백으로 넘긴 구부정한 남자가 계산대 뒤에서 나타났다.

"말포이 님, 다시 만나서 얼마나 기쁜지 모릅니다." 보긴 씨가 머리카락만큼이나 기름기 도는 목소리로 알랑거렸다. "정말 좋네요. 게다가 어린 말포이 도련님까지. 반갑군요. 뭘 도와드릴까요? 꼭 보여 드릴 게 있습니다. 바로 오늘 들어온 건데 가격도 아주 합리적이고……."

"오늘은 사러 온 게 아니네, 보긴. 팔러 왔지." 루시우스 말포이가 말했다.

"파신다고요?" 보긴 씨의 얼굴에서 미소가 살짝 흐려졌다.

"마법 정부가 불시 단속을 더 많이 하고 있다는 얘기는 자네도 들었겠지." 말포이 씨가 안주머니에서 양피지를 꺼내 보긴 씨가 읽을 수 있도록 펼치면서 말했다. "집에 몇 가지…… 음…… 마법 정부가 찾아오면 난처해질 수 있는 물건이 있는데……."

보긴 씨가 코안경을 고쳐 쓰고 목록을 내려다보았다.

"마법 정부가 감히 말포이 님을 곤란하게 만들려고요, 설마?"

말포이 씨의 입술이 말려 올라갔다.

"아직 그들이 찾아오진 않았네. 지금까지는 말포이라는 이름이 확실히 존경받고 있으니까. 하지만 마법 정부의 간섭이 어느 때보다도 심해지고 있어. 새로운 머글 보호법에 관한 소문도 돌고 있고. 그 벼룩투성이 머글 애호가, 얼간이 아서 위즐리가 배후에 있다는 데는 의심의 여지가 없지."

해리는 속에서 분노가 뜨겁게 솟구치는 것을 느꼈다.

"……그리고 자네도 알겠지만, 이 독약 중 몇 가

지는 겉으로 보기에…….'"

"알고 있습니다, 말포이 님, 물론이지요." 보긴 씨가 말했다. "어디 보자…….'"

"저거 가져도 돼요?" 드레이코가 쿠션에 놓여 있는 말라 죽은 손을 가리키며 끼어들었다.

"아, 영광의 손 말이군요!" 보긴 씨가 말포이 씨의 목록을 놔두고 드레이코에게로 종종걸음 치며 말했다. "양초를 끼우면 들고 있는 사람에게만 빛을 비춰 주지요! 도둑들과 약탈자들의 가장 좋은 친구랍니다! 아드님 취향이 훌륭하네요, 말포이 님."

"나는 내 아들이 도둑이나 약탈자 이상이 되기를 바라네만, 보긴." 말포이 씨가 차갑게 말하자 보긴 씨가 재빨리 덧붙였다. "기분 나빠하지 마십시오, 말포이 님. 그런 뜻으로 드린 말씀이 아니라…….'"

"하기야 학교 성적이 오르지 않으면" 하고, 말포이 씨가 더욱 차가운 목소리로 말을 이었다. "정말로 그런 일이나 어울리는 꼴이 되겠지만."

"제 잘못이 아니에요." 드레이코가 반박했다. "교수들마다 가장 좋아하는 학생이 있는데, 그 헤르미온느 그레인저는…….'"

"나는 네가 마법사 가문 출신도 아닌 여자애한테 전 과목 시험에서 진 걸 부끄러워할 거라고 생각했다." 말포이 씨가 쏘아붙였다.

"하!" 해리가 숨죽여 내뱉었다. 무안해하면서도 화난 표정의 드레이코를 보니 기분이 좋았다.

"어디든 마찬가지죠." 보긴 씨가 기름기 어린 목소리로 알랑거렸다. "어딜 가든 마법사 혈통의 중요성이 점점 떨어지고 있습니다."

"나한테는 아니네." 말포이 씨가 긴 콧구멍을 벌렁거리며 말했다.

"그럼요, 말포이 님. 저도 아닙니다." 보긴 씨가 깊이 고개를 숙이며 말했다.

"그렇다면 내 목록 얘기로 돌아가도 될 것 같은데." 말포이 씨가 퉁명스럽게 말했다. "내가 뭐랄까, 좀 바빠서 말이야, 보긴. 오늘 다른 곳에서 중요한 일이 있네."

그들은 흥정을 시작했다. 해리는 드레이코가 상품들을 살펴보면서 그가 숨어 있는 곳으로 점점 더 가까이 다가오는 모습을 초조하게 지켜보았다. 드레이코는 여러 겹으로 감아 놓은 긴 교수형 밧줄을 살펴보려고 잠깐 멈췄다가, 아름다운 오팔 목걸이에 받쳐 놓은 안내판을 읽으며 히죽거렸다. '주의: 만지지 마시오. 저주받음. 지금까지 머글 주인 열아홉 명의 목숨을 앗아 감.'

드레이코는 몸을 돌려 바로 앞에 있는 캐비닛을 보았다. 그가 앞으로 걸어와…… 문고리로 손을 뻗었고……

"됐군." 계산대에서 말포이 씨가 말했다. "가자, 드레이코!"

드레이코가 등을 돌리자 해리는 소매로 이마를 훔쳤다.

"좋은 하루 보내게, 보긴. 내일 물건들을 가지러 저택에 올 거라 기대하겠네."

문이 닫히자마자 보긴 씨는 알랑거리는 태도를 싹 바꿨다.

"당신한테나 좋은 하루겠지, 말포이 양반. 게다가 소문이 사실이라면, 그 저택에 숨겨 놨던 것 중 절반도 팔지 않았을 텐데…….'"

보긴 씨는 험악하게 중얼거리며 가게 안쪽으로 사라졌다. 해리는 그가 돌아올 경우에 대비해 잠깐 기다렸다가 가능한 한 조용히 캐비닛을 빠져나온 뒤 유리 상자들을 지나쳐 가게 문을 나섰다.

해리는 부러진 안경을 움켜잡고 얼굴에 댄 채 주위를 둘러보았다. 그는 어둠의 마법 전문 상점들이 모여 있는 듯한 음침한 골목에 들어와 있었다. 방금 그가 떠나온 곳, '보긴 앤 버크'가 가장 큰 가게 같았다. 맞은편 유리창에는 쭈그러든 머리들이 진열되어 있었고, 거기서 가게 두 곳을 지나니 어마어마한 크기의 검은 거미들이 득시글거리는 커다란 우리가 나왔다. 남루한 행색의 마법사 두 명이 출입문 그늘 속에서 해리를 지켜보며 서로에게 뭐라뭐라 중얼거리고 있었다. 해리는 조마조마한 마음으로 그 자리를 떠났다. 안경을 똑바로 붙들려고 애쓰며, 가망은 없었지만 나가는 길을 찾을 수 있으리라는 희망을 버리지 않았다.

독이 든 양초 가게 위에 걸린 나무 표지판 덕에 해리는 여기가 녹턴 앨리라는 사실을 알 수 있었다. 한 번도 들어 본 적 없는 곳이었기에 별 도움이 되진 않았다. 조금 전 위즐리네 벽난로 안에서 입안 가득 재가 들어오는 바람에 발음이 정확하지 않았던 것 같았다. 해리는 침착하려고 애쓰며 뭘 해야 할지 고민했다.

"길을 잃었니, 애야?" 어떤 목소리가 귓가에 속삭이자 해리는 소스라치게 놀랐다.

나이 든 여자 마법사 하나가, 끔찍하게도 통째로 뽑힌 사람 손톱 같은 것이 담긴 쟁반을 들고 그의 앞에 서 있었다. 그녀는 이끼 낀 듯 더러운 치아를 드러내며 음흉한 시선으로 해리를 바라보았다. 해리는 뒤로 주춤했다.

"괜찮아요. 고맙습니다." 그가 우물거렸다. "전 그냥……."

"**해리!** 대체 여기서 뭐 하는 거야?"

해리의 가슴이 철렁했다. 마법사도 마찬가지였다. 엄청난 양의 손톱이 마법사의 발 위로 후드득 떨어지고 그녀가 욕설을 내뱉은 그때, 호그와트 숲지기 해그리드의 거대한 몸체가 성큼성큼 다가왔다. 숱 많고 뻣뻣한 턱수염 위로 딱정벌레처럼 검은 눈이 번뜩였다.

"해그리드!" 해리는 안도감에 목멘 소리로 외쳤다. "길을 잃었어요……. 플루 가루가……."

해그리드가 해리의 목덜미를 잡아 확 끌어당기면서 건드리는 바람에 마법사의 손에서 쟁반이 떨어졌다. 해리와 해그리드가 구불구불한 골목을 지나 밝은 햇빛 아래로 나오는 내내 그녀가 내지르는 날카로운 비명이 뒤따랐다. 저 멀리 익숙한 순백색 대리석 건물이 보였다. 그린고츠 은행이었다. 해그리드가 해리를 곧장 다이애건 앨리로 데리고 온 것이다.

"너 엉망이구나!" 해그리드가 걸걸하게 말하며 너무 힘 있게 그을음을 털어 주는 바람에 해리는 하마터면 약재상 앞에 있던 용의 똥통에 빠질 뻔했다. "녹턴 앨리를 돌아다니다니, 세상에……. 거긴 위험한 곳이야, 해리. 네가 거기 있는 걸 아무도 못 봤어야 할 텐데……."

"그건 저도 알겠어요." 해리는 다시 옷을 털어 주려는 해그리드를 피하며 말을 이었다. "길을 잃었다니까요. 그건 그렇고, 아저씨는 거기서 뭘 하고 계셨어요?"

"나야 육식 민달팽이 방충제를 찾고 있었지." 해그리드가 툴툴거렸다. "그놈들이 학교 양배추를 망쳐 놓고 있거든. 너 혼자 온 건 아니지?"

"위즐리네 식구들이랑 같이 지내고 있는데 떨어졌어요." 해리가 설명했다. "가서 찾아봐야겠어요……."

# 해리 포터와 비밀의 방

그들은 함께 거리를 걷기 시작했다.

"어떻게 답장 한 번 안 할 수가 있냐?" 해그리드가 옆에서 종종걸음 치는 해리에게 말했다(해그리드의 거대한 부츠가 한 걸음 나아갈 때마다 해리는 세 발짝을 가야 했다). 해리는 도비와 더즐리 가족에 대해 모두 설명했다.

"망할 놈의 머글들." 해그리드가 으르렁거렸다. "내가 알았다면……."

"해리! 해리! 여기야!"

고개를 들자 그린고츠로 들어가는 흰 계단 꼭대기에 서 있는 헤르미온느 그레인저가 보였다. 그들에게 달려 내려오는 그녀의 북슬북슬한 갈색 머리

플러리시 앤 블러츠 서점에서

가 뒤로 휘날렸다.

"안경은 어떻게 된 거야? 안녕하세요, 해그리드? 아, 둘 다 이렇게 다시 보니 *너무* 좋네요. ……그린고츠에 가는 거야, 해리?"

"위즐리네 식구들을 찾는 대로 가려고." 해리가 말했다.

"오래 안 기다려도 되겠구나." 해그리드가 씩 웃었다.

해리와 헤르미온느가 주위를 둘러보았다. 론, 프레드, 조지, 퍼시, 위즐리 씨가 북적거리는 거리를 전속력으로 달려오고 있었다.

"해리." 위즐리 씨가 헐떡였다. "벽난로 하나만

# 해리 포터와 비밀의 방

더 갔다면 좋았을 텐데……." 그는 머리가 벗어져 번들거리는 부분을 닦았다. "몰리는 제정신이 아니야. 지금 오고 있다."

"어디로 나왔어?" 론이 물었다.

"녹턴 앨리." 해그리드가 무시무시한 목소리로 말했다.

"끝내준다!" 프레드와 조지가 동시에 외쳤다.

"우리는 절대 가면 안 되는데." 론이 부럽다는 듯 말했다.

"그럴 생각은 꿈에도 하지 말아라." 해그리드가 으르렁거렸다.

이제 위즐리 부인이 전속력으로 달려오는 모습

이 보였다. 한 손에서는 핸드백이 거칠게 휘둘리고, 다른 손에는 지니가 간신히 매달려 있었다.

"오, 해리…… 이런, 세상에…… 도대체 어디 있었니……."

그녀가 가쁜 숨을 헐떡이며 가방에서 커다란 옷솔을 꺼내 해그리드가 미처 털어 내지 못한 재를 털기 시작했다. 위즐리 씨가 해리의 안경을 가져가 마법 지팡이로 한 번 두드리더니 새것처럼 멀쩡해진 모습으로 돌려주었다.

"뭐, 난 가 봐야겠네." 위즐리 부인에게 손을 꽉 잡혀 있던("녹턴 앨리라니! 당신이 해리를 못 찾았으면 어쩔 뻔했어요, 해그리드!") 해그리드가 말했다. "호그와트에서 보자!" 성큼성큼 멀어져 가는 해그리드의 머리와 어깨가 사람들로 빽빽한 거리에서 불쑥 솟아 있었다.

"보긴 앤 버크에서 누굴 봤는지 알아?" 그린고츠 계단을 오르며 해리가 론과 헤르미온느에게 물었다. "말포이랑 개네 아버지."

"루시우스 말포이가 뭔가 샀니?" 뒤에서 위즐리 씨가 기다렸다는 듯 물었다.

"아뇨. 팔고 있었어요."

"그러니까, 걱정이 된 게로군." 위즐리 씨가 딱딱하면서도 흡족한 말투로 말했다. "아, 무슨 이유로든 루시우스 말포이를 잡아넣을 수 있으면 참 좋을 텐데……"

"조심해, 아서." 문 앞에서 인사하는 고블린의 안내를 받으며 은행 안으로 들어갈 때 위즐리 부인이 날카롭게 말했다. "골치 아픈 집안이니 무리해선 안 돼."

"그러니까, 내가 루시우스 말포이한테 상대가 안 된다는 거야?" 위즐리 씨가 분개해서 따졌지만 헤르미온느의 부모님을 보자마자 정신이 팔리고 말았다. 그레인저 부부는 거대한 대리석 로비를 따라 쭉 이어진 창구 앞에 초조하게 서서, 헤르미온느가 일행을 소개해 주기를 기다리고 있었다.

"아니, 머글이시군요!" 위즐리 씨가 기뻐하며 말했다. "한잔해야겠는데요! 거기 가지고 계신 건 뭔가요? 아, 머글 돈을 바꾸고 계셨군요. 몰리, 봐 봐!" 그가 흥분하며 그레인저 씨의 손에 들린 10파운드짜리 지폐들을 가리켰다.

"여기서 다시 만나자." 위즐리 가족과 해리가 또 다른 그린고츠 고블린을 따라 지하 금고로 향할 때 론이 헤르미온느에게 말했다.

지하 금고까지는 고블린이 운전하는 조그만 수레를 타고 좁다란 선로를 따라 은행 지하 터널을 지나야 했다. 그 위험천만한 고속 여행은 즐거웠지만, 위즐리네 금고가 열리자 해리는 녹턴 앨리에 있을 때보다 더 끔찍한 기분이 들었다. 안에는 은화 시클이 조그맣게 쌓여 있었고, 금화 갈레온은 단 한 개뿐이었다. 위즐리 부인은 구석으로 곧장 손을 넣어 더듬다가 내용물 전체를 가방에 쓸어 담았다. 다 같이 해리의 금고에 도착했을 때는 더욱더 마음이 불편했다. 해리는 내용물이 보이지 않게 가리려고 애쓰면서 재빨리 동전 한 움큼을 가죽 자루에 밀어 넣었다.

그들은 바깥 대리석 계단으로 돌아와 흩어졌다. 퍼시는 새 깃펜이 필요하다는 건지 뭐라는지 애매하게 중얼거렸다. 프레드와 조지는 호그와트 친구리 조던을 발견했다. 위즐리 부인과 지니는 중고 로브 가게에 가기로 했다. 위즐리 씨는 그레인저 부부를 리키 콜드런으로 데려가 한잔해야겠다고 고집을 부리고 있었다.

"한 시간 뒤에 플러리시 앤 블러츠 서점에서 만나 교과서를 살 거야." 위즐리 부인이 지니와 함께 출발하며 말했다. "녹턴 앨리 쪽으로는 한 발짝도 들이지 마라!" 그녀는 멀어지는 쌍둥이의 등에다 대고 소리쳤다.

해리, 론, 헤르미온느는 구불구불한 자갈길을 따라 거닐었다. 주머니 속에서 금화, 은화, 동화가 들어 있는 자루가 기분 좋게 짤랑거리며 써 달라고 아우성이었으므로, 해리는 큼직한 딸기 땅콩버터 아이스크림 세 개를 샀다. 그들은 만족스럽게 아이스크림을 핥아 먹으면서 골목을 돌아다니고 흥미진진한 가게 진열창들을 구경했다. 헤르미온느가 잉크와 양피지를 사려고 그들을 옆 가게로 끌고 갈 때까지 론은 '고급 퀴디치 용품점' 창문에 진열된 처들리 캐넌스 유니폼 풀 세트를 동경하듯 바라보았다. 그들은 '갬볼 앤 제이프스 웃기는 마법 가게'에서 '필리버스터 박사의 축축하게 불붙어 뜨겁지 않은 기막힌 폭죽'을 잔뜩 사고 있는 프레드와 조지, 리 조던을 만났다. 한편 부러진 마법 지팡이와 기우뚱한 놋쇠 저울, 마법약 얼룩으로 뒤덮인 낡은 망토로 가득한 코딱지만 한 고물상에서 만난 퍼시는 《권력을 손에 넣은 반장들》이라는, 작지만 굉장히 재미없는 책에 푹 빠져 있었다.

"호그와트 반장들과 그들의 진로에 관한 연구." 론이 뒤표지 문구를 큰 소리로 읽었다. "그거 엄청 재밌겠네……."

"저리 가." 퍼시가 신경질적으로 말했다.

"어련하시겠어. 아주 야심이 넘친다니까, 퍼시는. 다 계획해 놨어…… 마법 정부 총리가 되고 싶어 하거든……." 퍼시를 뒤로하고 떠나면서 론이 작은 소리로 해리와 헤르미온느에게 말해 주었다.

한 시간 뒤 그들은 플러리시 앤 블러츠로 향했다. 서점으로 향하는 사람은 결코 그들만이 아니었다. 서점 가까이 가자, 놀랍게도 문 밖에서 안으로 들어가려고 떠미는 수많은 사람이 보였다. 위쪽 창문을 가로지르며 쫙 펼쳐진 커다란 현수막을 보자 그 이유를 확실히 알 수 있었다.

길더로이 록하트
자서전 사인회
**《마법 같은 나》**
오늘 오후 12:30~4:30

"실제로 볼 수 있다니!" 헤르미온느가 꺅 소리를 질렀다. "내 말은, 우리 교과서 목록에 있는 책 대부분을 쓴 사람이잖아!"

손님은 대부분 위즐리 부인 또래의 여자 마법사들로 보였다. 잔뜩 시달린 듯한 남자 마법사 하나가 문 앞에 서서 말했다. "진정하세요. 부탁입니다, 숙녀 여러분…… 밀지 마세요, 거기…… 책 조심하시고요, 자……."

해리, 론, 헤르미온느는 안으로 비집고 들어갔다. 길더로이 록하트가 자기 책에 사인을 하고 있는 서점 안쪽까지 긴 줄이 구불구불 이어져 있었다. 셋은 각각 《밴시와의 휴식 시간》을 한 권씩 집어 들고 위즐리 가족과 그레인저 부부가 함께 서 있는 곳까지 천천히 줄을 따라갔다.

"아, 왔구나. 잘됐다." 위즐리 부인이 말했다. 그녀는 숨이 찬 듯했고 끊임없이 머리카락을 매만지고 있었다. "곧 그분을 볼 수 있을 거야……."

길더로이 록하트가 천천히 시야에 들어왔다. 록하트는 자기 얼굴이 담긴 커다란 사진들에 둘러싸인 채 탁자에 앉아 있었는데, 그 사진들은 모두 사람들을 향해 윙크를 날리며 눈부시게 하얀 치아를 번뜩이고 있었다. 실제 록하트는 눈 색깔과 꼭 같은 물망초 빛깔의 푸른 로브를 입고 있었고, 그의 뾰족한 마법사 모자는 곱슬거리는 머리카락 위에 삐딱하게 얹혀 있었다.

짜증 난 것처럼 보이는 키 작은 남자 하나가 커다란 검은색 카메라로 사진을 찍으며 춤추듯 돌아다니고 있었다. 눈이 멀 듯한 플래시가 터질 때마다 카메라가 보라색 연기를 뻐끔뻐끔 토해 냈다.

"거기 좀 비켜." 그는 더 좋은 사진을 찍으려고 뒷걸음질하다가 론에게 성질을 부렸다. "《예언자일보》에 실릴 사진이라고."

"대단도 하시지." 론이 사진기자에게 밟힌 발을 문지르며 말했다.

길더로이 록하트가 론의 말을 들었다. 그가 고개를 들었다. 그러고는 론에게, 이어서 해리에게 시선을 옮기더니 그를 뚫어지게 바라보았다. 그러곤 벌떡 일어서서 확신하듯 외쳤다. "설마 해리 포터?"

사람들이 쫙 갈라서더니 흥분해서 수군거리기 시작했다. 록하트가 얼른 다가와 해리의 팔을 잡고 앞쪽으로 끌어당겼다. 사람들이 박수갈채를 터뜨렸다. 록하트가 해리의 손을 와락 잡더니, 미친 듯이 카메라를 찰칵거리며 위즐리 가족 쪽으로 짙은 연기를 퍼뜨리고 있는 사진기자를 보며 흔들었다. 해리는 얼굴이 달아오르는 것을 느꼈다.

"멋지게 활짝 미소 짓거라, 해리." 록하트가 환하게 빛나는 잇새로 말했다. "너랑 내가 같이 서 있으면 1면감이야."

그가 마침내 손을 놓아주었을 때 해리는 손가락에 감각이 없을 지경이었다. 해리는 위즐리 가족 쪽으로 옆걸음질 치려고 했지만 록하트가 그의 어깨에 팔을 두르더니 옆에 꽉 붙들었다.

"신사 숙녀 여러분." 그가 조용히 하라고 손을 저으며 큰 소리로 말했다. "이 얼마나 특별한 순간입니까! 꽤 오랫동안 기다려 왔던 작은 발표를 하기에 더할 나위 없이 좋은 순간이군요! 여기 있는 어린 해리는 오늘 플러리시 앤 블러츠에 들어서면서 그저 제 자서전을 사고 싶었을 겁니다. 지금 저는 해리에게 기꺼이 그 책을 선물하려 합니다. 공짜로 말이죠." 사람들이 다시 박수를 보냈다. "*해리는 전혀 몰랐습니다.*" 록하트가 말을 이으며 해리를 살짝 흔들자 그의 안경이 코끝으로 미끄러졌다. "머잖아 저의 책 《마법 같은 나》 이상을 갖게 되리란 사실을 말이죠. 사실 해리와 해리의 학교 친구들은 '마법 같은 나'를 실물로 갖게 될 겁니다. 네, 신사 숙녀 여러분, 크나큰 기쁨과 자긍심을 갖고 발표합니다. 올 9월부터, 제가 호그와트 마법학교에서 어둠의 마법 방어법 교수 자리를 맡게 되었습니다!"

사람들이 환호하고 손뼉 치는 가운데 해리는 어느새 길더로이 록하트 전집을 선물받고 있었다. 그는 책 무게 때문에 살짝 비틀거리며 간신히 사람들의 관심을 벗어나 서점 구석, 새로 산 솥단지 옆에 서 있는 지니에게로 갔다.

"이건 너 가져." 해리가 책들을 솥 안에 쏟아 넣으며 지니에게 중얼거렸다. "내 건 내가 살게."

"엄청 좋았겠다. 그치, 포터?" 해리는 그 목소리를 단번에 알아들었다. 그는 몸을 똑바로 펴고, 평소처럼 비웃음을 띠고 있는 드레이코 말포이를 마주 보았다.

"*유명하신* 해리 포터." 말포이가 빈정거렸다. "신문 1면에 실리지 않고는 서점도 못 가는구나."

"괴롭히지 마. 해리가 그러고 싶어서 그런 게 아니잖아!" 지니가 말했다. 지니가 해리 앞에서 입을 연 건 그때가 처음이었다. 지니는 말포이를 노려보고 있었다.

"포터, 여자친구가 생겼구나!" 말포이가 느릿느릿 말했다. 지니의 얼굴이 빨개졌다. 각각 록하트의 책을 잔뜩 들고 있는 론과 헤르미온느가 길을 뚫고 다가왔다.

"아, 너였냐?" 론이 신발 밑창에 붙은 오물을 보듯 말포이를 보며 말했다. "여기서 해리를 만나서 놀랐나 보지?"

"상점에서 널 만난 것만큼 놀랍지는 않아, 위즐

리." 말포이가 대꾸했다. "그 많은 물건 값을 내려면 너희 부모가 한 달은 굶어야 할 것 같은데."

론의 얼굴이 지니만큼이나 빨개졌다. 론도 솥 안에 책을 던져 넣고 말포이에게 달려들려 했지만, 해리와 헤르미온느가 그의 재킷을 움켜잡았다.

"론!" 위즐리 씨가 프레드, 조지와 함께 사람들을 헤치며 다가왔다. "뭐 하고 있어? 여긴 정신이 하나도 없으니 밖으로 나가자."

"이런, 이런, 이런…… 아서 위즐리."

루시우스 말포이였다. 그는 드레이코와 똑같은 비웃는 표정을 지으며 아들의 어깨에 손을 얹고 섰다.

"루시우스." 위즐리 씨가 차갑게 고개를 까닥이며 말했다.

"듣기로는 정부 일이 바쁘다던데." 말포이 씨가 말했다. "그 많은 불시 단속하며…… 초과근무 수당은 받아 가면서 일했으면 좋겠군그래."

그가 지니의 솥으로 손을 뻗어 화려한 장정의 록하트 책들 사이에서 아주 오래되고 낡은 《입문자를 위한 변환 마법》을 꺼냈다.

"못 받는 게 분명하군." 그가 말했다. "이를 어쩐다. 대가조차 제대로 받지 못하면서 마법사 이름에 먹칠을 하는 게 다 무슨 소용인가?"

위즐리 씨의 얼굴은 론이나 지니보다도 훨씬 빨갰다.

"마법사 이름에 먹칠하는 게 어떤 건지 자네와 나는 아주 다른 의견을 가지고 있는 것 같군, 말포이." 그가 말했다.

"그거야 자명한 사실이지." 말포이 씨가 말했다. 그의 옅은 색 눈이 상황을 걱정스럽게 지켜보고 있는 그레인저 부부에게 잠깐 머물렀다. "사귀는 친구들하고는, 위즐리…… 나는 자네 집안이 이 이상 비천해질 수는 없을 거라고 생각했는데……."

쾅 소리가 나면서 지니의 솥이 날아갔다. 위즐리 씨가 몸을 날려 말포이 씨를 책꽂이 쪽으로 쓰러뜨린 것이다. 수십 권의 묵직한 마법 책이 굉음을 내며 모두의 머리 위로 떨어져 내렸다. 프레드인지 조지인지가 "맛 좀 보여 줘요, 아빠!" 하고 외쳤다. 위즐리 부인은 소리를 지르고 있었다. "안 돼, 아서! 안 돼!" 사람들이 우르르 물러나는 바람에 더 많은 책꽂이가 쓰러졌다. "신사분들, 제발…… 제발요!" 서점 직원이 외쳤고, 뒤이어 그 모든 소리보다도 더 큰 목소리가 들려왔다. "그만해, 거기, 아저씨들. 그만하라고."

해그리드가 책의 바다를 헤치며 걸어왔다. 그는 순식간에 위즐리 씨와 말포이 씨를 떼어 놓았다. 위즐리 씨는 입술이 터졌고 말포이 씨는 《독버섯 백과사전》으로 눈을 맞았다. 그때까지도 지니의 낡은 변환 마법 책을 들고 있던 말포이 씨가 지니에게 책을 거칠게 떠안기며 두 눈을 악의로 번뜩였다.

"여기 있다, 얘야. 네 책 가져가거라. 네 아버지가 너한테 줄 수 있는 것 중에 가장 비싼 거다……."

말포이 씨는 해그리드의 손아귀에서 몸을 빼내며 드레이코에게 손짓하더니 가게에서 사라졌다.

"무시했어야지, 아서." 해그리드가 구겨진 로브를 펴는 위즐리 씨를 땅에서 들어 올리다시피 하며 말했다. "저 집안 사람 모두가 뼛속까지 썩었다는 건 다들 아는 얘기잖아. 말포이 집안 사람들 말엔 귀 기울일 가치가 없어. 나쁜 혈통, 바로 그거라니까. 자 이제, 여기서 나가자고."

서점 직원은 그들을 못 나가게 막고 싶은 표정이었지만 키가 겨우 해그리드의 허리에 미치는 처지라 생각을 고쳐먹은 듯했다. 그들은 황급히 거리를 걸어갔다. 그레인저 부부는 두려움에 몸을 떨었고 위즐리 부인은 화가 나서 제정신이 아니었다.

"애들한테 아주 훌륭한 본보기를 보였네……. 사람들 다 보는 데서 *싸움질*이라니……. 길더로이 록하트가 뭐라고 생각했을까……."

"재미있어하던데요." 프레드가 말했다. "우리가 나올 때 그 사람이 하는 말 못 들으셨어요? 《예언자일보》에서 나온 그 남자한테 이 싸움도 기사에 넣을 수 있느냐고 묻고 있었어요. 이것도 다 기삿거리라면서."

그러나 리키 콜드런의 난롯가로 돌아갈 때쯤에는 다들 마음이 진정되었다. 해리와 위즐리 가족은 구입한 모든 물건을 들고 플루 가루를 이용해 버로로 돌아갈 예정이었다. 그들은 술집을 나서서 반대쪽 머글 거리로 향하는 그레인저 가족에게 작별 인사를 건넸다. 위즐리 씨는 그들에게 버스 정류장을 어떻게 이용하는지 물으려고 했으나 위즐리 부인의 표정을 보고 얼른 입을 다물었다.

해리는 안경을 벗어 주머니에 안전하게 넣은 다음 플루 가루를 집었다. 확실히 플루 가루는 썩 마음에 드는 여행 수단은 아니었다.

CHAPTER 5

# 후려치는 버드나무

여름방학은 해리의 바람과 달리 너무 빨리 끝나 버렸다. 호그와트로 돌아가기를 고대하긴 했지만 버로에서 보낸 한 달은 해리의 인생에서 가장 행복한 시간이었다. 더즐리 가족, 그리고 이 다음에 해리가 프리빗가로 돌아갔을 때 기대할 수 있는 환영 인사를 생각하면 론에게 질투를 느끼지 않기가 힘들었다.

마지막 날 저녁, 위즐리 부인은 마법으로 해리가 좋아하는 음식이 가득한 호화로운 저녁 식탁을 차려 냈고, 마지막으로 군침 도는 당밀 푸딩까지 내놓았다. 프레드와 조지는 필리버스터 폭죽으로 저녁을 마무리했다. 부엌을 가득 채운 빨갛고 파란 별들이 천장에서 벽까지 적어도 30분 동안 통통 튀어 다녔다. 그런 다음 마지막으로 코코아 한 잔을 마시자 잠자리에 들 시간이 되었다.

다음 날 아침을 시작하기까지는 한참이 걸렸다. 새벽에 일어났지만 어째서인지 할 일은 여전히 산더미 같았다. 위즐리 부인은 기분이 안 좋은 상태로 여벌 양말과 깃펜을 찾으러 뛰어다녔고, 아이들은 옷을 반쯤 걸치고 토스트를 손에 든 채 계단에서 끊임없이 부딪쳤으며, 위즐리 씨는 지니의 짐 가방을 자동차로 옮기려고 마당을 지나다가 이리저리 돌아다니는 닭에게 걸려 넘어져 하마터면 목이 부러질 뻔했다.

해리는 작은 포드 앵글리아 한 대에 사람 여덟 명과 커다란 가방 여섯 개, 올빼미 두 마리와 쥐 한 마리가 어떻게 다 들어갈 수 있는지 이해할 수 없었다. 물론, 위즐리 씨가 추가한 특별한 기능을 몰랐

57

기 때문이었다.

"몰리한테는 아무 말도 하지 마라." 위즐리 씨가 짐들이 쉽게 들어가도록 마법으로 확대한 트렁크를 열어서 보여 주며 해리에게 속삭였다.

마침내 모두가 자동차에 타자 위즐리 부인은 해리, 론, 프레드, 조지, 퍼시가 나란히 편안하게 앉아 있는 뒷좌석을 힐끗 보더니 말했다. "머글들은 정말 우리 생각보다 많은 걸 알고 있나 봐. 그치?" 그녀와 지니는 공원 벤치처럼 늘어난 앞좌석에 앉아 있었다. "밖에서만 보면 이렇게 넓다는 생각은 절대 안 들 것 아냐?"

위즐리 씨가 시동을 걸자 자동차는 시끄러운 소리를 내며 마당을 빠져나갔고, 해리는 마지막으로 한 번 집을 보려고 고개를 돌렸다. 하지만 언제 이곳을 다시 볼 수 있을까 하는 의문이 들기가 무섭게 그들은 되돌아가야 했다. 조지가 필리버스터 폭죽 상자를 두고 온 것이다. 그로부터 5분 뒤, 자동차가 끼익 소리를 내며 다시 마당에 멈춰 섰고 프레드는 빗자루를 가지러 뛰어갔다. 고속도로에 거의 도착했을 때에는 지니가 일기장을 두고 왔다며 비명을 질렀다. 지니가 다시 자동차에 올라탔을 때쯤 그들은 예상했던 시간을 훌쩍 넘기고 인내심의 한계도 넘긴 상태였다.

위즐리 씨가 손목시계를 보고 아내를 힐끗 바라보았다.

"몰리, 여보……."

"안 돼, 아서."

"아무도 안 볼 거야. 여기 이 작은 버튼이 내가 설치한 투명 부스터인데, 이걸 누르면 하늘로 솟아오르게 돼. 그리고 구름 위를 날아가는 거지. 10분이면 도착할 거고, 이보다 더 좋은 방법은 없……."

"안 된다고 했어, 아서. 대낮에는 안 돼."

그들은 11시 15분 전 킹스크로스에 도착했다. 위즐리 씨가 다급히 길을 건너가 가방을 실을 짐수레를 가져오자 모두 서둘러 역에 들어갔다.

해리는 작년에 호그와트 급행열차를 타 봤다. 무엇보다 까다로운 부분은 머글의 눈에는 보이지 않는 9와 4분의 3번 승강장에 가는 것이었다. 그러려면 9번과 10번 승강장을 나누는 단단한 벽 너머로 걸어가야 했다. 아프지는 않았지만, 사라지는 모습을 머글들이 눈치채지 못하도록 주의해야 했다.

"퍼시 먼저 가렴." 위즐리 부인이 머리 위의 시계를 초조하게 바라보며 말했다. 시계를 보니 벽 너머로 태연하게 사라질 시간은 5분밖에 남아 있지 않았다.

퍼시가 기운차게 성큼성큼 앞으로 나아가더니 사라졌다. 위즐리 씨가 그다음이었고, 프레드와 조지가 뒤따랐다.

"내가 지니를 데려갈 테니까 너희 둘은 우리를 바로 따라오렴." 위즐리 부인이 해리와 론에게 말하며 지니의 손을 잡고 출발했다. 그들은 눈 깜짝할 사이에 사라졌다.

"같이 들어가자. 1분밖에 안 남았어." 론이 해리에게 말했다.

해리는 가방 꼭대기에 헤드위그의 새장이 안전하게 고정되어 있는지 확인하고 벽과 마주하도록 짐수레를 돌렸다. 그는 자신만만했다. 이건 플루 가루를 쓰는 것보다 훨씬 쉬웠다. 둘 다 짐수레 손잡이 위로 몸을 바짝 숙이고 과감하게 벽을 향해 걸어가면서 속도를 올렸다. 벽에서 몇 미터 떨어진 곳에서부터 뛰기 시작했고……

**쾅.**

두 사람의 짐수레가 벽에 부딪혀 뒤로 튕겨 나갔다. 론의 짐 가방이 요란한 쿵 소리를 내며 수레에서 떨어졌고, 해리는 나동그라졌으며, 헤드위그의 새장은 반들반들한 바닥에 떨어져 튕기더니 데굴데굴 굴러갔다. 헤드위그는 화가 나서 날카로운 울음소리를 내질렀다. 주위 사람 모두가 그들을 뚫어지게 바라보는 와중 근처에 있던 역무원이 소리쳤다. "도대체 뭣들 하는 거냐?"

"짐수레를 조종할 수가 없었어요." 해리는 자리에서 일어나 옆구리를 부여잡고 숨을 헉 들이마셨다. 론이 달려가 새장을 집어 들었다. 헤드위그가 하도 난리를 치는 바람에 동물을 학대한다느니 어쩌느니 하는 수군거림이 들려오고 있었다.

"왜 지나갈 수 없는 거지?" 해리가 목소리를 낮추고 론에게 물었다.

"모르겠어······."

론이 허겁지겁 주위를 둘러보았다. 호기심을 느꼈는지 10여 명의 사람들이 여전히 그들을 쳐다보고 있었다.

"기차 놓치겠어." 론이 속삭였다. "입구가 왜 저절로 막혔는지 모르겠네······."

해리는 속이 울렁거리는 것을 느끼며 커다란 시계를 올려다보았다. 10초······ 9초······.

해리는 짐수레가 벽에 닿을 때까지 조심스럽게 나아간 다음 온 힘을 다해 밀어 보았다. 벽은 여전히 단단했다.

3초······ 2초······ 1초······.

"가 버렸어." 론이 실망한 목소리로 말했다. "기차가 떠났어. 엄마 아빠가 다시 넘어오지 못하면 어쩌지? 너 머글 돈 있어?"

해리는 힘없이 웃었다. "더즐리 가족한테 용돈 못 받은 지 6년은 된 것 같다."

론이 차가운 벽에 귀를 바짝 댔다.

"아무 소리도 안 들려." 그가 긴장하며 말했다. "어떡하지? 엄마 아빠가 다시 올 때까지 얼마나 걸릴지도 모르는데."

그들은 주위를 둘러보았다. 사람들은 여전히 그들을 쳐다보고 있었다. 가장 큰 이유는 헤드위그가 계속해서 소리를 지르고 있었기 때문이었다.

"자동차에 가서 기다리는 게 좋을 것 같아." 해리가 말했다. "우리가 지나치게 관심을 끌고 있······."

"해리!" 론이 눈을 반짝이며 소리쳤다. "자동차!"

"자동차가 뭐?"

"자동차를 타고 날아서 호그와트에 가면 되잖아!"

"하지만 나는······."

"우린 꼼짝 못 하게 됐어. 맞지? 그리고 학교에 가야 하고. 안 그래? 미성년 마법사라도 진짜 위급한 상황에서는 마법을 쓸 수 있다고 제한 법령 어쩌고 19항인지 뭔지에 나와 있어······."

해리의 당혹감이 갑자기 흥분으로 바뀌었다.

"너 그거 조종할 줄 알아?"

"문제없어." 론이 출구를 향해 짐수레를 돌리며 말했다. "자, 어서 가자. 서두르면 호그와트 급행열차를 따라잡을 수 있을 거야."

그들은 의아해하는 머글 무리를 뚫고 의기양양하게 역을 나서 낡은 포드 앵글리아가 주차된 샛길로 되돌아갔다.

론이 지팡이로 차를 잇달아 몇 번 두드려 텅 빈 트렁크를 열었다. 그들은 짐을 도로 넣고, 헤드위그를 뒷좌석에 태운 다음 앞좌석에 올라탔다.

"누가 보는지 살펴봐." 론이 또 한 번 지팡이로 두드려 자동차 시동을 걸면서 말했다. 해리는 창밖으로 머리를 내밀었다. 앞에 있는 큰길에서는 차들이 시끄러운 소리를 내며 나아가고 있었지만 그들이 있는 길에는 차가 한 대도 지나가지 않았다.

"괜찮아." 해리가 말했다.

론이 계기판에 있는 조그만 은색 버튼을 눌렀다. 그들을 둘러싸고 있던 자동차가 사라졌다. 그들도 사라졌다. 몸 아래 좌석이 진동하는 것이 느껴지고 엔진 소리가 들리고 무릎에 놓인 손과 코에 걸린 안경도 느껴졌지만, 눈에 보이는 대로라면 그들이 탄 자동차는 주차된 차로 가득한 우중충한 길바닥 1미터 정도 높이에 동동 떠 있는 한 쌍의 눈알로 변해 버렸을 뿐이다.

"가자." 오른쪽에서 론의 목소리가 들렸다.

자동차가 떠오르자 땅과 양옆의 더러운 건물들이 멀어지더니 시야 밖으로 사라졌다. 곧 안개 자욱하고 눈부신 런던 전체가 그들의 발밑에 펼쳐졌다.

다음 순간 뻥 소리가 나더니 자동차와 해리, 론의 모습이 다시 나타났다.

"이런." 론이 투명 부스터를 마구 누르면서 말했다. "뭐가 잘못됐나……."

둘 다 주먹으로 버튼을 계속 두들겼다. 자동차가 사라졌다가 깜빡거리더니 다시 나타났다.

"꽉 잡아!" 론이 소리치며 액셀을 꽉 밟았다. 자동차가 낮게 깔린 양털구름 속으로 곧장 튀어나가자 모든 것이 흐릿하고 안개에 휩싸인 것처럼 보였다.

"이제 어쩌지?" 해리가 사방에서 밀어닥치는 짙은 구름 덩어리를 향해 눈을 깜빡이며 말했다.

"어느 방향으로 가야 할지 알려면 기차를 봐야 해." 론이 말했다.

"다시 아래로 살짝 내려가. 빨리."

그들은 구름 아래로 다시 내려간 뒤 좌석에서 몸을 비틀어 눈을 가늘게 뜨고 땅을 내려다보았다.

"보인다!" 해리가 소리쳤다. "바로 앞이야……. 저기!"

호그와트 급행열차가 진홍색 뱀처럼 저 아래에서 쏜살같이 나아가고 있었다.

"정북 방향이네." 론이 계기판의 나침반을 확인하며 말했다. "좋아, 30분 즈음마다 한 번씩 확인하면 돼. 꽉 잡아……." 그들은 구름을 뚫고 솟구쳤다. 잠시 뒤, 그들은 작열하는 햇빛 속으로 튀어나왔다.

그곳은 다른 세상이었다. 자동차 바퀴는 솜털 같은 구름바다 위를 스치듯 굴러갔고, 눈이 멀 정도로 새하얀 태양빛 아래 밝고 푸른 하늘이 끝없이 펼쳐져 있었다.

"이제 비행기만 조심하면 돼." 론이 말했다.

그들은 서로를 마주 보며 한참 동안 웃음을 터뜨렸다. 웃음을 멈출 수가 없었다.

기막히게 멋진 꿈속으로 뛰어든 것만 같았다. 이거야말로 제대로 된 여행 수단이라고 해리는 확신했다. 뜨겁고 밝은 햇살 아래, 조수석 사물함에 빵빵한 토피 사탕 한 봉지를 넣은 자동차를 타고 눈처럼 하얀 구름 소용돌이와 구름 탑을 지나 호그와트 성 앞 드넓은 잔디밭에 부드럽고 멋지게 착륙했을 때 프레드와 조지의 질투 어린 얼굴을 보게 되기를 기대하면서.

그들은 북쪽으로 점점 멀리 날아가면서 수시로 기차를 확인했다. 구름 아래로 한 번씩 내려갈 때마다 다른 풍경이 보였다. 런던은 곧 뒤로 밀어져 가지런한 초록빛 들판으로 대체되었고, 들판은 자줏빛을 띤 넓은 황무지, 조그만 장난감 같은 교회가 있는 마을, 다채로운 색깔의 개미 같은 자동차들로 살아 움직이는 거대한 풍경에 차례차례 자리를 내줬다.

그러나 특별한 일 없이 몇 시간이 흐르자, 해리는 조금씩 흥미가 떨어진다는 사실을 인정할 수밖에 없었다. 사탕 때문에 목이 몹시 마른데도 마실 게 아무것도 없었다. 둘 다 스웨터를 벗은 상태였지만 해리의 티셔츠는 좌석 등받이에 축축하게 달라붙었고 안경은 땀이 흐르는 코끝으로 계속 미끄러졌다. 해리는 이제 환상적인 모양의 구름 찾기는 그만두고, 몇 킬로미터 아래 있는 기차를 간절히 생각하고 있었다. 그곳에서는 통통한 여자 마법사가 밀고 다니는 간식 수레에서 얼음처럼 차가운 호박 주스를 살 수 있었다. *왜 그들은 9와 4분의 3번 승강장으로 들어갈 수 없었던 걸까?*

"많이 멀진 않겠지?" 다시 몇 시간이 지난 뒤, 태양이 구름 밑으로 가라앉아 하늘을 진한 분홍빛으로 물들이기 시작할 때 론이 쉰 목소리로 말했다. "기차 다시 확인할 준비 됐어?"

기차는 여전히 그들 바로 아래에서, 꼭대기가 눈으로 뒤덮인 산을 지나 구불구불 나아가고 있었다. 구름 차양 아래는 훨씬 어두웠다.

론이 액셀을 밟아서 다시 위로 올라가려는데 그 순간 엔진이 털털거리는 소리를 내기 시작했다.

해리와 론은 긴장한 눈빛을 주고받았다.

"그냥 지친 걸 거야." 론이 말했다. "전에는 한 번도 이렇게 멀리 와 본 적이 없거든……."

하늘이 점점 어두워지면서 털털거리는 소리도 점점 커졌지만 둘 다 듣지 못한 척했다. 어둠 속에서 별들이 피어나고 있었다. 해리는 앞 유리 와이퍼가 항의라도 하듯 힘없이 움직이는 것을 못 본 척하려고 애쓰며 다시 스웨터를 입었다.

"다 왔어." 론이 말했다. 해리보다는 차에게 하는 말 같았다. "이제 얼마 안 남았어." 론은 초조하게 계기판을 토닥거렸다.

잠시 후 다시 구름 아래로 내려갔을 때는 눈을 가늘게 뜨고 어둠 속을 들여다보며 아는 건축물을 찾아야 했다.

"저기다!" 해리가 소리치는 바람에 론과 헤드위그가 깜짝 놀랐다. "바로 앞이야!"

호수 건너 절벽 높은 곳에서 호그와트 성의 크고 작은 수많은 탑이 어두운 지평선 위로 윤곽을 드러냈다.

하지만 자동차는 덜덜 떨리기 시작하더니 속도를 잃어 갔다.

"힘내." 론이 달래듯 핸들을 살짝 흔들었다. "거의 다 왔어, 힘내……."

엔진이 신음했다. 보닛 아래에서 가느다란 증기가 뿜어져 나오고 있었다. 차가 호수를 향해 날아갈 때 해리는 자기도 모르게 좌석 모서리를 꽉 쥐었다.

자동차가 심하게 흔들렸다. 해리는 창밖을 힐끗

내다보았다. 1킬로미터쯤 아래 까맣고 매끄러운 유리 같은 수면이 보였다. 핸들을 잡은 론의 손마디가 하얬다. 자동차가 다시 흔들렸다.

"힘내라고." 론이 중얼거렸다.

그들은 호수 위에 있었고…… 성은 바로 앞에 있었다……. 론은 액셀을 밟았다.

요란한 꽝 소리에 이어 치익치익 하는 소리가 나더니 엔진이 완전히 꺼져 버렸다.

"아, 이런." 고요한 가운데 론이 탄식을 내뱉었다.

자동차가 앞으로 기울어졌다. 점점 가속도가 붙으면서, 그들은 단단한 성벽을 향해 곧장 떨어지고 있었다.

"안돼애애애애애애!" 론이 소리를 지르며 핸들을 꺾었다. 그들은 간발의 차이로 어두운 돌벽을 비켜 갔다. 자동차는 크게 곡선을 그리며 어두운 온실과 작은 채소밭, 검은 잔디밭 위를 날아가면서 끊임없이 고도를 잃어 갔다.

론이 핸들에서 손을 떼고 뒷주머니에서 마법 지팡이를 꺼냈다.

"멈춰! 멈춰!" 론이 외치며 계기판과 앞 유리를 후려쳤지만 차는 여전히 곤두박질치고 있었다. 땅이 눈앞으로 성큼 다가왔다…….

"저 나무 조심해!" 해리가 소리를 지르며 핸들 쪽으로 달려들었지만, 너무 늦고 말았다.

**쾅.**

금속이 나무에 부딪칠 때 나는 귀를 찢는 굉음과 함께 자동차가 굵은 나무 몸통에 부딪쳐 크게 요동치면서 땅에 떨어졌다. 찌그러진 보닛 아래서 김이 피어오르고 있었다. 헤드위그는 겁에 질려 비명을 질러 댔다. 앞 유리에 부딪친 해리의 머리에는 골프공만 한 혹이 욱신거렸고, 오른쪽에서는 론이 낮고 절망 어린 신음 소리를 내고 있었다.

"괜찮아?" 해리가 다급히 물었다.

"내 지팡이." 론이 떨리는 목소리로 말했다. "내 지팡이 좀 봐."

마법 지팡이는 거의 두 동강이 나서, 끄트머리가 부서진 나뭇조각 몇 개로만 이어진 채 힘없이 달랑거리고 있었다.

해리는 학교에 가면 틀림없이 고칠 수 있을 거라고 말하려 했지만 입조차 떼지 못했다. 그 순간 뭔가가 돌진하는 황소 같은 힘으로 자동차 옆구리를 들이받았던 것이다. 그 바람에 해리는 옆에 있는 론 위로 쓰러졌고, 바로 그때 똑같이 육중한 충격이 지붕에 가해졌다.

"무슨 일……?"

론이 앞 유리로 내다보다가 숨을 헉 들이켰다. 때마침 주위를 둘러보던 해리는 비단뱀처럼 굵은 나뭇가지가 앞 유리를 박살 내는 장면을 보았다. 그들이 부딪친 나무가 차를 공격하고 있었다. 나무 몸통은 반으로 접히다시피 구부러졌고, 울퉁불퉁한 가지들은 가닿는 대로 자동차를 두들기고 있었다.

"아아악!" 또 다른 비틀린 나뭇가지가 론이 앉은 쪽 문을 후려쳐 심하게 찌그러뜨리자 론이 소리를 질렀다. 앞 유리는 이제 손마디처럼 생긴 잔가지의 빗발치는 타격을 받아 떨렸고, 성문도 부술 법한 굵은 가지 하나는 지붕을 함몰시킬 것처럼 사납게 두들기고 있었다.

"도망쳐!" 론은 온몸으로 자기 쪽 문을 밀면서 소리쳤지만, 다음 순간 또 다른 가지의 무자비한 어퍼컷을 맞고 해리의 무릎 위로 나동그라지고 말았다.

"우린 끝장이야!" 천장이 푹 꺼지자 론이 신음했다. 그때 갑자기 자동차 바닥이 떨리면서 다시 시동이 걸렸다.

"후진!" 해리가 외치자 자동차는 뒤로 튀어 나갔다. 나무는 여전히 그들을 후려치기 위해 안간힘을 쓰고 있었다. 그들이 가지가 닿지 않는 곳으로 재빨리 도망치자, 나무는 스스로를 뽑아 올리다시피 하며 후려갈기려 들었다. 그 바람에 뿌리 삐걱거리는 소리가 들릴 정도였다.

"그것 참." 론이 헐떡였다. "아슬아슬했네. 잘했어, 자동차야."

그러나 자동차는 한계에 다다랐다. 두 차례 또렷한 꽝 소리가 나더니 문이 활짝 열렸고, 해리는 앉은 자리가 옆으로 기울어지는 것을 느꼈다. 다음 순간 해리는 축축한 땅에 대자로 뻗고 말았다. 요란하게 쿵쿵거리는 소리가 들리는 걸 보니 자동차가 트렁크에서 그들의 짐을 내던지고 있는 듯했다. 헤드위그의 새장이 허공을 가르며 날아가다가 벌컥 열렸다. 헤드위그는 성난 듯 시끄럽게 끽끽거리며 새장 밖으로 날아올라 뒤도 돌아보지 않고 성 쪽으로 빠르게 날아갔다. 자동차는 찌그러지고 긁히고 김을 뿜어내면서 우르릉거리는 소리와 함께 화가 난 듯 미등을 번쩍거리며 어둠 속으로 달려갔다.

"돌아와!" 론이 자동차 뒤에 대고 소리치며 부러진 마법 지팡이를 휘둘렀다. "아빠가 날 죽일 거야!"

하지만 자동차는 코웃음을 치듯 마지막으로 한 번 배기구로 연기를 내뿜더니 보이지 않는 곳으로 사라져 버렸다.

"어떻게 이렇게 *재수 없을* 수가 있지?" 론이 허리를 구부려 쥐 스캐버스를 집어 들면서 비참한 듯 말했다. "그 많은 나무 중에 하필 반격하는 나무에 부딪치다니."

론은 여전히 위협적으로 가지를 흔들고 있는 늙어 빠진 나무를 어깨 너머로 힐긋 돌아보았다.

"가자." 녹초가 된 채 해리가 말했다. "학교로 가는 게 좋겠어……."

그들이 상상했던 승리감 넘치는 도착과는 거리가 멀었다. 온몸이 뻐근하고 춥고 멍든 채 그들은 짐 가방 끝을 잡아끌며 풀로 뒤덮인 비탈길을 따라 거대한 오크나무 정문으로 향했다.

"연회가 벌써 시작된 것 같아." 론이 정문 계단 아래 짐 가방을 팽개치고 살금살금 다가가 불을 환하게 밝혀 둔 창문을 들여다보면서 말했다. "야, 해리. 와서 봐. 기숙사 배정식이야!"

해리는 얼른 다가가 론과 함께 대연회장을 들여다보았다.

셀 수 없이 많은 양초가 사람들로 가득 찬 네 개의 기다란 식탁 위를 떠다니며 황금 접시와 잔을 번쩍번쩍 비추고 있었다. 머리 위로는 언제나 바깥 하늘을 비추는 마법 천장이 별빛으로 반짝였다.

뾰족한 검정 호그와트 모자 숲 사이로, 길게 줄지어 연회장으로 들어오는 겁먹은 표정의 1학년들이 보였다. 그 가운데에는 지니도 있었는데, 위즐리 가족 특유의 선명한 머리 색깔 덕분에 쉽게 알아볼 수 있었다. 그러는 동안 단단히 쪽진 머리에 안경을 쓴 마법사, 맥고나걸 교수가 그 유명한 호그와트 기숙사 배정 모자를 신입생들 앞에 있는 의자에 올려놓았다.

여기저기 기워지고 닳아빠진 이 더럽고 낡디낡은 모자는 매년 새로운 학생들을 호그와트의 네 군데 기숙사(그리핀도르, 후플푸프, 래번클로, 슬리데린)에 배정해 주었다. 정확히 1년 전, 모자를 쓰고 겁에 질린 채 결정을 기다리는 동안 그 모자가 귀에 대고 큰 소리로 중얼거렸던 일이 해리의 머릿속에 선명하게 떠올랐다. 그 끔찍한 몇 초 동안 해리는 모자가 그를 어떤 기숙사보다도 어둠의 마법사를 많이 배출한 슬리데린에 집어넣을까 봐 두려워했다. 하지만 해리는 결국 론, 헤르미온느, 다른 위즐리 형제들이 있는 그리핀도르에 들어갔다. 지난 학기에 해리와 론은 그리핀도르가 7년 만에 처음으로 슬리데린을 제치고 기숙사 챔피언십에서 우승하는 데 힘을 보탰다.

몸집이 아주 작은 회갈색 머리카락의 소년 하나가 앞으로 불려 나가 머리에 모자를 썼다. 해리의 시선이 그 소년을 지나 교장 덤블도어 교수에게로 향했다. 그는 교직원 식탁에 앉아서 기숙사 배정식을 지켜보고 있었다. 그의 기다란 은빛 턱수염과 반달 모양 안경이 촛불 빛에 환하게 빛났다. 몇 자리 건너 연한 옥색 로브를 입은 길더로이 록하트가 보였다. 그리고 맨 끝자리에서는 거구에 수염이 덥수룩한 해그리드가 잔에 담긴 뭔가를 벌컥벌컥 들이켜고 있었다.

"잠깐만……." 해리가 론에게 중얼거렸다. "교직원 식탁에 빈자리가 있는데. ……스네이프는 어디 있지?"

세베루스 스네이프 교수는 해리가 가장 싫어하는 선생이었다. 공교롭게도 스네이프가 가장 싫어하는 학생 또한 해리였다. 매정하고 빈정거리기 좋아하는 성격의 스네이프는 마법약 과목을 가르쳤는데, 그가 담당하는 기숙사(슬리데린) 학생들을 제외한 모두가 그를 싫어했다.

"병이 났을지도 몰라!" 론이 기대에 찬 목소리로 말했다.

"그만둔 걸지도 모르고." 해리가 말했다. "이번에도 어둠의 마법 방어법 교수 자리를 놓쳤으니까!"

"아니면 *해고당한 건지도 모르지!*" 론이 열광하며 말했다. "모두가 스네이프를 싫어하잖아."

"아니면……." 바로 뒤에서 매우 차가운 목소리가 들려왔다. "너희 두 사람이 왜 학교 기차를 타고 오지 않았는지 들어 보려고 기다리는지도 모르지."

해리는 뒤돌아보았다. 싸늘한 바람에 검은색 로브를 펄럭이며, 세베루스 스네이프가 그곳에 서 있었다. 그는 누르께한 피부에 매부리코를 가진 야윈 남자로, 기름 낀 검은 머리카락은 어깨까지 내려왔으며, 이 순간에는 해리와 론이 매우 곤란한 상황에 처했음을 알리는 미소를 짓고 있었다.

"따라와라." 스네이프가 말했다.

해리와 론은 감히 서로를 쳐다보지도 못한 채 스네이프를 따라 계단을 올라갔다. 그들은 타오르는 횃불로 밝혀진, 소리가 웅웅 울리는 거대한 현관홀에 들어섰다. 대연회장에서 맛있는 음식 냄새가 퍼져 나오고 있었건만 스네이프는 그들을 그 온기와 빛에서부터 멀리 떨어진, 지하 감옥으로 이어지는 좁은 돌계단 아래로 데려갔다.

"들어가!" 그가 차가운 통로 중간에 있는 문을 열고 손가락으로 가리키며 말했다.

그들은 몸을 떨면서 스네이프의 연구실로 들어갔다. 어둑어둑한 벽을 따라 커다란 유리병들이 놓인 선반 여러 개가 있었는데, 유리병 안에는 이 순간 정말 이름조차 알고 싶지 않은 온갖 역겨운 것들이 둥둥 떠다녔다. 벽난로는 어둡고 텅 비어 있었다. 스네이프는 문을 닫고 몸을 돌려 그들을 보았다.

"그래서……." 그가 부드럽게 말했다. "유명하신 해리 포터와 그의 충실한 조수 위즐리께서는 기차로 부족하다는 건가? 뭔가 *화려하게* 등장하고 싶었던 모양이지?"

"아뇨, 교수님. 킹스크로스역의 벽 때문이었어요. 그게……."

"조용!" 스네이프가 싸늘하게 말했다. "자동차에 무슨 짓을 한 거냐?"

론이 꿀꺽 침을 삼켰다. 해리는 스네이프가 다른 사람의 마음을 읽을 줄 안다고 느낀 게 이번이 처음이 아니었다. 하지만 잠시 후 스네이프가 오늘 자 《석간 예언자일보》를 펼치자 영문을 알 수 있었다.

"너희가 목격됐다." 스네이프가 '**날아다니는 포드 앵글리아가 머글들을 어리둥절하게 하다**'라는 1면 기사 제목을 보여 주며 식식댔다. 그가 큰 소리로 기사를 읽기 시작했다. "런던에 사는 두 머글은 낡은 자동차 한 대가 우체국 건물 너머로 날아가는 것을 확실히 보았다고 말했다……. 정오에는 노퍽에서 헤티 베일리스 씨가 빨래를 널다가…… 피블스에 사는 앵거스 플리트 씨는 경찰에게 제보했다…….' 다 해서 예닐곱 명의 머글에게 목격됐다. 네 아버지가 머글 제품 오용 관리과에서 일하는 걸로 아는데?" 그가 론을 보고 더욱 심술궂게 미소 지으며 말했다. "이런, 이런…… 딴 사람도 아니고 아들이……."

해리는 그 미친 나무의 큼직한 나뭇가지에 배를 세게 얻어맞은 듯한 기분이었다. 위즐리 씨가 자동차에 마법을 걸었다는 사실을 누가 알게 된다면……. 그건 미처 생각 못했는데…….

"교정을 수색하다가 굉장히 귀중한 '후려치는 버드나무'가 상당한 피해를 입은 것처럼 보인다는 사실을 알게 됐는데 말이지." 스네이프가 말을 이었다.

"그 나무보다 우리가 더 피해를……." 론이 불쑥 내뱉었다.

"조용!" 스네이프가 다시 쏘아붙였다. "정말 유감스럽게도 너희는 내 기숙사 소속이 아니므로 내게는 너희를 퇴학시킬 권한이 없다. 가서 그 행복한 권한을 *쥐고* 있는 사람들을 데려와야겠다. 여기서 기다려라."

해리와 론은 하얗게 질린 채 서로를 응시했다. 해리는 더 이상 배가 고프지 않았다. 이제는 속이 극도로 메스꺼웠다. 그는 스네이프의 책상 뒤 선반에서 크고 끈적끈적한 뭔가가 초록색 액체 속을 떠다니는 것을 보지 않으려고 애썼다. 스네이프가 그리핀도르 기숙사 담임 교수인 맥고나걸 교수를 데리러 간 거라면 상황은 나아질 게 없었다. 맥고나걸은 스네이프보다 공정할지는 몰라도 매우 엄격했다.

10분 뒤 스네이프가 역시나 맥고나걸 교수와 함께 돌아왔다. 해리는 맥고나걸 교수가 화내는 모습을 몇 번 본 적이 있지만 그녀가 입술을 얼마나 굳게 다물 수 있는지는 잊고 있었다. 아니면 이토록 화난 모습을 본 적이 없었거나. 맥고나걸 교수는 들어오자마자 마법 지팡이를 들어 올렸다. 해리와 론 둘 다 움찔했지만 맥고나걸 교수는 빈 벽난로를 겨눴을 뿐이었다. 벽난로에서 돌연 불길이 일었다.

"앉거라." 그녀가 말하자 두 사람 모두 난롯가의 의자로 뒷걸음질 쳤다.

"설명하도록." 맥고나걸 교수가 안경을 불길하게 번뜩이며 말했다.

론은 기차역의 벽이 막혀 들어가지 못한 데서부터 이야기를 시작했다.

"……그래서 저희한테는 선택의 여지가 없었어요, 교수님. 기차를 탈 수가 없었거든요."

"왜 올빼미로 우리한테 편지를 보내지 않았지? 너한테 올빼미가 있는 걸로 아는데?" 맥고나걸 교수가 해리를 보며 차갑게 말했다.

해리는 입을 떡 벌리고 그녀를 바라보았다. 맥고나걸 교수의 말을 듣고 보니 분명 그렇게 했어야 했다.

"저, 전 생각이 안 나서……."

"그건……." 맥고나걸 교수가 말했다. "말하지 않아도 알겠구나."

연구실 문을 두드리는 소리가 나자 그 어느 때보다 행복한 표정의 스네이프가 문을 열었다. 거기에는 교장 덤블도어 교수가 서 있었다.

해리는 온몸이 얼어붙는 것 같았다. 덤블도어는 평상시와 달리 심각한 표정을 짓고 있었다. 그가 심하게 휘어진 코 밑으로 그들을 내려다보자, 해리는 문득 차라리 론과 함께 아직도 후려치는 버드나무한테 두들겨 맞고 있었으면 하는 마음이 들었다.

오랜 침묵이 흘렀다. 잠시 후 덤블도어가 말했다. "왜 이런 짓을 했는지 설명해 다오."

차라리 소리를 쳤다면 나았을 것이다. 해리는 덤블도어의 목소리에 깃든 실망감이 정말 싫었다. 왠지 덤블도어의 눈을 마주 볼 수 없어서 대신 그의 무릎에 대고 말했다. 해리는 덤블도어에게 위즐리 씨가 마법을 건 자동차를 가지고 있다는 사실만 빼고 모든 것을 말하면서, 마치 그와 론이 우연히 역 바깥에 주차되어 있던 날아다니는 자동차를 찾아낸 것처럼 이야기했다. 그는 덤블도어가 이를 대번에 꿰뚫어 보리라는 것을 알았다. 그러나 덤블도어는 자동차에 관한 것은 아무것도 묻지 않았다. 해리가 말을 마쳤을 때도 그저 안경 너머로 계속 그들을 응시하기만 했다.

"가서 짐 챙겨 올게요." 론이 아무런 희망도 남지 않은 목소리로 말했다.

"무슨 얘기를 하는 거냐, 위즐리?" 맥고나걸 교수가 호통쳤다.

"저희를 퇴학시키실 거 아닌가요?" 론이 말했다.

해리는 재빨리 덤블도어를 보았다.

"오늘은 아니다, 위즐리 군." 덤블도어가 말했다. "하지만 너희가 저지른 일의 심각성은 둘 모두에게 명심시켜야겠구나. 오늘 밤 너희 가족에게 편지를 보낼 거다. 너희가 또다시 이런 일을 저지른다면 그땐 너희를 퇴학시키는 것 말고는 선택의 여지가 없다고도 경고해야겠고."

스네이프는 크리스마스가 취소된 것 같은 표정이었다. 그가 목을 가다듬고 말했다. "덤블도어 교수님, 이 녀석들은 미성년 마법 제한 법령을 우습게 본데다가, 오래되고 귀중한 나무에 심각한 피해를 입혔습니다……. 당연히 이런 행동은……."

"이 아이들의 처벌은 맥고나걸 교수님이 결정할 걸세, 세베루스." 덤블도어가 담담하게 말했다. "이 아이들은 맥고나걸 교수님의 기숙사에 있으니 맥고나걸 교수님 책임이야." 그가 맥고나걸 교수에게로 눈을 돌렸다. "나는 연회장으로 돌아가야겠습니다, 미네르바. 공지 사항 몇 가지를 전달해야 해서요. 가세, 세베루스. 맛보고 싶은 먹음직스러운 커스터드 타르트가 있더군."

스네이프는 순수한 악의가 담긴 눈으로 해리와 론을 한 번 바라보고는 연구실을 획 나가 버렸다. 두 사람은 맥고나걸 교수와 남게 되었다. 맥고나걸 교수는 여전히 노기등등한 독수리처럼 그들을 쏘아보고 있었다.

"너는 병동에 가 보는 게 좋겠구나, 위즐리. 피가 난다."

"많이는 안 나요." 론이 소매로 눈 위의 상처를 재빨리 닦아 내며 말했다. "교수님, 제 동생이 배정받는 걸 보고 싶은데요……."

"기숙사 배정식은 끝났다." 맥고나걸 교수가 말했다. "네 동생도 그리핀도르야."

"아, 잘됐네요." 론이 말했다.

"그리고 그리핀도르 얘기가 나와서 말인데……." 맥고나걸 교수가 날카롭게 입을 열었지만 해리가 끼어들었다. "교수님, 저희가 자동차를 탄 건 학기가 시작되기 전이니까…… 그러니까 그 일 때문에 그리핀도르가 감점을 당해서는 안 돼요. 안 그런가요?" 그는 애타는 눈으로 맥고나걸 교수를 바라보며 말을 마쳤다.

맥고나걸 교수의 눈빛은 날카로웠지만 해리는 그녀가 거의 미소를 지었다고 확신했다. 어쨌거나, 굳게 다물었던 입술이 조금 풀린 듯 보였다.

"그리핀도르 점수를 깎지는 않으마." 그녀가 말했다. 해리의 마음이 한결 가벼워졌다. "하지만 너희 둘 다 방과 후 징계를 받게 될 거다."

예상했던 것보다는 나았다. 덤블도어 교수가 더즐리 가족에게 편지를 쓰는 건 아무것도 아니었다. 그들이야 그저 후려치는 버드나무가 해리를 납작 뭉개 놓지 않았다는 데 실망할 뿐이라는 것을 해리는 아주 잘 알고 있었다.

맥고나걸 교수가 다시 지팡이를 들어 올려 스네이프의 책상을 가리켰다. '펑' 하는 소리가 나면서 샌드위치 여러 개가 담긴 커다란 접시와 은잔 두 개, 얼음이 들어간 호박 주스 병이 나타났다.

"너희는 여기에서 식사를 마치고 바로 기숙사로 올라가거라." 그녀가 말했다. "나도 연회장에 돌아가야 하니."

맥고나걸 교수가 나가고 문이 닫히자 론이 나직이 긴 휘파람을 불었다.

"퇴학당할 줄 알았는데." 그가 샌드위치를 집으며 말했다.

"나도." 해리도 하나 들고 말했다.

"그래도 그렇게 재수 없을 수가 있냐?" 론이 닭고기와 햄이 들어 있는 샌드위치를 한입 가득 물고 목막힌 소리로 말했다. "프레드랑 조지는 그 자동차를 타고 대여섯 번은 날았는데, 어떤 머글도 그 두 사람을 보지 못했어." 론은 입안의 음식을 삼키고 크게 한 입 더 베어 물었다. "우리는 *왜* 벽을 통과하지 못했을까?"

해리는 어깨를 으쓱했다. "그래도 지금부터 조심

해야겠어." 해리가 감격스러운 듯 호박 주스를 벌컥벌컥 들이켜고 말했다. "우리도 대연회장에 갔다면 좋았을 텐데……."

"맥고나걸은 우리가 돋보이길 바라지 않는 거야." 론이 점잖은 척 말했다. "다른 애들이 날아다니는 차를 타고 도착한 걸 기발하다고 생각할까 봐."

샌드위치를 먹을 수 있는 만큼 먹은 다음(접시는 저절로 계속 채워졌다) 그들은 자리에서 일어나 연구실을 나선 뒤 그리핀도르 탑으로 가는 익숙한 길을 걸어갔다. 성은 조용했다. 연회가 끝난 것 같았다. 그들은 중얼거리는 초상화 몇 점과 삐걱거리는 갑옷들을 지나 좁은 돌계단을 여러 번 오른 끝에, 분홍색 비단 드레스를 입은 아주 뚱뚱한 여자의 유화 뒤 그리핀도르 탑으로 가는 비밀 입구가 숨겨져 있는 통로에 도착했다.

"암호?" 그들이 다가가자 그림 속 여자가 물었다.

"어……." 해리는 대답할 수 없었다.

그들은 아직 그리핀도르의 반장을 만나지 못한 탓에 새 학기 암호를 몰랐지만 곧바로 도움을 얻을 수 있었다. 뒤에서 다급히 계단을 올라오는 발소리를 듣고 고개를 돌리자 헤르미온느가 달려오는 모습이 보였다.

"거기 있었구나! 어디 갔었어? 진짜 어처구니없는 소문을 들었어. 너희가 날아다니는 *자동차*를 타고 사고를 내는 바람에 퇴학당했다던데."

"음, 퇴학은 안 당했어." 해리가 확인해 주었다.

"여기까지 날아온 건 맞다는 얘기야?" 헤르미온느가 말했다. 맥고나걸 교수만큼이나 엄격한 목소리였다.

"잔소리는 넘어가고." 론이 못 참고 말했다. "새 암호나 알려 줘."

"'꿀빨이새'야." 헤르미온느도 참지 못하고 말했다. "하지만 그게 중요한 게 아니라……."

그러나 헤르미온느의 말은 뚱뚱한 귀부인의 초상화가 홱 열리고 갑작스레 쏟아져 나온 우레와 같은 박수 소리에 끊기고 말았다. 그리핀도르 기숙사 전원이 지금껏 잠도 안 자고 둥근 휴게실을 가득 메운 채 기울어진 탁자와 푹 꺼진 안락의자 위에 서서 그들이 도착하기만 기다린 것처럼 보였다. 초상화 구멍에서 뻗어 나온 팔들이 해리와 론을 안으로 끌어당기는 바람에 헤르미온느도 얼른 그들을 따라 들어가야 했다.

"기발해!" 리 조던이 소리쳤다. "감동받았어! 그런 식으로 등장하다니! 자동차를 타고 날아와 후려치는 버드나무를 곧장 들이받다니, 앞으로 몇 년 동안 얘깃거리가 되겠는걸!"

"멋있었어." 해리와 한 번도 이야기 나눠 본 적 없는 어느 5학년생이 말했다. 어떤 학생은 해리가 방금 마라톤 대회에서 우승이라도 한 것처럼 등을 두드려 댔다. 프레드와 조지가 사람들을 뚫고 앞으로 나와 한목소리로 말했다. "우리도 좀 부르지 그랬냐?" 론이 벌게진 얼굴로 쑥스러운 듯 씩 웃고 있는데, 전혀 즐거워 보이지 않는 한 사람이 해리의 눈에 들어왔다. 몇몇 흥분한 1학년들의 머리 위로 퍼시의 모습이 보였던 것이다. 잔소리를 할 수 있는 거리까지 다가오려고 애쓰는 듯했다. 해리가 론의 옆구리를 쿡 찌르며 퍼시 쪽을 고갯짓했다. 론은 금방 상황을 파악했다.

"올라가야겠다. 좀 피곤하네." 론이 말했고, 둘은 나선형 계단과 기숙사 침실로 이어지는 휴게실 맞은편 문을 향해 걸어갔다.

"잘 자." 해리가 퍼시와 똑같은 눈으로 그들을 노

려보고 있는 헤르미온느를 돌아보며 소리쳤다.

둘은 휴게실 맞은편으로 걸어가는 내내 등짝에 손바닥 세례를 받다가 계단에 이르러서야 평화를 얻었다. 그들은 꼭대기까지 곧장 빠르게 계단을 올라가 마침내 그리웠던 기숙사 침실 앞에 도착했다. 문에는 이제 '2학년' 팻말이 붙어 있었다. 그들은 모서리마다 기둥이 있고 빨간 벨벳이 드리워진 침대 다섯 개와 길고 폭이 좁은 창문이 있는 익숙한 둥근 방으로 들어갔다. 짐 가방은 이미 옮겨져서 침대 끄트머리에 놓여 있었다.

론은 찔리는 듯 해리를 보고 씩 웃었다.

"이런 걸 즐기거나 그래서는 안 된다는 건 알지만……."

침실 문이 벌컥 열리고 또 다른 그리핀도르 2학년 남학생 셰이머스 피니건과 딘 토머스, 네빌 롱보텀이 들어왔다.

"믿을 수가 없어!" 셰이머스가 활짝 웃었다.

"멋진걸." 딘이 말했다.

"굉장해." 네빌이 경이로워하며 말했다.

해리도 어쩔 수 없이 씩 웃었다.

CHAPTER 6

# 길더로이 록하트

하지만 다음 날 해리는 거의 웃지 못했다. 대연회장에서 아침을 먹을 때부터 상황이 안 좋아지기 시작했다. 마법이 걸린 천장 아래(오늘은 우중충하고 구름 낀 회색이었다) 네 개의 기다란 기숙사 식탁에는 커다란 포리지 그릇들과 훈제 청어가 담긴 접시 여러 개, 산처럼 쌓인 토스트며 달걀, 베이컨 접시가 가득했다. 해리와 론은 그리핀도르 식탁에서 《뱀파이어와 항해하기》를 우유병에 기대어 펼쳐 놓고 있는 헤르미온느 옆에 앉았다. 다소 뻣뻣하게 "좋은 아침" 하고 말하는 태도로 보아 그녀가 여전히 그들의 도착 방식을 못마땅해하고 있다는 것을 알 수 있었다. 반면 네빌 롱보텀은 밝은 얼굴로 그들을 맞아 주었다. 네빌은 동그란 얼굴에, 해리가 여태껏 만난 누구보다도 기억력이 나쁘고 툭하면 사고를 당하는 소년이었다.

"곧 우편물이 도착할 거야. 내가 잊어버린 물건 몇 가지를 할머니가 보내 주실 것 같거든."

해리가 막 포리지를 먹기 시작했을 때, 아니나 다를까 머리 위에서 휙휙 하는 소리가 나더니 100마리가 넘는 부엉이와 올빼미가 잇따라 들어와 연회장을 빙빙 돌다가 수다를 떨고 있는 아이들에게 편지와 소포를 떨어뜨렸다. 크고 울퉁불퉁한 소포가 네빌의 머리에 맞아 튕겨 나갔고, 잠시 뒤 커다란 잿빛의 부엉가가 헤르미온느의 우유 단지에 떨어져 모두에게 우유와 깃털을 흩뿌렸다.

"에롤!" 론이 흠뻑 젖은 올빼미의 발을 잡아당기며 말했다. 에롤은 축축해진 빨간 봉투를 부리에 물고 다리를 공중으로 들어 올린 채 정신을 잃고 식탁에 쓰러졌다.

"이런, 안 돼." 론이 숨을 헉 들이켰다.

"괜찮아, 아직 살아 있어." 헤르미온느가 손가락 끝으로 조심스럽게 에롤을 건드리며 말했다.

"그게 아니라…… 저거."

론은 빨간 봉투를 가리키고 있었다. 해리의 눈에는 그저 평범한 봉투처럼 보였지만, 론과 네빌 모두 그 봉투가 꼭 폭발하기라도 할 것처럼 바라보고 있었다.

"왜 그래?" 해리가 물었다.

"엄마가…… 엄마가 나한테 하울러를 보냈어." 론이 힘없이 말했다.

"열어 보는 게 좋을 거야, 론." 네빌이 소심하게 속삭였다. "안 그랬다간 더 안 좋아질걸. 우리 할머니도 나한테 한 번 보낸 적이 있는데, 무시했다가 그만……." 네빌이 침을 꿀꺽 삼켰다. "끔찍했어."

해리는 겁에 질린 그들의 얼굴에서 빨간 봉투로 눈길을 돌렸다.

"하울러가 뭔데?" 그가 물었다.

하지만 론의 관심은 온통 편지에 쏠려 있었다. 편지 한 귀퉁이에서 연기가 나기 시작했다.

"뜯어 봐." 네빌이 재촉했다. "몇 분 안에 끝날 거야……."

론은 떨리는 손을 뻗어 에롤의 부리에서 봉투를 빼낸 다음 길게 뜯어서 열었다. 네빌은 손가락으로 귀를 틀어막았다. 잠시 후 해리는 그 이유를 알게 되었다. 처음에는 그것이 정말 폭발한 줄 알았다. 우렁찬 소리가 넓은 대연회장 가득 울려 퍼져 천장에서 먼지가 떨어질 정도였다.

"**……자동차를 훔치다니, 퇴학을 당했대도 놀라지 않았을 거다. 잡으러 갈 테니 기다려라. 자동차가 사라진 걸 알았을 때 네 아버지랑 내가 무슨 일을 겪을지는 조금도 생각 안 해 봤겠지…….**"

평소보다 백배는 커진 위즐리 부인의 고함 소리가 식탁 위의 접시들과 숟가락들을 덜컥거리게 만들고 돌벽에 부딪혀 고막을 찢을 듯 메아리쳤다. 연회장 안에 있던 사람들이 누가 하울러를 받았는지 보려고 두리번거리자, 론은 새빨개진 이마만 보일 만큼 의자 깊숙이 몸을 숙였다.

"**……지난밤 덤블도어 교수님한테서 편지를 받았다. 네 아버지는 창피해 죽으려고 하더라. 우린 널 그렇게 키우지 않았다. 너랑 해리 둘 다 죽을 수도 있었어…….**"

해리는 자기 이름이 언제쯤 튀어나올지 궁금해하고 있었다. 그는 고막을 울리는 그 소리가 들리지 않는 척하려고 무진 애를 썼다.

"**……아주 넌더리가 난다. 아버지는 직장에서 조사를 받게 됐어. 전적으로 네 잘못이야. 또 한 번 손톱만큼이라도 선을 벗어났다간 당장 집으로 끌고 올 테다.**"

먹먹한 침묵이 내려앉았다. 론의 손에서 떨어진 빨간 봉투가 갑자기 불타오르더니 곧 오그라들어서 재로 변했다. 해리와 론은 막 해일이 휩쓸고 지나가기라도 한 듯 망연자실하게 앉아 있었다. 차츰 몇몇 사람이 웃는가 싶더니 다시 왁자지껄한 대화가 시작되었다.

헤르미온느가 《뱀파이어와 항해하기》를 덮고 론의 정수리를 내려다보았다.

"네가 뭘 기대했는지는 모르지만, 론, 너는……."

"자업자득이라는 말은 하지 마." 론이 툭 쏘아붙였다.

해리는 포리지 그릇을 밀어 놓았다. 마음속이 죄

책감으로 불타올랐다. 위즐리 씨가 직장에서 조사를 받게 됐다. 위즐리 부부는 여름 내내 그에게 그렇게 많은 것을 베풀어 주었는데…….

하지만 이 일에 대해 깊이 생각할 시간은 없었다. 맥고나걸 교수가 그리핀도르 식탁을 돌아다니며 시간표를 나눠 주고 있었던 것이다. 해리는 시간표를 받고, 첫 시간이 후플푸프 학생들과 같이 듣는 약초학 연강이라는 것을 알게 됐다.

해리, 론, 헤르미온느는 함께 성을 나선 뒤 작은 채소밭을 지나 마법 식물들이 있는 온실로 향했다. 하울러는 적어도 한 가지 면에서 쓸모가 있었다. 그 정도면 충분히 벌을 받았다고 생각하는지 헤르미온느가 다시 살갑게 굴었던 것이다.

온실 가까이 다가가니 다른 학생들이 바깥에 서서 스프라우트 교수를 기다리고 있었다. 해리, 론, 헤르미온느가 그들 사이에 끼자마자 스프라우트 교수가 길더로이 록하트와 함께 잔디밭을 성큼성큼 가로질러 왔다. 스프라우트 교수의 팔은 붕대로 칭칭 감겨 있었다. 해리는 또 한 번 찌릿한 죄책감을 느끼면서, 저 멀리 이제는 나뭇가지 몇 개에 팔걸이 붕대가 감겨 있는 후려치는 버드나무를 바라보았다.

스프라우트 교수는 부스스한 머리에 누덕누덕 기운 모자를 쓴 땅딸막한 여자 마법사였다. 옷에는 흙이 잔뜩 묻어 있는 일이 많고, 손톱은 피튜니아 이모를 기절하게 만들 정도였다. 반면 길더로이 록하트는 바닥에 쓸리는 터키옥색 로브를 걸친 멀끔한 차림이었다. 완벽하게 얹힌 금빛 테두리의 터키옥색 모자 아래에서 그의 금발이 반짝였다.

"아, 다들 안녕!" 록하트가 모여 있는 학생들에게 환한 미소를 지으며 외쳤다. "막 스프라우트 교수님께 후려치는 버드나무를 제대로 치료하는 법을 보여 드리고 있었단다! 그렇다고 내가 교수님보다 약초학을 잘 안다고 생각하진 않았으면 좋겠구나. 그저 여행 중에 우연히 저런 이국적인 식물들을 몇 번 마주쳤을 뿐이니…….''

"오늘은 3번 온실이다, 얘들아!" 스프라우트 교수가 평소 명랑한 모습과 달리 눈에 띄게 불만 가득한 표정을 짓고 말했다.

다들 신이 나서 소곤거렸다. 그들은 여태껏 1번 온실에서만 수업을 받았는데, 3번 온실에는 **훨씬** 흥미롭고 위험한 식물들이 있었던 것이다. 스프라우트 교수가 허리띠에서 큼직한 열쇠를 꺼내 문을 열었다. 천장에 대롱대롱 매달린 우산만 한 거대한 꽃들에게서 풍기는 짙은 향기가 축축한 흙 냄새, 비료 냄새와 뒤섞여 훅 끼쳤다. 해리가 론과 헤르미온느를 따라 안으로 들어가려는데 록하트의 손이 불쑥 튀어나왔다.

"해리! 얘기 나누고 싶었다. 해리가 몇 분 정도 수업에 늦어도 괜찮겠죠, 스프라우트 교수님?"

매서운 눈초리로 보건대 스프라우트 교수는 괜찮지 않은 듯했지만, 록하트는 "잘됐네요" 하고 말하더니 그녀의 눈앞에서 온실 문을 닫았다.

"해리." 록하트가 말했다. 그가 고개를 흔들자 큼직하고 새하얀 치아가 햇빛을 받아 번쩍거렸다. "해리, 해리, 해리."

해리는 어떻게 해야 할지 도무지 알 수가 없어서 아무 말도 하지 않았다.

"그 얘기를 들었을 때…… 뭐, 물론 다 내 잘못이다. 나 자신을 탓해야겠지."

도통 무슨 말인지 알 수가 없어 막 그렇게 얘기하려는데 록하트가 말을 이었다. "이보다 더 충격적

인 일이 있었는지 모르겠다. 호그와트까지 자동차를 타고 날아오다니! 뭐, 물론 네가 왜 그런 짓을 했는지는 듣자마자 알았다. 뻔하지. 해리, 해리, 해리."

말하지 않을 때조차 그 찬란한 치아를 하나하나 내보일 수 있다니 정말 놀라웠다.

"나 때문에 대중의 관심을 끄는 재미에 눈뜬 거 아니냐?" 록하트가 말했다. "나한테서 지독한 병이 옮은 거다. 나랑 같이 신문 1면에 실리고 나니 또 한 번 그 기분을 맛보고 싶어서 도저히 참을 수가 없었던 거야."

"아, 아니에요, 교수님. 그게……."

"해리, 해리, 해리." 록하트가 손을 뻗어 해리의 어깨를 꽉 잡으며 말했다. "나는 이해한다. 일단 맛을 들이면 좀 더 바라게 되는 게 당연해. 너한테 그런 걸 맛보여 준 나 자신을 탓해야지. 너야 도취될 수밖에 없으니까. 하지만 이 녀석아, 사람들 눈에 띄려고 날아다니는 자동차 같은 것을 몰아선 안 돼. 자중해야지. 알겠니? 나이를 먹으면 무엇이든 할 시간이 충분하단다. 그래, 그래, 네가 무슨 생각을 하는지 알아! '저 사람은 뭘 해도 괜찮잖아, 이미 국제적으로 유명한 마법사니까!' 하지만 열두 살 때 나는 딱 지금의 너처럼 아무것도 아니었어. 사실, 너보다 더 보잘것없었지! 무슨 말이냐면, 그래도 네 이야기를 들어 본 사람은 몇 있잖니? 이름을 말해서는 안 되는 그 사람과 있었던 그 모든 일하며!" 록하트는 해리 이마의 번개 흉터를 힐끗 쳐다보았다. "안다, 알아. 물론 그게 《주간 마녀》 가장 매력적인 미소 상을 다섯 번 연속으로 받는 것만큼 좋은 일은 아니지, 내가 그랬듯이 말이야. 하지만 시작은 되잖니, 해리. 시작은 한 거야."

그는 해리를 향해 다정하게 눈을 찡긋하더니 성큼성큼 멀어져 갔다. 해리는 어안이 벙벙해서 잠깐 서 있다가 온실에 들어가야 한다는 사실이 떠올라 문을 열고 슬며시 들어갔다.

스프라우트 교수가 온실 한가운데 있는 벤치 뒤에 서 있었다. 벤치에는 다양한 색깔의 귀마개가 스무 개쯤 놓여 있었다. 해리가 론과 헤르미온느 사이에 자리 잡았을 때 스프라우트 교수가 말했다. "오늘은 맨드레이크 분갈이를 할 거야. 자, 맨드레이크의 속성에 대해 설명할 수 있는 사람?"

모두가 예상했듯이 헤르미온느의 손이 가장 먼저 올라갔다.

"맨드레이크, 혹은 만드라고라는 강력한 회복제입니다." 평소처럼 교과서를 통째로 삼킨 듯한 말투로 헤르미온느가 말했다. "변환 마법이나 저주에 걸린 사람들을 원래 상태로 되돌리는 데 사용됩니다."

"훌륭해. 그리핀도르에 10점." 스프라우트 교수가 말했다. "맨드레이크는 대부분의 해독제에 필수로 들어가는 재료야. 하지만 동시에 위험하기도 하단다. 그 이유를 말해 볼까?"

헤르미온느의 손이 해리의 안경을 가까스로 비키며 다시 솟구쳐 올랐다.

"맨드레이크의 울음소리를 들으면 목숨이 위험하기 때문입니다." 헤르미온느가 지체하지 않고 대답했다.

"정확해. 10점 더 주마." 스프라우트 교수가 말했다. "자, 여기에 있는 맨드레이크는 아직 많이 어리단다."

그녀가 말하면서 한 줄로 늘어선 상자들을 가리키자, 모두가 더 잘 보려고 느릿느릿 앞으로 나왔다. 이파리가 수북하게 나고 보랏빛을 띤 초록색의 작은 식물이 100포기 정도 줄지어 자라고 있었다.

헤르미온느가 말한 맨드레이크의 '울음소리'가 무엇을 뜻하는지 조금도 알지 못하는 해리의 눈에는 별로 특별해 보이지 않았다.

"다들 귀마개를 쓰거라." 스프라우트 교수가 말했다.

모두가 털이 북슬북슬한 분홍색 귀마개만은 잡지 않으려고 하는 바람에 소동이 일었다.

"내가 귀마개를 쓰라고 하면 귀마개가 귀를 완전히 덮고 있는지 확인해라." 스프라우트 교수가 말했다. "귀마개를 벗어도 안전해지면 내가 엄지손가락을 들 거야. 좋아…… 귀마개 착용."

해리는 재빨리 귀마개를 썼다. 귀마개가 소리를 완전히 차단했다. 스프라우트 교수는 분홍색 북슬북슬한 귀마개를 쓰고 로브 소매를 말아 올린 다음, 그 수북한 이파리가 달린 식물 하나를 단단히 잡고 힘껏 뽑았다.

해리는 깜짝 놀라 누구에게도 들리지 않는 헉 소리를 내뱉었다.

땅속에서 뿌리 대신, 진흙투성이에 작고 굉장히 못생긴 아기가 뽑혀 나온 것이다. 아기의 머리에서 잎이 자라고 있었다. 아기는 얼룩덜룩한 엷은 초록빛 피부를 가지고 있었고, 목청껏 울어 젖히고 있는 것처럼 보였다.

스프라우트 교수는 탁자 밑에서 커다란 화분을 꺼내 맨드레이크를 그 안에 던져 넣고, 무성한 잎사귀만 보일 때까지 검고 축축한 퇴비 속에 묻었다. 스프라우트 교수가 손을 털고 모두에게 엄지손가락을 들어 보인 다음 귀마개를 벗었다.

"우리가 가진 맨드레이크는 묘목에 불과해서 아직 울음소리로 사람을 죽이진 못해." 그녀는 방금 한 일이 베고니아에 물을 주는 일보다 조금도 흥미로울 것 없다는 듯 담담하게 말했다. "하지만 너희를 몇 시간 정도는 *확실히 기절시킬* 거란다. 새 학기 첫날을 놓치고 싶은 사람은 아무도 없을 테니, 작업하는 동안 귀마개가 귀를 제대로 막고 있는지 확인해라. 정리할 시간이 되면 알려 주마. 한 상자에 네 명씩…… 화분은 여기 많단다. 퇴비는 저쪽 자루에 있고…… 거기 있는 독손가락을 조심하도록, 이빨이 나고 있으니까."

스프라우트 교수는 그렇게 말하면서, 그녀의 어깨 위로 슬금슬금 촉수를 뻗어 가던 뾰족한 암적색 식물을 찰싹 때려서 기다란 촉수를 집어넣게 만들었다.

얼굴은 알지만 한 번도 이야기 나눠 본 적 없는 곱슬머리 후플푸프 소년이 해리, 론, 헤르미온느의 상자에 합류했다.

"나는 저스틴 핀치플레츨리야." 소년이 해리와 악수하며 밝은 목소리로 말했다. "네가 누군지는 당연히 알아. 그 유명한 해리 포터잖아……. 그리고 너는 헤르미온느 그레인저지? 항상 전 과목에서 1등 하는 아이……. (헤르미온느도 그와 악수하며 환하게 웃었다.) 그리고 론 위즐리. 그 날아다니는 자동차가 네 거지?"

론은 웃지 않았다. 하울러가 아직도 그의 머릿속에 남아 있는 게 틀림없었다.

"그 록하트 교수 말이야, 대단하지 않아?" 용의 똥 퇴비로 화분을 채우면서 저스틴이 즐거운 듯 말했다. "진짜 용감한 사람이야. 그 사람 책 읽어 봤어? 내가 늑대인간한테 쫓기다 공중전화 부스 안까지 몰렸다면 무서워서 죽었을 거야. 그런데 록하트는 냉정을 유지하면서 휙. 정말 *끝내줘*. 나는 원래 이튼(1440년에 설립된 영국의 명문 학교—옮긴이)에 들어가기로 돼 있었어. 근데 대신 여기 오게 돼서 얼마나 기쁜지 몰라. 물론 어머니는 조금 실망하셨지만, 내 권유로 록하트의 책을 읽으신 뒤에는 제대로 교육받은 마법사가 집안에 있으면 얼마나 도움이 되는지 조금씩 이해하시는 것 같아…….'

다시 귀마개를 쓰고 맨드레이크에 집중해야 해서 그 뒤에는 이야기할 기회가 별로 없었다. 스프라우트 교수가 할 때는 굉장히 쉬워 보였는데, 실은 그렇지 않았다. 맨드레이크들은 흙 밖으로 나오는 것도 싫어했지만 흙 속으로 다시 들어가는 것도 원치 않는 것처럼 보였다. 녀석들은 꿈지럭대고 발길질을 하고 날카로운 작은 주먹을 마구 휘두르며 이빨을 갈았다. 해리는 유난히 뚱뚱한 녀석을 화분에 쑤셔 넣느라 10분이나 허비했다.

수업이 끝날 때쯤 해리는 다른 아이들과 마찬가지로 땀범벅이 되고, 온몸이 쑤시고, 흙을 뒤집어쓰고 있었다. 그들은 터벅터벅 성으로 돌아가 빠르게 몸을 씻었다. 그런 다음 그리핀도르 학생들은 서둘러 변환 마법 수업 교실로 향했다.

맥고나걸 교수의 수업은 언제나 어려웠지만 오늘은 특히 그랬다. 작년에 배운 모든 것이 여름방학 동안 해리의 머릿속에서 새어 나간 것 같았다. 그는 딱정벌레를 단추로 바꿔야 했지만, 딱정벌레가 마법 지팡이를 피해 책상 위를 허둥지둥 뛰어다니면서 운동하게 만든 것밖에는 한 일이 없었다.

론은 훨씬 심각한 문제를 갖고 있었다. '마법 테이프'를 빌려 와 대충 고치긴 했지만 본의 마법 지팡이는 수리가 불가능할 정도로 망가진 듯했다. 지팡이는 계속 타닥타닥 소리를 내면서 이따금 불꽃을 튀겼고, 론이 딱정벌레를 변신시키려고 할 때마다 썩은 달걀 냄새를 풍기는 짙은 회색 연기로 그를 에워쌌다. 론은 자기가 뭘 하고 있는지 보지 못하는 와중에 그만 딱정벌레를 팔꿈치로 뭉개 버렸고 새 딱정벌레를 달라고 요청해야 했다. 맥고나걸 교수는 당연히 달가워하지 않았다.

점심시간 종이 울리자 해리는 안도했다. 뇌가 꼭 쥐어짠 스펀지 같았다. 그와, 마법 지팡이를 책상에 사납게 내리치고 있는 론을 뺀 모두가 줄지어 교실을 나갔다.

"멍청한…… 쓸모없는 것 같으니…….'

"집에 편지를 보내서 새걸 사 달라고 해." 마법 지팡이가 폭죽처럼 연달아 펑펑 터지는 것을 보고 해리가 말했다.

"아, 그래. 그리고 하울러를 하나 더 답장으로 받으면 되겠네." 론이 이제는 쉭쉭 소리까지 내는 마법 지팡이를 가방에 쑤셔 넣으며 말했다. "*네 지팡이가 부러진 건 네 잘못이지, 어쩌고저쩌고…….*"

그들은 점심을 먹으러 갔다. 헤르미온느가 변환 마법 시간에 만들어 낸 완벽한 코트 단추 한 움큼을 보여 줬지만, 그렇다고 해서 론의 기분이 나아질 리 없었다.

"오늘 오후 수업은 뭐야?" 해리가 얼른 화제를 돌리며 물었다.

"어둠의 마법 방어법." 헤르미온느가 곧바로 말했다.

"*어째서*" 하고, 론이 헤르미온느의 시간표를 낚아채더니 물었다. "록하트 수업에 죄다 조그맣게 하트를 그려 놓은 거야?"

헤르미온느는 얼굴이 새빨개져서 시간표를 다시 확 가져갔다.

그들은 점심을 다 먹고 잔뜩 흐린 교정으로 나갔다. 헤르미온느는 돌계단에 앉아 다시 《뱀파이어와 항해하기》에 얼굴을 파묻었다. 론과 몇 분 동안 서서 퀴디치 얘기를 나누던 해리는 누군가가 가까이에서 그를 지켜보고 있는 것을 깨달았다. 눈을 들자 어젯밤 해리가 기숙사 배정식에서 봤던 회갈색 머리카락의 조그만 소년이 그 자리에 꼼짝 않고 서서 해리를 뚫어지게 바라보고 있었다. 소년은 평범한 머글 카메라처럼 보이는 것을 움켜쥐고 있었는데, 해리가 마주 바라보자 얼굴을 붉혔다.

"저, 해리? 나, 난 콜린 크리비야." 그가 숨도 쉬지 않고 말하더니 머뭇거리며 앞으로 나섰다. "나도 그리핀도르에 있어. 저기 말이야…… 괜찮다면…… 사진 한 장 찍어도 될까?" 그가 기대감에 차서 카메라를 들어 올리며 물었다.

"사진?" 해리가 멍하니 되물었다.

"내가 너를 만났다는 걸 증명할 수 있도록 말이야." 콜린 크리비가 조금 더 다가서면서 간절하게 말했다. "난 너에 대해 전부 알고 있어. 다들 말해 줬거든. '그 사람'이 널 죽이려 했을 때 네가 어떻게 살아남았는지, 그자가 어떻게 사라졌는지, 그리고 네가 어떻게 지금도 이마에 남아 있는 번개 모양 흉터를 갖게 됐는지 말이야. (그의 눈이 해리의 이마를 샅샅이 살폈다.) 우리 방 어떤 애가 그러는데, 적절한 마법약으로 필름을 현상하면 사진이 움직인대." 콜린이 격하게 떨리는 숨을 고르고는 말했다. "여기 진짜 *끝내주지* 않아? 난 호그와트에서 편지를 받기 전까지 내가 할 수 있는 그 이상한 일들이 모두 마법이라는 걸 전혀 몰랐어. 우리 아빠는 우유 배달부인데, 아빠도 믿지 못했어. 그래서 집에 있는 아빠한테 보내 줄 사진을 엄청 찍고 있는 거야. 그리고 네 사진을 한 장 가질 수 있다면 정말 좋을 것 같아." 그는 애원하듯 해리를 바라보았

다. "……네 친구가 찍어 줄 수 있을 거야. 옆에 서서 사진 찍어도 될까? 그런 다음 사진에 사인해 주면 안 돼?"

"*사인한 사진? 너 사인한 사진을 나눠 주고 있냐, 포터?*"

드레이코 말포이의 시끄러운 목소리가 가차 없이 교정에 울려 퍼졌다. 그는 콜린 바로 뒤에 멈춰 섰다. 호그와트에서는 언제나 그랬듯 양옆에 덩치 큰 깡패 친구 크래브와 고일을 거느리고 있었다.

"다들 줄 서!" 말포이가 아이들에게 소리쳤다. "해리 포터 님께서 사인한 사진을 나눠 주신단다!"

"아니, 그런 거 아냐." 해리는 화가 나서 주먹을 쥐며 말했다. "닥쳐, 말포이."

"질투하는 거네." 몸통이 크래브의 목 굵기 정도 밖에 안 되는 콜린이 팩 내뱉었다.

"질투?" 말포이가 말했다. 그는 더 이상 소리 지를 필요가 없었다. 교정에 있던 아이들 반 정도가 귀를 기울이고 있었던 것이다. "뭘? 미안한데, 난 이마에 찍 그어진 더러운 흉터 같은 건 원치 않아. 개인적으로, 머리통이 반으로 갈라진다고 특별한 사람이 되는 건 아니라고 생각하거든."

크래브와 고일이 멍청하게 키득거렸다.

"민달팽이나 처먹어, 말포이." 론이 화가 나서 말했다. 크래브가 웃음을 멈추고 마로니에 열매처럼 생긴 손마디를 위협적으로 주무르기 시작했다.

"조심해, 위즐리." 말포이가 비웃으며 말했다. "문제를 일으키지 않는 게 좋을걸. 안 그랬다간 너희 엄마가 와서 널 끌고 갈 테니까." 그가 높고 날카로운 목소리를 흉내 냈다. "또 한 번 손톱만큼이라도 선을 벗어났다간……."

이 말에 주위에 있던 슬리데린 5학년들이 큰 소

리로 웃었다.

"위즐리는 사인한 사진을 갖고 싶어 할 거야, 포터." 말포이가 히죽거렸다. "그게 쟤네 집보다 비쌀 테니까."

론이 마법 테이프로 붙인 마법 지팡이를 바로 꺼내 들었지만 헤르미온느가 《뱀파이어와 항해하기》를 탁 덮더니 목소리를 낮추고 경고하듯 말했다. "조심해."

"이게 다 뭐야, 무슨 일이니?" 길더로이 록하트가 터키옥색 로브를 휘날리며 성큼성큼 다가왔다. "누가 사인한 사진을 나눠 주고 있다고?"

해리가 입을 열려고 했지만 록하트는 해리의 말을 막고 그의 어깨에 한 팔을 두른 채 유쾌한 어조로 우렁차게 말했다. "물을 필요도 없지! 또 만났구나, 해리!"

해리는 창피해서 얼굴이 빨개진 채 록하트 옆에 붙들렸다. 피식거리며 슬며시 다시 아이들 속에 섞이는 말포이의 모습이 보였다.

"좋아, 그럼 크리비 군." 록하트가 콜린을 향해 환하게 웃으며 말했다. "우리 둘이 같이 있는 사진이라면 더 이상 바랄 게 없겠지. 그리고 우리 둘 다 사인을 해 주마."

콜린이 머뭇거리며 카메라를 들어 사진을 찍었을 때 등 뒤에서 오후 수업 시작을 알리는 종이 울렸다.

"물러서, 거기 비켜라." 록하트는 주위에 몰린 아이들에게 소리치더니 해리와 함께 다시 성으로 향했다. 해리는 여전히 그의 옆구리에 붙들린 채 이대로 사라지는 주문을 알았으면 좋겠다는 생각을 하고 있었다.

"조언 하나 해 주마, 해리." 록하트는 옆문을 통해 건물로 들어가면서 아버지라도 된 것처럼 말했다. "아까 꼬마 크리비가 함께 있던 자리에서는 내가 널 도와준 거란다. 그 녀석이 내 사진을 찍으면 네 학교 친구들도 네가 너무 나댄다고 생각하지 않을 거야……."

록하트는 해리가 더듬거리는 말을 하나도 듣지 않고 그를 확 끌어당기더니, 줄지어 선 학생들의 시선을 받으며 복도를 지나 계단을 올라갔다.

"지금의 네 경력으로 사인한 사진을 나눠 주는 건 분별없는 짓이라는 얘기만 해 두마. 솔직히 말하면, 해리, 좀 거만해 보인단다. 너도 나처럼 어딜 가든 편리하게 그런 사진을 한 무더기씩 들고 다녀야 하는 때가 오겠지만……." 그는 껄껄대며 웃었다. "내가 보기에 넌 아직 그 정도는 아니야."

록하트는 자기 교실에 도착해서야 마침내 해리를 놓아주었다. 해리는 교복 로브를 잡아당겨 펴고 교실 맨 뒷자리로 간 뒤 록하트의 실물을 가리기 위해 허둥지둥 그의 책 일곱 권을 전부 앞에 쌓아 놓았다.

다른 학생들이 재잘거리며 들어왔고, 론과 헤르미온느는 해리의 양옆에 앉았다.

"네 얼굴에 달걀 프라이를 부쳐도 되겠더라." 론이 말했다. "크리비가 지니를 만나지 않아야 할 텐데. 둘이 만나면 해리 포터 팬클럽이라도 만들걸."

"조용히 해." 해리가 쏘아붙였다. 그가 결코 바라지 않는 게 한 가지 있다면 그건 바로 록하트의 귀에 '해리 포터 팬클럽'이라는 말이 들어가는 것이었다.

학생들이 모두 자리에 앉자 록하트가 큰 소리로 목을 가다듬었다. 곧 침묵이 내려앉았다. 록하트는 팔을 앞으로 뻗어 네빌 롱보텀이 갖고 있던 《트롤과의 일상 탈출》을 집더니 책을 들어 올려 앞표지에 실린 윙크하는 자기 사진을 보여 주었다.

"나다." 그가 사진을 가리키고 똑같이 눈을 찡긋하며 말했다. "길더로이 록하트, 3급 멀린 훈장 수훈자이자 어둠의 힘 방어 연맹 명예 회원이자 《주간 마녀》 가장 매력적인 미소 상 5회 연속 수상자. 하지만 마지막 사항에 대해서는 얘기하지 않으마. 내 미소로 밴던(아일랜드의 도시 이름—옮긴이)의 밴시를 처리한 건 아니니까!"

그는 학생들이 웃음을 터뜨리기를 기다렸다. 몇 명이 희미하게 미소 지을 뿐이었다.

"너희 모두 내 책 전집을 산 걸로 안다. 잘했어. 오늘 수업은 가벼운 퀴즈로 시작할 생각이었단다. 걱정할 거 없어. 그냥 너희가 책을 제대로 읽었는지, 얼마나 이해했는지 확인하려는 거니까……."

그는 시험지를 다 나눠 주고 교탁 앞으로 돌아가서 말했다. "30분 주마. 지금부터…… 시작!"

해리는 시험지를 내려다보고 문제를 읽었다.

1. 길더로이 록하트가 가장 좋아하는 색깔은 무엇인가요?
2. 길더로이 록하트가 비밀리에 품고 있는 야망은 무엇인가요?
3. 지금까지 길더로이 록하트의 가장 위대한 업적은 무엇이라고 생각하나요?)

이런 문제가 세 페이지 넘게 이어지다가 바로 다음과 같은 문제로 끝났다.

54. 길더로이 록하트의 생일은 언제고, 그가 가장 이상적이라고 생각하는 선물은 무엇일까요?

30분 뒤, 록하트는 시험지를 걷어 가 교탁 앞에서 뒤적거렸다.

"쯧쯧…… 내가 가장 좋아하는 색깔이 연보라색이라는 걸 기억하는 사람이 별로 없구나. 《설인과 보낸 365일》에서 그렇게 말했는데. 그리고 몇몇은 《늑대인간과 나돌아 다니기》를 좀 더 주의 깊게 읽어야겠다. 12장에서 분명 내가 이상적이라고 생각하는 생일 선물은 모든 마법사와 비마법사의 화합이라고 썼거늘. 그렇다고 오그던의 올드 파이어위스키 큰 병이 싫다는 건 아니지만!"

그가 또 한 번 장난꾸러기처럼 눈을 찡긋했다. 론은 이제 믿을 수 없다는 표정으로 록하트를 빤히 쳐다보고 있었다. 앞자리에 앉아 있던 셰이머스 피니건과 딘 토머스는 소리 죽여 웃느라 부들부들 떨었다. 한편 헤르미온느는 넋이 빠진 채 록하트의 말에 귀 기울이다가 그가 자신의 이름을 언급하자 움찔했다.

"……하지만 헤르미온느 그레인저 양은 내가 비밀리에 품은 야망이 세상에서 악을 몰아내고 나만의 다양한 머리 손질용 마법약을 시판하는 것이라는 걸 알고 있군. 잘했다! 사실상……." 그가 헤르미온느의 시험지를 뒤집었다. "만점이야! 헤르미온느 그레인저 양은 어디 있지?"

헤르미온느는 떨리는 손을 들어 올렸다.

"훌륭하다!" 록하트가 환하게 웃었다. "정말 훌

80

## 길더로이 록하트

룡해! 그리핀도르는 10점 가져가거라! 그리고, 본론으로 들어가면……."

록하트는 교탁 뒤로 허리를 숙이더니 덮개를 씌운 커다란 우리를 들어 교탁 위에 올려놓았다.

"자, 조심하거라! 우리 마법사들에게 알려진 가장 악독한 생명체들에 대항해 너희를 무장시키는 게 내 일이야! 너희는 아마 이 교실에서 저마다 가장 두려워하는 것들과 마주하게 될 거다. 내가 여기 있는 한 너희에게 어떤 해악도 닥치지 못한다는 것만 명심해라. 내가 부탁하고 싶은 건, 침착하라는 것뿐이야."

해리는 자기도 모르게 우리를 더 잘 보려고 쌓여 있는 책 옆으로 몸을 기울였다. 록하트가 우리 덮개에 손을 올렸다. 딘과 셰이머스는 어느새 웃음을 멈췄다. 네빌은 앞줄 자기 자리에서 몸을 움츠리고 있었다.

"비명은 지르지 말아 다오." 록하트가 나직한 목소리로 말했다. "이것들을 자극할 수 있거든."

교실 전체가 숨죽이고 있을 때, 록하트가 덮개를 홱 벗겼다.

"그래." 그가 극적인 어조로 말했다. "막 잡아온 콘월 픽시다."

셰이머스 피니건은 더 이상 참지 못했다. 그는 아무리 록하트라도 공포의 비명으로 잘못 알아들을 수 없는 코웃음을 흘리고 말았다.

"음?" 록하트가 셰이머스를 향해 의아한 듯 미소 지었다.

"아니, 걔들은…… 걔들은 그렇게…… 위험하진 않잖아요?" 셰이머스가 웃음을 참느라 목멘 소리로 말했다.

"장담하진 말거라!" 록하트가 성가시다는 듯 셰이머스에게 손가락 하나를 흔들며 말했다. "픽시는 악마 같고 교활한 꼬마 녀석들이 될 수도 있어!"

픽시들은 형광에 가까운 파란색을 띠고 있었고, 약 20센티미터의 키에 얼굴은 뾰족했으며, 목소리는 어찌나 날카로운지 꼭 앵무새들이 말다툼하는 소리를 듣는 것 같았다. 덮개를 걷어 낸 순간부터 픽시들은 뭔가를 지껄이고 이리저리 돌진하면서 쇠창살을 덜컹거리고 가장 가까이 있는 아이들에게 기괴한 표정을 지어 보였다.

"좋아, 그럼." 록하트가 큰 소리로 말했다. "너희가 이 녀석들을 어떻게 처리하는지 보자꾸나!" 그러더니 그는 우리를 열었다.

지옥이 따로 없었다. 픽시들이 로켓처럼 사방으로 튀어나갔다. 그중 둘은 네빌의 귀를 잡고 공중으로 들어 올렸다. 몇몇은 창문을 곧장 들이받아 뒷줄에다 깨진 유리를 소나기처럼 퍼부었다. 나머지는 미쳐 날뛰는 코뿔소보다도 더 확실하게 교실을 망가뜨리는 지경에 이르렀다. 녀석들은 잉크병을 낚아채 학생들에게 뿌리고, 책과 종이를 갈기갈기 찢고, 벽에서 사진을 뜯어내고, 쓰레기통을 뒤집어엎고, 가방과 책을 잡아채 깨진 창문 밖으로 던졌다. 곧 학생들 절반이 책상 아래 몸을 숨겼고, 네빌은 천장에 달린 나뭇가지 모양 촛대에 걸려 흔들거리고 있었다.

"자, 이제 녀석들을 한쪽으로 몰아. 포위하라고. 겨우 픽시잖니……." 록하트가 외쳤다.

그가 소매를 걷어 올리고 마법 지팡이를 휘두르

며 소리쳤다. "페스키픽시 페스터노미!"

전혀 효과가 없었다. 픽시 하나가 록하트의 마법 지팡이를 잡아채 그것 역시 창밖으로 던져 버렸다. 록하트는 침을 꿀꺽 삼키더니 교탁 아래로 몸을 숨겼고 그 덕에 촛대가 더 이상 버티지 못하면서 아래로 떨어진 네빌에게 깔리는 신세를 간신히 면했다.

종이 울리자 아이들은 문을 향해 미친 듯이 질주했다. 잠시 후 조금 전보다 주위가 조용해지자 록하트는 허리를 펴다가 거의 문에 다다른 해리, 론, 헤르미온느를 발견했다. 록하트가 말했다. "음, 너희 셋이 살짝 픽시들을 마저 우리에 넣어 줬으면 좋겠구나." 그는 세 사람을 휙 지나치더니 재빨리 교실 밖으로 나가 문을 닫았다.

"뭐 저런 사람이 다 있어!" 남아 있던 픽시 한 마리가 귀를 꽉 깨물자 론이 고함을 질렀다.

"우리가 실전 경험을 쌓도록 해 주고 싶으신 것뿐이야." 헤르미온느가 절묘한 동결 마법으로 단번에 픽시 두 마리를 움직이지 못하게 만든 다음 우리에 집어넣으며 말했다.

"*실전?*" 해리가 손 닿지 않는 곳에서 혀를 내밀고 까불거리는 픽시를 낚아채려고 애쓰며 말했다. "헤르미온느, 저 사람은 자기가 뭘 하는지 전혀 모르고 있었어."

"말도 안 돼." 헤르미온느가 말했다. "책 읽어 봤잖아. 교수님이 해낸 그 놀라운 일들을 좀 봐……."

"말로야 누가 못해." 론이 구시렁거렸다.

CHAPTER 7

# 머드블러드와 속삭임

해리는 이어지는 며칠 동안 복도를 걸어오는 길더로이 록하트를 볼 때마다 그의 눈에 띄지 않는 곳으로 숨느라 많은 시간을 허비했다. 더욱 피하기 어려웠던 건 해리의 시간표를 아예 외운 것처럼 보이는 콜린 크리비였다. 해리의 목소리에 얼마나 짜증이 묻어나든, 콜린에게는 하루에도 예닐곱 번씩 "안녕, 해리?"라고 말한 다음 "안녕, 콜린"이라는 대답을 듣는 것보다 더 황홀한 일은 없는 듯했다.

헤드위그는 처참했던 자동차 여행 탓에 아직도 해리에게 화가 나 있었고, 론의 마법 지팡이는 여전히 제대로 작동하지 않았다. 금요일 오전 일반 마법 시간에는 그 지팡이가 론의 손에서 튀어나가 왜소하고 나이 많은 플리트윅 교수의 미간에 명중하더니 평소보다 뛰어난 능력을 과시하며 그 자리에 크고 욱신거리는 초록색 종기를 만들어 냈다. 그런 일들로 정신이 없었기에 해리는 주말을 맞아 매우 기뻤다. 그와 론, 헤르미온느는 토요일 아침 해그리드를 찾아갈 계획이었다. 그러나 해리는 그리핀도르 퀴디치 팀 주장인 올리버 우드가 흔들어 깨우는 바람에 바라던 것보다 몇 시간이나 일찍 일어나고 말았다.

"무슨 일야?" 해리가 잠이 덜 깨서 물었다.

"퀴디치 훈련!" 우드가 외쳤다. "빨리!"

해리는 눈을 가늘게 뜨고 창밖을 내다보았다. 분홍빛과 황금빛이 섞인 하늘을 가로질러 옅은 안개가 껴 있었다. 막상 일어나 보니, 새들이 지저귀는 소리가 만들어 내는 소음에 어떻게 잘 수 있었는지 의아할 지경이었다.

"올리버." 해리가 쉰 목소리로 말했다. "이제 겨우 새벽이잖아."

"바로 그거야." 우드가 말했다. 그는 키가 크고 건장한 6학년생으로, 지금 이 순간 두 눈을 광기 어린 열정으로 반짝거리고 있었다. "우리 새로운 훈련 프로그램의 일부야. 어서 준비해. 빗자루 갖고 나가자." 우드가 활기차게 말했다. "훈련을 시작한 팀은 아직 하나도 없어. 올해에는 우리가 스타트를 끊을 거야……."

해리는 하품을 하고 몸을 살짝 떨면서 침대에서 기어 나와 퀴디치 로브를 찾았다.

"좋아." 우드가 힘차게 말했다. "15분 뒤에 경기장에서 보자."

해리는 진홍색 팀 로브를 입고 몸을 따뜻하게 하기 위해 망토를 걸쳤다. 그런 다음 론에게 어디로 간다는 메모를 남겨 놓고 님부스 2000을 어깨에 걸친 채 나선형 계단을 따라 휴게실로 내려갔다. 그가 초상화 구멍에 막 다다랐을 때 갑자기 뒤에서 달가닥하는 소리가 들리더니 콜린 크리비가 나선형 계단을 쏜살같이 내려왔다. 목에는 카메라가 힘차게 덜렁거리고, 손에는 뭔가를 꽉 움켜쥐고 있었다.

"계단에서 누가 네 이름을 말하는 걸 들었어, 해리! 여기 내가 뭘 가져왔는지 봐! 사진을 현상했거든. 이걸 보여 주고 싶었어."

해리는 콜린이 코밑에 흔들어 대는 사진을 멍하니 바라보았다.

움직이는 흑백사진 속 록하트가 해리의 팔로 보이는 것을 힘껏 잡아당기고 있었다. 화면 안으로 끌려들어 가지 않고 제법 잘 버티는 사진 속 자신의 모습을 보자 해리는 기분이 좋아졌다. 보고 있으려니,

록하트는 결국 포기하고 숨을 헐떡거리면서 사진의 흰 가장자리에 털썩 주저앉았다.

"사인해 줄래?" 콜린이 간절한 말투로 물었다.

"아니." 해리는 휴게실에 아무도 없는지 확인하려고 주위를 쓰윽 훑으며 단호하게 말했다. "미안, 콜린. 지금은 내가 좀 바빠서…… 퀴디치 훈련이 있거든."

해리는 초상화 구멍 밖으로 나갔다.

"우아! 기다려! 난 퀴디치 경기 한 번도 본 적 없단 말이야!"

콜린은 해리를 쫓아서 허둥지둥 구멍 밖으로 나왔다.

"정말 지루할 거야." 해리가 서둘러 덧붙였지만 콜린은 그 말을 듣지 못한 것 같았다. 그의 얼굴이 흥분으로 빛나고 있었다.

"100년 만의 최연소 기숙사 대표라지, 해리? 아니야?" 콜린이 해리 옆에서 종종걸음 치며 말했다. "넌 틀림없이 잘할 거야. 난 한 번도 날아 본 적이 없는데. 어렵진 않아? 그게 네 빗자루야? 지금까지 나온 빗자루 중에서 최고라는?"

해리는 콜린을 어떻게 떨쳐 내야 할지 알 수 없었다. 마치 엄청나게 수다스러운 그림자가 따라붙은 것 같았다.

"난 사실 퀴디치를 잘 몰라." 콜린이 가쁜 숨을 몰아쉬며 말했다. "공이 네 개라는 게 사실이야? 그중 두 개가 날아다니면서 사람들을 빗자루에서 떨어뜨린다던데?"

"응." 해리는 퀴디치의 복잡한 규칙을 설명할 각오를 하고 무겁게 입을 열었다. "그 공을 블러저라고 해. 방망이로 블러저를 자기편에서 멀리 쳐 내는 역할을 하는 몰이꾼이 각 팀에 두 명씩 있어. 그

리핀도르에서는 프레드랑 조지 위즐리가 몰이꾼을 맡고 있어."

"그럼 다른 공들은 뭐야?" 콜린이 입을 헤 벌린 채 해리를 쳐다보느라 계단을 헛디디며 물었다.

"음, 쿼플은…… 커다랗고 빨간 공 말이야, 그건 득점을 하는 공이야. 각 팀에 있는 세 명의 추격꾼이 쿼플을 주고받다가 경기장 끝에 있는 골대에 넣어 점수를 얻는 거지. 끝에 고리가 달린 기다란 막대 세 개가 골대야."

"그럼 네 번째 공은……."

"……골든 스니치." 해리가 말했다. "아주 작고 빨라서 잡기가 어려워. 하지만 수색꾼이 하는 일이 바로 그거야. 퀴디치 경기는 스니치가 잡혀야 끝나거든. 그리고 수색꾼이 스니치를 잡은 팀이 추가로 150점을 얻어."

"그리고 네가 그리핀도르 수색꾼이고. 맞지?" 콜린이 경외에 가득 차서 말했다.

"응." 성을 나와 이슬 젖은 잔디밭을 지나며 해리가 말했다. "그리고 파수꾼도 있어. 파수꾼은 골대를 지켜. 그게 다야, 사실은."

하지만 콜린은 퀴디치 경기장으로 향하는 비탈진 잔디밭을 걸어가는 내내 해리에게 쉴 새 없이 이런저런 질문을 퍼부었고, 해리는 탈의실에 도착하고 나서야 간신히 그를 떼어 낼 수 있었다. 콜린은 해리의 등에 대고 높은 목소리로 "가서 좋은 자리 잡아 놓을게, 해리!"라고 소리치고는 허겁지겁 관중석으로 향했다.

나머지 그리핀도르 팀 선수들은 이미 탈의실에 도착해 있었다. 진짜로 잠이 깬 것처럼 보이는 사람은 우드뿐이었다. 프레드와 조지 위즐리는 부은 눈에 헝클어진 머리를 하고, 등을 벽에 기댄 채 꾸벅꾸벅 조는 듯 보이는 4학년생 얼리샤 스피넛 옆에 앉아 있었다. 스피넛의 동료 추격꾼인 케이티 벨과 앤젤리나 존슨은 맞은편에 나란히 앉아 하품을 하고 있었다.

"왔구나, 해리. 왜 이렇게 늦었어?" 우드가 활기찬 목소리로 말했다. "자, 경기장으로 나가기 전에 잠깐 너희 모두에게 할 말이 있어. 내가 여름 내내 심혈을 기울여서 완전히 새로운 훈련 프로그램을 짰거든. 내 생각엔 그것대로 하면 많은 게 달라질 거야……."

우드는 커다란 퀴디치 경기장 도표를 들고 있었는데, 거기에는 다양한 색깔의 잉크로 선이며 화살표며 십자 표시가 빼곡하게 그려져 있었다. 그가 마법 지팡이를 꺼내 도표가 그려진 보드를 톡톡 두드리자 화살표들이 애벌레처럼 도표 위를 꿈틀꿈틀 움직이기 시작했다. 우드가 새로운 전술에 관한 설명을 시작하자 프레드 위즐리의 머리가 얼리샤 스피넛의 어깨에 그대로 떨어졌다. 이윽고 그는 코를 골기 시작했다.

첫 번째 도표를 설명하는 데만 20분이 걸렸는데 그 뒤에 또 다른 도표가 있었고, 그 뒤에는 또 세 번째 도표가 있었다. 우드의 말이 단조롭게 이어지자 해리는 점점 멍해졌다.

"그런……." 마침내 우드가 이렇게 말했을 때, 지금 이 순간 성에 있었다면 아침으로 무엇을 먹고 있었을지 애타게 떠올리던 해리는 순간 흠칫했다. "다 이해했니? 질문 있어?"

"질문 있어, 올리버." 움찔하며 잠에서 깬 조지가 말했다. "어제 우리가 다 깨어 있을 때 이 모든 걸 이야기하지 않은 이유가 뭐야?"

우드는 기분이 상한 듯했다.

"이봐, 너희 잘 들어." 우드가 모두를 쏘아보며 말을 이었다. "우린 작년에 우승컵을 차지했어야 했어. 우리는 의심의 여지 없는 최고의 팀이니까. 하지만 불행하게도 어쩔 수 없는 상황 때문에……."

해리는 죄책감에 그 자리에서 자세를 바꿔 앉았다. 작년 결승전 당시 해리는 의식을 잃고 병동에 있었는데, 그 말은 선수가 한 명 부족해지는 바람에 그리핀도르가 300년 만에 최악의 패배를 당했다는 뜻이었다.

우드는 감정을 억누르느라 잠깐 뜸을 들였다. 그때의 마지막 패배가 아직도 그를 괴롭게 하는 모양이었다.

"그래서, 올해에는 그 어느 때보다 혹독하게 훈련할 거야……. 좋아, 가서 우리 새 전술을 연습해 보자!" 우드가 빗자루를 쥐고 앞장서서 탈의실을 나가며 소리쳤다. 선수들은 그때까지도 하품을 하면서 뻣뻣한 다리로 뒤따랐다.

경기장 잔디밭에는 아직 안개가 남아 있었다. 하지만 우드의 설명을 듣느라 탈의실에 꽤 오래 있었던 탓에 이제는 해가 석냥히 떠 있었다. 경기상으로 걸어가는 해리의 눈에 관중석에 앉아 있는 론과 헤르미온느가 보였다.

"아직 안 끝난 거야?" 론이 믿을 수 없다는 듯 소리쳤다.

"시작도 안 했어." 해리는 론과 헤르미온느가 대연회장에서 들고 나온 마멀레이드 토스트를 시샘하듯이 바라보며 말했다. "우드가 새 전술을 설명하느라."

해리는 빗자루에 올라타 땅을 박차고 공중으로 솟구쳤다. 시원한 아침 공기가 얼굴을 후려치면서 우드의 기나긴 설명보다 훨씬 효과적으로 잠을 깨워 주었다. 퀴디치 경기장에 다시 오니 정말 기분이 좋았다. 해리는 전속력으로 경기장을 날아다니며 프레드, 조지와 경주했다.

"자꾸 찰칵찰칵하는 저 이상한 소리는 뭐야?" 셋이서 경기장 모서리를 빠르게 돌았을 때 프레드가 소리쳤다.

해리는 관중석을 보았다. 콜린이 관중석 가장 높은 곳에 앉아 카메라를 들어 올리고 연달아 사진을 찍고 있었다. 사람 없는 경기장에서 그 소리는 이상할 만큼 크게 울렸다.

"여기 봐, 해리! 이쪽이야!" 콜린이 높은 목소리로 외쳤다.

"저건 누구야?" 프레드가 물었다.

"모르겠는데." 해리는 거짓말을 하고 속도를 확 올려 콜린에게서 최대한 멀리 떨어진 곳으로 날아갔다.

"무슨 일이야?" 우드가 얼굴을 찌푸리고 공기를 가르며 날아왔다. "저 1학년은 왜 사진을 찍고 있는 거지? 마음에 안 드는걸. 우리 새 훈련 프로그램에 대한 정보를 알아내려는 슬리데린 스파이일 수도 있어."

"저 애는 그리핀도르 소속이야." 해리가 재빨리 말했다.

"그리고 슬리데린에는 스파이가 필요 없어, 올리버." 조지가 말했다.

"왜 그런 말을 하는 거야?" 우드가 짜증을 내며 물었다.

"여기 와 있으니까." 조지가 손가락질을 하며 대답했다.

초록색 로브를 걸친 몇몇이 빗자루를 들고 경기장으로 들어오고 있었다.

"말도 안 돼!" 우드가 화가 나서 식식댔다. "오늘 경기장은 내가 예약했어! 어디 두고 보자!"

우드는 쏜살같이 땅으로 내려갔다. 너무 화가 난 나머지 의도했던 것보다 강하게 착륙하는 바람에 내릴 때 살짝 비틀거렸다. 해리, 프레드, 조지가 그의 뒤를 따랐다.

"플린트!" 우드가 슬리데린 주장에게 소리쳤다. "지금은 우리 훈련 시간이야! 특별히 일찍 일어났다고! 당장 사라지는 게 좋을 거야!"

마커스 플린트는 우드보다도 덩치가 컸다. 그가 트롤 같은 교활함이 묻어나는 표정을 지으며 대꾸했다. "모두가 함께 써도 공간은 충분해, 우드."

앤젤리나, 얼리샤, 케이티도 다가왔다. 그리핀도르 선수들을 향해 어깨를 나란히 하고 음흉하게 웃고 있는 슬리데린 팀 선수 중에는 여학생이 한 명도 없었다.

"하지만 내가 경기장을 예약했단 말이야!" 우드가 화가 나서 침을 마구 튀기며 소리쳤다. "내가 예약했다고!"

"아." 플린트가 말했다. "그런데 나한테는 여기 스네이프 교수님이 특별히 서명한 편지가 있단 말이지. '나, S. 스네이프 교수는 새로 영입한 수색꾼을 훈련시킬 필요에 따라 슬리데린 팀에게 오늘 퀴디치 경기장에서의 훈련을 허가한다.'"

"수색꾼이 새로 들어왔다고?" 우드의 관심이 다른 곳으로 쏠렸다. "어디?"

앞에 선 덩치 큰 여섯 명 뒤에서 비교적 몸집이 작고, 창백하고 갸름한 얼굴 가득 능글맞은 웃음을 띠고 있는 일곱 번째 소년이 나왔다. 드레이코 말포이였다.

"너, 루시우스 말포이의 아들 아니야?" 프레드가 마음에 안 든다는 표정으로 말포이를 바라보며 말했다.

"네가 드레이코네 아버지 얘기를 하다니 우습네." 플린트가 말하자 슬리데린 팀 전체가 씨익 웃었다. "그분이 슬리데린 퀴디치 팀에게 주신 후한 선물을 보여 줄게."

슬리데린 팀 일곱 명의 선수가 하나같이 빗자루를 내밀었다. 윤기가 흐르는 일곱 개의 신형 손잡이와 각각 황금빛으로 섬세하게 새긴 '님부스 2001'이라는 글자가 이른 아침 햇살을 받아 그리핀도르 선수들의 코앞에서 빛났다.

"최신형이야. 지난달에 나온 거지." 플린트가 빗자루 끝에서 먼지를 툭툭 털어내며 무심한 척 말했다. "이전 2000 시리즈보다 훨씬 좋을걸. 낡은 클린스윕으로는……." 그가 클린스윕 5를 움켜쥐고 있는 프레드와 조지를 향해 심술궂게 웃으며 말했다. "바닥이나 쓸면 되겠네."

잠깐 동안은 그리핀도르 팀 선수 중 누구도 할 말을 떠올리지 못했다. 말포이는 그 차가운 눈이 실금처럼 가늘어질 만큼 히죽거리고 있었다.

"아, 저것 봐라." 플린트가 말했다. "경기장 난입이다."

론과 헤르미온느가 대체 무슨 일이 벌어지는지 보려고 잔디밭을 걸어오고 있었다.

"무슨 일이야?" 론이 해리에게 물었다. "왜 훈련 안 해? 그리고 쟤는 여기서 뭐 하는 거야?"

론은 말포이를 보다가 그가 슬리데린 퀴디치 팀 로브를 입고 있다는 사실을 알아챘다.

"내가 슬리데린의 새 수색꾼이야, 위즐리." 말포이가 잘난 체하며 말했다. "마침 다들 우리 아버지가 우리 팀에 선사해 준 빗자루를 보고 감탄하는 중이었지."

론은 입을 딱 벌린 채 앞에 있는 일곱 자루의 최상급 빗자루를 바라보았다.

"멋지지 않아?" 말포이가 능글맞은 어조로 말했다. "하지만 그리핀도르도 모금을 하면 아마 새 빗자루를 살 수 있을 거야. 기금 마련용으로 클린스윕 5를 내놓으면 되겠네. 내 생각엔 박물관에서 사 주지 않을까 싶은데."

슬리데린 팀 선수들이 야단법석을 떨며 큰 소리로 웃음을 터뜨렸다.

"그리핀도르에는 적어도 돈으로 들어온 사람은 없어." 헤르미온느가 날카롭게 말했다. "그리핀도르는 순전히 실력으로만 뽑았으니까."

말포이의 우쭐한 표정이 흔들렸다.

"아무도 네 의견을 묻지 않았어, 더러운 머드블러드 주제에." 그가 내뱉었다.

그 말이 나오자마자 소란이 일었으므로, 해리는 말포이가 뭔지는 몰라도 정말로 나쁜 말을 했다는 사실을 곧바로 알아차렸다. 프레드와 조지는 말포이에게 달려들려다가 플린트에 의해 가로막혔고, 얼리샤는 날카로운 목소리로 "어떻게 그런 말을!" 하고 소리쳤으며, 론은 교복 로브에 손을 쑥 집어넣어 마법 지팡이를 꺼낸 다음 "그 말에 대가를 치르게 될 거야, 말포이!"라고 외치며 플린트의 팔 아래로 보이는 말포이의 얼굴을 사납게 겨눴다.

요란한 쾅 소리가 경기장에 울려 퍼지더니 초록색 빛줄기가 론의 마법 지팡이에서 거꾸로 발사되어 그의 배를 맞혔다. 론은 비틀거리며 잔디밭 위에서 뒷걸음질 쳤다.

"론! 론! 괜찮아?" 헤르미온느가 꺅 하고 비명을 질렀다.

론은 말을 하려고 입을 벌렸지만 아무런 말도 나오지 않았다. 대신 엄청난 트림과 함께 그의 입에서 민달팽이 몇 마리가 튀어나와 무릎 위에 툭툭 떨어졌다.

슬리데린 팀은 웃느라 제정신이 아니었다. 플린트는 쓰러지지 않으려고 새 빗자루를 짚고 버티면서 자지러지게 웃었다. 말포이는 아예 엎드려서 주먹으로 땅바닥을 쾅쾅 두드리고 있었다. 그리핀도르 학생들이 입에서 제법 크고 번들거리는 민달팽이들을 끊임없이 토해 내는 론 주위에 모여들었다. 하지만 어느 누구도 그에게 손을 대고 싶어 하지 않는 듯했다.

"해그리드한테 데려가는 게 좋겠어. 거기가 제일 가까워." 해리가 헤르미온느에게 말하자 그녀는 용감하게 고개를 끄덕였다. 두 사람은 론의 팔을 잡아 일으켰다.

"무슨 일이야, 해리? 무슨 일이야? 론이 아파? 하지만 네가 고쳐 줄 수 있지 않아?" 그들이 경기장을 떠나려는데 콜린이 관중석에서 뛰어 내려와 어느새 옆에서 호들갑을 떨고 있었다. 론이 한 차례 크게 몸을 들썩거리자 더 많은 민달팽이가 그의 앞자락에 뚝뚝 떨어졌다.

"우아." 콜린이 그 광경에 시선을 빼앗긴 채 카메라를 들어 올리며 말했다. "론을 꽉 잡고 있어 줄래, 해리?"

"비켜, 콜린!" 해리가 화가 나서 소리쳤다. 그와 헤르미온느는 양옆에서 론을 부축한 채 경기장을 빠져나간 다음 금지된 숲 언저리를 향해 교정을 가로질러 갔다.

"다 왔어, 론." 숲지기의 오두막이 보이기 시작하자 헤르미온느가 말했다. "조금만 참아……. 거의 다 왔어…….”

그들이 해그리드의 집에서 6미터 정도 떨어진 곳에 도착했을 때 오두막 문이 열렸지만, 밖으로 나온 사람은 해그리드가 아니었다. 오늘은 연하디연한 보랏빛 로브를 입은 길더로이 록하트가 오두막에서 성큼성큼 걸어 나왔다.

"빨리, 이 뒤로." 해리가 론을 근처 덤불 뒤로 끌어당기며 소리 죽여 말했다. 헤르미온느는 그다지 내키지 않는 듯 뒤따랐다.

"제대로만 알면 간단한 문제입니다!" 록하트가 큰 소리로 해그리드에게 말하고 있었다. "도움이 필요하면 날 찾아와요! 내 책을 한 권 드리죠. 아직 한 권도 없다니 놀랐어요. 오늘 밤에 한 권 사인해서 보내겠습니다. 그럼, 안녕히!" 그러더니 그는 성을 향해 성큼성큼 걸어갔다.

해리는 록하트가 보이지 않을 만큼 멀어질 때까지 기다렸다가 론을 덤불에서 끌어내 해그리드의 오두막 문 앞까지 갔다. 그들은 다급히 문을 두드렸다.

곧바로 나타난 해그리드는 기분이 꽤 안 좋아 보였지만 그들을 보자 표정이 밝아졌다.

"언제쯤 오려나 궁금해하고 있었다. 들어와, 들어와. 난 또 록하트 교수가 다시 왔나 했지."

해리와 헤르미온느는 론을 부축해, 한쪽 구석에는 거대한 침대가 놓여 있고 다른 쪽 구석에서는 불길이 경쾌하게 타닥거리고 있는 단칸짜리 오두막으로 들어갔다. 해그리드는 론이 민달팽이를 토하는 모습을 보고도 당황하지 않는 것 같았다. 해리는 론을 의자에 앉히면서 해그리드에게 허겁지겁 사정을 설명했다.

"삼키느니 뱉는 게 낫지." 해그리드가 유쾌하게 말하며 커다란 구리 양동이를 론 앞에 쿵 내려놓았다. "모조리 토해라, 론."

"멈출 때까지 기다리는 것 말고는 할 수 있는 게 없을 것 같아요." 헤르미온느가 양동이 위로 허리를 숙이고 있는 론을 바라보며 걱정스럽게 말했다. "최상의 조건에서도 걸기 어려운 저주 마법인데, 하물며 부러진 마법 지팡이로는…….”

해그리드는 차를 끓이느라 부산을 떨고 있었다. 해그리드의 사냥개 팽이 해리를 바라보며 침을 질질 흘렸다.

"록하트는 왜 여기 온 거예요, 해그리드?" 해리가 팽의 귀를 긁어 주며 물었다.

"우물에서 켈피 끌어내는 방법에 대해 조언해 주

겠다더구나." 해그리드가 깃털을 반쯤 뽑은 수탉을 반질반질한 탁자에서 치우고 찻주전자를 내려놓으며 으르렁거리듯 말했다. "누가 그걸 모르나? 그러더니 자기가 쫓아 버린 밴시에 대해 쉴 새 없이 떠들어 대는 거야. 그 얘기가 한 마디라도 사실이면 내 손에 장을 지진다."

호그와트의 교수를 비난하는 게 너무도 해그리드답지 않았기에 해리는 놀란 눈으로 그를 쳐다보았다. 하지만 헤르미온느가 평소보다 조금 높아진 목소리로 말했다. "그 말은 좀 심하신 것 같아요. 덤블도어 교수님은 분명 그분이 그 자리에 가장 적합한 사람이라고 생각하셨을 텐데……."

"그 과목을 맡을 사람이 그 *사람밖에* 없었으니까." 해그리드가 당밀 사탕 한 접시를 권하며 말했다. 그사이 론은 양동이 안에다 질척질척한 기침을 해 댔다. "내 말은, 그 사람이 유일한 지원자였다고. 어둠의 마법 방어법 교수를 구하는 일이 점점 더 어려워지고 있어. 그 과목을 맡고 싶어서 안달하는 사람은 없거든. 저주 같은 게 걸린 자리라고 생각하기 시작해서 말이야. 오랫동안 버틴 사람이 지금까지 한 명도 없으니까. 아무튼 말해 봐라." 해그리드가 론 쪽으로 고개를 홱 돌리며 말했다. "쟤는 누구한테 저주를 걸려던 거냐?"

"말포이가 헤르미온느를 뭐라고 불렀거든요. 정말 나쁜 말이었나 봐요. 다들 엄청나게 화를 내더라고요."

"*진짜* 나쁜 말이었어." 론이 창백하고 땀투성이가 된 얼굴을 하고 탁자 밑에서 나와 쉰 목소리로 말했다. "말포이가 헤르미온느를 '머드블러드'라고 불렀어요, 해그리드."

또다시 민달팽이 한 무더기가 튀어나오자 론은 다시 몸을 숙여 보이지 않게 되었다. 해그리드는 격분한 듯했다.

"그럴 리가!" 해그리드가 헤르미온느를 보며 소리쳤다.

"그랬어요." 헤르미온느가 말했다. "하지만 전 그게 무슨 뜻인지 몰라요. 물론 아주 무례한 말이라는 건 알겠지만……."

"그 녀석이 생각해 낼 수 있는 말 중에서 최고로 모욕적인 말이야." 론이 다시 탁자 밑에서 모습을 드러내며 숨을 헐떡거렸다. "머드블러드는 머글 태생을 비하해서 부르는 정말 더러운 이름이라고. 왜 있잖아, 마법사가 아닌 부모에게서 태어난 사람들 말이야. 몇몇 마법사들은, 그러니까 말포이네 같은 마법사들은, 자기들이 이른바 순수 혈통이기 때문에 다른 사람들보다 우월하다고 생각해." 론이 작게 트림하자 민달팽이 한 마리가 그가 내민 손바닥 위로 떨어졌다. 론은 민달팽이를 양동이에 던져 넣고 말을 이었다. "내 말은, 다른 마법사들은 그런 게 전혀 중요하지 않다는 걸 안다는 거야. 네빌 롱보텀을 봐. 걔는 순수 혈통이지만 솥단지 하나 똑바로 세울 줄 모르잖아."

"게다가 우리 헤르미온느가 쓸 수 없는 주문이 발명된 적도 없지." 해그리드가 자랑스럽게 말하자 헤르미온느의 얼굴이 빨갛게 달아올랐다.

"다른 사람을 그렇게 부르는 건 역겨운 짓이야." 론이 떨리는 손으로 축축한 이마를 닦으며 말했다. "더러운 피라는 거지, 뭐. 상스러운 피. 미친 소리야. 어쨌거나 요즘 마법사들은 대부분 혼혈이야. 머글들하고 결혼하지 않았다면 우리는 이미 죽어서 없어졌을걸."

론이 헛구역질을 하더니 또다시 보이지 않는 곳

으로 몸을 숙였다.

"뭐, 그 녀석한테 저주를 건 게 딱히 잘못이라곤 못 하겠구나, 론." 해그리드는 더 많은 민달팽이가 양동이 안으로 털썩털썩 떨어지는 소리를 누르고 우렁차게 말했다. "하지만 어쩌면 네 마법 지팡이가 거꾸로 발사돼서 다행인지도 몰라. 네가 루시우스 말포이의 아들한테 저주 마법을 걸었다면 그자가 학교에 납셨을 테니까. 적어도 네가 벌을 받진 않게 됐잖냐."

해리는 무슨 벌이든 입 밖으로 민달팽이가 쏟아져 나오는 것보다 나쁘지는 않을 거라고 말하려 했지만 그럴 수 없었다. 해그리드가 준 당밀 사탕 때문에 입이 딱 붙어 버린 것이다.

"참, 해리." 갑자기 떠오른 듯 해그리드가 불쑥 입을 열었다. "너한테 할 말 있다. 네가 사인한 사진을 나눠 주고 다닌다는 얘기를 들었어. 나한테는 왜 안 주냐?"

해리는 너무나 화가 나서 마주 달라붙은 치아를 확 떼어 냈다.

"사인한 사진을 나눠 주고 다닌 적 없어요." 해리가 흥분해서 말했다. "록하트가 아직도 그런 소문을 퍼뜨리고 다닌다면……."

하지만 이제 보니 해그리드는 얼굴 가득 웃음을 짓고 있었다.

"농담한 거야." 해그리드가 유쾌하게 등을 두드리는 바람에 해리는 얼굴부터 탁자에 처박혔다. "네가 정말 그랬을 리 없다는 건 알지. 넌 그럴 필요가 없다고 록하트 교수한테 말해 줬다. 너는 애쓰지 않아도 그 사람보다 유명하니까."

"별로 안 좋아했겠네요." 해리가 몸을 일으켜 세우고 턱을 문지르며 말했다.

"그런 것 같더라." 해그리드가 눈을 반짝이며 말을 이었다. "그러고 나서 내가 자기 책을 한 권도 읽어 본 적 없다고 하니까 그만 돌아가기로 마음먹었지. 당밀 사탕 좀 먹어 볼래, 론?" 론이 다시 나타나자 그가 물었다.

"고맙지만 괜찮아요." 론이 힘없이 말했다. "그런 모험은 하지 않는 게 좋을 것 같아요."

"와서 내가 뭘 키우고 있는지 좀 봐라." 해리와 헤르미온느가 남은 차를 다 마시자 해그리드가 바깥으로 손짓하며 말했다.

해그리드의 집 뒤편 작은 채소밭에는 해리가 여태껏 본 것 중에서 가장 큰 호박이 열 개도 넘게 있었다. 하나하나가 거대한 바위만 했다.

"잘 자라고 있지?" 해그리드가 행복한 듯 말했다. "핼러윈 연회용이야……. 그때쯤이면 충분히 커질 거다."

"무슨 비료를 준 거예요?" 해리가 물었다.

해그리드는 누가 있나 확인하려고 어깨 너머를 돌아보았다.

"뭐, 내가 준 건, 그러니까…… 약간의 도움이지."

오두막 뒤쪽에 기대어 있는 해그리드의 분홍색 꽃무늬 우산이 해리의 눈에 띄었다. 해리가 예전부터 저 우산에 보이는 것 이상의 뭔가가 있을 거라고 믿는 데는 다 이유가 있었다. 사실 해리는 해그리드가 예전에 학교 다닐 때 쓰던 마법 지팡이가 그 안에 숨겨져 있을 거라는 강한 느낌을 받았다. 해그리드는 마법을 쓰지 못하게 되어 있었다. 해리는 결코 알지 못하는 어떤 이유로 3학년 때 호그와트에서 퇴학당했기 때문이었다. 그 얘기를 하려고 하면 해그리드는 요란하게 목을 가다듬고, 신기하게도 화제가 바뀔 때까지 귀머거리가 되었다.

"부풀리기 마법인가 봐요?" 헤르미온느가 못마땅함과 흥미가 반씩 섞인 말투로 말했다. "뭐, 잘하셨네요."

"네 여동생도 그렇게 말하더라." 해그리드가 론에게 고갯짓하며 말했다. "어제 그 애를 만났거든." 해그리드가 턱수염을 씰룩거리며 해리를 곁눈질했다. "그냥 교정을 둘러보는 중이라고 하더라만, 내가 보기엔 우리 집에서 다른 사람을 우연찮게 마주치길 기대하는 것 같았어." 그는 해리에게 눈을 찡긋했다. "내 생각에 그 애는 사인한 사진을 마다하지 않을……."

"아, 그만해요." 해리가 말했다. 론이 웃느라 컥컥대자 땅에 민달팽이가 흩뿌려졌다.

"조심해!" 해그리드가 고함을 치며, 그의 소중한 호박들로부터 론을 멀리 끌어냈다.

점심시간이 가까워졌다. 해리는 동이 튼 이래 당밀 사탕 한 조각밖에 먹지 못했으므로 학교로 돌아가 식사를 하고 싶은 마음이 굴뚝같았다. 그들은 해그리드에게 작별 인사를 하고 성으로 돌아갔다. 론은 가끔 딸꾹질을 하기는 했지만 아주 작은 민달팽이 두 마리만 게워 냈다.

시원한 현관홀에 발을 들이기가 무섭게 어떤 목소리가 울렸다. "거기 있었구나, 포터, 위즐리." 맥고나걸 교수가 근엄한 표정을 지으며 걸어오고 있었다. "너희 둘 다 오늘 저녁에 방과 후 징계를 받게 될 거다."

"무슨 일을 하나요, 교수님?" 론이 트림을 눌러 참으며 초조하게 물었다.

"너는 필치 씨와 함께 트로피 전시실에서 은제품들을 닦게 될 거다." 맥고나걸 교수가 말했다. "마법은 안 된다, 위즐리. 팔을 써서 해라."

론은 침을 꿀꺽 삼켰다. 건물 관리인인 아거스 필치는 전교생에게 미움을 받는 사람이었다.

"그리고 포터 너는 록하트 교수님이 팬레터에 답장 쓰는 걸 도와야 할 거다." 맥고나걸 교수가 덧붙였다.

"아, 안 돼요……. 저도 트로피 전시실에 가면 안 될까요?" 해리가 절박하게 말했다.

"당연히 안 되지." 맥고나걸 교수가 눈썹을 치켜들며 말했다. "록하트 교수님이 특별히 너를 요청하셨어. 너희 둘 다 저녁 8시부터다."

해리와 론은 세상 침울하게 축 처진 채 대연회장으로 들어갔다. 헤르미온느는 뒤에서 '뭐 너희가 교칙을 어긴 건 사실이잖아'라고 말하는 듯한 표정을 짓고 있었다. 셰퍼드 파이(다진 고기를 으깬 감자에 싸서 구운 파이 — 옮긴이)는 해리가 기대한 만큼 맛있지 않았다. 해리와 론 둘 다 자기가 받은 징계가 더 나쁘다고 느꼈다.

"필치는 나를 밤새 붙잡아 둘 거야." 론이 괴로운 듯 말했다. "마법을 쓰지 말라니! 그 전시실에는 분명 우승컵이 100개쯤 있을 텐데. 난 머글식 청소는 잘 못한단 말이야."

"언제든 바꿔 줄게." 해리가 공허하게 말했다. "더즐리네 살면서 많이 해 봤거든. 록하트가 받은 팬레터에 답장하기라니…… 악몽일 거야……."

토요일 오후는 녹아 없어진 듯 눈 깜짝할 사이에 8시 5분 전이 됐고, 해리는 발을 질질 끌면서 3층 복도를 따라 록하트의 연구실로 향했다. 그는 이를 악물고 문을 두드렸다.

문은 곧바로 활짝 열렸다. 록하트가 그를 내려다보며 환하게 웃었다.

"아, 말썽꾸러기가 오셨군!" 그가 말했다. "들어

와라, 해리. 들어와."

벽에 걸린 셀 수 없이 많은 록하트의 액자 사진이 수많은 양초 불빛을 받아 번쩍번쩍 빛나고 있었다. 록하트는 심지어 그중 몇 장에 사인까지 해 놓았다. 책상 위에도 사진 한 더미가 수북하게 놓여 있었다.

"너는 봉투에 주소를 쓰면 된다!" 록하트가 특별 대우라도 하는 양 해리에게 말했다. "이 첫 번째 편지는 글래디스 거전한테 보내는 거야. 고맙기도 하지. 내 엄청난 팬이란다."

시간은 달팽이처럼 느릿느릿 기어갔다. 해리는 가끔씩 "음", "그러게요", "네" 하고 대꾸하면서 록하트의 목소리가 덮쳐 오게 내버려 두었다. 간혹 "명성이란 변덕스러운 친구란다, 해리"라든가 "유명 인사답게 행동해야 유명 인사야. 기억하려무나" 같은 말이 들려오기도 했다.

양초가 점점 짧게 타들어 가면서, 해리를 지켜보는 수많은 록하트의 움직이는 얼굴 위로 불빛이 일렁였다. 해리는 욱신거리는 손을 뻗어 천 번째쯤 되는 봉투에 베로니카 스메슬리의 주소를 적었다. 끝날 때가 됐을 텐데, 하고 해리는 비참한 심정으로 생각했다. 제발 거의 다 끝났길…….

그때 어떤 소리가 들렸다. 꺼져 가는 촛불이 내는 지글거리는 소리나 자신의 팬에 대한 록하트의 지껄임과는 거리가 먼 어떤 소리가.

그것은 어떤 목소리였다. 뼛속까지 서늘해지는 목소리, 숨이 멎을 듯한, 얼음처럼 차가운 독기가 서린 목소리.

"와라…… 내게로 와라…… 가죽을 벗기고…… 갈기갈기 찢어서…… 널 죽여 버릴 테다……."

해리가 자리에서 벌떡 일어서는 바람에 베로니카 스메슬리의 주소 위에 큼직한 연보라색 얼룩이 생겼다.

"뭐라고요?" 해리가 큰 소리로 물었다.

"내 말이!" 록하트가 말했다. "베스트셀러 목록 맨 꼭대기에 꼬박 여섯 달을 머물렀단다! 모든 기록을 깬 거지!"

"아뇨." 해리가 극도로 흥분해서 말했다. "저 목소리요!"

"응?" 록하트가 어리둥절한 표정으로 물었다. "무슨 목소리?"

"저, 저 목소리 말이에요, 방금 들린…… 못 들으셨어요?"

록하트는 굉장히 놀란 듯 해리를 바라보았.

"도대체 무슨 말을 하는 거냐, 해리? 좀 졸린가 보지? 이런, 시간 좀 봐라! 네 시간 가까이 지났구나! 믿을 수가 없군. 시간 참 빠르지 않니?"

해리는 대답하지 않았다. 그는 목소리를 다시 들으려고 귀를 기울였지만 이제는 방과 후 징계를 받을 때마다 이런 특별 대우를 기대해서는 안 된다는 록하트의 말소리 말고는 아무 소리도 들리지 않았다. 해리는 얼이 빠진 채 방을 나섰다.

시간이 너무 늦은 탓에 그리핀도르 휴게실은 거의 비어 있었다. 해리는 곧장 기숙사 침실로 올라갔다. 론은 아직 돌아오지 않았다. 해리는 잠옷을 입고 침대에 누워 기다렸다. 30분 뒤 론이 오른팔을 부여잡고 광택제 냄새를 잔뜩 풍기며 어두운 방 안으로 들어왔다.

"팔에 힘이 안 들어가." 론이 자기 침대에 쓰러지며 신음했다. "그놈의 퀴디치 우승컵을 열네 번이나 닦게 한 뒤에야 만족하더라니까. 근데 그때 내가 호그와트 특별 공로상에 민달팽이를 죄다 토해 놓은 거야. 그 끈적끈적한 것을 없애는 데 또 한참 걸렸어. ……록하트랑은 어땠어?"

네빌, 딘, 셰이머스를 깨우지 않으려고 목소리를 낮춘 채 해리는 자기가 들은 것을 론에게 그대로 이야기해 주었다.

"그런데 록하트는 못 들었다는 거야?" 론이 물었다. 달빛에 이마를 찌푸리는 론의 얼굴이 비쳤다. "록하트가 거짓말하는 것 같아? 하지만 이해가 안 되는걸. 눈에 보이지 않는 사람이라도 방에 들어오려면 문을 열어야 할 거 아냐."

"그러니까." 해리는 사주식 침대에 도로 누워 머리 위의 침대 덮개를 응시하며 말했다. "나도 이해가 안 가."

CHAPTER 8

# 사망일 파티

**10**월이 되자 교정과 성안 전체에 축축한 냉기가 퍼졌다. 양호교사인 폼프리 선생은 교직원들과 학생들 사이에 갑작스럽게 유행하는 감기 탓에 바빠졌다. 약을 마신 후 몇 시간 동안 귀에서 연기가 나긴 했지만, 폼프리 선생의 페퍼업 마법 감기약은 즉시 효과를 발휘했다. 창백해 보이던 지니도 퍼시의 강요에 못 이겨 그 약을 먹었다. 강렬한 색깔의 머리카락 아래로 김이 뿜어 나오자 지니의 머리 전체에 불이 붙은 것 같았다.

총알만 한 빗방울이 며칠 동안이나 성 창문을 두들겼다. 호수의 수면이 높아지고, 꽃밭은 진흙투성이 도랑으로 변했으며, 해그리드의 호박은 정원 헛간만 하게 부풀어 올랐다. 그러나 정기 훈련에 대한 올리버 우드의 열정만은 꺾이지 않았다. 핼러윈을 며칠 앞둔 어느 폭풍우 치는 토요일 오후 비에 푹 젖고 진흙을 뒤집어쓴 채 그리핀도르 탑으로 돌아가는 해리가 목격된 것도 그래서였다.

비바람이 아니더라도 기분 좋은 훈련 시간은 아니었다. 슬리데린 팀을 염탐해 온 프레드와 조지는 신형 님부스 2001의 속도를 직접 목격했다. 그들은 슬리데린 팀이 수직 이착륙 제트기처럼 하늘을 가르며 쏜살같이 날아가는 일곱 개의 초록색 흐릿한 형상으로만 보였다고 말했다.

아무도 없는 복도를 절벅거리며 걷던 해리는 그 자신만큼이나 뭔가에 정신이 팔린 누군가와 마주쳤다. 그리핀도르 탑의 유령인 목이 달랑달랑한 닉이 침울하게 창밖을 바라보며 나직이 중얼거리고 있었다. "……자격 요건을 충족시키지 못한다니…… 1센티미터만, 그만큼만……."

"안녕하세요, 닉." 해리가 말했다.

"그래, 안녕한가." 목이 달랑달랑한 닉이 움찔하더니 주위를 둘러보며 답했다. 그는 길고 곱슬곱슬한 머리에 깃털 장식이 달린 근사한 모자를 쓰고, 목이 완전히 잘리기 직전이라는 사실을 감추어 주는 주름 옷깃 차림이었다. 그의 몸은 연기처럼 흐릿해서, 그 너머로 바깥의 어두운 하늘과 쏟아지는 빗줄기가 보였다.

"고민거리가 있나 보군, 젊은 포터여." 닉이 투명한 편지를 접어 더블릿(14~17세기 남성들이 입던 짧고 꼭 끼는 상의 — 옮긴이) 안에 쑤셔 넣으며 말했다.

"닉도 그런가 보네요." 해리가 말했다.

"아." 목이 달랑달랑한 닉이 우아하게 손을 저었다. "전혀 중요치 않은 문제라네……. 진정 가입하고 싶었던 것도 아니고……. 지원은 해 볼 생각이었네만, 듣자 하니 내가 '자격 요건을 충족시키지 못한다'는군."

대수롭지 않다는 말투였지만 표정은 무척 씁쓸했다.

"하지만 자네라면 이런 생각이 들지 않겠는가?" 그가 주머니에서 도로 편지를 꺼내면서 갑자기 감정을 터뜨렸다. "무딘 도끼로 목을 마흔다섯 번이나 찍혔다면 머리 없는 사냥회에 들어갈 자격이 충분하지 않느냔 말일세."

"아…… 그렇죠." 해리가 말했다. 분명 그가 동의해 주기를 바라고 한 말 같았다.

"내 말은, 그 일이 신속하고 깔끔하게 이루어져서 내 머리가 제대로 떨어져 나갔기를 나보다 더 바라는 사람은 없다는 걸세. 다시 말하지만, 그랬더라면 이 엄청난 고통과 조롱을 피할 수 있었겠지. 하지만……." 목이 달랑달랑한 닉이 편지를 흔들어 펼쳐서는 미친 듯이 읽어 내려갔다.

"'우리는 머리가 몸에서 떨어진 사냥꾼만 받아들입니다. 그렇지 않을 경우 회원들이 마상에서 하는 머리 저글링이나 머리 폴로 같은 사냥회 활동에 참여할 수 없는 점을 양해해 주십시오. 따라서 대단히 유감스럽게도 귀하는 우리 사냥회의 자격 요건을 충족시키지 못한다는 점을 알려 드립니다. 행운을 빌며, 패트릭 덜레이니 포드모어 경.'"

목이 달랑달랑한 닉은 씩씩거리며 편지를 다시 쑤셔 넣었다.

"내 목을 붙들고 있는 1센티미터의 피부와 힘줄 때문이라네, 해리! 대부분의 사람들은 그 정도면 충분히 목이 잘렸다고 생각할 테지만, 아니야. 머리가 제대로 잘린 포드모어 나리께서는 그걸로 충분치 않다는 걸세!"

목이 달랑달랑한 닉은 몇 차례 심호흡을 하더니 훨씬 침착해진 목소리로 말했다. "그래서…… 자네의 문제는 뭔가? 내가 도울 건 없나?"

"없어요." 해리가 말했다. "슬리데린하고의 시합에서 공짜로 쓸 수 있는 님부스 2001 일곱 자루를 어디서 구할 수 있는지 아신다면 모를까……."

해리의 나머지 말은 발목 근처에서 들려온 높은 고양이 울음소리에 묻히고 말았다. 밑을 내려다본 해리의 눈에 등불 같은 노란 눈 한 쌍이 보였다. 건물 관리인 아거스 필치가 학생들과의 끝없는 싸움에서 일종의 보좌관으로 기용한 비쩍 마른 회색 고양이 노리스 부인이었다.

"여기서 나가는 게 좋겠네, 해리." 닉이 얼른 말했다. "필치는 심기가 불편한 상태야. 감기에 걸린 데다, 3학년생 몇 명이 실수로 5번 지하 감옥 천장을 개구리 뇌로 도배하다시피 했거든. 그래서 아침 내내 청소했는데, 자네가 사방에 진흙을 떨어뜨리는 걸 보면…….'

"알겠어요." 해리는 비난하는 듯한 노리스 부인의 눈길을 뒤로하고 돌아섰으나 이미 늦었다. 못된 고양이와 그를 연결해 주는 신비한 힘에 이끌렸는지, 아거스 필치가 돌연 해리 옆 태피스트리 뒤에서 나타난 것이다. 그는 규칙 위반자를 찾아 씩씩거리며 주위를 사납게 두리번거리고 있었다. 머리에는 두꺼운 격자무늬 스카프를 감고 있었고, 코는 이상할 정도로 보랏빛을 띠었다.

"오물!" 그가 해리의 퀴디치 로브에서 떨어져 만들어진 진창을 가리키며 소리쳤다. 턱이 부들부들 떨리고 두 눈은 놀랄 만큼 튀어나와 있었다. "온통 쓰레기에 진흙 천지야! 더 이상은 못 참겠다! 따라와라, 포터!"

그렇게 해리는 목이 달랑달랑한 닉을 향해 우울하게 손을 흔들어 작별 인사를 하고 필치를 따라 다시 아래층으로 내려가면서, 바닥에 찍힌 진흙투성이 발자국 수를 두 배로 늘렸다.

해리는 한 번도 필치의 사무실에 들어가 본 적이 없었다. 그곳은 학생들 대부분이 기피하는 장소였다. 방은 우중충한 데다 창문도 없었고, 조명이라고는 나직한 천장에 매달린 기름등 하나뿐이었다. 안에서 희미한 생선 튀김 냄새가 떠돌았다. 나무로 만든 서류장이 벽을 빙 둘러서 있었는데, 해리는 거기에 붙은 이름표를 보고 그 안에 필치가 벌을 준 모든 학생의 상세 정보가 들어 있음을 알 수 있었다. 프레드와 조지는 아예 서랍 하나를 차지하고 있었다. 공들여 광을 낸 쇠사슬과 수갑 같은 것들이 필치의 책상 뒤 벽에 걸려 있었다. 그가 덤블도어에게 학생들의 발목을 천장에 매달게 해 달라고 늘 간청하고 있다는 것은 잘 알려진 사실이었다.

필치가 책상 위에 놓인 통에서 깃펜을 꺼내더니 발을 질질 끌면서 양피지를 찾아 돌아다니기 시작했다.

"똥." 그가 사납게 중얼거렸다. "엄청나게 큰 뜨거운 용 코딱지…… 개구리 뇌…… 쥐 내장…… 이제 지긋지긋해……. 본때를 보여 줘야지……. 서류가 어디 있더라…… 그래……."

필치는 책상 서랍에서 큼직한 양피지 두루마리를 꺼내 앞에 펼쳐 놓고 기다란 검은색 깃펜을 잉크병에 담갔다.

"이름…… 해리 포터. 죄목……."

"진흙만 좀 묻혔을 뿐이잖아요!" 해리가 말했다.

"너한테는 진흙 조금이겠지, 이놈아. 하지만 나한테는 한 시간을 더 박박 문질러 닦아야 하는 일이야!" 필치가 소리쳤다. 주먹코 끝에 콧물 한 방울이 매달려 불쾌하게 흔들렸다. "죄목…… 성을 더럽힘……. 처벌 내용은……."

필치는 줄줄 흐르는 코를 살짝 훔치며 가늘게 뜬 눈으로 기분 나쁘게 해리를 쳐다보았다. 해리는 숨 죽인 채 선고가 내려지기를 기다렸다.

하지만 필치가 깃펜을 종이로 가져간 순간 사무실 천장에서 엄청난 **쾅!** 소리가 들리더니 기름등이 덜렁거렸다.

"**피브스!**" 필치가 화가 나서 깃펜을 내던지며 고함을 질렀다. "이번에야말로 잡는다, 네놈을 붙잡고 말 거야!"

그러더니 해리를 한 번 돌아보지도 않고 단호하

게 사무실을 달려 나갔다. 노리스 부인도 그의 옆에서 쪼르르 달리고 있었다.

피브스는 대혼란과 괴로움을 일으키는 것이 삶의 목적인 폴터가이스트로, 공중에 둥둥 떠서 싱글싱글 웃고 다니는 학교의 골칫거리였다. 해리는 피브스를 그다지 좋아하지 않았으나 지금 상황에서는 고마움을 느끼지 않을 수 없었다. 피브스가 무슨 짓을 했는지는 모르겠지만(소리를 들건대 이번엔 아주 큰 뭔가를 망가뜨린 것 같았다) 덕분에 필치가 딴 데로 주의를 돌리길 바랐다.

해리는 아마도 필치가 돌아올 때까지 기다려야 할 거라고 생각하며 책상 옆 좀먹은 의자에 털썩 주저앉았다. 쓰다 만 서류를 빼면 책상 위에는 딱 한 가지 물건밖에 없었다. 앞면에 은색 글자가 적혀 있는, 크고 화려한 자주색 봉투였다. 해리는 문을 힐끗 보고 필치가 돌아오지 않은 것을 확인한 다음 봉투를 집어 들고 읽었다.

### 퀵스펠
초급 마법 통신 강좌

호기심을 느낀 해리는 재빨리 봉투를 열고 안에 든 양피지를 꺼냈다. 앞장에는 구불구불한 은색 글자로 다음과 같은 글이 더 적혀 있었다.

현대 마법 세계에 어울리지 못하는 것 같나요?
간단한 주문조차 걸지 못하고 변명하고 있나요?
마법 지팡이 휘두르는 솜씨가 한심하다고
놀림받은 적이 있나요?
여기에 해답이 있습니다!

퀵스펠은 혁신적이고 실패하지 않는,
빠르고 쉽게 배우는 마법 강좌입니다.
수백 명의 마법사가 퀵스펠 학습법으로
효과를 봤습니다!

톱샘의 마법사 Z 네틀스는 말합니다.
"저는 주문도 못 외울 만큼 기억력이 안 좋았고,
제가 만든 마법약은 온 가족의 놀림거리였어요!
하지만 퀵스펠 강좌를 들은 이후로 파티에 가면
모든 관심이 제게 집중되었고,
친구들은 제 불꽃 물약 제조법을 알려 달라고
야단이랍니다!"

디즈버리의 고위 마법사 D. J. 프로드는
이렇게 말합니다.
"아내는 약해 빠진 제 마법을 비웃곤 했는데,
이 굉장한 퀵스펠 강좌를 한 달 수강하고
그 여자를 야크로 바꾸는 데 성공했어요!
고맙습니다, 퀵스펠!"

해리는 넋이 빠진 채 나머지 내용물을 휙휙 넘겨 보았다. 도대체 필치는 왜 퀵스펠 강좌를 들으려는 걸까? 제대로 된 마법사가 아니라는 뜻인가? 해리가 막 '1강: 마법 지팡이 잡기(몇 가지 유용한 힌트)'를 읽고 있을 때 바깥에서 질질 끄는 발소리가 들렸다. 필치가 돌아오고 있었다. 해리가 양피지를 봉투에 다시 쑤셔 넣고 책상에 던져 놓기 무섭게 문이 열렸다.

필치는 의기양양한 모습이었다.
"그 사라지는 캐비닛은 엄청나게 귀한 거란다!" 그가 신이 나서 노리스 부인에게 말했다. "이번에야말로 피브스를 쫓아내자꾸나, 애야."

그의 시선이 해리한테로 향했다가 퀵스펠 봉투 쪽으로 홱 돌아갔다. 해리는 그 봉투가 원래 있던 자리에서 50센티미터는 더 떨어진 곳에 놓여 있는 것을 뒤늦게 깨달았다.

필치의 해쓱한 얼굴이 벽돌색으로 물들었다. 해리는 해일처럼 몰려올 분노에 대비해 마음을 다잡았다. 필치는 절뚝거리며 책상 앞으로 가더니 봉투를 낚아채듯 집어 서랍에 던져 넣었다.

"너…… 봤냐……?" 그가 더듬거렸다.

"아뇨." 해리는 재빨리 거짓말을 했다.

필치는 마디가 울퉁불퉁 튀어나온 손을 맞잡고 비틀었다.

"네가 내 사적인 편지를 읽었다면…… 그게 내 거란 얘긴 아니지만…… 친구 거긴 하지만…… 그렇더라도…… 어쨌든……."

해리는 놀라서 그를 뚫어지게 쳐다보았다. 지금처럼 화가 난 필치는 한 번도 본 적이 없었다. 두 눈은 튀어나왔고, 축 처진 볼 한쪽이 경련하고 있었으며, 격자무늬 스카프는 아무런 도움이 되지 않았다.

"좋아…… 가라……. 그리고 한 마디도 흘리지 마라…… 다른 뜻은 아니고…… 아무튼, 네가 안 봤다면…… 이제 가라, 피브스에 대한 보고서를 써야 하니까…… 가……."

해리는 뜻하지 않은 행운에 놀라 얼른 사무실을 나와서 복도를 따라 다시 위층으로 향했다. 아무런 벌도 받지 않고 필치의 사무실을 빠져나오다니 아마 학교 역사에 기록될 일일 것이다.

"해리! 해리! 효과가 있었나?"

목이 달랑달랑한 닉이 한 교실에서 미끄러져 나왔다. 그의 뒤로, 엄청난 높이에서 떨어진 듯한 검은색과 금색이 섞인 커다란 캐비닛 잔해가 보였다.

"내가 저걸 필치 사무실 바로 위에서 박살 내라고 피브스를 설득했네." 닉이 열성적으로 말했다. "그걸로 필치의 주의를 돌릴 수 있을 거라고 생각했지."

"닉이었어요?" 해리가 고마워하며 말했다. "네, 통했어요. 심지어 방과 후 징계도 받지 않았어요. 고마워요, 닉!"

그들은 함께 복도를 걸어갔다. 해리는 목이 달랑달랑한 닉이 여전히 패트릭 경의 거절 편지를 들고 있다는 사실을 알아챘다.

"제가 머리 없는 사냥회 일을 도와드릴 수 있었으면 좋겠어요." 해리가 말했다.

목이 달랑달랑한 닉이 움직임을 멈추는 바람에 해리는 곧장 그를 뚫고 걸어갔다. 그러지 않았다면 좋았을 것이다. 꼭 얼음장 같은 소나기를 뚫고 지나가는 것 같았으니까.

"한데 자네가 해 줄 수 있는 일이 있긴 하다네." 닉이 신이 나서 말했다. "해리, 과한 부탁이 될지 모르겠네만…… 아냐, 자넨 원치 않겠지."

"뭔데요?" 해리가 물었다.

"음, 올해 핼러윈이 내 500번째 사망일이라네." 목이 달랑달랑한 닉이 가슴을 펴고 위엄이 깃든 모습으로 말했다.

"아." 해리가 말했다. 유감이라는 표정을 지어야 할지 기뻐하는 표정을 지어야 할지 확신이 서지 않았다. "그렇군요."

"널찍한 지하 감옥 한 곳에서 파티를 열 거라네. 전국에서 친구들이 올 거야. 자네가 참석해 준다면 굉장한 영광일 걸세. 물론 위즐리 군과 그레인저 양도 대단히 환영이고. 그러나 자네는 아마 학교 연회에 더 가고 싶겠지?" 그는 조바심하며 해리를 바라보았다.

"아뇨." 해리가 재빨리 말했다. "갈게……."

"이럴 수가! 해리 포터가 내 사망일 파티에 온다니! 그럼……." 닉은 흥분한 얼굴로 잠시 망설였다. "혹시 패트릭 경에게 자네가 날 봤을 때 얼마나 무시무시했고 인상적이었는지 얘기해 줄 수 있겠나?"

"다, 당연하죠." 해리가 말했다.

목이 달랑달랑한 닉은 밝게 미소 지었다.

"사망일 파티?" 헤르미온느가 기대에 차서 말했다. 해리가 마침내 옷을 갈아입고 휴게실에 있는 헤르미온느와 론에게 합류했을 때였다. "살아 있는 사람 중에서 그런 파티에 가 봤다고 말할 수 있는 사람은 별로 없을 거야……. 재밌겠다!"

"대체 왜 자기가 죽은 날을 축하하고 싶어 하는 거야?" 마법약 숙제를 하다가 기분이 언짢아진 론이 말했다. "나 같으면 엄청 우울할 텐데……."

비는 아예 먹처럼 새까매진 창문을 여전히 후려갈기고 있었지만, 안에서는 모든 게 밝고 즐거워 보였다. 벽난로 불빛이 푹신푹신한 안락의자 여러 개에 빛을 드리웠다. 다들 거기에 앉아 책을 읽고 이야기를 나누고 숙제를 하는 가운데, 한쪽에서는 프레드와 조지 위즐리가 샐러맨더에게 필리버스터 폭죽을 먹이면 어떤 일이 벌어지는지 시험해 보고 있었다. 프레드가 마법 생명체 돌보기 수업에서 '구출'해 온, 불 속에 사는 그 밝은 오렌지색 도마뱀은 지금 호기심 가득한 사람들에 둘러싸인 채 탁자 위에서 부드럽게 연기를 내고 있었다.

해리가 론과 헤르미온느에게 필치와 퀴스펠 강좌에 대해 막 이야기하려는 순간 샐러맨더가 갑자기 공중으로 붕 날아오르더니 미친 듯이 방 안을 돌며 시끄러운 불꽃과 굉음을 뿜어냈다. 프레드와 조지에게 목이 쉬어라 고함을 지르는 퍼시의 모습과 샐러맨더의 입에서 귤색 별들이 쏟아져 나오는 화려한 장면, 불 속으로 달아나는 녀석과 뒤이은 폭발이 필치와 퀴스펠 봉투를 해리의 머릿속에서 싹 몰아냈다.

핼러윈이 되자 해리는 사망일 파티에 가겠다고 성급하게 약속했던 것을 후회했다. 다른 학생들은 모두 즐거운 마음으로 핼러윈 연회를 고대하고 있었다. 대연회장은 전처럼 살아 있는 박쥐들로 장식됐고, 해그리드의 어마어마하게 큰 호박들은 세 사람이 들어가 앉아도 될 만큼 커다란 등불로 조각됐으며, 덤블도어가 흥을 돋우기 위해 춤추는 해골 공연단을 불렀다는 소문도 있었다.

"약속은 약속이야." 헤르미온느가 위엄 있는 말투로 해리를 일깨웠다. "네가 사망일 파티에 가겠다고 말했잖아."

그리하여 7시가 되자 해리, 론, 헤르미온느는 황금빛 접시와 양초로 매혹적으로 빛나는, 사람들로 빽빽한 대연회장 문을 그대로 지나쳐 지하 감옥을 향해 발걸음을 옮겼다.

목이 달랑달랑한 닉의 파티장으로 가는 통로에도 촛불이 늘어서 있긴 했지만 그것이 주는 효과는 흥겨움과는 거리가 멀었다. 길고 가느다랗고 새까만 양초들이 하나같이 밝은 파란색으로 타오르면서, 살아 있는 그들의 얼굴조차 흐릿하고 유령 같은 빛을 띠게 만들었다. 한 발짝 내디딜 때마다 온도가 내려갔다. 해리가 로브를 바싹 끌어당겨 떨리는 몸을 감싸려는데, 천 개의 손톱이 어마어마하게 큰 칠판을 긁는 것 같은 소리가 들렸다.

"설마 저게 음악이야?" 론이 속삭였다. 모퉁이를 돌자, 검은색 벨벳 휘장을 드리운 문 앞에 목이 달랑달랑한 닉이 서 있는 모습이 보였다.

"사랑스러운 친구들이여." 그가 구슬프게 말했다. "어서 오게, 어서 와……. 자네들이 와 줘서 정말 기쁘다네……."

그는 깃털 모자를 휙 벗고 허리를 숙이더니 그들을 안으로 들여보냈다.

믿을 수 없는 광경이었다. 지하 감옥은 진주처럼 하얗고 반투명한 수백 명의 사람들로 가득 차 있었다. 그들 대부분은 혼잡한 댄스 플로어 주변을 떠다니면서, 검은 휘장을 드리운 연단 위 오케스트라가 서른 개의 음악용 톱으로 연주하는 무시무시하게 떨리는 그 소리에 맞춰 왈츠를 추고 있었다. 머리 위의 샹들리에는 또 다른 천 개의 검은 양초 불빛에 비쳐 암청색으로 빛났다. 세 사람이 내뱉은 입김이 눈앞에서 부옇게 피어올랐다. 꼭 냉동실로 걸어 들어가는 것 같았다.

"한번 둘러볼까?" 발이라도 따뜻하게 하고 싶은 마음에 해리가 제안했다.

"유령들 몸속을 지나가는 일이 없도록 조심해." 론이 긴장해서 말했다. 셋은 댄스플로어 가장자리를 따라 움직이기 시작했다. 그들은 우울해 보이는 수녀들과, 사슬을 휘감고 있는 누더기 차림의 남자, 화살이 이마를 뚫고 나온 기사와 이야기하고 있는 유쾌한 후플푸프 유령 뚱보 수도사를 지나갔다. 다른 유령들이 슬리데린 유령인 피투성이 남작을 멀찍이 피하는 광경이 보였다. 별로 놀랍지는 않았다. 그는 수척한 모습으로 어딘가를 노려보고 있었으며, 은빛 핏자국으로 뒤덮여 있었다.

"아 이런." 헤르미온느가 갑자기 멈춰 서며 말했다. "뒤돌아, 돌아서. 울보 머틀하고는 얘기하고 싶지 않아……."

"누구?" 해리가 재빨리 왔던 길을 되돌아가며 물었다.

"3층 여자 화장실에 나타나는 유령 말이야." 헤르미온느가 말했다.

"화장실에 나타난다고?"

"응. 저 유령이 계속 성질을 부리고 물을 넘치게 하는 바람에 화장실이 1년 내내 고장이었어. 나도 피할 수만 있으면 어떻게든 안 들어갔고. 쟤가 울부짖고 있는데 볼일을 본다니 너무 끔찍해……."

"봐, 음식이다!" 론이 말했다.

맞은편에 기다란 식탁이 놓여 있었는데, 그것 역시 검은 벨벳으로 덮여 있었다. 그들은 잔뜩 기대하며 다가갔지만 다음 순간 충격을 받고 우뚝 멈춰 섰다. 정말 역겨운 냄새가 났다. 커다란 썩은 생선이 멋들어진 은제 접시에 놓여 있고, 쟁반 위에는 석탄처럼 까맣게 탄 케이크가 쌓여 있었다. 구더기가 들끓는 엄청난 크기의 해기스(양의 내장으로 만든 스코틀랜드 음식—옮긴이)와 솜털 같은 초록색 곰팡이로 뒤덮인 치즈 한 덩이가 있었고, 가장 눈에 띄는 자리에 놓인 무덤 모양 커다란 회색 케이크에는 타르를 흘려서 쓴 것 같은 글씨로 이런 내용이 적혀 있었다.

니컬러스 드 밈시포핑턴 경
1492년 10월 31일 사망

비대한 유령 하나가 식탁으로 다가오더니 몸을 한껏 웅크리고 입을 크게 벌린 채, 썩어 가는 연어를 그대로 통과했다. 해리는 그 모습을 보고 깜짝 놀랐다.

"그렇게 지나가면 맛을 느낄 수 있나요?" 해리가 물었다.

"뭐, 얼추." 유령은 슬픈 듯 말하고 가 버렸다.

"내 생각에는 맛을 더 강하게 하려고 썩히는 것 같아." 헤르미온느가 척척박사처럼 말하며 코를 쥔 채 더 가까이 몸을 기울이고 부패한 해기스를 들여다보았다.

"가면 안 돼? 토할 것 같아." 론이 말했다.

하지만 몸을 돌리기가 무섭게 조그만 남자가 식탁 밑에서 획 날아올라 눈앞 공중에서 멈췄다.

"안녕, 피브스." 해리가 조심스럽게 말했다.

주위의 유령들과 달리 폴터가이스트인 피브스는 창백하고 투명한 것과는 아예 거리가 멀었다. 그는 밝은 오렌지색 파티 모자에 빙빙 도는 나비넥타이를 하고 있었고, 넓적하고 사악한 얼굴은 활짝 웃음 짓고 있었다.

"한 입 먹을래?" 그가 상냥하게도 곰팡이로 뒤덮인 땅콩 한 접시를 권하며 물었다.

"고맙지만 사양할게." 헤르미온느가 말했다.

"네가 불쌍한 머틀 얘기를 하는 걸 들었어." 피브

스가 말했다. 두 눈이 마구 돌아가고 있었다. "머틀은 불쌍한 아인데 넌 참 무례하더구나." 그가 심호흡을 하더니 고함을 질렀다. "어이! 머틀!"

"아, 안 돼, 피브스. 내가 한 말 전하지 마. 정말 기분 나빠할 거야." 헤르미온느가 크게 당황하며 속삭였다. "그런 뜻이 아니었어. 걔가 싫다는 게 아니라…… 어, 안녕, 머틀."

땅딸막한 소녀 유령이 다가왔다. 그녀는 뻣뻣한 머리카락과 두껍고 뿌연 안경으로 해리가 여태 본 것 중 가장 침울한 표정을 가리고 있었다.

"왜?" 머틀이 부루퉁하게 대답했다.

"잘 지냈어, 머틀?" 헤르미온느가 밝은 목소리를 꾸며 내며 말했다. "화장실 밖에서 만나니까 좋다."

머틀이 콧방귀를 뀌었다.

"그레인저 양이 네 얘기를 하고 있었어." 피브스가 머틀의 귀에 대고 음흉하게 말했다.

"내 얘긴 그냥…… 그냥…… 네가 오늘 아주 멋져 보인다는 거였어." 헤르미온느가 피브스를 쏘아보며 말했다.

머틀은 의심스럽다는 듯 헤르미온느를 빤히 쳐다보았다.

"날 놀리는 거구나." 머틀이 말했다. 작고 투명한 두 눈에 순식간에 은색 눈물이 차올랐다.

"아냐, 정말이야. 내가 방금 머틀이 멋져 보인다고 말하지 않았어?" 헤르미온느가 해리와 론의 옆구리를 아프게 쿡 찌르며 말했다.

"아, 맞아……."

"그랬지……."

"거짓말하지 마." 머틀이 숨을 헉 들이쉬었다. 어느새 머틀의 얼굴에 눈물이 흘러넘쳤다. 피브스는 머틀의 어깨 너머에서 즐겁게 킬킬거렸다. "뒤에서 사람들이 날 뭐라고 부르는지 내가 모를 것 같아? 뚱보 머틀! 못생긴 머틀! 한심한 울보, 세상 우울한 머틀!"

"'여드름쟁이'를 빼먹었잖아." 피브스가 머틀의 귀에 대고 속삭였다.

울보 머틀이 돌연 괴롭게 울음을 터뜨리더니 지하 감옥에서 뛰쳐나갔다. 피브스가 얼른 머틀을 뒤쫓아 가 곰팡이 핀 땅콩을 던지며 소리쳤다. "여드름쟁이! 여드름쟁이!"

"세상에." 헤르미온느가 안타까워하며 말했다.

그때 목이 달랑달랑한 닉이 유령들을 뚫고 날아왔다.

"즐기고들 있나?"

"아, 그럼요." 그들은 거짓말했다.

"참석자가 이 정도면 나쁘지 않군." 목이 달랑달랑한 닉이 자랑스럽게 말했다. "통곡하는 과부가 그 먼 켄트에서까지 와 줬다네……. 내가 연설할 시간이 거의 다 됐으니, 가서 오케스트라한테 말해 둬야겠군……"

그러나 오케스트라는 바로 그 순간 연주를 멈췄다. 그들, 그리고 지하 감옥에 있던 모두가 조용해져서 흥분에 휩싸인 채 주위를 둘러보았다. 사냥용 나팔이 울린 것이다.

"아, 왔나 보군." 목이 달랑달랑한 닉이 씁쓸하게 말했다.

지하 감옥 벽에서 각각 머리 없는 기수 한 명씩을 태운 유령 말 10여 마리가 튀어나왔다. 모여 있던 이들이 열렬히 손뼉을 쳤다. 해리도 손뼉을 치기 시작했다가 닉의 표정을 보고 재빨리 멈췄다.

말들은 댄스 플로어 한가운데로 질주하더니 멈춰 서서 앞발을 들었다 내렸다 했다. 무리 맨 앞에 있던 한 덩치 큰 유령이 턱수염이 난 머리를 팔아래 끼고 나팔을 불다가 훌쩍 뛰어내린 다음, 모여 있는 사람들을 둘러보려고 머리를 높이 들어 올렸다가(모두가 웃음을 터뜨렸다) 다시 목에 쑤셔 박으면서 목이 달랑달랑한 닉에게 성큼성큼 다가갔다.

"닉!" 그가 소리쳤다. "잘 지내나? 머리는 아직도 붙어 있고?"

그가 기분 좋게 껄껄 웃더니 목이 달랑달랑한 닉의 어깨를 탁 쳤다.

"어서 오게, 패트릭." 닉이 잔뜩 굳은 말투로 대답했다.

"산 자들이로군!" 패트릭 경이 해리, 론, 헤르미온느를 발견하고 놀란 듯 펄쩍 뛰는 시늉을 하며 머리를 떨어뜨렸다(군중은 웃느라 자지러졌다).

"정말 재미있군." 목이 달랑달랑한 닉이 음울하게 말했다.

"닉은 신경 쓰지 말게!" 패트릭 경의 머리가 바닥에서 소리쳤다. "우리가 사냥회에 끼워 주지 않았다고 아직도 기분 상해 있는 거야! 그러나 다시 말하는데, 저 친구를 좀 보라고."

"제 생각엔……." 닉의 의미심장한 눈짓에 해리가 서둘러 입을 열었다. "닉은 정말 무시무시하고…… 어……."

"하!" 패트릭 경의 머리가 소리쳤다. "닉이 그렇게 말하라고 시켰군그래!"

"다들 주목해 줬으면 좋겠소만. 내

소리로 말하며 성큼성큼 연단으로 가더니 얼음처럼 차가운 파란색 조명 속으로 들어갔다.

"고인이 된 영주님들, 신사 숙녀 여러분, 대단히 슬프게도……."

그러나 더 이상 누구도 그의 말을 듣지 않았다. 패트릭 경과 나머지 머리 없는 사냥회가 머리 하키 경기를 시작하는 바람에 다들 구경하느라 눈을 돌린 것이다. 목이 달랑달랑한 닉은 다시 청중의 관심을 끌어 보려고 애썼지만, 커다란 환호성과 함께 패트릭 경의 머리가 그의 몸을 뚫고 날아가자 결국 포기하고 말았다.

해리는 이제 배고픈 건 둘째 치고 너무 추웠다.

"더 이상 못 견디겠어." 오케스트라가 다시 끽끽대며 연주를 시작하고 유령들이 미끄러지듯 댄스 플로어로 돌아가자 론이 이를 딱딱 부딪치며 중얼거렸다.

"가자." 해리도 동의했다.

그들은 문 쪽으로 물러서면서 눈길을 주는 유령들에게 하나하나 고개를 끄덕이고 환하게 미소 지어 보였다. 1분 뒤 그들은 검은 양초로 가득한 통로를 서둘러 되돌아가고 있었다.

"디저트는 아직 남아 있을지도 몰라." 론이 앞장서서 현관홀로 향하는 계단 쪽으로 가며 기대에 찬 어조로 말했다.

그리고 그때 해리는 그 소리를 들었다.

"……찢어…… 찢어발겨…… 죽여……."

록하트의 연구실에서 들었던 것과 같이 차갑고 살의로 가득한 목소리였다.

해리는 비틀비틀 멈춰 서서 돌벽을 단단히 짚은 채 귀에 모든 신경을 집중해 들으면서 눈을 가느다떠 보았다.

"해리, 너 뭐 하……."

"또 그 목소리야. 잠깐만 조용히 해 봐."

"……너무나 굶주렸다…… 너무 오랫동안……."

"들어 봐!" 해리가 다급히 말하자 론과 헤르미온느는 꼼짝도 않고 그를 바라보았다.

"……죽여…… 죽일 때가 됐다……."

목소리는 점점 희미해지고 있었다. 해리는 목소리가 위쪽으로 멀어지고 있다고 확신했다. 그는 어두운 천장을 뚫어지게 바라보면서 두려움과 흥분에 사로잡혔다. 어떻게 위로 올라갈 수 있지? 돌로 만든 천장 같은 건 아무런 문제도 되지 않는 유령이었나?

"이쪽이야." 해리가 소리치더니 현관홀을 향해 계단을 달려 올라가기 시작했다. 여기서 뭔가 들릴 거라고 기대해 봐야 아무 소용이 없었다. 핼러윈 연회의 수다 소리가 대연회장 밖까지 울려 퍼지고 있었던 것이다. 해리는 대리석 계단을 올라 2층까지 전력 질주했고, 론과 헤르미온느가 타닥타닥 그 뒤를 따랐다.

"해리, 우리 지금 뭐 하는……."

"쉿!"

해리는 귀를 기울였다. 멀리서, 저 위에서, 점점 더 희미해지는 목소리가 들려왔다. "……피 냄새가 난다…… *피 냄새가 나!*"

가슴이 두근거렸다. "저게 누군가를 죽이려고 해!" 해리는 그렇게 소리치고는 론과 헤르미온느의 당황한 얼굴을 무시한 채 다음 계단을 한 번에 세 개씩 오르며 자신이 내는 요란한 발소리 너머로 귀를 기울이려고 애썼다.

## 사망일 파티

해리는 론과 헤르미온느가 숨을 헐떡이며 뒤따르는 가운데 3층 전체를 뛰어다니다가, 모퉁이를 돌아 인적 없는 마지막 통로에 이르러서야 멈췄다.

"해리, 도대체 무슨 일이야?" 론이 얼굴에서 땀을 닦아 내며 말했다. "나한텐 아무 소리도 안 들리는데……."

하지만 헤르미온느가 갑자기 숨을 헉 들이켜며 복도 저쪽을 가리켰다.

"저길 봐!"

저 앞의 벽에서 뭔가가 빛나고 있었다. 그들은 눈을 가늘게 뜨고 어둠 속을 들여다보면서 천천히 다가갔다. 두 창문 사이 벽에 휘갈겨 쓴 30센티미터 크기의 글자들이, 타오르는 횃불이 던지는 빛 속에서 희미하게 빛나고 있었다.

**비밀의 방이 열렸다.
후계자의 적들이여, 경계하라.**

"저 아래 걸려 있는 거, 저게 뭐지?" 론이 살짝 떨리는 목소리로 물었다.

해리는 가까이 다가가다가 하마터면 미끄러질 뻔했다. 바닥에 커다란 물웅덩이가 있었던 것이다. 론과 헤르미온느가 그를 붙잡아 주었고, 그들은 글씨 아래 어두운 그림자에 눈길을 둔 채 조금씩 그 글귀 쪽으로 다가갔다. 세 사람은 그림자의 정체를 알자마자 뒤로 펄쩍 물러났다.

건물 관리인의 고양이 노리스 부인이 횃불 받침에 꼬리가 묶인 채 매달려 있었다. 고양이의 몸은 널빤지처럼 뻣뻣했고, 부릅뜬 두 눈은 무언가를 노려보고 있었다.

잠깐 동안 그들은 움직이지 않았다. 잠시 후 론이 말했다. "가자."

"도와줘야 하지 않을까……." 해리가 마지못해 입을 열었다.

"내 말 들어." 론이 말했다. "여기 있다가 눈에 띄어서 좋을 거 없어."

하지만 너무 늦었다. 먼 곳에서 들려오는 천둥 같은 우르릉거리는 소리가 막 연회가 끝났음을 알려 주었다. 그들이 서 있는 복도 양쪽에서 계단을 오르는 수백 명의 발소리와 배불리 먹은 사람들의 시끄럽고 유쾌한 말소리가 들렸다. 다음 순간, 학생들이 복도 양끝에서 밀려들었다.

맨 앞에 있는 아이들이 매달려 있는 고양이를 발견하자 재잘거림, 웅성거림, 소음은 순식간에 사라졌다. 침묵에 휩싸인 학생 무리가 그 소름 끼치는 광경을 보려고 앞으로 밀고 나오는 가운데, 해리, 론, 헤르미온느는 복도 한복판에 덩그러니 서 있었다.

그때 누군가가 정적을 깨고 소리쳤다.

"후계자의 적들이여, 경계하라! 다음은 너희 차례다, 머드블러드들아!"

드레이코 말포이였다. 사람들을 밀치고 맨 앞으로 나선 말포이의 차가운 두 눈에 생기가 돌았다. 평소 핏기 없던 얼굴은 상기돼 있었다. 그는 매달린 채 움직이지 않는 고양이를 보고 씩 웃었다.

CHAPTER 9

# 벽에 쓰인 글자

"여기 무슨 일이냐? 무슨 일이야?"
말포이의 외침에 어김없이 아거스 필치가 어깨로 아이들을 밀치며 나타났다. 그는 노리스 부인을 보고 뒷걸음질 치더니 겁에 질린 채 얼굴을 감싸 쥐었다.

"내 고양이! 내 고양이! 노리스 부인한테 무슨 일이 일어난 거냐?" 그가 비명을 질렀다.

그의 툭 튀어나온 눈이 해리를 향했다.

"너!" 그가 꽥 소리 질렀다. "너! 네가 내 고양이를 죽였구나! 네놈이 죽였어! 죽여 버릴 테다! 내가 널……."

"아거스!"

덤블도어가 다른 교수 여럿과 함께 현장에 도착했다. 잠시 후 그는 해리, 론, 헤르미온느 곁을 지나쳐 노리스 부인을 횃불 받침에서 떼어 냈다.

"함께 가세, 아거스." 그가 필치에게 말했다. "너희도. 포터 군, 위즐리 군, 그레인저 양."

록하트가 열성적으로 나섰다.

"제 연구실이 가장 가깝습니다, 교장 선생님. 바로 위층이에요. 부디 편하게 써 주시길……."

"고맙네, 길더로이." 덤블도어가 말했다.

아이들은 조용히 길을 터 주었다. 록하트는 신난 듯 거드름을 피우면서 얼른 덤블도어를 쫓아갔다. 맥고나걸 교수와 스네이프 교수도 그 뒤를 따랐다.

록하트의 어두운 연구실에 들어서자 사방 벽에서 한바탕 동요가 일었다. 해리는 머리카락을 말고 있던 사진 속 록하트 몇 명이 시선을 피하려고 몸을 숨기는 것을 보았다. 진짜 록하트가 책상 위 양초에 불을 붙이고 물러섰다. 덤블도어는 반질반질한 책상 위에 노리스 부인을 내려놓고 살펴보기 시작했다. 해리, 론, 헤르미온느는 긴장된 눈길을 주고받으며 촛불 빛이 닿지 않는 의자에 주저앉아 상황을 지켜보았다.

덤블도어의 길고 구부러진 코끝이 노리스 부인의 털에 거의 닿을 듯했다. 그는 반달 모양 안경 너머로 노리스 부인을 자세히 살피면서 긴 손가락으로 부드럽게 찔러 보거나 눌러 보았다. 맥고나걸 교수도 눈을 가느다랗게 뜬 채 덤블도어만큼 가까이 몸을 기울이고 있었다. 그들 뒤에서 그림자에 반쯤 잠겨 흐릿하게 보이는 스네이프는 웃지 않으려고 애쓰는 듯 굉장히 이상한 표정을 짓고 있었다. 록하트는 모두의 주위를 맴돌며 이런저런 추측을 늘어놓았다.

"고양이를 죽인 건 저주가 확실합니다. 아마 변형 고문이겠죠. 전 그 저주가 사용된 걸 여러 번 봤습니다. 현장에 제가 없었다니 운이 없었어요. 제가 아는 해제 마법으로 저 고양이를 구할 수 있었을 텐데……."

필치가 메마르고 애절한 흐느낌으로 록하트의 말에 마침표를 찍었다. 필치는 책상 옆 의자에 축 늘어져서 노리스 부인을 쳐다보지도 못하고 두 손에 얼굴을 묻고 있었다. 해리는 필치가 무지 싫었지만 조금 불쌍하게 느껴지는 건 어쩔 수 없었다. 덤블도어가 필치의 말을 믿는다면 퇴학당할 게 뻔했으니 자기 자신만큼 불쌍한 건 아니었지만.

덤블도어는 이제 작은 소리로 이상한 단어들을 중얼거리며 마법 지팡이로 노리스 부인을 가볍게 두드리고 있었다. 그러나 아무 일도 일어나지 않았다. 노리스 부인은 방금 박제된 것 같은 모습 그대로였다.

"……와가두구에서 아주 비슷한 일이 있었던 게 기억납니다." 록하트가 말했다. "연쇄 습격 사건이었죠. 전체 이야기가 제 자서전에 실려 있어요. 제가 마을 사람들에게 갖가지 부적을 나눠 주자 즉시 문제가 해결됐죠……."

그가 말하자 벽에 걸린 록하트의 사진들이 동의한다는 듯 하나같이 고개를 끄덕였다. 그중 한 명은 머리그물 벗는 것도 잊고 열심히 고갯짓을 하고 있었다.

마침내 덤블도어가 허리를 폈다.

"죽은 게 아니네, 아거스." 그가 부드럽게 말했다.

록하트는 자기가 막은 살인 사건 수를 헤아리다가 갑자기 멈췄다.

"안 죽었다고요?" 필치가 손가락 사이로 노리스 부인을 보며 목멘 소리로 말했다. "그런데 왜 노리스 부인이 이렇게…… 이렇게 뻣뻣하고 꼼짝도 않는 거지요?"

"석화된 걸세." 덤블도어가 말했다("아! 그럴 줄 알았지!" 하고 록하트가 말했다). "하지만 왜 이렇게 됐는지는 나도 알 수가 없……."

"저 녀석한테 물어보십쇼!" 필치가 눈물로 얼룩진 얼굴을 해리에게 돌리며 소리 질렀다.

"이런 걸 할 수 있는 2학년생은 아무도 없네." 덤블도어가 단호하게 말했다. "최고 수준의 어둠의 마법에 근접해야……."

"저 녀석이 그랬다고요, 저 녀석이!" 필치가 축

처진 얼굴을 붉으락푸르락하며 내뱉었다. "저 녀석이 벽에다 뭐라고 썼는지 보셨잖아요! 저 녀석이 봤어요…… 제 사무실에서…… 저 녀석은 알아요, 제가…… 제가…….." 필치의 얼굴이 흉측하게 일그러졌다. "저 녀석은 제가 스큅이라는 걸 안다고요!" 그가 말을 마쳤다.

"저는 노리스 부인을 건드리지도 않았어요!" 해리는 벽에 붙은 록하트를 포함한 모두가 자신을 바라보고 있다는 불편한 사실을 깨닫고 큰 소리로 말했다. "그리고 저는 스큅이 뭔지도 몰라요."

"말도 안 되는 소리!" 필치가 으르렁거렸다. "저 녀석이 제 퀵스펠 편지를 봤어요!"

"제가 한 말씀 드려도 될까요, 교장 선생님." 스네이프가 그림자 속에서 말하자 해리의 불길한 예감은 더욱 강해졌다. 스네이프가 무슨 말을 하든 그에게 도움이 되지 않을 건 뻔했다.

"포터와 그 친구들은 하필 그때 거기 있었던 것뿐인지도 모릅니다." 그러면서도 스네이프는 그럴 리 있겠냐는 듯 비웃음으로 입가를 살짝 비틀었다. "하지만 몇 가지 의심스러운 정황이 있는 것도 사실입니다. 애초에 이 아이들은 왜 위층 복도에 있었을까요? 어째서 핼러윈 연회에 가지 않았던 겁니까?"

해리, 론, 헤르미온느 모두 사망일 파티에 대해 설명하기 시작했다. "……유령이 수백 명이나 있었어요. 그 유령들이 우리가 거기 있었다고 말해 줄 거예요……."

"하지만 그 뒤에 왜 연회에 참석하지 않았지?" 스네이프가 말했다. 그의 검은 눈이 촛불 빛을 받아 번뜩였다. "왜 그 복도에 올라갔나?"

론과 헤르미온느가 해리를 보았다.

"왜냐면…… 왜냐면……." 해리가 말했다. 심장이 아주 빠르게 뛰었다. 오직 그에게만 들리는 형체 없는 목소리에 이끌려 그곳에 갔다는 말은 정말 터무니없게 들릴 것이다. "왜냐면 피곤해서 자러 가고 싶었거든요." 그가 말했다.

"저녁도 안 먹고?" 스네이프가 말했다. 수척한 얼굴에 승리감에 찬 미소가 스쳤다. "유령들의 파티에 산 자들 입에 맞는 음식이 나왔을 것 같진 않은데."

"배가 안 고팠어요." 배에서 엄청난 꼬르륵 소리가 나자 론이 소리 높여 말했다.

스네이프의 얼굴 가득 심술궂은 미소가 번졌.

"교장 선생님, 제 생각에 포터가 모든 것을 솔직하게 얘기하진 않은 것 같습니다." 그가 말했다. "모든 이야기를 털어놓을 준비가 될 때까지 포터한테서 몇 가지 특권을 박탈하는 것도 좋은 방법일 것 같은데요. 개인적으로는 포터가 정직해질 준비가 될 때까지 그리핀도르 퀴디치 팀에서 빠져야 한다고 봅니다."

"나 참, 세베루스." 맥고나걸 교수가 날카롭게 말했다. "나는 이 아이가 퀴디치를 그만해야 할 이유를 전혀 모르겠군요. 고양이가 빗자루로 머리를 얻어맞은 것도 아니고, 포터가 뭔가 잘못을 저질렀다는 증거는 전혀 없습니다."

덤블도어는 탐색하는 듯한 눈길로 해리를 바라보았다. 그의 반짝이는 하늘색 시선 탓에 해리는 꼭 엑스레이를 찍고 있는 것 같은 기분이 들었다.

"유죄가 입증되기 전까진 무죄라네, 세베루스." 그가 단호하게 말했다.

스네이프는 분노한 표정이었다. 필치도 그랬다.

"제 고양이가 굳어 버렸어요!" 그가 눈이 튀어나올 듯 악을 썼다. "누군가는 벌을 받아야 한다고요!"

"고양이는 치료할 수 있을 걸세, 아거스." 덤블도

어가 참을성 있게 말했다. "스프라우트 교수가 최근에 맨드레이크를 얼마간 구했다네. 그것들이 다 자라는 대로 노리스 부인을 되살릴 마법약을 만들게 하지."

"제가 만들겠습니다." 록하트가 불쑥 끼어들었다. "백 번은 만들어 봤을 거예요. 맨드레이크 회복 약쯤이야 자면서도 휘리릭 만들 수……."

"미안하지만……." 스네이프가 얼음처럼 차갑게 말했다. "이 학교 마법약 교수는 나일 텐데요."

꽤 어색한 침묵이 흘렀다.

"너희는 가도 좋다." 덤블도어가 해리, 론, 헤르미온느에게 말했다.

그들은 뛰지만 않을 뿐 최대한 빨리 그 자리를 떠났다. 록하트의 연구실에서 한 층 위로 올라간 그들은 방향을 틀어 빈 교실로 들어가 조용히 문을 닫았다. 해리는 눈을 가늘게 뜨고 친구들의 어두운 얼굴을 살폈다.

"내가 들은 목소리 얘기를 할 걸 그랬나?"

"아니." 론이 망설임 없이 말했다. "아무도 못 듣는 목소리를 듣는 건 좋은 징조가 아냐, 마법사 세계에서도."

론의 목소리에서 뭔가를 느낀 해리가 물었다. "내 말 믿기는 하는 거지?"

"당연히 믿지." 론이 재빨리 말했다. "하지만, 괴상한 일이라는 건 너도 인정해야 돼……."

"괴상하다는 건 나도 알아." 해리가 말했다. "이 일 전체가 괴상하잖아. 벽에 쓰여 있는 그 글은 뭘까? '비밀의 방이 열렸다'……. 그게 무슨 뜻이야?"

"뭐, 들은 적이 있는 것 같은데." 론이 천천히 말했다. "언젠가 누가 호그와트에 있는 비밀의 방에 대해서 얘기해 준 적이 있었을 거야……. 빌이 해 줬나……."

"그리고 스큅은 대체 뭐야?" 해리가 물었다.

놀랍게도 론은 낄낄 터지려는 웃음을 참았다.

"그게, 사실 웃을 일은 아닌데, 필치가 그렇다니까 웃기네……." 론이 말했다. "스큅은 마법사 집안에서 태어났지만 마법 능력은 전혀 없는 사람을 말해. 머글 태생 마법사와 정반대라고 보면 되는데, 스큅은 상당히 드물어. 필치가 퀵스펠 강좌로 마법을 배우려 했다면 틀림없이 스큅일 거야. 그러면 많은 게 설명되지. 필치가 왜 그렇게 학생들을 싫어하는지 그 이유 같은 것들 말이야." 론은 만족스러운 미소를 지었다. "속이 쓰린 거지."

어딘가에서 시계가 울렸다.

"자정이네." 해리가 말했다. "스네이프가 와서 우리한테 다른 걸 뒤집어씌우기 전에 자러 가는 게 좋겠어."

학생들은 며칠 동안 노리스 부인 습격 얘기만 했다. 필치는 범인이 다시 나타날지도 모른다고 생각했는지, 노리스 부인이 공격당한 곳을 어슬렁거리며 모두의 기억을 생생히 상기시켰다. 해리는 그가 '스카워 부인의 만능 마법 오물 제거제'로 벽의 글귀를 박박 문질러 닦는 것을 봤지만 별 효과는 없었다. 그 글자들은 변함없이 돌벽 위에서 선명하게 빛났다. 필치는 범죄 현장을 지키고 있지 않을 때면 벌게진 눈으로 복도를 살금살금 걸어 다니다가 무방비 상태의 학생들에게 달려들어 "숨소리가 크다"거나 "기분이 좋아 보인다"는 등의 이유로 방과 후 징계를 주려고 했다.

지니 위즐리는 노리스 부인한테 일어난 일 때문에 무척 심란한 것 같았다. 론의 말로는 지니가 고양이를 무척 좋아한다고 했다.

"하지만 넌 노리스 부인을 잘 알지도 못했잖아." 론이 기운을 돋운답시고 지니에게 말했다. "솔직히 우리한텐 개가 없는 게 훨씬 낫다고." 지니의 입술이 떨렸다. "이런 일이 호그와트에서 자주 일어나는 건 아냐." 론이 지니를 안심시켰다. "그런 짓을 한 미친놈은 당장 잡아서 내보낼 거야. 난 그냥 그놈이 퇴학당하기 전에 필치를 석화시킬 시간만 있었으면 좋겠다는 거지. 농담이야······." 지니의 얼굴이 하얗게 질리는 것을 본 론이 얼른 덧붙였다.

습격 사건은 헤르미온느에게도 영향을 미쳤다. 평소에도 헤르미온느는 책을 읽으며 대부분의 시간을 보냈지만, 이제는 책만 읽을 뿐 아예 아무 일도 하지 않았다. 해리와 론은 도대체 뭘 하는 거냐고 물었지만 별다른 반응을 끌어내지는 못했다. 그들이 이유를 알아낸 건 그다음 주 수요일이 되어서였다.

해리는 마법약 교실에 붙들려 있었다. 스네이프가 해리더러 교실에 남아 책상에서 갯지렁이들을 긁어내라고 했기 때문이었다. 서둘러 점심을 먹고 론을 만나러 도서관으로 올라갔을 때 해리는 약초학 시간에 만난 적 있는 후플푸프 남학생 저스틴 핀치플레츨리가 다가오는 것을 보았다. 해리가 인사하려고 막 입을 연 순간 저스틴은 그를 보더니 갑자기 몸을 돌려 반대 방향으로 급히 가 버렸다.

해리는 도서관 안쪽에서 마법의 역사 숙제 분량을 재고 있는 론을 찾았다. 빈스 교수가 '중세 유럽 마법사들의 의회'에 관한 90센티미터짜리 작문 숙제를 내줬던 것이다.

"믿을 수가 없어. 아직도 20센티미터나 더 써야 하다니······." 론이 분통을 터뜨리며 말했다. 그가 손을 떼자 양피지는 용수철처럼 튕기더니 다시 둘둘 말렸다. "헤르미온느는 140센티미터나 쓴 데다 글씨도 엄청 작아."

"걘 어디 있어?" 해리가 줄자를 쥐고 자기 숙제를 펼치며 물었다.

"저기 어디에 있을걸." 론이 책꽂이들 쪽을 손가락질하며 말했다. "책을 또 한 권 찾아보겠대. 크리스마스 전에 도서관을 통째로 읽으려나 봐."

해리는 론에게 저스틴 핀치플레츨리가 그를 피해 도망갔다는 이야기를 해 주었다.

"신경 쓸 게 뭐 있어. 걔 좀 멍청한 것 같던데." 론이 되도록 큼직하게 글씨를 휘갈기면서 말했다. "록하트가 엄청 대단하다느니 뭐니 헛소리하는 거 하며······."

헤르미온느가 책꽂이 사이에서 나타났다. 그녀는 짜증이 난 듯 보였고, 마침내 그들에게 말할 준비가 된 것 같았다.

"《호그와트의 역사》가 전부 대출됐어." 그녀가 해리와 론 옆에 앉으며 말했다. "대기자 명단도 2주 치나 되고. 내 책을 집에 두고 오지 말았어야 했는데. 하지만 록하트 교수님 책을 다 가져오느라 가방에 넣을 수가 없었단 말이야."

"그게 왜 필요한데?" 해리가 물었다.

"딴 사람들이랑 같은 이유야." 헤르미온느가 말했다. "비밀의 방 전설에 대해서 읽어 보려고."

"그게 뭔데?" 해리가 얼른 물었다.

"바로 *그거야*. 기억이 안 나거든." 헤르미온느가 입술을 깨물며 말했다. "게다가 다른 데서는 그 얘기를 찾을 수가 없······."

"헤르미온느, 네 숙제 좀 보여 주라." 론이 손목시계를 확인하며 간절히 말했다.

"아니, 안 보여 줄 거야." 헤르미온느가 돌연 엄격한 말투로 말했다. "숙제를 끝낼 시간이 열흘이나 있었잖아."

"딱 5센티미터만 더 쓰면 된단 말이야. 얼른……."

종이 울렸다. 론과 헤르미온느는 말다툼을 하며 마법의 역사 교실로 앞장서 갔다.

마법의 역사는 시간표에 있는 것 가운데 가장 지루한 과목이었다. 유일한 유령 선생인 빈스 교수가 그 과목을 가르쳤는데, 그의 수업 시간에 있었던 가장 신나는 일은 그가 칠판을 뚫고 교실로 들어온 것이었다. 들리는 소문에 따르면, 나이가 엄청나게 많고 주름이 쪼글쪼글한 빈스 교수는 자기가 죽었다는 사실을 알아채지 못했다고 한다. 어느 날 아침 평소처럼 잠에서 깨어나, 교무실 난로 앞 안락의자에 몸을 남겨 둔 채 수업을 하러 갔다는 것이다. 그 뒤로 그의 일상은 손톱만큼도 달라지지 않았다.

오늘도 여느 때와 마찬가지로 지루했다. 빈스 교수가 강의 노트를 펴서 낡은 진공청소기처럼 단조롭게 웅얼웅얼 읽기 시작하자, 교실에 있던 학생들은 대부분 결국 깊은 혼수상태에 빠져서 가끔씩 이름 또는 날짜를 받아 적을 때나 간신히 정신을 차렸다가 다시 잠들었다. 하지만 그가 30분째 이야기하고 있을 때 전에는 한 번도 없던 일이 일어났다. 헤르미온느가 손을 든 것이다.

1289년 국제 고위 마법사 총회에 관해 치명적으로 지루한 강의를 하던 빈스 교수가 놀란 표정으로 힐끗 눈을 들었다.

"이름이…… 어……."

"그레인저입니다, 교수님. 비밀의 방에 관해서 말씀해 주실 수 있는지 궁금해서요." 헤르미온느가 또랑또랑한 목소리로 말했다.

입을 벌린 채 창밖을 내다보고 앉았던 딘 토머스가 흠칫 놀라 혼수상태에서 깨어났다. 엎드려 자고 있던 라벤더 브라운이 벌떡 일어났고, 네빌의 팔꿈치는 책상에서 미끄러졌다.

빈스 교수가 눈을 껌뻑였다.

"내가 가르치는 과목은 마법의 역사다." 그가 메마르고 쌕쌕거리는 목소리로 말했다. "사실을 다루지, 그레인저 양. 신화나 전설이 아니라." 그는 분필이 부러지는 듯한 작은 소리로 목을 가다듬고는 말을 이었다. "그해 9월, 사르디니아의 마법사들로 이뤄진 소위원회는……."

그는 말을 더듬거리다 멈췄다. 헤르미온느의 손이 또다시 공중에서 흔들리고 있었던 것이다.

"그랜트 양?"

"부탁드려요, 교수님. 전설은 항상 사실에 기반을 두고 있지 않나요?"

빈스 교수가 헤르미온느를 하도 놀란 눈으로 보고 있었기에, 해리는 생전에든 죽은 다음에든 그의 말을 끊은 학생이 한 명도 없을 게 분명하다는 생각이 들었다.

"글쎄……." 빈스 교수가 느릿느릿 말했다. "그래, 그렇게 주장할 수는 있겠지." 그는 학생을 제대로 본 적이 단 한 번도 없었던 것처럼 헤르미온느를 뚫어지게 바라보았다. "하지만 자네가 말하는 전설은 아주 *자극적*이고 *터무니없기*까지 한 얘기라……."

그러나 이제는 교실 전체가 빈스 교수의 말 한마디 한 마디에 귀 기울이고 있었다. 그는 이해가 잘 되지 않는다는 듯 그들 모두를, 자기를 향한 얼굴 하나하나를 바라보았다. 해리는 빈스 교수가 이토록 범상치 않은 관심에 완전히 당황했다는 것을 알 수 있었다.

"그래, 알겠다." 그가 천천히 말했다. "어디 보자…… 비밀의 방이라……. 다들 알다시피 호그와트는 천 년도 더 전에, 정확한 날짜는 불분명하지만, 가장 위대한 당대 마법사 네 명에 의해 세워졌다. 네 곳의 기숙사가 그들의 이름을 땄지. 고드릭 그리핀도르, 헬가 후플푸프, 로위너 래번클로, 그리고 살라자르 슬리데린이었다. 그들은 호기심 많은 머글들의 눈을 피해 멀리 떨어진 곳에다 함께 이 성을 지었다. 당시는 보통 사람들이 마법을 두려워하던 시대여서 마법사들이 심한 박해를 받았으니까."

그는 말을 멈추고 흐릿한 눈으로 교실을 둘러보더니 말을 이었다. "몇 년 동안 창립자들은 마법적 재능을 보이는 젊은이들을 찾아내 성으로 데려와 교육시키면서 조화롭게 함께 일했다. 한데 그러다가 의견 충돌이 일어났다. 슬리데린과 다른 사람들 사이가 벌어지기 시작한 거야. 슬리데린은 호그와트에 받아들일 학생들을 좀 더 *까다롭게* 선별하고 싶어 했다. 그는 마법 교육이 순수 마법사 가문들에 한해서만 이루어져야 한다고 믿었지. 그는 머글 혈통 학생들을 받아들이길 꺼렸고, 그들을 신뢰할 수 없다고 생각했다. 얼마 후, 이 문제를 놓고 슬리데린과 그리핀도르가 심각하게 다툼을 벌였고 슬리데린은 학교를 떠났다."

빈스 교수는 다시 말을 멈추고 주름 많은 늙은 거북이처럼 입을 꾹 다물었다.

"신빙성 있는 사료가 우리에게 말해 주는 건 이 정도다." 그가 말했다. "하지만 이와 같은 순수한 사실들은 비밀의 방에 관한 허무맹랑한 전설에 가려지고 말았지. 슬리데린이 성안에 숨겨진 방을 만들었는데 다른 창립자들은 그에 대해 아무것도 몰랐다는 거다. 전설에 따르면, 슬리데린은 자신의 진정한 후계자가 학교에 오기 전까지는 아무도 열 수 없도록 비밀의 방을 봉인했다. 오직 그 후계자만이 비밀의 방의 봉인을 열고 그 안의 끔찍한 것을 풀어, 마법을 공부할 자격이 없는 사람을 모조리 학교에서 제거하도록 말이지."

빈스 교수가 이야기를 마치자 침묵이 이어졌다. 하지만 그건 평소 빈스 교수의 교실을 채우곤 하던 졸음에 겨운 침묵이 아니었다. 모두가 더 많은 이야기를 바라며 그를 계속 바라보는 가운데 뒤숭숭한 분위기가 감돌았다. 빈스 교수는 조금 짜증이 난 것처럼 보였다.

"당연한 얘기지만, 이 모든 건 순 헛소리다." 그가 말했다. "당연히 학교에서도 여러 차례 가장 박식한 마법사들에게 그런 방이 존재한다는 증거를 찾게 했지. 그 방은 존재하지 않아. 잘 속는 사람들을 겁주려고 하는 얘기일 뿐이지."

헤르미온느의 손이 다시 올라갔다.

"교수님, 비밀의 방에 있는 '끔찍한 것'이란 정확히 뭘 말하는 건가요?"

"어떤 괴물이라고 알려져 있는데, 슬리데린의 후계자만이 통제할 수 있다고 한다." 빈스 교수가 메마른 고음의 목소리로 말했다.

학생들은 긴장한 눈빛을 주고받았다.

"분명히 말하는데, 그런 건 존재하지 않아." 빈스 교수가 강의 노트를 이리저리 넘기면서 말했다. "비밀의 방도 없고, 괴물도 없다."

"하지만 교수님." 셰이머스 피니건이 말했다. "슬리데린의 진정한 후계자만이 비밀의 방을 열 수 있다면 다른 사람은 아무도 못 찾는 게 당연하지 않나요?"

"말도 안 된다, 오플래허티." 빈스 교수가 성난 목

소리로 말했다. "그 오랜 세월 호그와트의 역대 교장들이 찾아내지 못했다면……."

"하지만 교수님." 파르바티 파틸이 목소리를 높였다. "그 방을 열려면 어둠의 마법을 써야 하는지도 모르잖아요."

"어떤 마법사가 어둠의 마법을 쓰지 않는다고 해서 그걸 쓰지 못한다는 뜻은 아니다, 페니페더 양." 빈스 교수가 딱딱하게 말했다. "다시 말하는데, 덤블도어 교수 같은 사람들이……."

"하지만 어쩌면 슬리데린하고 혈연관계여야 하는지도 모르죠. 그러면 덤블도어 교수님도 어쩔 수 없……." 딘 토머스가 입을 열었지만 빈스 교수는 한계에 다다랐다.

"그 정도면 됐다." 그가 날카롭게 말했다. "비밀의 방은 신화야! 존재하지 않아! 슬리데린이 비밀의 방은커녕 비밀의 빗자루 보관소를 만들었다는 증거 한 조각조차 없다! 이런 어리석은 이야기를 들려준 게 후회되는구나! 괜찮다면 이제 역사로, 확실하고 믿을 수 있고 검증 가능한 사실로 돌아가도록 하자!"

그리고 5분도 되지 않아, 학생들은 평소의 혼수상태로 다시 빠져들었다.

"살라자르 슬리데린이 배배 꼬인 늙은 미치광이라는 건 예전부터 알고 있었어." 론이 해리와 헤르미온느에게 말했다. 수업이 끝난 뒤 그들은 저녁 식사 전에 가방을 두고 오기 위해 학생들로 와글거리는 복도를 헤치고 가는 중이었다. "하지만 이 순수 혈통이니 어쩌니 하는 것을 그 사람이 시작한 줄은 몰랐지. 나는 누가 돈을 준대도 그 기숙사에는 안 간다. 솔직히, 기숙사 배정 모자가 나를 슬리데린에 넣으려고 했다면 나는 그 길로 기차를 타고 집으로 돌아갔을 거야……."

헤르미온느는 열성적으로 고개를 끄덕였으나 해리는 아무 말도 하지 않았다. 그저 가슴이 불쾌하게 철렁 내려앉았을 뿐이다.

해리는 론과 헤르미온느에게 기숙사 배정 모자가 그를 슬리데린에 넣을지 심각하게 고민했다는 이야기를 하지 않았다. 1년 전 모자를 썼을 때 그의 귀에 작은 목소리가 들려오던 일이 마치 어제 일처럼 떠올랐다.

'거기 가면 위대해질 수 있을 텐데. 네 머릿속에 다 들어 있거든. 슬리데린은 네가 위대해지는 길에 큰 도움이 될 거야. 의심의 여지가 없지…….'

하지만 어둠의 마법사들을 배출해 온 슬리데린 기숙사의 평판을 이미 들었던 해리는 절박하게 '슬리데린은 안 돼!'라고 생각했고, 모자는 말했다. '뭐, 정 그렇다면…… 그리핀도르…….'

사람들 무리를 따라 방향을 틀었을 때 콜린 크리비가 지나갔다.

"안녕, 해리!"

"안녕, 콜린." 해리가 기계적으로 대꾸했다.

"해리, 해리, 우리 반 애가 그러는데, 네가……."

하지만 콜린은 몸집이 너무 작아 대연회장 쪽으로 그를 떠미는 사람들의 물결을 버텨 내지 못했다. 높은 목소리로 "나중에 봐, 해리!" 하는 소리가 들리더니 콜린은 시야 밖으로 사라졌다.

"쟤네 반 애가 너에 대해서 뭐라고 했다는 거야?" 헤르미온느가 의아해했다.

"내가 슬리데린의 후계자라는 얘기겠지." 해리가 말했다. 점심시간에 마주쳤을 때 황급히 도망치던 저스틴 핀치플레츨리가 갑자기 떠올라 가슴이 한

층 더 내려앉았다.

"여기 사람들은 아무 말이나 믿는다니까." 론이 넌더리 난다는 듯 말했다.

인파가 줄자 그들은 별 어려움 없이 다음 계단을 오를 수 있었다.

"넌 비밀의 방이 정말로 있다고 생각하는 거야?" 론이 헤르미온느에게 물었다.

"모르겠어." 그녀가 얼굴을 찌푸리며 말했다. "덤블도어 교수님이 노리스 부인을 못 고친 걸 보면, 뭔지는 몰라도 그 고양이를 공격한 건 어쩌면…… 뭐랄까…… 인간이 아닐 거라는 생각이 들어."

헤르미온느가 말하는 동안 세 사람은 모퉁이를 돌았고, 어느새 습격이 일어났던 그 복도 끝에 와 있었다. 그들은 멈춰 서서 그곳을 바라보았다. 횃불 받침에 뻣뻣하게 매달려 있던 고양이가 사라지고, '비밀의 방이 열렸다'고 쓰인 벽에 빈 의자가 기대어 있는 것만 빼면 현장은 그날 밤과 똑같았다.

"저기가 필치가 보초를 서는 곳이야." 론이 중얼거렸다.

그들은 서로를 바라보았다. 복도에는 아무도 없었다.

"좀 살펴본다고 큰일 나진 않겠지." 해리는 가방을 내려놓고 단서를 찾아 손으로 바닥을 짚고 무릎으로 기면서 말했다.

"그을린 자국이 있어!" 그가 말했다. "여기 봐…… 여기도……."

"와서 이것 좀 봐!" 헤르미온느가 말했다. "이상하네……."

해리는 일어나서 글귀가 쓰인 벽 옆의 창문으로 다가갔다. 헤르미온느가 가리키는 맨 꼭대기 유리창에는 스무 마리쯤 되는 거미들이 허둥지둥 기어 가고 있었는데, 보아하니 유리에 난 작은 틈으로 도망치려는 듯했다. 그 모든 거미가 서둘러 나가면서 타고 올라간 듯 기다란 은색 거미줄이 매달려 밧줄처럼 대롱거리고 있었다.

"거미들이 저렇게 움직이는 것 본 적 있어?" 헤르미온느가 이상하다는 듯 물었다.

"아니." 해리가 말했다. "넌 본 적 있어, 론? 론?"

해리가 어깨 너머를 돌아보았다. 론은 한참 뒤쪽에 서 있었는데, 도망치고 싶은 걸 억지로 참는 것처럼 보였다.

"왜 그래?" 해리가 물었다.

"나는…… 거미가…… 싫어." 론이 긴장해서 말했다.

"전혀 몰랐네." 헤르미온느가 놀란 얼굴로 론을 바라보며 말했다. "마법약 시간에 거미 많이 써 봤잖아……."

"죽은 건 괜찮아." 론이 창문만은 보지 않으려고 조심하면서 말했다. "그냥 쟤네들이 움직이는 모양이 싫어……."

헤르미온느가 킥킥 웃었다.

"웃을 일이 아니야." 론이 목소리를 높였다. "그래, 정 알고 싶으면 말해 줄게. 세 살 때, 내가 자기 장난감 빗자루를 부러뜨렸다고 프레드가 내…… 내 곰인형을 흉측한 대형 거미로 바꿔 놨어. 곰인형을 들고 있는데 갑자기 다리가 그렇게 많이 생기면…… 너희도 거미를 싫어하게 됐을 거야."

론이 몸을 부르르 떨며 말을 멈췄다. 헤르미온느는 계속 웃음을 참으려 애쓰는 기색이 역력했다. 화제를 돌리는 게 좋겠다는 생각에 해리가 말했다. "바닥에 물이 흥건했던 거 기억나? 어디서 나온 물일까? 누가 걸레로 닦아 놨더라."

"이쯤이었어." 론이 기운을 되찾고 필치의 의자를 지나 몇 걸음 걸어가더니 손가락으로 가리키며 말했다. "이 문 있는 데였는데."

그가 놋쇠 문손잡이로 손을 뻗다가 불에 데기라도 한 듯 갑자기 뒤로 뺐다.

"왜 그래?" 해리가 물었다.

"여긴 못 들어가." 론이 부루퉁하게 말했다. "여자 화장실이야."

"아, 론. 그 안엔 아무도 없을 거야." 헤르미온느가 일어나 다가오며 말했다. "울보 머틀이 있는 곳이거든. 어서, 한번 보자."

헤르미온느가 커다란 '고장' 팻말을 무시하고 문을 열었다.

그곳은 해리가 들어가 본 어떤 화장실보다도 어둡고 침울했다. 금이 가고 얼룩덜룩한 커다란 거울 아래 깨진 돌 세면대가 한 줄로 늘어서 있었다. 촛대에서 힘없이 타고 있는 양초 토막 몇 개가 축축한 바닥에 흐릿한 빛을 드리웠다. 칸막이의 나무 문들은 조각이 떨어져 나오고 긁혀 있었으며, 그중 하나는 경첩에서 떨어져 덜렁거리고 있었다.

헤르미온느가 손가락을 입술에 대고 마지막 칸으로 가서 말했다. "안녕, 머틀. 어떻게 지내?"

해리와 론도 가서 들여다보았다. 울보 머틀이 변기 수조 위에 둥둥 떠서 턱에 난 여드름을 짜고 있었다.

"여기는 여자 화장실이야." 그녀가 수상하다는 듯 론과 해리를 바라보며 말했다. "쟤들은 여자가 아닌데."

"물론 아니지." 헤르미온느가 맞장구를 쳤다. "그냥 좀 보여 주고 싶었어. 여기가 얼마나…… 어…… 좋은지 말이야."

헤르미온느가 더럽고 낡은 거울과 축축한 바닥 같은 것을 애매하게 손짓했다.

"뭐라도 봤는지 물어봐." 해리가 헤르미온느에게 입만 벙긋거리며 말했다.

"뭘 소곤거리는 거야?" 머틀이 해리를 노려보며 물었다.

"아무것도 아냐." 해리가 재빨리 말했다. "물어보고 싶은 게 있는데……."

"뒤에서 내 험담 좀 그만했으면 좋겠어!" 머틀이 목멘 소리로 말했다. "나한테도 감정이 있어. 아무리 죽었다고 해도 말이야."

"머틀, 네 기분을 엉망으로 만들고 싶어 하는 사람이 누가 있다고 그래." 헤르미온느가 말했다. "해리는 그냥……."

"내 기분을 망치고 싶어 하는 사람은 아무도 없다고? 그것 참 다행이네!" 머틀이 울부짖었다. "살아 있을 때도 여기선 늘 비참하기만 했는데 이젠 사람들이 찾아와 내 죽음까지 망치려 들고 있어!"

"우리는 네가 최근에 뭔가 이상한 걸 봤는지 묻고 싶어서 온 거야." 헤르미온느가 재빨리 말했다. "핼러윈 날 이 화장실 바로 앞에서 고양이 한 마리가 공격을 당했거든."

"그날 밤 이 근처에서 누굴 본 적 있어?" 해리가 물었다.

"신경 쓸 겨를이 없었어." 머틀이 연극이라도 하듯 말했다. "피브스가 내 기분을 하도 망쳐 놔서, 여기로 와서 *자살*하려고 했거든. 물론, 그러다가 생각났지. 내가…… 내가……."

"이미 죽었다는 것 말이지." 참으로 도움이 되는 론이었다.

머틀은 비극적으로 흐느끼며 공중으로 떠올라

몸을 뒤집더니 머리부터 변기 속으로 뛰어들면서 그들에게 온통 물을 끼얹고 사라져 버렸다. 숨죽여 흐느끼는 소리가 들려오는 방향으로 보아 머틀은 변기 하수관 U자 부분 어딘가에 있는 게 틀림없었다.

해리와 론은 입을 벌리고 서 있었지만 헤르미온느는 질렸다는 듯 어깨를 으쓱하고 말했다. "솔직히, 저 정도면 머틀치곤 꽤 발랄한 거였어. ……자, 가자."

해리가 머틀의 꾸르륵거리는 흐느낌을 뒤로하고 막 문을 닫았을 때 큰 고함 소리가 들려와 셋 모두 깜짝 놀랐다.

"**론!**"

반장 배지를 반짝거리며, 퍼시 위즐리가 크게 충격받은 표정으로 계단참에 딱 멈춰 서 있었다.

"거긴 여자 화장실이야!" 퍼시가 숨을 헉 들이켰다. "네가 거기서 뭘 하고 있……?"

"그냥 둘러보고 있었어." 론이 어깨를 으쓱했다. "그런 거 있잖아, 단서라든가……."

퍼시가 화를 내는 모습을 보자 해리의 머릿속에 자연스럽게 위즐리 부인이 떠올랐다.

"당장, 거기서, 나와." 퍼시가 세 사람 앞으로 성큼성큼 다가오더니 두 팔을 휘휘 저으며 재촉하기 시작했다. "다른 사람 눈에 어떻게 보일지 신경도 안 쓰냐? 다들 저녁 식사 하고 있는데 여길 다시 오다니……."

"우리가 여기 오면 왜 안 되는데?" 론이 그 자리에 버티고 서서 퍼시를 쏘아보며 맹렬하게 따졌다. "잘 들어, 우리는 그 고양이한테 손가락 하나 까딱 안 했어!"

"나도 지니한테 그렇게 말했어." 퍼시가 언성을 높이며 말했다. "하지만 지니는 아직도 너희가 퇴학당할 거라고 생각해. 걔가 그렇게 속상해하면서 눈이 퉁퉁 붓도록 우는 건 처음 봤어. *지니 생각도 해야지.* 1학년 전체가 이 일 때문에 지나치게 흥분하고 있단……."

"형이야말로 지니 생각은 안 하잖아." 론이 말했다. 이젠 귀까지 빨갛게 물들고 있었다. "형은 그냥 남학생 회장이 될 기회를 내가 망칠까 봐 걱정하는 거잖아."

"그리핀도르 5점 감점!" 퍼시가 반장 배지를 손가락으로 가리키며 짧게 말했다. "이걸로 정신 좀 차렸으면 좋겠군! 탐정 놀이는 이제 그만해. 안 그러면 엄마한테 편지 쓸 거야!"

퍼시는 성큼성큼 걸어가 버렸다. 목덜미가 론의 귀만큼이나 빨갰다.

해리, 론, 헤르미온느는 그날 밤 휴게실에서 퍼시와 되도록 멀리 떨어진 자리를 골랐다. 론은 그때까지도 기분이 매우 나빠서, 일반 마법 숙제를 하는 내내 잉크 방울을 마구 튀기고 있었다. 그가 번진 자국을 지우려고 아무 생각 없이 마법 지팡이 쪽으로 손을 뻗자 지팡이가 양피지에 불을 붙였다. 론은 자기 숙제만큼이나 심하게 연기를 뿜으며《마법 주문에 관한 표준 교과서: 2학년용》을 확 덮었다. 놀랍게도 헤르미온느까지 책을 덮었다.

"그런데 대체 누굴까?" 헤르미온느가 방금까지 하던 대화를 이어 가듯 조용한 목소리로 말했다. "대체 누가 스큅과 머글 태생을 모두 호그와트에서 몰아내고 싶어 하는 거지?"

"한번 생각해 보자." 론이 짐짓 모르는 척하며 말했다. "우리가 아는 사람 중 누가 머글 태생을 쓰레기 취급 하지?"

론이 헤르미온느를 바라보았다. 헤르미온느는 확신이 서지 않는다는 듯 그를 마주 보았다.

"말포이 얘기를 하는 거라면……."

"당연히 말포이지!" 론이 말했다. "너도 들었잖아. '다음은 너희 차례다, 머드블러드들아.' 왜 이래, 그놈의 더러운 쥐새끼 같은 얼굴만 봐도 알겠네."

"말포이가 슬리데린의 후계자라고?" 헤르미온느의 말투는 회의적이었다.

"그 녀석 집안을 봐." 해리도 책을 덮으며 말했다. "집안 전체가 슬리데린 출신이야. 말포이가 항상 자랑했잖아. 슬리데린의 후손일 가능성이 더할 나위 없이 높지. 개네 아버지도 확실히 그만큼 사악하고."

"수백 년 동안 비밀의 방 열쇠를 간직하고 있었을 수도 있어!" 론이 말했다. "물려준 거지, 아버지가 아들에게……."

"글쎄." 헤르미온느가 조심스럽게 말했다. "그럴 수도 있겠지……."

"그렇다고 해도 그걸 어떻게 증명하겠어?" 해리가 우울하게 말했다.

"방법이 있을지도 몰라." 헤르미온느가 목소리를 더 낮추더니 휴게실 저쪽에 있는 퍼시를 빠르게 힐끗 보고는 천천히 말했다. "물론 어려울 거야. 위험하기도 하고. 무척 위험하겠지. 내 생각엔 교칙을 50개쯤 어기게 될 거야."

"한 달쯤 있다가 설명해 주고 싶은 마음이 들면 그때 알려 줘. 알겠지?" 론이 짜증을 내며 말했다.

"알았다, 알았어." 헤르미온느가 싸늘하게 대꾸했다. "슬리데린 휴게실에 들어가서, 우리 정체를 들키지 않고 말포이한테 몇 가지 물어보기만 하면 되잖아."

"하지만 그건 불가능해." 해리가 말했고 론은 웃었다.

"아니, 그렇지 않아." 헤르미온느가 말했다. "폴리주스 마법약만 있으면 돼."

"그게 뭔데?" 론과 해리가 동시에 물었다.

"몇 주 전 마법약 수업 시간에 스네이프가 얘기했는데……."

"마법약 시간에 스네이프 얘기 듣는 것밖에 할 일이 없는 줄 아냐?" 론이 툴툴거렸다.

"폴리주스를 마시면 다른 사람으로 변신해. 생각

해 봐! 우리가 슬리데린 애들 세 명으로 바뀌는 거야. 아무도 우리라는 걸 모를걸. 말포이는 아마 뭐든지 얘기해 줄 거야. 우리가 듣지 못할 뿐이지, 어쩌면 지금도 슬리데린 휴게실에서 자랑하고 있을지도 몰라."

"그 폴리주스라는 거, 좀 위험할 것 같은데." 론이 눈살을 찌푸리며 말했다. "슬리데린 애들의 모습으로 영원히 빼도 박도 못하게 되면?"

"시간이 지나면 약효가 떨어져." 헤르미온느가 짜증스럽게 손을 내저으며 말했다. "하지만 제조법을 알아내는 건 굉장히 어려울 거야. 스네이프는 그게 《최강의 마법약》이라는 책에 나와 있다고 했는데, 그 책은 도서관 제한구역에 있을 게 틀림없어."

제한구역에서 책을 가지고 나오는 방법은 한 가지밖에 없었다. 허가서에다 교수 한 명의 사인을 받아야 했다.

"사실 우리가 그 책을 빌리려는 다른 이유를 생각해 내긴 어렵지." 론이 말했다. "거기 나오는 마법약 중 하나를 만들려는 게 아니라면 말이야."

"내 생각엔" 하고, 헤르미온느가 말했다. "그냥 이론에만 관심 있는 척 말한다면 그래도 가능성이 있지 않나……."

"아, 왜 이래. 거기에 넘어갈 교수는 아무도 없어." 론이 말했다. "진짜 멍청하지 않고서야……."

CHAPTER 10

# 불량 블러저

재앙과도 같았던 픽시 사건 이후로 록하트 교수는 살아 있는 생명체를 교실에 가져오지 않았다. 대신 그는 자기 책에서 문단 몇 개를 읽어 주고, 이따금 좀 더 극적인 사건 일부를 재연하기도 했다. 보통 해리를 콕 집어 이런 재연을 돕게 했는데, 지금까지 해리는 록하트가 수다 저주에서 구해 주었다는 아둔한 트란실바니아 촌사람, 코감기에 걸린 설인, 그리고 록하트가 손봐 준 이후 상추밖에 못 먹게 된 뱀파이어 역할을 해야만 했다.

해리는 바로 다음 어둠의 마법 방어법 시간에도 교실 앞으로 끌려 나갔다. 이번에는 늑대인간 연기를 할 차례였다. 록하트의 기분을 맞춰 줘야 할 크나큰 이유가 없었다면 거부했을 역할이었다.

"멋들어지게 큰 소리로 울어 봐라, 해리……. 그렇지……. 그러고 나서, 너희가 믿을지 모르겠다만 내가 갑자기 덤벼들었단다. 이렇게…… 녀석을 바닥에 *내리꽂았지*. 이런 식으로…… 한 손으로 녀석을 제압하고…… 다른 손으로는 마법 지팡이로 놈의 목을 겨누었단다. 그런 다음 남아 있는 힘을 끌어 올려 굉장히 복잡한 인간화 마법을 걸었다. 놈은 애처로운 신음을 내뱉었지……. 해 보거라, 해리. 그것보다 더 높은 소리로…… 좋아. 털이 사라지고 송곳니가 줄어들었어……. 그리고 놈은 사람으로 돌아왔다. 간단하면서도 효과적이었지. 그렇게 또

한 마을이 매달 벌어지던 늑대인간 습격의 공포에서 벗어나게 됐단다. 그 사람들은 나를 마을을 구해 준 영웅으로 영원히 기릴 거야."

종이 울리자 록하트가 일어섰다.

"숙제다. 내가 와가와가 늑대인간한테서 거둔 승리에 관해 시를 써 오도록! 가장 잘 쓴 사람한테 《마법 같은 나》 사인본을 주마!"

학생들이 하나둘 교실을 나가기 시작했다. 해리는 론과 헤르미온느가 기다리고 있는 교실 뒤로 되돌아갔다.

"준비됐어?" 해리가 목소리를 낮추고 물었다.

"다 나갈 때까지 기다려." 헤르미온느가 긴장한 듯 말했다. "됐다……."

그녀는 사인 받을 허가서를 손에 움켜쥐고 록하트의 책상으로 다가갔다. 해리와 론이 그녀를 바로 뒤따랐다.

"저, 록하트 교수님?" 헤르미온느가 더듬거리며 입을 열었다. "제가 도서관에서 이 책을 좀 빌리고 싶은데요. 그냥 참고용으로 볼까 해서요." 허가서를 내미는 그녀의 손이 살짝 떨리고 있었다. "근데 이건 도서관 제한구역에 있는 책이라 교수님 한 분에게 사인을 받아야 해요. 그 책을 읽으면 교수님이 《굴과 굴러다니기》에서 천천히 퍼지는 독액에 대해 말씀하신 내용을 이해하는 데 확실히 도움이 될 것 같거든요……."

"아, 《굴과 굴러다니기》!" 록하트가 헤르미온느에게서 허가서를 받아 들고 활짝 미소 지으며 말했다. "가히 내가 가장 좋아하는 책이라 할 수 있지. 어때, 재미있었니?"

"아, 그럼요." 헤르미온느가 열성적으로 말했다. "정말 기발했어요, 교수님께서 마지막 녀석을 찻잎 거름망으로 잡으신 부분요……."

"음, 올해 최고의 학생에게 약간 도움을 준다고 해서 뭐라 할 사람은 없겠지." 록하트가 훈훈하게 말하더니 어마어마하게 큰 공작새 깃펜을 꺼냈다. "그래, 멋지지 않니?" 그가 론의 얼굴에 떠오른 역겹다는 표정을 오해하고 말했다. "보통은 책에 사인할 때만 쓰고 아껴 둔단다."

그는 종이에 큼직하고 정신없는 사인을 휘갈기더니 헤르미온느에게 돌려주었다.

"그건 그렇고, 해리." 헤르미온느가 손가락으로 더듬더듬 종이를 접어 가방에 넣는 사이 록하트가 말했다. "내일이 올 시즌 첫 퀴디치 경기지? 그리핀도르 대 슬리데린, 아닌가? 네가 쓸 만한 선수라고 들었다. 나도 수색꾼이었어. 국가 대표팀에 도전해 보라는 권유도 받았다만, 내 인생을 어둠의 힘 박멸에 바치는 편이 더 마음에 들었지. 그래도 약간의 개인 훈련이 필요하다면 망설이지 말고 부탁하거라. 미숙한 선수들에게 언제든 기꺼이 내 전문 기술을 전수할 용의가 있으니……."

해리는 목구멍에서 알아듣기 힘든 소리를 흘리고는 론과 헤르미온느를 따라 서둘러 그 자리를 벗어났다.

"어처구니가 없네." 론, 헤르미온느와 함께 허가서에 휘갈겨진 서명을 살펴보면서 해리가 말했다. "심지어 우리가 어떤 책을 보고 싶어 하는지 보지도 않았어."

"그야 골 빈 얼간이니까." 론이 말했다. "하지만 무슨 상관이야, 필요한 걸 손에 넣었는데."

"교수님은 골 빈 얼간이가 *아니야*." 도서관을 향해 반쯤 달려갔을 때 헤르미온느가 날카로운 목소리로 말했다.

"그 인간이 너더러 올해 최고의 학생이라 했다는 이유만으로……."

그들은 도서관의 쥐 죽은 듯한 고요 속으로 들어가면서 목소리를 낮췄다. 사서인 핀스 선생은 굶주린 독수리 같은 외모에 마르고 짜증을 잘 내는 여성이었다.

"《최강의 마법약》?" 그녀가 의심스럽다는 듯 되풀이하며 허가서를 가져가려고 했지만 헤르미온느는 놓지 않으려 했다.

"선생님, 이건 제가 가져도 될까요?" 헤르미온느가 숨죽여 말했다.

"아, 왜 이래." 론이 헤르미온느의 손아귀에서 허가서를 억지로 빼내 핀스 선생에게 내밀며 말했다. "사인은 또 한 장 받아다 줄게. 록하트는 사인할 수 있는 데라면 어디든 사인할 거야."

핀스 선생이 반드시 위조의 흔적을 찾아내겠다는 듯 종이를 불빛에 비춰 봤지만 허가서는 그 시험을 통과했다. 그녀는 높다란 책꽂이 사이로 유유히 걸어가더니 몇 분 뒤 큼직하고 케케묵은 책을 가지고 돌아왔다. 헤르미온느는 그 책을 조심스럽게 가방 안에 넣었다. 그들은 너무 빠르게 걷거나 너무 죄책감을 느끼는 것처럼 보이지 않으려고 애쓰며 도서관을 나섰다.

5분 뒤, 그들은 다시 한 번 울보 머틀의 고장 난 화장실을 은신처 삼아 숨어 들어갔다. 론은 그곳에 들어가는 것을 반대했지만, 헤르미온느는 제대로 정신 박힌 사람은 결코 그 화장실에 가지 않을 것이므로 거기서라면 어느 정도 비밀이 보장된다고 말해 그 의견을 물리쳤다. 울보 머틀이 자기 칸막이 안에서 시끄럽게 울고 있었지만 그들은 머틀을 무시했고, 그녀도 그들을 무시했다.

헤르미온느가 《최강의 마법약》을 조심스럽게 펼치자 셋은 젖은 자국이 있는 페이지 위로 몸을 구부렸다. 힐끗 보기만 해도 그 책이 왜 제한구역에 있는지 분명히 알 수 있었다. 몇몇 마법약은 생각만 해도 너무 끔찍한 효과를 갖고 있었으며, 몸 안팎이 뒤집힌 모습의 남자와 머리에서 팔 몇 개가 돋아난 여자 마법사를 포함해 아주 기분 나쁜 삽화도 몇 장 있었다.

"여기 있다." '폴리주스 마법약'이라는 제목이 붙은 페이지를 찾자 헤르미온느가 흥분해서 말했다. 거기에는 다른 사람으로 변해 가는 사람들의 그림이 그려져 있었다. 해리는 그들의 얼굴에 떠오른 강렬한 고통의 표정이 화가의 상상이기를 진심으로 바랐다.

"여태껏 내가 본 것 중에서 가장 복잡한 마법약이야." 제조법을 훑어보는 와중에 헤르미온느가 말했다. "풀잠자리, 거머리, 흐름초, 마디풀." 헤르미온느가 재료 목록을 손가락으로 훑으며 중얼거렸다. "뭐, 이런 것들은 그럭저럭 구하기 쉬워. 학생용 비품 저장고에 있으니까 마음대로 쓸 수 있어. 우아, 봐 봐, 바이콘 뿔 가루라니, 이건 어디서 구해야 할지 모르겠네……. 잘게 썬 붐슬랑 독사 가죽, 이것도 까다로울 거야. 그리고 당연히, 변신할 사람의 몸 일부."

"잠깐, 방금 뭐라고 했어?" 론이 날카로운 목소리로 물었다. "변신할 사람의 몸 일부라니, 그게 무슨 뜻이야? 난 크래브의 발톱이 들어간 건 절대 먹지 않을……."

헤르미온느는 그 말을 듣지 못한 것처럼 말을 이었다.

"하지만 이건 아직 걱정할 필요가 없지. 마지막

에 넣을 거니까…….'

론은 할 말을 잃고 해리에게 고개를 돌렸다. 해리는 다른 걸 걱정하고 있었다.

"우리가 훔쳐야 할 게 얼마나 많은지 알아, 헤르미온느? 잘게 썬 붐슬랑 독사 가죽이라니, 그런 게 학생용 비품 저장고에 있을 리 없잖아. 어쩌려고? 스네이프의 개인 저장고를 몰래 뒤질까? 이게 과연 좋은 생각인지 모르겠다……."

헤르미온느가 책을 탁 덮었다.

"뭐, 너희 둘 다 꽁무니를 빼겠다면, 좋아." 그녀가 말했다. 헤르미온느의 양 뺨이 밝은 분홍빛을 띠었고 두 눈은 평소보다 빛나고 있었다. "있지, 난 규칙을 어기고 싶지 않아. 난 그저 머글 태생들을 위협하는 일이 골치 아픈 마법약을 만드는 일보다 훨씬 나쁘다고 생각할 뿐이야. 하지만 너희한테 말포이가 진짜로 그런 짓을 했는지 알아낼 마음이 없다면 지금 당장 핀스 선생님한테 가서 책을 돌려드릴 테니까……."

"네가 규칙을 어기라고 우리를 설득할 날이 올 줄은 몰랐다." 론이 말했다. "알았어, 할게. 그래도 발톱은 안 돼, 알았지?"

"그건 그렇고, 만드는 데는 얼마나 걸려?" 헤르미온느가 기분이 풀린 듯 다시 책을 펼치자 해리가 물었다.

"음, 흐름초는 보름달이 떴을 때 캐야 하고 풀잠자리는 21일 동안 끓여야 하니까…… 재료를 전부 구할 수 있다면 아마 한 달쯤 걸릴 거야."

"한 달?" 론이 말했다. "그때쯤이면 말포이가 학교에 있는 머글 태생 절반은 공격했겠다!" 그러나 헤르미온느의 눈이 다시 위험할 정도로 가늘어졌으므로 그는 재빨리 덧붙였다. "하지만 그게 우리가 세울 수 있는 최선의 계획이니까 온 힘을 쏟아 보자는 거지, 내 말은."

그러나 헤르미온느가 화장실에서 나가도 될지 밖을 살피는 동안 론은 해리에게 툴툴거렸다. "그냥 네가 내일 말포이를 빗자루에서 떨어뜨리는 게 훨씬 덜 번거롭겠는데."

토요일 아침 일찍 잠에서 깨어난 해리는 한동안 누워서 다가오는 퀴디치 시합을 생각하고 있었다. 무엇보다 그리핀도르가 질 경우 우드가 뭐라고 할까 하는 생각에 초조했지만, 돈으로 살 수 있는 것 중 가장 빠른 경주용 빗자루를 탄 팀을 상대한다는 점도 걸렸다. 슬리데린을 이기고 싶은 마음이 어느 때보다도 간절했다. 해리는 속이 뒤틀리는 것을 느끼며 30분 동안 누워 있다가 자리에서 일어나 옷을 입고 이른 아침 식사를 하러 내려갔다. 그곳에는 나머지 그리핀도르 퀴디치 팀 선수들이 텅 비어 있는 긴 식탁에 옹송그리고 모여 있었는데, 다들 긴장한 듯 좀처럼 입을 열지 않았다.

11시가 다가오자 전교생이 퀴디치 경기장으로 향하기 시작했다. 공기 중에 천둥의 기운이 조금 떠도는, 약간 후텁지근한 날이었다. 론과 헤르미온느가 서둘러 와서 탈의실로 들어가는 해리에게 행운을 빌어 주었다. 선수들은 모두 진홍색 그리핀도르 로브를 걸치고 앉아서 늘 그렇듯이 우드의 경기 전 격려 연설을 들었다.

"슬리데린에는 우리보다 좋은 빗자루가 있어." 우드가 입을 열었다. "그걸 부정할 수는 없지. 하지만 우리 빗자루에는 더 뛰어난 선수들이 타고 있다. 우리는 쟤네보다 더 열심히 훈련했고, 날씨가 어떻든 비행했어. ("당연하지." 조지 위즐리가 투덜거렸다. "8월 이후로는 몸이 제대로 마를 새가 없었는데.") 저놈들이 그 추잡스러운 말포이 녀석이 돈으로 팀에 들어오게 내버려 둔 것을 후회하게 만들어 주자."

우드는 감정이 북받쳤는지 가슴을 들썩거리며 해리에게로 고개를 돌렸다.

"너한테 달려 있어, 해리. 수색꾼한테는 부자 아버지 이상의 무언가가 필요하다는 걸 보여 줘. 말포이보다 먼저 스니치를 잡아. 아니면 잡다가 죽기라도 해, 해리. 오늘은 꼭 이겨야 하니까. 우리가 이겨야 해."

"그러니까 부담 갖지 마, 해리." 프레드가 해리에게 눈을 찡긋하며 말했다.

경기장으로 나가자 시끄러운 함성이 그들을 맞았다. 래번클로와 후플푸프도 슬리데린이 지는 꼴을 보고 싶어서 안달이었기에 전반적으로 환호성이 컸지만 슬리데린 학생들이 야유하며 휘파람을 부는 소리도 들렸다. 퀴디치 담당인 후치 선생이 플린트와 우드를 서로 악수하게 했다. 둘은 그 말에 따랐지만 서로에게 위협적인 눈길을 보내며 필요 이상으로 세게 손을 쥐었다.

"호루라기를 불면 시작이다." 후치 선생이 말했다. "셋…… 둘…… 하나……."

관중의 함성과 함께 열네 명의 선수가 탁한 회색 하늘로 빠르게 솟구쳤다. 해리는 누구보다도 높이 날면서 스니치를 찾아 눈을 가늘게 뜨고 주위를 둘러보았다.

"괜찮냐, 흉터 대가리?" 말포이가 빗자루 속력을 과시하려는 듯 해리 아래로 쏜살같이 날아가며 소리쳤다.

해리는 대답할 겨를이 없었다. 바로 그때 묵직한 검은색 블러저가 그를 향해 돌진해 왔던 것이다. 가까스로 피한 해리는 블러저가 지나가면서 머리카락을 헝클어 놓는 것을 느꼈다.

"아슬아슬했어, 해리!" 조지가 블러저를 슬리데린 쪽으로 날려 버릴 태세로 방망이를 들고 빠르게 지나가며 말했다. 그가 에이드리언 퓨시 방향으로 블러저를 거세게 쳐 내는 모습이 보였지만 블러저는 공중에서 방향을 바꿔 다시 곧장 해리에게 날아들었다.

해리가 블러저를 피하기 위해 급히 고도를 낮추자, 조지는 간신히 블러저를 말포이 쪽으로 강하게 날려 보냈다. 블러저가 다시 한 번 부메랑처럼 방향을 바꾸더니 해리의 머리를 향해 날아왔다.

해리는 속력을 높여 경기장 반대편 끝으로 붕 날아갔다. 뒤에서 블러저가 쌩하고 쫓아오는 소리가 들렸다. 대체 어떻게 된 거지? 블러저가 이렇게 선수 한 명을 노리고 공격하는 일은 결코 없었다. 가능한 한 많은 사람을 떨어뜨리는 것이 블러저의 역할인데…….

프레드 위즐리가 반대편 끝에서 블러저를 기다리고 있었다. 해리가 몸을 숙이는 순간 프레드는 온 힘을 다해 방망이를 휘둘렀다. 블러저는 방망이에 맞고 경로를 이탈했다.

"다 해치웠어!" 프레드가 기쁘게 소리쳤지만, 그렇지 않았다. 블러저가 마치 자석처럼 해리에게 이끌려 다시 한 번 맹렬한 기세로 날아오자 해리는 전속력으로 피할 수밖에 없었다.

비가 내리기 시작했다. 해리는 굵은 빗방울이 얼굴에 떨어져 안경에 튀는 것을 느꼈다. 중계를 맡은 리 조던이 "슬리데린이 60 대 0으로 앞서고 있습니다"라고 말할 때까지 해리는 경기가 어떻게 되고 있는지 전혀 알지 못했다.

　슬리데린의 우월한 빗자루는 분명 제 몫을 해내고 있었다. 한편, 그 미친 블러저는 해리를 쳐서 공중에 떨어뜨리려고 할 수 있는 일은 다 하고 있었다. 어느새 프레드와 조지가 해리의 양옆에 바짝 붙어서 날고 있었기에 해리는 마구 움직이는 그들의 팔만 볼 수 있었고, 스니치를 잡기는커녕 볼 수조차 없었다.

　"누가, 이, 블러저에, 장난을, 쳐 놓은 거야." 블러저가 해리에게 새로운 공격을 개시하자 프레드가 온 힘을 다해 방망이를 휘두르며 툴툴거렸다.

　"타임아웃을 요청해야 해." 조지가 우드에게 신호를 보내려고 애쓰는 동시에 해리의 코를 부러뜨리려는 블러저를 막으며 소리쳤다.

　우드가 그 신호를 알아본 게 틀림없었다. 후치 선생의 호루라기 소리가 울려 퍼지자 해리, 프레드, 조지는 끊임없이 그 미친 블러저를 피하면서 급강하했다.

　"무슨 일이야?" 그리핀도르 선수들이 모여들고 관중 속 슬리데린 학생들이 야유하는 가운데 우드가 말했다. "우리가 깨지고 있잖아. 프레드랑 조지, 블러저가 앤젤리나의 득점을 막았을 때 너희 어디에 있었어?"

　"앤젤리나 머리 위 6미터 높이에서 또 다른 블러저가 해리를 죽이지 못하게 막고 있었지, 올리버." 조지가 화를 내며 말했다. "누가 블러저에 손을 써 놨어. 그 공이 해리를 가만두지 않으려고 해. 시합이 시작되고 나서 다른 사람한테 간 적이 한 번도 없단 말이야. 슬리데린 애들이 무슨 짓을 한 게 틀림없어."

　"하지만 우리가 지난번 훈련한 뒤로 블러저는 후치 선생님 사무실에 넣고 잠가 뒀어. 그때도 아무런 문제가 없었고……." 우드가 걱정스러운 목소리로 말했다.

　후치 선생이 걸어오고 있었다. 그녀의 어깨 너머로 슬리데린 선수들이 해리 쪽을 가리키며 비웃는 모습이 보였다.

　"저기." 후치 선생이 점점 가까이 다가오자 해리가 입을 열었다. "두 사람이 계속 내 주위에 붙어 있으면, 스니치가 내 소매 속으로 날아들어 오지 않는 한 잡을 수 없어. 형들은 다른 선수들한테 가고 저 불량 블러저는 내가 처리하게 해 줘."

　"멍청하게 굴지 마." 프레드가 말했다. "블러저가 네 머리를 날려 버릴걸."

　우드는 해리를 봤다가 위즐리 형제한테로 눈을 돌렸다.

　"올리버, 이건 미친 짓이야." 얼리샤 스피넛이 화를 내며 말했다. "해리 혼자서 처리하게 놔둘 순 없어. 조사를 요청해야……."

　"지금 그만두면 몰수패를 당할 거야!" 해리가 말했다. "그리고 우리가 지고 있는 건 미친 블러저 탓만도 아니잖아! 그러지 말고, 올리버. 선수들한테 날 그냥 두라고 해 줘!"

　"다 네 잘못이야." 조지가 화가 나서 우드에게 따졌다. "'스니치를 잡는가, 잡다가 죽기라도 해'라고? 그런 멍청한 말을 하다니!"

　후치 선생이 끼어들었다.

　"경기를 재개할 준비는 됐나?" 그녀가 우드에게 물었다.

　우드는 해리의 얼굴에 떠오른 단호한 표정을 보았다.

　"좋아." 그가 말했다. "프레드, 조지. 해리가 하

는 말 들었지? 해리를 내버려 두고 혼자서 블러저를 처리하게 해."

어느새 빗줄기가 더 굵어졌다. 후치 선생의 호루라기 소리에 맞춰 땅을 박차고 솟구치자 뒤에서 블러저가 날아오는 특유의 소리가 들렸다. 해리는 점점 더 높이 날아올랐다. 원을 그리고, 급강하하고, 나선형으로 날고, 지그재그로 움직이고, 공중에서 몸을 굴렸다. 조금 현기증이 나긴 했지만 눈은 크게 뜬 채였다. 해리가 또다시 맹렬하게 급강하하는 블러저를 피해 빗자루에 거꾸로 매달리자, 안경에 맺혔던 빗방울이 콧구멍으로 흘러 들어갔다. 관중의 웃음소리가 들렸다. 해리는 자기가 매우 멍청해 보이리라는 걸 알았지만, 불량 블러저는 무거워서 해리처럼 빠르게 방향을 바꿀 수 없었다. 해리는 경기장 가장자리를 따라 롤러코스터처럼 날며, 눈을 가늘게 뜨고 비가 드리운 은빛 장막 너머 그리핀도르 골대를 바라보았다. 에이드리언 퓨시가 우드를 제치려 애쓰고 있었다……

귓가에 들려온 휘파람 소리에 해리는 블러저가 또 한 번 그를 가까스로 비켜 갔다는 사실을 알았다. 해리는 그대로 방향을 틀어 반대쪽으로 속력을 올렸다.

"발레 연습하냐, 포터?" 해리가 블러저를 피하느라 공중에서 우스꽝스럽게 빙글빙글 도는 모습을 보고 말포이가 소리쳤다. 해리가 몸을 피하자, 블러저는 바로 1미터 뒤에서 쫓아왔다. 증오 어린 눈으로 말포이를 돌아본 순간, 그것이 보였다. 골든 스니치. 스니치가 말포이의 왼쪽 귀에서 조금 위에 떠 있었는데, 말포이는 해리를 비웃느라 그것을 보지 못하고 있었다.

해리는 공중에 뜬 채 잠시 고민했다. 말포이가 위를 올려다보고 스니치를 발견할까 봐 감히 그쪽으로 속도를 내지는 못했다.

**꽝!**

한곳에 너무 오래 머물러 있었던 모양이다. 블러저가 마침내 팔꿈치에 세게 부딪치자 해리는 팔이 부러지는 것만 같았다. 해리는 눈앞이 흐려지고 극심한 통증 탓에 멍해진 채 비에 흠뻑 젖은 빗자루 옆으로 미끄러졌다. 한쪽 무릎은 여전히 빗자루에 걸쳐 있었고, 오른팔은 무기력하게 옆으로 늘어져 달랑거렸다. 블러저가 두 번째 공격을 감행하기 위해 날아왔다. 이번에는 해리의 얼굴을 향하고 있었다. 해리가 방향을 틀어 경로에서 벗어났을 때, 무감각해진 그의 머릿속에 한 가지 생각이 번뜩 떠올랐다. '말포이 쪽으로 가자.'

해리는 희부연 비와 통증을 뚫고, 희미하게 어른거리는 비웃음 가득한 얼굴을 향해 급강하했다. 말포이의 눈이 공포로 휘둥그레졌다. 해리가 자기를 공격한다고 생각한 것이다.

"이게 무슨……." 말포이가 숨을 헉 들이켜면서 몸을 피했다.

해리는 다치지 않은 손을 빗자루에서 떼고 거칠게 움직였다. 차가운 스니치가 손가락에 닿는 것이 느껴졌다. 하지만 이제 그는 오직 두 다리로만 빗자루를 붙들고 있었다. 정신을 잃지 않으려고 애쓰며 땅을 향해 곧장 날아가자 아래쪽에서 관중의 함성이 터져 나왔다.

해리는 철퍼덕하는 소리와 함께 진흙 바닥에 떨어져 빗자루에서 굴렀다. 팔은 매우 이상한 각도로 꺾여서 늘어져 있었다. 통증에 휩싸인 채 해리는 아득하게 느껴지는 어마어마한 휘파람 소리와 함성을 들었다. 그는 멀쩡한 손에 꽉 쥐고 있는 스니치에 초점을 맞췄다.

"그렇지." 그가 멍하니 말했다. "우리가 이겼어."

그러고는 기절했다.

다시 정신을 차렸을 때, 해리는 여전히 얼굴에 비를 맞으며 경기장에 드러누워 있었다. 누군가가 그의 위로 몸을 기울이고 있었다. 반짝이는 치아가 그의 시야에 들어왔다.

"아 이런, 교수님은 안 돼요." 해리가 신음했다.

"얘가 무슨 말을 하는 건지 모르겠구나." 록하트가 걱정스레 몰려든 그리핀도르 학생들에게 큰 소리로 말했다. "걱정할 것 없다, 해리. 네 팔을 고쳐 주려던 참이야."

"안 돼요!" 해리가 말했다. "감사하지만 그냥 이대로 있을게요……."

그는 일어나 앉으려 했지만 팔이 너무 아팠다. 가까이에서 익숙한 찰칵찰칵 소리가 들렸다.

"이런 사진은 찍고 싶지 않아, 콜린." 해리가 큰 소리로 말했다.

"다시 누워라, 해리." 록하트가 부드럽게 말했다. "내가 수없이 써 봤던 간단한 마법이야."

"그냥 병동으로 가면 안 될까요?" 해리가 이를 악물고 말했다.

"진짜 그렇게 해야 할 것 같은데요, 교수님." 진흙 부성이가 된 우드가 말했다. 그는 수색꾼이 부상을 당했는데도 웃음을 참지 못하고 있었다. "멋지게 잘 잡았어, 해리. 진짜 굉장했어. 지금까지 네가 치른 경기 중에서 최고일 거야."

해리는 주위를 둘러싼 다리들 사이로 프레드와 조지 위즐리가 불량 블러저를 상자에 넣으려고 씨름하는 모습을 보았다. 블러저는 여전히 무시무시할 만큼 날뛰고 있었다.

"다들 물러서라." 록하트가 비취색 옷소매를 말아 올리며 말했다.

"아뇨, 그러지 마세요……." 해리가 힘없이 말했지만 록하트는 마법 지팡이를 휘두르더니 잠시 후 해리의 팔을 곧장 겨누었다.

이상하고 불쾌한 감각이 어깨에서부터 손가락 끝까지 쫙 퍼졌다. 꼭 팔이 오그라드는 것 같은 느낌이었다. 해리는 차마 무슨 일이 벌어지고 있는지 볼 수 없었다. 그는 눈을 감고 팔에서 얼굴을 돌리고 있었는데, 다음 순간 가장 우려했던 일이 벌어졌다. 머리 위에서 사람들이 숨을 들이켜고 콜린 크리비가 미친 듯이 카메라 셔터를 찰칵거리기 시작했다. 팔은 더 이상 아프지 않았다. 하지만 전혀 팔처럼 느껴지지도 않았다.

"아." 록하트가 말했다. "그래. 뭐, 가끔 이런 일이 일어나기도 하지. 하지만 중요한 건, 뼈는 더 이상 부러진 상태가 아니라는 거다. 그걸 명심해야 한다. 그럼 해리, 슬슬 병동으로 가 보거라. 아, 위즐리 군, 그레인저 양. 너희가 바래다주겠니? 폼프리 선생님이, 어…… 살짝 마무리해 주실 거다."

자리에서 일어나자 이상하게 몸이 기울어지는 느낌이었다. 해리는 심호흡을 하고 자신의 오른쪽을 내려다보았다. 눈에 들어온 광경에 그는 하마터면 다시 기절할 뻔했다.

피부 색깔의 두꺼운 고무장갑처럼 생긴 뭔가가 퀴디치 로브 밖으로 삐죽 나와 있었다. 해리는 손가락에 힘을 주고 움직여 보려고 했다. 아무 일도 일어나지 않았다.

록하트는 해리의 부러진 뼈를 고쳐 준 게 아니었다. 아예 없애 버렸다.

폼프리 선생은 조금도 기뻐하지 않았다.

"바로 나한테 왔어야지!" 그녀는 30분 전만 해도 잘 움직였던 팔이 애석하게도 축 늘어진 모양을 보고 화를 냈다. "뼈를 고치는 건 눈 깜짝할 사이에 할 수 있지만 뼈를 다시 자라게 하는 건……."

"하실 수는 있는 거죠?" 해리가 절박한 목소리로 물었다.

"물론, 할 수는 있지. 하지만 아플 거야." 폼프리 선생이 해리에게 잠옷을 한 벌 던져 주면서 엄격한 투로 말했다. "하룻밤 입원해야 할 거다……."

론이 해리가 잠옷을 입도록 도와주는 동안 헤르미온느는 해리의 침대 주위에 친 커튼 밖에서 기다렸다. 뼈가 사라져 고무처럼 흐물흐물해진 팔을 소매에 집어넣으려니 시간이 꽤 걸렸다.

"이번엔 또 어떤 식으로 록하트 편을 들어 줄래, 헤르미온느? 어?" 론이 해리의 축 늘어진 손가락을 잠옷 소매 밖으로 잡아당기며 커튼 너머로 소리쳤다. "해리가 뼈를 없애고 싶었다면 그렇게 해 달라고 했겠지."

"실수는 누구나 할 수 있어." 헤르미온느가 말했다. "그래도 더 이상 아프진 않잖아. 안 그래, 해리?"

"응." 해리가 말했다. "근데 아프지만 않은 게 아니라 아무 감각이 없어."

해리가 침대에 털썩 드러눕자 팔이 아무렇게나 흐느적거렸다.

헤르미온느와 폼프리 선생이 커튼 안으로 들어왔다. 폼프리 선생은 '뼈가쑥쑥'이라고 쓰여 있는 큰 병을 들고 있었다.

"오늘 밤엔 꽤 힘들 거다." 폼프리 선생이 김이 나는 액체를 한 컵 가득 따라 해리에게 건네며 말했다. "뼈가 다시 자라는 건 끔찍한 일이거든."

뼈가쑥쑥을 마시는 일도 그랬다. 해리는 약이 내려가면서 입과 목구멍을 태우는 느낌에 기침을 하고 캑캑거렸다. 폼프리 선생은 위험한 스포츠와 솜씨 없는 선생들에 대해 쯧쯧 혀를 차다가 가 버렸다. 론과 헤르미온느는 남아서 해리가 물을 좀 마실 수 있도록 도와주었다.

"그래도 우리가 이겼어." 론이 씨익 웃으며 말했다. "너 정말 대단했어. 말포이 표정 보니까…… 누굴 죽이기라도 할 것 같더라!"

"걔가 어떻게 블러저에 손을 댔는지 알아야겠어." 헤르미온느가 사납게 말했다.

"폴리주스 마법약을 마셨을 때 물어볼 것 목록에 더하면 되겠다." 해리가 베개에 머리를 파묻으며 말했다. "폴리주스가 이것보다는 맛있었으면 좋겠네……."

"슬리데린 애들의 몸 일부가 들어가 있는데? 그럴 리가 없다." 론이 말했다.

그 순간 병동 문이 활짝 열렸다. 그리핀도르 선수들이 더러워지고 비에 푹 젖어서는 해리를 보러 온 것이다.

"엄청난 비행이었어, 해리." 조지가 말했다. "방금 마커스 플린트가 말포이한테 소리 지르는 걸 봤어. 머리 위에 스니치를 두고도 못 봤다느니 어쩌느니. 말포이는 기분 더러워 보이더라."

그들은 케이크와 과자, 호박 주스 여러 병을 가져왔다. 모두가 해리의 침대 주위에 모여 즐거울 게 분명한 파티를 막 시작하려는 순간 폼프리 선생이 성큼성큼 다가와 소리쳤다. "이 아이는 쉬어야 해. 다시 자라야 할 뼈가 서른세 개나 된단 말이야! 나가라! **나가!**"

그렇게 해리는 축 늘어져 쿡쿡 찌르듯 아픈 팔

에서 관심을 돌릴 만한 것은 아무것도 없이 홀로 남겨졌다.

몇 시간 뒤, 해리는 칠흑 같은 어둠 속에서 퍼뜩 깨어나 고통 어린 작은 비명을 내질렀다. 팔 속에 커다란 가시들이 가득 들어 있는 것 같았다. 잠깐 동안 해리는 그 통증 탓에 깬 거라고 생각했다. 그때, 어둠 속에서 누군가가 스펀지로 이마를 닦아 주고 있다는 것을 깨닫고 오싹해졌다.

"저리 가!" 그가 큰 소리로 말했다. 그러고는 외쳤다. "도비!"

집요정이 테니스 공만 한 눈을 휘둥그레 뜨고 어둠 속에서 해리를 바라보고 있었다. 도비의 길고 뾰족한 코를 따라 눈물 한 방울이 흘러내렸다.

"해리 포터가 학교로 돌아왔어요." 그는 가련하게 속삭였다. "도비는 해리 포터에게 경고하고 또 경고했어요. 아, 왜 도비 말을 듣지 않으셨나요? 해리 포터는 왜 기차를 놓쳤을 때 집으로 돌아가지 않았죠?"

해리는 몸을 일으켜 베개에 기대고는 도비가 들고 있는 스펀지를 밀쳐 냈다.

"여기서 뭐 하는 거야?" 그가 말했다. "그리고 내가 기차를 놓친 건 어떻게 알아?"

도비가 입술을 떨자 해리는 갑작스러운 의심에 사로잡혔다.

"너였구나!" 해리가 천천히 말했다. "우리가 벽을 통과하지 못하게 막은 게 너였어!"

"맞아요." 도비가 말하며 고개를 세차게 끄덕이자 그의 귀가 펄럭거렸다. "도비는 숨어서 해리 포터를 지켜보고 있다가 입구를 막았어요. 도비는 나중에 손을 다리미로 지져야 했어요." 도비가 반창고를 붙인 긴 손가락 열 개를 보여 주었다. "하지만 도비는 그래도 상관없었어요. 왜냐하면 도비는 해리 포터가 안전해졌다 생각했고, 해리 포터가 다른 방법으로 학교에 갈 거라고는 결코 꿈에도 생각 못 했으니까요!"

도비는 못생긴 머리를 가로저으며 몸을 앞뒤로 흔들었다.

"해리 포터가 호그와트에 돌아왔다는 얘기를 들었을 때 도비는 어찌나 충격받았던지 주인님의 저녁을 태우고 말았어요! 도비는 그런 채찍질은 한 번도 당해 본 적이 없어요……"

해리는 다시 베개 위에 털썩 드러누웠다.

"너 때문에 론이랑 나는 퇴학당할 뻔했어." 해리가 성난 목소리로 말했다. "내 뼈가 다시 생기기 전에 사라지는 게 좋을 거야, 도비. 아니면 내가 네 목을 조를지도 몰라."

도비는 힘없이 미소 지었다.

"도비는 죽여 버리겠다는 협박에 익숙해요. 도비는 집에서도 하루에 다섯 번은 그런 위협을 받는답니다."

그는 입고 있던 더러운 베갯잇 한 귀퉁이를 얼굴로 가져가더니 코를 팽 풀었다. 그 모습이 너무나 불쌍해서 해리는 자기도 모르게 분노가 썰물처럼 빠져나가는 것을 느꼈다.

"왜 그런 걸 입고 다녀, 도비?" 그가 궁금해하며 물었다.

"이거 말씀이신가요?" 도비가 입고 있는 베갯잇을 잡아당기며 말했다. "이건 집요정이 노예 상태라는 표시예요. 도비는 주인들에게 옷을 선물받아야만 해방될 수 있답니다. 주인님 가족들은 도비에게 양말 한 짝도 건네지 않으려고 조심해요. 그러면 도비가 자유로워져서 그 집을 영원히 떠날 수 있으니까요."

도비가 툭 튀어나온 두 눈을 훔치더니 불쑥 말했다. "해리 포터는 집으로 돌아가야 해요! 도비는 도비의 블러저라면 충분히······."

"도비의 블러저?" 해리가 되뇌었다. 다시 한 번 분노가 치솟았다. "도비의 블러저라니, 그게 무슨 말이야? 그 블러저로 나를 죽이려 한 게 너였단 말이야?"

"죽이려 한 게 아니에요. 절대로 당신을 죽이려던 게 아니에요!" 도비가 충격을 받아 소리쳤다. "도비는 해리 포터의 목숨을 구하고 싶은 거예요! 여기에 있느니, 차라리 심각한 부상을 당해서 집으로 가는 게 나아요! 도비는 그냥 해리 포터가 집으로 돌아갈 만큼만 다치기를 원했을 뿐이에요!"

"아, 그게 다야?" 해리가 화가 나서 말했다. "나를 산산조각 내서 집으로 보내고 싶어 한 이유는 말해 주지 않겠지?"

"아, 해리 포터가 알아준다면 얼마나 좋을까요!" 도비는 누더기 베갯잇 위로 더 많은 눈물을 줄줄 흘리며 괴로워했다. "해리 포터가 우리에게, 비천한 노예로 살고 있는 마법 세계의 쓰레기들에게 어떤 의미를 지니고 있는지 말이에요! 도비는 이름을 말해서는 안 되는 그 사람의 힘이 절정에 달했을 때를 기억해요! 우리 집요정들은 벌레 취급을 당했어요! 물론, 도비는 지금도 그런 취급을 받지만요." 도비는 베갯잇에 얼굴을 닦으며 그렇게 인정했다. "하지만 당신이 이름을 말해서는 안 되는 그 사람에게 승리를 거둔 뒤로 우리 종족의 삶은 대부분 나아졌어요. 해리 포터는 살아남았고 어둠의 왕은 힘이 약해졌죠. 새로운 새벽이 밝았고, 해리 포터는 어두운 나날이 결코 끝나지 않을 거라고 생각했던 우리에게 희망의 등불처럼 빛났어요······. 그런데 지금 호그와트에서 끔찍한 일들이 일어나려고 해요. 어쩌면 이미 일어나고 있는지도 몰라요. 그래서 도비는 해리 포터가 여기에 머물도록 내버려 둘 수 없어요. 역사가 되풀이되려는 마당에, 비밀의 방이 다시 한 번 열린 마당에······."

도비는 공포에 질려서 얼어붙었다가, 해리 침대 옆 탁자에서 물병을 집어 머리를 세게 후려치더니 쓰러져 보이지 않게 되었다. 잠시 후, 도비는 두 눈동자가 가운데로 몰린 채 다시 침대 위로 올라와 중얼거렸다. "못된 도비, 아주 못된 도비······."

"그럼 비밀의 방이 정말 있다는 거야?" 해리가 속삭였다. "게다가, 전에도 열린 적이 있다고? 말해, 도비!"

도비의 손이 물병 쪽으로 슬금슬금 다가가자 해리는 집요정의 앙상한 손목을 잡았다. "하지만 나는 머글 태생이 아냐. 내가 어떻게 비밀의 방 때문에 위험해진다는 거야?"

"아, 더 이상 묻지 마세요. 불쌍한 도비에게 더 이상은 묻지 마세요." 집요정이 어둠 속에서 눈을 휘둥그렇게 뜨고 더듬거렸다. "이곳에서 사악한 일들이 계획되어 있어요. 그 일이 일어날 때 해리 포터는 여기에 있으면 안 돼요. 집에 가세요, 해리 포터. 집으로 돌아가세요. 해리 포터는 이 일에 끼어들어서는 안 돼요. 너무 위험······."

"그게 누군데, 도비?" 해리는 도비가 또다시 물병으로 스스로의 머리를 때릴까 봐 그의 손목을 단단히 붙잡고 물었다. "누가 열었어? 지난번에 문을 연건 누구고?"

"도비는 말할 수 없어요. 도비는 말 못 해요. 도

비는 말해선 안 돼요!" 집요정이 꽥꽥거렸다. "집에 가세요, 해리 포터. 집에 가요!"

"나는 아무 데도 안 가!" 해리가 날카롭게 소리쳤다. "내 가장 친한 친구 중 한 명이 머글 태생이란 말이야. 정말로 비밀의 방이 열린 거라면 걔가 가장 먼저……."

"해리 포터가 친구들을 위해 목숨을 걸다니!" 도비가 슬픔에 도취된 것처럼 신음을 내뱉었다. "너무나 고귀해! 너무나 용맹해! 하지만 해리 포터는 스스로를 지켜야 해요, 그래야 해요, 해리 포터는 결코……."

도비는 갑자기 얼어붙은 듯 꼼짝하지 않았다. 박쥐처럼 생긴 귀가 바들바들 떨리고 있었다. 해리도 그 소리를 들었다. 바깥 복도를 걸어오는 발소리가 들렸다.

"도비는 가야 해요!" 집요정이 겁에 질린 채 숨죽여 말했다. 한차례 요란한 소리가 나는가 싶더니 해리는 어느새 허공을 움켜쥐고 있었다. 해리는 침대에 다시 털썩 누워서, 발소리가 가까워지는 동안 어두운 병동 출입구에 시선을 고정했다.

다음 순간, 덤블도어가 긴 모직 가운에 취침용 모자를 쓰고 뒷걸음질로 병동에 들어왔다. 그는 조각상처럼 보이는 것의 한쪽 끝을 들고 있었다. 잠시 후 맥고나걸 교수가 그 조각상의 발 쪽을 들고 나타났다. 두 사람은 힘을 합쳐 조각상을 침대로 들어 올렸다.

"폼프리 선생님을 데려오세요." 덤블도어가 속삭이자 맥고나걸 교수는 서둘러 해리의 침대를 지나쳐 갔다. 해리는 꼼짝도 하지 않고 자는 척 누워 있었다. 다급한 목소리들이 들리더니 맥고나걸 교수가 다시 나타났다. 잠옷 위에 카디건을 걸친 폼프리 선생이 그 뒤를 바짝 따랐다. 그녀가 숨을 헉 들이켜는 소리가 들렸다.

"무슨 일인가요?" 폼프리 선생이 침대 위 조각상 위로 몸을 구부리며 덤블도어에게 속삭였다.

"또 습격입니다." 덤블도어가 말했다. "미네르바가 계단에서 이 아이를 발견했어요."

"옆에 포도 한 송이가 놓여 있더군요." 맥고나걸 교수가 말했다. "포터를 만나러 몰래 여기 오려고 했던 것 같습니다."

해리는 속이 철렁 내려앉는 끔찍한 기분을 느꼈다. 그는 침대 위 조각상을 보려고 조심스럽게 천천히 몸을 살짝 일으켰다. 한 줄기 달빛이 뭔가를 응시하고 있는 조각상의 얼굴을 비췄다.

콜린 크리비였다. 눈을 크게 뜬 채 앞으로 내민 그의 두 손에는 카메라가 들려 있었다.

"석화된 건가요?" 폼프리 선생이 속삭거렸다.

"네." 맥고나걸 교수가 말했다. "생각만 해도 떨리는군요……. 알버스가 코코아를 마시러 아래층으로 내려가던 길이었으니 망정이지, 그렇지 않았다면 대체 어떻게 됐을지 생각만 해도……."

세 사람은 콜린을 내려다보았다. 덤블도어가 앞으로 허리를 구부려 콜린의 뻣뻣한 손아귀에서 카메라를 빼냈다.

"이 아이가 습격자의 사진을 찍었을까요?" 맥고나걸 교수가 간절한 어조로 물었다.

덤블도어는 아무런 대답도 하지 않았다. 그가 카메라 뒤쪽을 열었다.

"맙소사!" 폼프리 선생이 탄식을 내뱉었다.

연기 한 줄기가 카메라 밖으로 치익 새어 나왔다. 침대 세 개를 두고 떨어져 있는 해리도 플라스틱이 타는 매캐한 냄새를 맡을 수 있었다.

"녹았군요." 폼프리 선생이 놀랍다는 듯 말했다. "전부 녹았어요……."

"이게 무슨 *의미*일까요, 알버스?" 맥고나걸 교수가 황급히 물었다.

"이건……." 덤블도어가 말을 이었다. "비밀의 방이 정말로 다시 열렸다는 뜻이에요."

폼프리 선생이 손으로 입을 막았다. 맥고나걸 교수는 덤블도어를 뚫어지게 바라보았다.

"하지만 알버스…… 설마…… 대체 누가 열었다는 거죠?"

"누가 열었느냐는 중요하지 않아요." 덤블도어가 콜린에게 시선을 둔 채 말했다. "*어떻게* 열었느냐가 문제지요……."

해리는 맥고나걸 교수의 그늘진 얼굴을 보고 그녀도 해리 자신이 이해한 것 이상으로는 이해하지 못했다는 사실을 눈치챘다.

CHAPTER 11

# 결투 동아리

**일**요일 아침에 잠에서 깨어나 보니 병동에는 겨울 햇빛이 맹렬하게 쏟아지고 있었다. 팔에 뼈가 다시 생겨나긴 했지만 굉장히 뻣뻣했다. 해리는 재빨리 몸을 일으켜 앉아 콜린의 침대 쪽을 봤지만 어제 해리가 옷을 갈아입을 때 쳤던 것과 같은 높은 커튼에 가려져 보이지 않았다. 해리가 깨어난 것을 본 폼프리 선생이 아침 식사를 담은 쟁반을 들고 부산스럽게 다가오더니 그의 팔과 손가락들을 구부리고 당기기 시작했다.

"다 제대로 났구나." 해리가 왼손으로 서툴게 포리지를 떠먹고 있을 때 그녀가 말했다. "식사를 마치면 가도 된다."

해리는 콜린과 도비에 관해 빨리 얘기해 주고 싶은 마음에 최대한 빠르게 옷을 입고 허겁지겁 그리핀도르 탑으로 갔지만 론과 헤르미온느는 보이지 않았다. 해리는 그의 뼈가 다시 생겼는지 어쨌는지에는 관심도 없는 두 사람에게 조금 섭섭함을 느끼면서도 그들이 어디로 갔는지 궁금해하면서 찾아 나섰다.

해리가 도서관을 지나가는데 지난번 만났을 때보다 기분이 훨씬 좋아 보이는 퍼시 위즐리가 걸어왔다.

"오, 안녕, 해리." 그가 말했다. "어제 정말 멋진 비행이었어. 진짜 훌륭해. 그리핀도르가 기숙사 우승컵 선두를 달리게 됐다. 네가 50점을 벌었거든!"

"론이랑 헤르미온느 못 봤어?" 해리가 물었다.

"아니, 못 봤어." 퍼시가 말했다. 그의 미소가 희미해졌다. "론이 또 다른 여자 화장실에 있는 게 아니었으면 좋겠는데……."

해리는 억지로 웃어 보이고 퍼시가 사라지는 모습을 지켜본 다음 곧장 울보 머틀의 화장실로 향했다. 론과 헤르미온느가 왜 거기에 다시 갔을지는 알

140

수 없었다. 하지만 필치나 반장들이 주위에 없는 것을 확인한 다음 문을 열자 잠긴 칸막이 안에서 그들의 목소리가 흘러나왔다.

"나야." 해리가 등 뒤로 화장실 문을 닫으면서 말했다. 칸막이 안에서 꽝 하는 소리와 철퍽거리는 소리, 숨 들이켜는 소리가 나더니 열쇠 구멍으로 내다보는 헤르미온느의 한쪽 눈이 보였다.

"해리!" 그녀가 외쳤다. "깜짝 놀랐잖아. 들어와. 팔은 좀 어때?"

"괜찮아." 해리가 화장실 칸막이 안으로 비집고 들어가며 말했다. 변기 위에 낡은 솥 하나가 놓여 있고, 아래서 타닥타닥 타오르는 소리가 나는 걸 보니 그 밑에다 불을 피워 놓은 모양이었다. 휴대 가능하고 방수가 되는 불을 만들어 내는 건 헤르미온느의 특기였다.

"널 보러 병동에 가려고 했는데 폴리주스 마법약을 빨리 만들어야겠다는 생각이 들었어." 해리가 겨우겨우 칸막이 문을 다시 잠그자 론이 설명했다. "여기가 마법약을 숨기기 가장 좋은 곳이라고 판단했지."

해리는 콜린 이야기를 꺼내려 했지만 헤르미온느가 먼저 입을 열었다. "우리도 이미 알고 있어. 오늘 아침 맥고나걸 교수님이 플리트윅 교수님한테 하는 얘기를 들었거든. 그래서 빨리 시작하는 게 좋겠다고 생각한 거야."

"되도록 빨리 말포이의 자백을 받아 내는 게 좋겠어." 론이 으르렁거리듯 말했다. "내 생각을 말해 줄까? 그 녀석, 퀴디치에서 진 걸 애꿎은 콜린한테 화풀이한 거야."

"다른 얘기도 있어." 해리는 헤르미온느가 마디풀 한 묶음을 뜯어 마법약 안에 던져 넣는 모습을 보며 말했다. "한밤중에 도비가 나를 만나러 왔어."

론과 헤르미온느가 놀라서 고개를 들었다. 해리는 도비가 말해 준, 아니 말해 주지 '않은' 모든 이야기를 그들에게 들려주었다. 론과 헤르미온느는 입을 벌린 채 귀를 기울였다.

"비밀의 방이 전에도 열린 적이 있다고?" 헤르미온느가 말했다.

"그럼 다 밝혀졌네." 론이 의기양양한 목소리로 말했다. "루시우스 말포이가 여기 다닐 때 비밀의 방을 열었던 게 틀림없어. 그리고 이제 사랑하는 드레이코 녀석한테 그 방법을 알려 준 거지. 뻔해. 하지만 도비가 그 안에 어떤 괴물이 있는지도 알려 줬다면 좋았을 텐데. 그런 게 학교를 살금살금 돌아다니는데 어떻게 아무도 발견하지 못했는지 진짜 의문이다."

"어쩌면 모습이 보이지 않게 할 수 있는지도 몰라." 헤르미온느가 거머리들을 쿡쿡 찔러서 솥 밑바닥으로 내려보내며 말했다. "아니면 변장할 수 있다거나. 갑옷 같은 걸 흉내 내면서 말이야. 카멜레온 굴에 대해서 읽은 적 있거든……."

"넌 뭘 너무 많이 읽어, 헤르미온느." 론이 죽은 풀잠자리를 거머리 위에 쏟아부으며 말했다. 그는 풀잠자리가 들어 있던 주머니를 구겨 버리고 해리를 돌아보았다.

"그러니까 우리가 기차를 못 타게 만들고 네 팔을 부러뜨린 게 도비였단 말이지……." 론은 고개를 설레설레 저었다. "그거 알아, 해리? 도비가 네 목숨을 구하려는 노력을 그만두지 않으면 결국 널 죽이고 말 거야."

월요일 아침에는 콜린 크리비가 습격을 받아 죽

은 듯 병동에 누워 있다는 소식이 학교 전체에 퍼져 나갔다. 소문과 의심으로 분위기가 갑자기 무거워졌다. 1학년들은 혼자 다니다가 습격당할까 봐 겁을 집어먹은 듯 서로서로 바짝 붙어서 무리를 지어 다녔다.

일반 마법 시간에 콜린 크리비 옆자리에 앉았던 지니 위즐리는 놀라서 제정신이 아니었는데, 프레드와 조지가 지니의 기운을 북돋는답시고 하는 일이 해리가 보기엔 영 아니었다. 그들은 털이나 종기로 몸을 뒤덮고 동상 뒤에 숨어 있다가 번갈아 가며 지니에게 달려들곤 했다. 분노로 졸도할 지경이 된 퍼시가 위즐리 부인에게 편지를 써서 지니가 악몽을 꾸고 있다는 얘기를 전하겠다고 말한 뒤에야 그들은 그런 짓을 그만두었다.

한편 행운 부적이나 액막이 부적, 그 밖에 보호용 장비 거래가 선생들의 눈을 피해 학교를 휩쓸고 있었다. 네빌 롱보텀은 크고 고약한 냄새가 나는 초록색 양파와 뾰족한 자주색 수정, 썩은 도롱뇽 꼬리를 샀다. 그리핀도르의 다른 남학생들이 그는 순수 혈통이므로 공격당할 위험이 없다고 지적하기 전의 일이었다.

"필치가 가장 먼저 당했잖아." 네빌이 말했다. 그의 동그란 얼굴에 두려움이 가득했다. "내가 스큅이나 마찬가지라는 건 모두가 아는 사실이고."

12월 둘째 주에는 맥고나걸 교수가 전처럼 크리스마스 연휴 동안 학교에 남아 있을 사람들의 이름을 적어 갔다. 해리뿐 아니라 론, 헤르미온느가 명단에 이름을 올렸다. 그들은 말포이도 남을 거라는 얘기를 듣고 매우 수상쩍어했다. 폴리주스 마법약을 사용해 말포이에게서 살살 자백을 이끌어 내기에 이번 연휴만큼 좋은 때도 없을 것 같았다.

안타깝게도 마법약은 반 정도만 완성되었다. 바이콘 뿔과 붐슬랑 독사 가죽을 아직 구하지 못했는데, 그것들을 얻을 수 있는 곳은 스네이프의 개인 저장고뿐이었다. 해리는 속으로 스네이프의 연구실을 털다가 걸리느니 슬리데린의 전설적인 괴물과 마주치는 게 낫겠다고 생각했다.

"우리한테 필요한 건……." 목요일 오후 마법약 연강 시간이 점점 다가오자 헤르미온느가 씩씩하게 말했다. "양동작전이야. 그런 다음 우리 중 한 명이 스네이프의 연구실에 들어가서 필요한 걸 가져오는 거지."

해리와 론은 불안한 표정으로 헤르미온느를 바라보았다.

"실제로 훔치는 일은 내가 하는 게 좋을 것 같아." 헤르미온느가 덤덤한 말투로 말했다. "너희 둘이 또 문제를 일으켰다간 꼼짝없이 퇴학을 당할 테고, 나는 교칙 위반 기록이 없으니까. 그러니까 너희는 소동을 일으켜서 스네이프를 5분 정도 정신없게 만들면 돼."

해리는 힘없이 웃었다. 스네이프의 마법약 시간에 일부러 소동을 일으키는 건 잠자는 용의 눈을 찌르는 것만큼이나 위험한 일이었다.

마법약 수업은 넓은 지하 감옥 한 곳에서 열렸다. 목요일 오후 수업은 평소처럼 진행됐다. 놋쇠 저울과 재료가 담긴 병들이 놓인 나무 책상 사이에서 솥단지 스무 개가 김을 피워 올렸다. 스네이프가 연기 사이로 돌아다니면서 그리핀도르 학생들의 작업에 대해 이것저것 트집을 잡자 슬리데린 학생들은 즐겁다는 듯 킬킬거렸다. 스네이프가 가장 좋아하는 학생인 드레이코 말포이는 조금 전부터 계속해서 손가락으로 복어 눈알을 튕겨 론과 해리에게 날려 보내고 있었다. 둘은 말포이에게 복수할 경우 '불공평'하다는 말을 꺼내기도 전에 방과 후 징계를 받게 되리라는 사실을 아주 잘 알고 있었다.

해리가 만든 부풀리기 물약은 너무 묽었다. 하지만 그는 더 중요한 문제를 생각하고 있었다. 헤르미온느의 신호를 기다리느라, 스네이프가 잠시 멈춰서서 묽은 마법약을 비웃는 소리도 거의 듣지 못했다. 스네이프가 네빌을 괴롭히려고 몸을 돌려 걸어갔을 때, 헤르미온느는 해리와 눈을 마주치고 고개를 끄덕였다.

해리는 얼른 솥단지 뒤에 몸을 움츠리고 주머니에서 프레드의 필리버스터 폭죽을 꺼내 지팡이로 쿡 찔렀다. 폭죽이 치익 소리를 내더니 탁탁 타들어가기 시작했다. 해리는 시간이 별로 없다는 것을 알고 곧바로 몸을 펴서 목표를 겨냥한 다음 폭죽을 던졌다. 폭죽은 정확히 고일의 솥단지 안에 떨어졌.

고일의 마법약이 폭발하면서 온 교실에 소나기처럼 쏟아져 내렸다. 사방으로 튄 부풀리기 물약에 맞은 아이들이 비명을 질렀다. 얼굴에 한가득 물약을 맞은 말포이의 코가 풍선처럼 부풀기 시작했다. 고일은 두 손으로 만찬용 접시만큼 커진 눈을 가린 채 더듬거리며 돌아다녔다. 한편 스네이프는 안정을 되찾고 무슨 일이 일어난 건지 알아내려고 애썼다. 해리는 교실이 혼란에 빠진 사이 조용히 문을 빠져나가는 헤르미온느를 보았다.

"조용! **조용!**" 스네이프가 고함을 질렀다. "물약을 뒤집어쓴 사람은 모두 이리 와서 바람 빼기 물약을 받아 가라. 이런 짓을 한 녀석은……."

해리는 말포이가 작은 멜론만 하게 부풀어 오른 코 때문에 얼굴을 늘어뜨리고 허둥지둥 앞으로 나가는 모습을 보며 웃음을 억눌렀다. 방망이처럼 굵어진 두 팔을 늘어뜨리거나 부풀어 올라 거대해진 입술로 말을 못 하게 된 아이들이 절반 정도 스네이프의 책상으로 몰려들었을 때, 헤르미온느가 로브 앞자락이 불룩해져서 지하 감옥으로 슬며시 되돌아오는 것이 보였다.

모두가 해독약을 마시고 갖가지 부기가 가라앉자 스네이프는 고일의 솥으로 다가가 비비 꼬인 검은색 폭죽 잔해를 꺼냈다. 갑작스러운 정적이 교실을 가득 채웠다.

"이걸 던진 녀석을 찾아내서……." 스네이프가 낮은 목소리로 말을 이었다. "기필코 퇴학시키도록 하지."

해리는 영문을 모르는 얼굴로 보이길 바라며 표정을 관리했다. 스네이프가 그를 똑바로 쳐다보고 있었기에 10분 뒤에 종이 울리자 그렇게 반가울 수가 없었다.

"내가 그랬다는 걸 알아." 다시 울보 머틀의 화장실로 서둘러 걸어가면서 해리가 론과 헤르미온느에게 말했다. "확실해."

헤르미온느가 새 재료들을 솥에 넣고 열심히 휘젓기 시작했다.

"보름만 있으면 완성될 거야." 그녀가 기뻐하며 말했다.

"스네이프는 네가 그랬다는 걸 증명할 수 없잖아." 론이 해리를 안심시키려는 듯 말했다. "뭘 어쩌겠어?"

"내가 아는 스네이프는 뭔가 더러운 방법을 쓸 사람이야." 해리가 말했다. 마법약이 거품을 내며 부글부글 끓어올랐다.

1주일 뒤 해리, 론, 헤르미온느는 현관홀을 지나다가 몇몇 사람이 게시판 주위에 모여 거기에 꽂힌 양피지를 읽고 있는 모습을 보았다. 셰이머스 피니건과 딘 토머스가 흥분한 표정으로 그들에게 손짓했다.

"결투 동아리가 생긴대!" 셰이머스가 말했다. "오늘 밤에 첫 모임이 있어! 결투 수업도 나쁘지 않을 것 같아. 특히 요즘 같은 때에는 쓸모가 있을 테니까……."

"뭐야, 슬리데린의 괴물이 결투를 할 줄 안다는 거야?" 그렇게 말하면서도 론 또한 관심을 갖고 공고문을 읽었다.

"제법 쓸모가 있겠는걸." 저녁을 먹으러 가면서 론이 해리와 헤르미온느에게 말했다. "우리도 한번 가 볼까?"

해리와 헤르미온느 모두 찬성했으므로 그들은 그날 저녁 8시에 곧바로 다시 대연회장으로 갔다. 기다란 저녁 식탁이 사라지고 한쪽 벽을 따라 황금색 무대가 설치되어 있었다. 머리 위로 둥둥 떠 다니는 수천 개의 촛불이 그 무대를 비추고 있었다. 천장은 이번에도 벨벳 같은 검은색이었고, 그 아래에 거의 전교생이 하나같이 마법 지팡이를 들고 잔뜩 흥분한 표정을 지은 채 빽빽하게 모여 있었다.

"누가 가르치려나?" 헤르미온느가 재잘거리는 아이들 쪽으로 다가가면서 말했다. "누가 그러는데 플리트윅 교수님이 젊었을 때 결투 챔피언이었대. 플리트윅 교수님일지도 몰라."

"나는 그 사람만 아니면 좋겠……." 해리는 입을 열었다가 신음으로 말을 맺었다. 길더로이 록하트가 짙은 자주색 로브를 화려하게 빛내며 다름 아닌 스네이프와 함께 무대에 오르고 있었다. 스네이프는 평소처럼 검은 옷을 입고 있었다.

록하트가 팔을 휘저어 아이들을 조용히 시키더니 소리쳤다. "여기 모이거라, 모여 봐! 다들 내가 보이니? 내 목소리도 들리고? 좋아! 자, 덤블도어 교수님께서 내가 이 작은 결투 동아리를 만들 수 있게 허락해 주셨다. 너희가 스스로를 지켜야 하는 경우에 대비하도록 훈련시켜 주라는 말씀이었지. 난 그런 경험이 엄청나게 많거든. 자세한 건 내 책을 읽어 보거라. 나의 조수 스네이프 교수님을 소개하마." 록하트가 환한 웃음을 지으며 말했다. "스네이프 교수님은 결투에 관해 아주 조금 아신다면서, 시작 전 짧은 시범으로 날 돕는 데 과감하게 동의하셨단다. 자, 걱정할 것 하나도 없다. 내가 일을 마치고 나서도 너희한테는 여전히 마법약 교수님이 계실 테니, 두려워하지 말아라!"

"저 둘이 서로를 끝장내면 더 좋지 않을까?" 론이 해리의 귀에 대고 투덜거렸다.

스네이프의 윗입술이 비틀려 올라가고 있었다. 해리는 록하트가 왜 아직도 웃고 있는지 의문스러웠다. *자신이 스네이프의 저런 눈빛을 마주했다면 주저하지 않고 최대한 빠르게 반대쪽으로 도망쳤을 것이다.*

록하트와 스네이프는 몸을 돌려 마주 선 다음 허리 숙여 인사했다. 적어도 록하트는 양손을 요란하게 돌리면서 그렇게 했다. 반면 스네이프는 짜증스럽다는 듯 머리를 확 한 번 까닥였을 뿐이다. 그러더니 두 사람은 마법 지팡이를 칼처럼 앞으로 들어 올렸다.

"보다시피 우리는 지금 일반적인 결투 자세로 지팡이를 들고 있단다." 록하트가 침묵에 잠긴 아이들을 향해 말했다. "셋을 세면 첫 번째 주문을 날릴 거야. 물론, 우리 중 누구도 상대를 죽일 생각은 없단다."

"아닌 것 같은데." 해리가 이를 드러내는 스네이프를 바라보며 중얼거렸다.

"하나, 둘, 셋……."

둘 다 지팡이를 들어 올리더니 어깨 위로 휘둘렀다. 스네이프가 소리쳤다. "엑스펠리아르무스!" 현란한 짙은 붉은빛이 번뜩이자 록하트가 뒤로 벌렁 나가떨어졌다. 그는 무대 밖까지 날아가 벽에 부딪힌 다음 쭉 미끄러지더니 팔다리를 뻗고 바닥에 쓰러졌다.

말포이를 포함해 슬리데린의 몇몇 학생이 환호했다. 헤르미온느는 까치발을 들고 안절부절못했다. "괜찮으실까?" 헤르미온느가 입을 가리고 꽥 소리를 질렀다.

"알 게 뭐야?" 해리와 론이 동시에 말했다.

록하트가 휘청거리며 일어났다. 모자가 벗겨지고 머리카락은 곤두서 있었다.

"뭐, 바로 이거지!" 그가 비틀비틀 다시 무대 위로 올라가면서 말했다. "보다시피, 무장해제 마법이다. 내 마법 지팡이가 없어졌는데……. 아, 고맙다, 브라운 양. 네, 학생들에게 이 마법을 보여 주시다니 정말이지 훌륭한 생각입니다, 스네이프 교수님. 그런데 이렇게 말하면 언짢으실지 모르겠지만 솔직히 교수님이 뭘 하실지 너무 뻔했어요. 제가 마음만 먹었다면 교수님을 막는 건 아주 쉬웠을 겁니다. 하지만 학생들한테 보여 주는 게 더 도움이 될 것 같아서 일부러……."

스네이프는 살인이라도 저지를 것 같은 얼굴이었다. 록하트도 그것을 알아차린 듯 얼른 말을 이었다. "시범은 이걸로 충분해! 이제 내가 가서 너희를 둘씩 짝지어 주마. 스네이프 교수님, 좀 도와주시겠습니까……."

그들은 학생들 사이를 다니며 상대를 짝지어 주었다. 록하트는 네빌을 저스틴 핀치플레츨리와 짝지어 주었고, 스네이프는 가장 먼저 해리와 론에게 왔다.

"환상의 짝꿍을 찢어 놓을 때가 된 것 같군." 그가 비웃음을 지으며 말했다. "위즐리, 너는 피니건하고 짝이 되어라. 포터는……."

해리는 무심코 헤르미온느 쪽으로 움직였다.

"아, 그렇겐 안 되지." 스네이프가 차가운 미소를 머금으며 말했다. "말포이 군, 이리 오도록. 네가 유명하신 포터를 어떻게 처리하는지 보자꾸나. 그리고 너, 그레인저 양. 너는 벌스트로드 양과 짝이 되면 된다."

말포이가 히죽거리며 의기양양하게 걸어왔다. 《마귀할멈과의 휴일》에서 본 그림을 연상케 하는 슬리데린 여학생이 그 뒤를 따랐다. 그녀는 크고 떡 벌어진 덩치에, 육중한 턱은 공격적으로 튀어나와 있었다. 헤르미온느가 살짝 미소 지었지만 그 아이는 답례하지 않았다.

"상대를 마주 보고!" 록하트가 다시 단상에 올라가 소리쳤다. "인사!"

해리와 말포이는 서로에게서 눈을 떼지 않았고 머리도 거의 숙이지 않았다.

"마법 지팡이 준비!" 록하트가 외쳤다. "내가 셋을 세면, 상대방을 무장해제시키는 마법을 걸어라. 오직 무장해제만 하도록. 사고가 나면 안 되니까. 하나…… 둘…… 셋……."

해리가 어깨 위로 지팡이를 휘둘렀지만 말포이

는 이미 "둘"에서 움직였다. 말포이의 주문을 어찌나 세게 맞았는지 꼭 프라이팬으로 머리를 가격당한 기분이었다. 해리는 비틀거리면서도 모든 게 아직 제대로 작동하는 듯했기에 더 지체하지 않고 지팡이로 말포이를 똑바로 겨누며 소리쳤다. "릭투셈프라!"

은색 빛줄기가 배에 명중하자 말포이는 식식거리며 몸을 웅크렸다.

"무장해제만 하라고 했잖아!" 말포이가 무릎을 꿇고 주저앉자 놀란 록하트가 결투를 벌이고 있는 아이들 머리 위로 소리쳤다. 해리가 말포이에게 명중시킨 것은 간지럼 마법이었다. 말포이는 웃느라 거의 움직이지 못했다. 해리는 바닥에 쓰러진 말포이에게 마법을 거는 건 왠지 정정당당하지 못한 것 같아 잠시 머뭇거렸다. 하지만 그것은 실수였다. 말포이는 헐떡거리면서도 해리의 무릎에 지팡이를 겨누고 목멘 소리로 말했다. "타란텔레그라!" 다음 순간 해리의 두 다리가 통제를 벗어나 퀵스텝을 추듯 정신없이 움직이기 시작했다.

"그만! 그만!" 록하트가 소리를 질렀지만 사태를 수습한 건 스네이프였다.

"피니테 인칸타템!" 스네이프가 소리쳤다. 해리의 두 발은 춤추기를 멈췄고, 말포이는 웃음을 멈췄다. 그들은 그제야 주위를 둘러보았다.

초록 빛깔의 부연 연기가 주위에 가득 맴돌고 있었다. 네빌과 저스틴 둘 다 바닥에 누워 숨을 헐떡였고, 론은 얼굴이 사색이 된 셰이머스를 붙들고 자신의 부러진 마법 지팡이가 저지른 짓을 사과하고 있었다. 그러나 헤르미온느와 밀리선트 벌스트로드는 아직 결투 중이었다. 밀리선트가 헤르미온느의 머리를 겨드랑이에 끼고 조르자 헤르미온느는 아파서 훌쩍거렸다. 두 사람의 마법 지팡이는 완전히 잊힌 채 바닥을 나뒹굴고 있었다. 해리가 뛰쳐나가 밀리선트를 떼어 놓았다. 밀리선트가 해리보다 훨씬 컸기 때문에 쉽지는 않았다.

"이런, 이런." 록하트가 아이들을 헤치고 달려오더니 여러 결투의 여파를 둘러보았다. "일어나거라, 맥밀런……. 포셋 양, 거기 조심하고……. 꽉 눌러라. 조금 있으면 피가 멎을 거다, 부트……. 해로운 주문을 막는 방법을 가르쳐 주는 편이 더 낫겠구나." 록하트가 연회장 한가운데 서서 허둥거리며 말했다. 그는 검은색 눈을 번뜩이는 스네이프를 힐끗 쳐다봤다가 재빨리 시선을 돌렸다. "지원자를 받도록 하자. 롱보텀과 핀치플레츨리, 너희가 해보는 게 어떠냐?"

"터무니없는 생각이군요, 록하트 교수." 스네이프가 악의를 품은 거대 박쥐처럼 스르르 다가오면서 말했다. "롱보텀은 가장 간단한 주문으로도 엄청난 혼란을 일으키는 녀석이니까. 핀치플레츨리의 남은 몸을 성냥갑에 담아 병동으로 보내게 될 거요." 네빌의 동그란 분홍빛 얼굴이 더욱 붉어졌다. "말포이와 포터는 어떤가요?" 스네이프가 배배 꼬인 미소를 지으며 말했다.

"좋은 생각입니다!" 록하트가 말하며 해리와 말포이를 연회장 한가운데로 손짓해 부르자, 아이들은 물러나 공간을 만들어 주었다.

"자, 해리." 록하트가 말했다. "드레이코가 너한테 지팡이를 겨누면 이렇게 하거라."

그는 마법 지팡이를 들어 올려 복잡하게 휘두르는 동작을 시범 보이려다가 그만 떨어뜨리고 말았다. 스네이프가 히죽 웃는 가운데 록하트가 재빨리 지팡이를 주워 들며 말했다. "이런, 실수. 내 마법 지팡이가 조금 흥분했구나."

스네이프가 말포이에게 다가가더니 허리를 숙이고 그의 귀에 뭐가를 속삭였다. 말포이 또한 히죽거렸다. 해리가 초조하게 록하트를 올려다보며 말했다. "교수님, 막는 거 다시 한 번 보여 주실 수 있을까요?"

"무섭냐?" 말포이가 록하트에게는 들리지 않는 목소리로 중얼거렸다.

"퍽이나." 해리가 한쪽 입가를 움직이며 말했다.

록하트는 그저 즐겁다는 듯 해리의 어깨를 살짝 두드릴 뿐이었다. "그냥 내가 한 대로만 하면 된다, 해리!"

"아니, 지팡이를 떨어뜨리라고요?"

하지만 록하트는 듣고 있지 않았다.

"셋, 둘, 하나, 시작!" 록하트가 소리쳤다.

말포이가 재빨리 마법 지팡이를 들어 올리고 소리쳤다. "서펜소르티아!"

말포이의 지팡이 끝에서 폭발이 일어났다. 해리가 입을 쩍 벌리고 지켜보는 사이 검은색 몸통의 긴 뱀이 튀어나와 두 사람 사이 바닥에 묵직하게 떨어지더니 공격하려는 듯 몸을 일으켰다. 아이들이 비명을 지르며 황급히 물러나자 공간이 텅 비었다.

"움직이지 마라, 포터." 해리가 그 자리에 꼼짝 않고 서서 성난 뱀과 눈을 맞추고 있는 모습이 즐거운 듯 스네이프가 느긋한 목소리로 말했다. "내가 없애 줄 테니……"

"제가 하지요!" 록하트가 외쳤다. 그가 뱀을 향해 마법 지팡이를 휘두르자 쾅 하는 소리가 요란하게 울려 퍼졌다. 뱀은 사라지는 대신 공중으로 3미터쯤 날아올랐다가 큰 소리를 내며 다시 바닥에 떨어졌다. 뱀은 화가 머리끝까지 난 듯 사납게 쉭쉭거리며 저스틴 핀치플레츨리 쪽으로 곧장 미끄러져 가더니 다시 몸을 일으켜 공격할 것처럼 송곳니를 드러냈다.

해리도 자기가 왜 그랬는지 알 수 없었다. 심지어 그래야겠다고 마음먹은 것조차 몰랐다. 그가 아는 거라곤, 발에 바퀴라도 달린 듯 두 다리가 그를 앞으로 이끌었고 그 자신이 멍청하게도 뱀한테 소리쳤다는 것뿐이었다. "그만둬!" 그러자 믿을 수 없게도, 마치 기적처럼, 뱀은 두꺼운 검은색 정원 호스만큼이나 고분고분해져서 바닥에 늘어졌다. 뱀의 시선은 해리에게 향해 있었다. 해리는 두려움이 가시는 것을 느꼈다. 그는 이제 뱀이 누구도 공격하지 않으리라는 것을 알았다. 어떻게 알았는지는 설명할 수 없었지만 어쨌든 알 수 있었다.

해리는 안도하거나 어리둥절하거나 어쩌면 고마워하는 표정을 기대하면서 저스틴을 보고 씩 웃었다. 화가 나고 겁에 질린 표정을 기대한 건 분명 아니었다.

"무슨 장난을 치는 거야?" 그가 소리쳤다. 저스틴은 해리가 뭐라고 말하기도 전에 몸을 돌리더니 연회장을 뛰쳐나갔다.

스네이프가 앞으로 나서서 마법 지팡이를 휘두르자 뱀은 조그맣게 펑 하는 소리를 내면서 검은 연기가 되어 사라졌다 스네이프 역시 전혀 예상하지 못한 얼굴로 해리를 바라보고 있었다. 빈틈없이 살펴보는 그 표정이 해리는 마음에 들지 않았다. 그는 또한 사방에서 사람들이 불길하게 수군대고 있다는 사실을 어렴풋이 알아차렸다. 그때, 누군가가 그의 로브 뒷자락을 잡아당겼다.

"가자." 론이 말하는 소리가 들렸다. "어서. 가자고……"

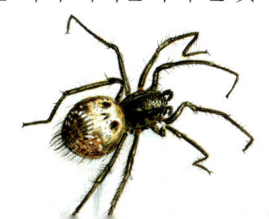

론이 연회장 밖으로 해리를 이끌었고 헤르미온느가 얼른 따라왔다. 문을 지나는데, 양옆에 있던 아이들이 뭐라도 옮을까 두려운 듯 황급히 물러섰다. 해리는 무슨 영문인지 도무지 알 수가 없었다. 게다가 론도 헤르미온느도 그를 텅 빈 그리핀도르 휴게실로 끌고 가는 내내 아무 설명도 하지 않았다. 휴게실에 도착하고 나서야 론이 해리를 안락의자로 밀치더니 말했다. "너 파셀마우스였구나. 왜 우리한테 말 안 했어?"

"내가 뭐라고?" 해리가 물었다.

"파셀마우스!" 론이 말했다. "너 뱀하고 대화할 수 있잖아!"

"그건 나도 알아." 해리가 말했다. "그러니까, 뱀이랑 얘기한 건 이번이 겨우 두 번째지만 말이야. 예전에 동물원에 갔을 때 어쩌다 내 사촌 더들리한테 브라질 보아뱀을 풀어놨는데…… 이야기하자면 길어. 그 뱀은 나한테 브라질에 한 번도 못 가 봤다고 말했고, 나는 의도한 건 아니지만 그 뱀을 뭐랄까, 자유롭게 해 줬어. 내가 마법사라는 걸 알기 전의 일이야……."

"보아뱀이 너한테 브라질에 한 번도 못 가 봤다고 말했다고?" 론이 힘없이 되풀이했다.

"그게 뭐?" 해리가 말했다. "여기에는 그런 걸 할 줄 아는 사람이 엄청 많을 거 아냐."

"아니, 그렇지 않아." 론이 말했다. "그건 흔한 재능이 아니야, 해리. 안 좋은 거야."

"뭐가 안 좋은데?" 해리가 물었다. 화가 치밀어 오르기 시작했다. "다들 왜 그러는 거야? 잘 들어, 내가 그 뱀한테 저스틴을 공격하지 말라고 하지 않았다면……."

"아, 그렇게 말한 거였어?"

"무슨 소리야? 너도 거기 있었잖아……. 내 말 들었잖아."

"나는 네가 뱀의 말을 하는 걸 들었지." 론이 말했다. "뱀의 언어 말이야. 무슨 얘기를 했는지는 몰라. 저스틴이 겁에 질린 것도 이상한 일은 아냐. 네가 뱀을 부추기거나 뭐 그런 것처럼 들렸단 말이야. 오싹했어, 진짜."

해리는 입을 딱 벌리고 론을 바라보았다.

"내가 다른 언어로 말했다고? 하지만, 나는 몰랐어. 내가 그 말을 할 줄 안다는 것도 모르는데 어떻게 말할 수 있겠어?"

론은 고개를 저었다. 론과 헤르미온느 둘 다 누가 죽기라도 한 듯한 표정이었다. 해리는 뭐가 그렇게 끔찍한지 알 수가 없었다.

"흉측한 거대 뱀이 저스틴의 머리를 물어뜯지 못하도록 한 게 대체 뭐가 문제인지 말해 줄래?" 해리가 말했다. "저스틴이 머리 없는 사냥회에 가입할 일이 없어졌는데, 내가 어떻게 했는지가 그렇게 중요해?"

"중요해." 헤르미온느가 마침내 나직한 목소리로 말했다. "왜냐하면 살라자르 슬리데린이 뱀과 대화하는 능력으로 유명했으니까. 슬리데린 기숙사의 상징이 뱀인 것도 그 때문이야."

해리는 입을 떡 벌렸다.

"바로 그거야." 론이 말했다. "이제 전교생이 너를 슬리데린의 손자의 손자의 손자의 손자 같은 걸로 생각하겠지……."

"하지만 아닌걸." 설명하기 어려운 두려움을 느끼며 해리가 말했다.

"그걸 증명하기는 어려울 거야." 헤르미온느가 말했다. "슬리데린은 천 년쯤 전에 살았던 사람이잖아. 네가 그 후손일 수도 있어."

해리는 그날 밤 몇 시간이나 뜬눈으로 침대에 누워 있었다. 그는 사주식 침대에 두른 커튼 틈새로, 탑의 창문 너머 슬슬 흩날리기 시작하는 눈발을 보며 생각에 잠겼다.

해리가 살라자르 슬리데린의 후손일 수도 있을까? 하기야 그는 아버지의 가족에 대해선 아무것도 몰랐다. 더즐리 부부는 해리가 마법사 친척들에 관해 물어볼 때마다 항상 질색했다.

해리는 조용히 뱀의 언어로 무언가 말해 보려고 애썼다. 말이 나오지 않았다. 뱀의 말을 하려면 뱀과 마주 보고 있어야 하는 것 같았다.

'하지만 나는 *그리핀도르야*.' 해리는 생각했다. '나한테 슬리데린의 피가 흐른다면 기숙사 배정 모자가 나를 여기에 넣지 않았을 거야……'

'아.' 해리의 머릿속에서 어떤 심술궂은 작은 목소리가 말했다. '하지만 기숙사 배정 모자는 너를 슬리데린에 넣고 *싶어 했잖아*. 기억 안 나?'

해리는 몸을 뒤척였다. 다음 날 약초학 시간에 저스틴을 만나 자기는 뱀을 공격하라고 부추긴 게 아니라 물러가게 한 거라고 설명할 생각이었다. 바보라도 눈치챘을 일이건만(해리는 화가 나서 베개에 주먹질을 하며 생각했다).

그러나 다음 날 아침, 밤사이 내리기 시작한 눈이 기센 눈보라로 바뀌는 바람에 학기 마지막 약초학 수업은 취소되었다. 스프라우트 교수는 맨드레이크에 양말을 신기고 목도리를 둘러 주고 싶어 했다. 맨드레이크가 빨리 자라서 노리스 부인과 콜린 크리비를 회복시키는 일이 무엇보다도 중요한 이때, 그 일은 스프라우트 교수가 누구에게도 맡기지 않을 까다로운 작업이었다.

해리가 그리핀도르 휴게실 난롯가에서 속을 끓이는 동안 론과 헤르미온느는 취소된 수업 시간을 마법사 체스를 두는 데 썼다.

"제발 부탁인데, 해리." 론의 비숍 하나가 헤르미온느의 나이트를 말에서 떨어뜨려 체스판 밖으로 끌고 나갔을 때 헤르미온느가 화를 내며 말했다. "그렇게 신경 쓰이면 가서 저스틴을 찾아."

그래서 해리는 자리에서 일어나, 저스틴이 어디에 있을까 생각하면서 초상화 구멍으로 나갔다.

창문마다 굵은 회색 눈발이 소용돌이치고 있어서 성은 평소의 낮보다 어두웠다. 해리는 몸을 부르르 떨면서 수업 중인 교실들을 지나쳤다. 안에서 소리가 띄엄띄엄 들려왔다. 맥고나걸 교수가 누군가에게 소리를 지르고 있었는데, 듣자 하니 학생 하나가 옆 친구를 오소리로 만들어 버린 모양이었다. 해리는 한번 들여다보고 싶은 충동을 억누르며 계속 걸었다. 저스틴이 빈 수업 시간을 이용해 밀린 공부를 하고 있을지도 모른다는 생각에 가장 먼저 도서관을 확인해 보기로 했다.

약초학 수업을 들었어야 할 후플푸프 학생 한 무리가 정말로 도서관 안쪽에 앉아 있었다. 공부를 하고 있는 것 같지는 않았다. 길게 줄지어 선 높은 책꽂이 사이로, 그들이 머리를 맞대고 흥미진진한 대화를 나누고 있는 듯한 모습이 보였다. 그중에 저스틴이 있는지는 보이지 않았다. 그쪽으로 가까이 다가가자, 그들이 나누고 있던 이야기가 들려왔다. 해리는 투명 마법 관련 도서들이 꽂힌 책꽂이에 몸을 숨긴 채 서서 귀를 기울였다.

"그래서 아무튼……." 통통한 남학생 하나가 이

야기하고 있었다. "내가 저스틴한테 기숙사 침실에 숨어 있으라고 했어. 그러니까, 만약 포터가 저스틴을 다음 희생자로 찍었다면 당분간 바짝 엎드려 있는 게 최선이잖아. 물론 저스틴이 포터한테 자기가 머글 태생이라는 말을 흘렸으니 이런 일이 생기는 것은 시간문제였지. 글쎄, 포터 앞에서 이튼에 들어가기로 돼 있었다는 말까지 했다는 거야. 슬리데린의 후계자가 날뛰고 있는 상황에서 떠벌릴 얘기는 아니지 않나?"

"그럼 넌 정말 포터가 그랬다고 확신하는 거야, 어니?" 땋은 금발 머리의 여학생이 불안이 깃든 목소리로 물었다.

"해너." 통통한 남학생이 진지하게 말했다. "걔는 파셀마우스야. 그게 어둠의 마법사를 나타내는 표시라는 건 다들 알잖아. 선한 마법사가 뱀이랑 대화했다는 얘기 들어 봤어? 살라자르 슬리데린부터가 '뱀 혀'라고 불렸잖아."

그 말에 몇몇이 심각하게 수군거리자 어니가 말을 이었다. "벽에 뭐라고 쓰여 있었는지 기억나? '후계자의 적들이여, 경계하라.' 포터는 필치하고 다툼이 좀 있었어. 다음에 어떻게 됐더라? 필치의 고양이가 습격당했잖아. 그 1학년생 크리비는 퀴디치 시합 때 진흙탕에 드러누워 있는 포터의 사진을 찍는답시고 걔를 짜증 나게 했어. 그다음엔 알다시피 크리비가 습격당했지."

"그래도 걘 언제나 아주 착해 보였는데." 해너가 확신이 서지 않는다는 듯 말했다. "그리고 뭐랄까, 걔가 바로 '그 사람'을 사라지게 한 애잖아. 나쁜 애일 리가 없어. 안 그래?"

어니가 은근하게 목소리를 낮추자 후플푸프 학생들은 더욱 바짝 허리를 숙였다. 해리도 어니의 말을 들으려고 더 가까이 다가갔다.

"그 애가 '그 사람'의 공격에서 어떻게 살아남았는지는 아무도 몰라. 무슨 말이냐면, 그 일이 일어났을 때 걔는 그냥 아기였잖아. 산산조각 났어야 한다고. 진짜로 강력한 어둠의 마법사만이 그런 저주를 맞고도 살아남을 수 있어." 어니는 귓속말과 다름없을 만큼 목소리를 낮추고 말을 이었다. "그 사람'이 애초에 걔를 죽이려고 한 것도 그 때문인지 몰라. 또 다른 어둠의 왕과 경쟁하길 바라지 않았던 거지. 난 포터가 또 어떤 힘을 숨기고 있을지 궁금한데?"

해리는 더 이상 참을 수가 없었다. 그는 큰 소리로 목을 가다듬으며 책꽂이 뒤에서 모습을 드러냈다. 그렇게 화가 나지 않았다면 눈앞의 광경이 꽤 우스웠을 것이다. 해리의 등장에 후플푸프 학생들은 하나같이 석화된 것 같았고, 어니의 얼굴에서는 핏기가 가셨다.

"안녕." 해리가 말했다. "저스틴 핀치플레츨리를 찾고 있는데."

후플푸프 아이들이 가장 두려워하던 일이 현실이 되었다. 그들은 모두 공포에 질린 눈빛으로 어니를 바라보았다.

"걔는 왜 찾아?" 어니가 떨림이 깃든 목소리로 물었다.

"결투 동아리에서 뱀이 나타났을 때 실제로 무슨 일이 벌어졌던 건지 얘기해 주려고." 해리가 대답했다.

어니가 하얗게 질린 입술을 깨물더니 심호흡을 하고 말했다. "우리 모두 거기에 있었잖아. 우리도 무슨 일이 벌어졌는지 봤어."

"그럼 너도 내가 말하니까 뱀이 물러났다는 걸

알겠네." 해리가 말했다.

"내가 본 건" 하고, 어니는 떨면서도 고집스럽게 말했다. "네가 뱀의 말을 하면서 저스틴 쪽으로 뱀을 몰아간 것뿐이었어."

"나는 뱀을 저스틴한테 보낸 게 아니야!" 해리가 말했다. 분노로 목소리가 떨렸다. "뱀은 그 애를 건드리지도 않았잖아!"

"그럴 뻔했지." 어니가 말했다. "그리고 네가 이상한 생각을 할까 봐 하는 얘긴데" 하더니 그가 서둘러 덧붙였다. "우리 가족을 조사해 보면 아홉 세대 위까지 모두 마법사 혹은 고위 마법사고, 내가 누구보다도 순수한 혈통이라는 걸 알 수 있을 거야. 그러니까……."

"난 네 혈통 따위엔 관심 없어!" 해리가 사납게 소리쳤다. "내가 왜 머글 태생을 공격하고 싶어 하겠어?"

"같이 사는 머글들을 굉장히 싫어한다고 들었는데." 어니가 재빨리 말했다.

"더즐리네랑 같이 살아 보면 그 사람들을 싫어하지 않을 수 없을걸." 해리가 말했다. "너도 한번 같이 살아 봐."

해리는 몸을 홱 돌려 도서관을 뛰쳐나갔다. 금박을 입힌 커다란 마법 책 표지를 닦고 있던 핀스 선생이 나무라듯 그를 쏘아보았다.

해리는 어디로 가는지도 모르고 어기적거리며 복도를 나아갔다. 울화가 치밀었다. 그때 그는 뭔가 아주 크고 단단한 것에 부딪쳐 뒤로 벌렁 넘어지고 말았다.

"아, 안녕하세요, 해그리드." 해리가 위를 올려다보며 말했다.

눈 덮인 털모자에 얼굴이 완전히 가려지긴 했지만, 두더지 가죽 외투를 입고 복도를 꽉 채우다시피 하고 있는 사람이 다른 인물일 리는 없었다. 장갑을 낀 그의 커다란 한쪽 손에는 죽은 수탉이 들려 있었다.

"괜찮냐, 해리?" 해그리드가 털모자를 걷어 올리며 물었다. "왜 수업 안 듣고?"

"취소됐어요." 해리가 일어나며 말했다. "아저씨는 여기서 뭐 하세요?"

해그리드는 축 늘어진 닭을 들어 보였다.

"이번 학기에 벌써 두 마리나 죽었어." 그가 설명했다. "여우 아니면 흡혈 벅베어일 거다. 닭장 주위에 마법을 걸려면 교장 선생님한테 허락받아야 하거든."

해그리드는 눈가루가 점점이 박힌 숱 많은 눈썹 아래로 해리를 더 유심히 바라보았다.

"너 정말 괜찮냐? 꽤 흥분한 것 같은데."

해리는 차마 어니를 비롯한 후플푸프 학생들이 자신에 대해 한 말을 그대로 전할 수 없었다.

"아무것도 아니에요." 해리가 말했다. "가 봐야겠어요, 해그리드. 다음이 변환 마법 수업이라 책을 가져와야 하거든요."

해리는 발걸음을 옮겼다. 어니가 한 말이 여전히 그의 머릿속을 가득 채우고 있었다.

'포터한테 자기가 머글 태생이라는 말을 흘렸으니 이런 일이 생기는 것은 시간문제였지…….'

해리는 계단을 쿵쿵 올라가 또 다른 복도로 방향을 틀었다. 복도는 유난히 어두웠다. 헐거운 창문 틈새로 불어닥친 얼음장 같은 바람에 횃불들이 꺼져 있었다. 복도를 반쯤 걸어갔을 때 해리는 바닥에 누워 있는 뭔가에 걸려 곤두박질쳤다.

무엇에 걸려 넘어졌는지 보려고 눈을 가늘게 뜬

채 고개를 돌린 순간, 해리는 가슴이 철렁 내려앉는 것을 느꼈다.

저스틴 핀치프레츨리가 뻣뻣하고 싸늘하게 식은 채 바닥에 누워 크게 놀란 얼굴 그대로 멍하니 천장을 바라보고 있었다. 그게 다가 아니었다. 그 옆에는 해리가 여태껏 한 번도 본 적 없는 또 다른 이상한 형상이 있었다.

그것은 목이 달랑달랑한 닉이었다. 그는 더 이상 진주처럼 하얗지도 투명하지도 않았고 검게 변해서 연기를 뿜으며, 바닥 15센티미터 높이에 꼼짝 않고 가로누운 채 둥둥 떠 있었다. 머리는 반쯤 떨어져 있고, 저스틴과 마찬가지로 충격받은 표정을 짓고 있었다.

해리는 바닥에서 일어났다.

숨이 가빴고 심장이 두방망이질했다. 해리는 아무도 없는 복도 이쪽저쪽을 미친 듯이 살펴보다가, 거미들이 줄을 지은 채 저스틴과 닉에게서 허둥지둥 달아나는 광경을 보았다. 양쪽 교실에서 교수들의 목소리만 희미하게 들려왔다.

해리는 달아날 수도 있었다. 그가 거기에 있었다는 걸 아무도 모를 것이다. 하지만 해리는 그들을 그냥 두고 갈 수 없었다. 도움을 청해야 했다. 그가 이 일과 아무 관련이 없다는 것을 믿어 줄 사람이 있을까?

해리가 어찌할 줄 모르고 그 자리에 서 있는데, 바로 옆의 문이 쾅 소리를 내며 열리더니 폴터가이스트 피브스가 튀어나왔다.

"와, 이거 에라이 또라이 포터잖아!" 피브스가 낄낄거리며 해리 옆을 지나가다가 그의 안경을 쳐서 비뚤어뜨렸다. "포터가 무슨 꿍꿍이일까? 왜 숨어서……."

피브스가 공중제비를 돌다가 멈췄다. 그는 거꾸로 둥둥 뜬 채 저스틴과 목이 달랑달랑한 닉을 발견했다. 피브스는 획 하고 몸을 똑바로 하더니 숨을 크게 들이마시고 해리가 미처 말리기도 전에 소리를 질렀다. "**습격이다! 습격! 또 습격이다! 인간도 유령도 안전하지 않아! 목숨 걸고 도망쳐라! 습격이다아아아!**"

쾅, 쾅, 쾅. 복도를 따라 연달아 문이 열리고 사람들이 쏟아져 나왔다. 아수라장이 몇 분씩이나 이어지면서 저스틴이 짓밟힐 위험에 처하기도 했다. 목

## 결투 동아리

이 달랑달랑한 닉을 관통한 채 서 있는 사람들도 있었다. 교수들이 조용히 하라고 소리칠 때쯤 해리는 어느새 벽에 바짝 붙어 있었다. 맥고나걸 교수가 달려오

고 그녀의 수업을 듣던 학생들이 뒤따라왔는데, 그중 한 아이한테는 여전히 검고 하얀 줄무늬 털이 남아 있었다. 맥고나걸 교수가 지팡이를 휘둘러 쾅 하고 큰 소리를 내자 다시 침묵이 내려앉았다. 그녀는 모두를 교실로 돌려보냈다. 주위가 어느 정도 정리되기가 무섭게 후플푸프의 어니가 헐떡이며 현장에 도착했다.

"딱 걸렸어!" 어니가 얼굴이 하얗게 질린 채 과장된 손짓으로 해리를 가리키며 소리쳤다.

"그만해라, 맥밀런!" 맥고나걸 교수가 날카롭게 말했다.

피브스는 이제 사악한 미소를 띠고 사람들 머리 위에서 오르락내리락하며 현장을 내려다보고 있었다. 피브스는 언제나 혼란을 사랑했다. 교수들이 저스틴과 목이 달랑달랑한 닉을 살펴보려고 몸을 구부리자 피브스가 노래를 부르기 시작했다.

"오 포터, 이 폭도야, 대체 무슨 짓을 한 거니? 학생들을 죽이고 다니다니, 이런 게 재미있니."

"그만해, 피브스!" 맥고나걸 교수가 큰 소리로 꾸짖자 피브스는 해리에게 혀를 내밀고 뒤로 쌩 날아가 버렸다.

저스틴은 플리트윅 교수와 천문학 담당인 시니스트라 교수에 의해 병동으로 옮겨졌지만, 목이 달랑달랑한 닉을 어떻게 해야 할지 아는 사람은 아무도 없는 것 같았다. 결국 맥고나걸 교수가 허공에 커다란 부채를 만들어 내더니 어니에게 주면서 부채를 살살 부쳐 목이 달랑달랑한 닉을 계단 위로 올려 보내라고 말했다. 어니는 시키는 대로, 소리 없는 검은색 공기부양선이라도 되는 양 닉을 부채로 부치면서 천천히 이동했다. 그렇게 해리와 맥고나걸 교수만 남게 되었다.

"따라와라, 포터." 그녀가 말했다.

"교수님." 해리가 다급히 입을 열었다. "맹세코 제가 한 일이……."

"이건 내 손을 벗어난 일이다, 포터." 맥고나걸 교수가 무뚝뚝하게 말했다.

그들은 말없이 모퉁이를 돌았다. 맥고나걸 교수

는 크고 굉장히 못생긴 가고일 석상 앞에서 발걸음을 멈췄다.

"셔벗 레몬!" 그녀가 말했다. 그것이 암호인 게 틀림없었다. 가고일이 갑자기 살아 움직이는가 싶더니 뒤쪽의 벽이 둘로 갈라지자 옆으로 폴짝 뛰어 비켜선 것이다. 해리는 앞으로 무슨 일이 닥칠지 잔뜩 두려워하면서도 놀라지 않을 수 없었다. 벽 뒤에는 에스컬레이터처럼 부드럽게 위로 움직이는 나선형 계단이 있었다. 해리와 맥고나걸 교수가 계단에 발을 올리자 뒤에서 벽이 턱 닫히는 소리가 들렸다. 그들은 빙빙 돌며 높이높이 올라갔다. 그리고 마침내 약간 현기증을 느낄 때쯤, 해리는 앞에서 그리폰 모양의 놋쇠 고리가 달린 오크나무 문이 희미하게 빛나는 것을 보았다.

해리는 맥고나걸 교수가 그를 어디로 데려왔는지 깨달았다. 여기는 덤블도어의 거처가 틀림없었다.

CHAPTER 12

# 폴리주스 마법약

그들은 꼭대기에 다다라 돌계단에서 내려섰다. 맥고나걸 교수가 문을 두드렸다. 문이 조용히 열리자 두 사람은 안으로 들어갔다. 맥고나걸 교수는 해리에게 기다리라고 말하더니 그를 혼자 두고 어디론가 가 버렸다.

해리는 주위를 둘러보았다. 덤블도어의 연구실이 이번 학기에 해리가 가 본 어떤 교수의 연구실보다도 흥미로운 건 분명한 사실이었다. 학교에서 당장 쫓겨날지도 모른다는 생각에 두렵지만 않았다면, 그곳을 둘러보게 된 것만으로도 무척 기뻤을 것이다.

크고 아름다운 둥근 그 방은 작고 기묘한 소리로 가득 차 있었다. 기이한 모양의 은제 기구 여러 개가 가느다란 다리가 달린 탁자 위에서 빙빙 돌면서 이따금씩 작은 연기 뭉치를 뿜어내기도 했다. 벽에는 역대 교장들의 초상화가 가득 걸려 있었는데, 그들은 하나같이 액자 속에서 꾸벅꾸벅 졸고 있었다. 다리에 발톱이 달린 커다란 책상 뒤 선반에는 초라하고 낡아 빠진 마법사 모자가 있었다. 기숙사 배정 모자였다.

해리는 망설였다. 그는 조심스러운 눈길로 벽에 걸린 잠든 마법사들을 바라보았다. 모자를 꺼내 다시 한 번 써 본다고 문제 될 건 없겠지? 그저…… 모자가 그를 맞는 기숙사에 넣었는지 확인하려는 것뿐이었다.

　해리는 가만히 책상을 돌아가 선반에서 모자를 내리고 천천히 머리에 썼다. 모자가 너무 커서, 지난번 썼을 때와 마찬가지로 눈 언저리까지 내려왔다. 해리는 모자 안쪽의 어둠을 뚫어지게 응시하면서 기다렸다. 그때 어떤 작은 목소리가 그의 귀에 속삭였다. "무슨 고민을 그렇게 덮어쓰고 있니, 해리 포터?"

　"어, 응." 해리가 중얼거렸다. "어…… 귀찮게 해서 미안한데, 물어보고 싶은 게 있어서……."

　"내가 너를 맞는 기숙사에 넣은 건지 궁금해하고 있구나." 모자가 눈치 빠르게 말했다. "그래…… 너를 배정하기는 유난히 힘들었지. 하지만 그때 말한 그대로야." 해리의 가슴이 두근거리기 시작했다. "넌 정말 슬리데린에서도 잘했을 거야."

　해리는 가슴이 철렁 내려앉는 것을 느꼈다. 그는 모자 끝을 잡고 머리에서 홱 벗겨 냈다. 모자는 지저분하고 빛바랜 모습으로 손에 축 늘어졌다. 해리는 토할 것 같은 기분으로 모자를 다시 선반에 올려놓았다.

　"네가 틀렸어." 해리가 가만히 침묵을 지키는 모자에 대고 큰 소리로 말했다. 모자는 미동도 하지 않았다. 해리는 모자에 시선을 둔 채 천천히 뒤로 물러났다. 그때 뒤에서 웩, 하는 이상한 소리가 들려와 그는 몸을 돌렸다.

　해리는 이 방에 혼자 있는 게 아니었다. 문 뒤 황금 횃대에 털이 반쯤 뽑힌 칠면조처럼 생긴, 나이가 꽤 많아 보이는 새가 앉아 있었다. 해리가 쳐다보자 새는 불길하게 그를 마주 보며 다시 한 번 웩 하는 소리를 냈다. 해리는 새가 많이 아파 보인다고 생각했다. 두 눈은 흐렸고 해리가 지켜보는 사이에도 꼬리 깃 두어 개가 더 빠졌다.

　해리는 덤블도어의 새가 자기랑 단둘이 이 연구실에 있다가 죽기만 하면 딱이겠다고 생각했다. 그때 갑자기 새가 불꽃을 일으키며 타오르기 시작했다.

　해리는 너무 놀란 나머지 소리를 지르며 책상 쪽으로 물러났다. 혹시 물이 담긴 컵이라도 있는지 주위를 둘러봤지만 찾을 수 없었다. 그러는 사이 새는 불덩어리가 되었다. 새가 한 차례 크게 소리를 높이더니, 다음 순간에는 바닥에 연기 나는 잿더미만 남았다.

　연구실 문이 열렸다. 덤블도어가 매우 침울한 얼굴로 들어왔다.

　"교수님." 해리가 헐떡거리며 말했다. "교수님의

새가…… 저는 아무것도 할 수 없었어요. 그냥 불이 붙어서…….”

놀랍게도 덤블도어는 미소를 머금었다.

"그럴 때가 됐지." 덤블도어가 말했다. "며칠 동안 끔찍한 몰골을 하고 있기에 이제 앞으로 나아가야 한다고 말해 주고 있었단다."

그는 해리의 얼굴에 떠오른 어리둥절한 표정을 보고 빙긋 웃었다.

"폭스는 불사조란다, 해리. 불사조들은 죽을 때가 되면 불에 확 타올랐다가 잿더미 속에서 다시 태어나지. 한번 지켜보거라……."

해리는 때마침 시선을 내려 갓 태어난 작고 쭈글쭈글한 새가 잿더미에서 머리를 내미는 모습을 보았다. 늙은 새만큼이나 못생긴 새였다.

"'타오르는 날'에 녀석을 보다니 유감이구나." 덤블도어가 책상 뒤에 자리를 잡고 앉으며 말했다. "사실 굉장히 잘생긴 녀석이거든. 멋들어진 빨간색과 황금색 깃털을 가졌지. 불사조는 매혹적인 생명체란다. 엄청나게 무거운 짐도 나를 수 있고 눈물에는 치유의 힘이 깃들어 있는 대단히 충실한 반려동물이지."

해리는 폭스가 불타는 것을 본 충격 탓에 그곳에 온 이유를 잠시 잊었지만, 덤블도어가 책상 뒤 높은 등받이 의자에 앉아 꿰뚫는 듯한 하늘색 눈으로 빤히 바라보자 모든 게 다시 떠올랐다.

하지만 덤블도어가 무슨 말을 꺼내기도 전에 연구실 문이 큰 소리를 내며 벌컥 열리더니 해그리드가 뛰어 들어왔다. 그의 두 눈은 흥분되어 있었고, 덥수룩한 검은색 머리카락 위에는 털모자가 얹혀 있었으며, 한 손에는 여전히 죽은 수탉이 달랑거리고 있었다.

"해리가 한 짓이 아닙니다, 덤블도어 교수님!" 해그리드가 다급히 소리쳤다. "해리는 그 아이가 발견되기 직전에 저랑 이야기하고 있었어요. 해리한테는 그럴 시간이 없었습니다, 교수님……."

덤블도어가 무언가 말하려고 했지만 해그리드는 계속 부르짖었다. 그가 흥분해서 수탉을 마구 흔드는 바람에 사방에 닭 털이 날렸다.

"……해리가 그랬을 리 없어요. 필요하다면 제가 마법 정부에 가서 증언하겠습니다……."

"해그리드, 난……."

"……엉뚱한 아이를 붙잡으신 거예요, 교수님. 제가 알기로 해리는 절대……."

"해그리드!" 덤블도어가 큰 소리로 그의 말을 막았다. "나는 해리가 그 사람들을 공격했다고 생각하는 게 아니네."

"아." 해그리드가 수탉을 옆으로 축 늘어뜨리며 말했다. "그렇군요. 그럼, 밖에서 기다리겠습니다, 교장 선생님."

그러더니 해그리드는 창피한 듯 연구실 밖으로 뛰어나갔다.

"제가 그랬다고 생각하지 않으신다고요, 교수님?" 덤블도어가 책상에서 닭 털을 털어 내는 동안 해리가 기대감에 차서 물었다.

"그래, 해리. 그렇게 생각하지 않는다." 그렇게 말하면서도 덤블도어의 얼굴은 다시 침울해져 있었다. "그래도 너와 이야기 나누고 싶구나."

덤블도어가 긴 손가락 끝을 한데 모으고 유심히 바라보는 동안 해리는 초조하게 기다렸다.

"나한테 뭔가 할 말은 없니, 해리?" 그가 부드러운 목소리로 말했다. "어떤 얘기라도 말이다."

해리는 무슨 말을 해야 할지 알 수 없었다. 말포이가 "다음은 너희 차례다, 머드블러드들아!"라고 소리쳤던 일과 울보 머틀의 화장실에서 부글부글 끓고 있는 폴리주스 마법약이 떠올랐다. 그다음에는 두 차례 들었던 형체 없는 목소리와 론이 한 말이 생각났다. '아무도 못 듣는 목소리를 듣는 건 좋은 징조가 아냐, 마법사 세계에서도.' 모두가 그에 관해 떠들어 대는 이야기도, 그 자신이 살라자르 슬리데린과 어떤 식으로든 연관되어 있을지 모른다는 불안감이 점점 커지고 있다는 사실도 떠올렸지만……

"아뇨." 해리가 말했다. "드릴 얘기 없는데요, 교수님."

저스틴과 목이 달랑달랑한 닉이 동시에 공격받은 일은 지금까지의 불안을 진정한 공포로 바꾸어 놓기에 충분했다. 묘하게도, 사람들은 무엇보다 목이 달랑달랑한 닉이 그렇게 된 것 때문에 더 걱정하는 것 같았다. 사람들은 도대체 어떤 존재가 유령한테 그런 짓을 할 수 있는지를 서로에게 물었다. 대체 어떤 끔찍한 힘이 이미 죽은 사람을 해칠 수 있단 말인가? 학생들 대다수가 크리스마스 연휴를 집에서 보내려고 앞다퉈 호그와트 급행열차 표를 예매했다.

"이대로 가다간 우리만 남겠는데." 론이 해리와 헤르미온느에게 말했다. "우리랑 말포이, 크래브, 고일. 얼마나 즐거운 연휴가 되려는지."

항상 말포이가 하는 대로 따라 하는 크래브와 고일도 연휴 동안 학교에 남겠다고 이름을 올렸다. 해리는 학생들 대부분이 떠나는 것이 오히려 반가웠다. 사람들이 해리 입에서 불쑥 송곳니가 돋거나 독이 쏘아져 나오기라도 할 것처럼 복도에서 그를 피하는 것도 지긋지긋했고, 지나갈 때마다 수군거리고 손가락질하며 숨죽여 말하는 소리에도 진저리가 났다.

하지만 프레드와 조지는 이 모든 걸 아주 재미있어했다. 그들은 굳이 해리 앞에서 복도를 행진하며 이렇게 소리쳤다. "극악무도한 마법사 슬리데린의 후계자님 나가신다, 길을 비켜라……."

퍼시는 이런 행동을 몹시 탐탁잖게 여겼다.

"웃을 일이 아니야." 그가 차갑게 말했다.

"아, 비켜, 퍼시." 프레드가 말했다. "해리는 바쁘단 말이야."

"맞아, 지금 송곳니가 난 하인이랑 차 한잔 마시려고 사방을 물어뜯으면서 비밀의 방으로 가는 중이야." 조지가 깔깔거리며 말했다.

지니도 이런 걸 재미있어하지 않았다.

"아, *하지 마*." 지니는 프레드가 해리에게 큰 소리로 다음엔 누구를 공격할 계획이냐고 물을 때라든가, 해리와 마주친 조지가 커다란 마늘 한 쪽으로 그를 쫓으려 할 때마다 울부짖었다.

해리는 기분 나쁘지 않았다. 적어도 프레드와 조지는 해리가 슬리데린의 후계자라는 발상 자체를 무척 터무니없게 여긴다는 뜻이었기에 오히려 기분이 나아졌다. 하지만 드레이코 말포이는 프레드와 조지의 익살에 부아가 치미는 모양인지, 그들이 그런 장난을 치는 광경을 볼 때마다 갈수록 표정이 일그러졌다.

"그 후계자가 사실은 자기라는 걸 말하고 싶어서 *미치겠는 거지*." 론이 뻔하지 않느냐는 듯 말했다. "걔는 누가 자기보다 잘난 걸 끔찍하게 싫어하잖아. 그런데 더러운 일은 자기가 다 하고, 인정은 네가 받고 있으니."

"얼마 안 남았어." 헤르미온느가 흡족한 듯 말했다. "폴리주스 마법약이 거의 완성됐어. 언제라도 걔한테서 진실을 알아낼 수 있을 거야."

마침내 학기가 끝났다. 성에는 땅에 쌓인 눈만큼이나 깊은 침묵이 내려앉았다. 해리는 그것이 우울하게 느껴지기보다는 평화로웠고, 헤르미온느, 위즐리 형제와 함께 그리핀도르 탑을 마음껏 돌아다닐 수 있어서 즐거웠다. 그 말은, 누구에게도 피해를 주지 않고 시끄럽게 폭발하는 카드 게임을 할 수 있고 몰래 결투 연습도 할 수 있다는 뜻이었다. 프레드와 조지, 지니는 위즐리 부부와 함께 이집트에 있는 빌을 만나러 가는 대신 학교에 머물기로 했다. 그들이 하는 짓이 유치하다며 탐탁잖아하는 퍼시는 그리핀도르 휴게실에서 시간을 보내는 일이 거의 없었다. *그는* 자기가 크리스마스 연휴에 학교에 남는 건 단지 이토록 힘든 시기에 교수님들을 돕는 것이 반장의 의무이기 때문이라고 이미 잘난 척을 한 뒤였다.

크리스마스 아침이 차갑고 하얗게 밝아 왔다. 기숙사 침실에 단둘이 남아 있던 해리와 론은, 옷을 완전히 갖춰 입고 두 사람에게 줄 선물을 들고 뛰어 들어온 헤르미온느 덕분에 매우 일찍 잠에서 깨고 말았다.

"일어나." 헤르미온느가 큰 소리로 말하며 창문 커튼을 열어젖혔다.

"헤르미온느…… 넌 여기 들어오면 안 돼." 론이 햇빛에 눈을 가리며 말했다.

"그래, 너도 메리 크리스마스." 헤르미온느가 말하며 론에게 선물을 던졌다. "나는 마법약에 풀잠자리를 더 넣느라 한 시간쯤 전에 일어났어. 약이 준비됐어."

그 말에 갑자기 정신이 번쩍 든 해리가 몸을 일으켜 앉았다.

"정말?"

"그래." 헤르미온느가 론이 키우는 쥐 스캐버스를 치우고 해리의 침대 끝에 앉으며 말했다. "할 거면 오늘 밤에 해야 해."

그 순간 헤드위그가 부리에 조그만 소포를 물고 방 안으로 날아들었다.

"안녕." 헤드위그가 자기 침대에 내려앉자 해리가 기분 좋은 듯 말했다. "이제 다시 나랑 얘기하는 거야?"

헤드위그가 애정의 표시로 해리의 귀를 살짝 깨물었다. 해리한테는 헤드위그가 가져온 물건보다 그것이 훨씬 좋은 선물이었다. 소포는 더즐리 부부가 보낸 선물이었는데, 이쑤시개와 함께 여름방학에도 호그와트에 머물 방법을 찾아보라는 내용의 편지가 들어 있었다.

나머지 크리스마스 선물들은 훨씬 만족스러웠다. 해그리드는 커다란 깡통에 담긴 당밀 퍼지를 보내 주었는데, 먹기 전에 먼저 불에 녹여야겠다는 생각이 들었다. 론은 자기가 가장 좋아하는 퀴디치 팀에 관한 흥미로운 사실들이 담긴 《캐넌스와의 비행》이라는 책을 주었다. 헤르미온느는 화려한 독수리 깃펜을 사 주었다. 마지막 선물을 열자 위즐리 부인이 보낸 직접 짠 새 스웨터와 커다란 자두 케이크가 나왔다. 해리는 후려치는 버드나무와 충돌한 이래 사라져 버린 위즐리 씨의 자동차와 그와 론이 앞으로 위반할 교칙 한 무더기를 떠올리고 새삼 죄책감이 솟구치는 것을 느끼며 위즐리 부인의 카드를 꺼냈다.

누구도, 곧 폴리주스 마법약을 마실 생각에 두려워하고 있는 사람조차도, 호그와트의 크리스마스 연회를 즐기지 않을 수 없었다.

대연회장은 참으로 아름다웠다. 서리로 뒤덮인 열 그루가 넘는 크리스마스트리와 천장을 열십자로 가로지르고 있는 호랑가시나무며 겨우살이 장식은 말할 것도 없고, 천장에서 내리는 따뜻하고 보송보송한 마법의 눈도 그랬다. 사람들은 덤블도어의 주도로 그가 가장 좋아하는 캐롤 몇 곡을 따라 불렀고, 해그리드는 에그노그(알코올성 음료에 달걀과 설탕, 우유를 섞은 술—옮긴이)를 한 잔씩 더 마실 때마다 더욱 큰 소리로 노래를 불렀다. 퍼시는 프레드가 마법으로 배지의 '반장'을 '바보'로 바꿔 놓은 것을 알아채지 못한 채 모두에게 계속 뭘 보고 낄낄거리느냐고 물었다. 슬리데린 식탁에서 드레이코 말포이가 해리의 새 스웨터를 큰 소리로 헐뜯었지만 그것조차 신경 쓰이지 않았다. 운만 조금 따라 준다면 말포이는 몇 시간 내로 마땅한 벌을 받게 될 테니까.

해리와 론이 각자 세 개째의 크리스마스 푸딩을 다 먹기 무섭게 헤르미온느가 그들을 대연회장 바깥으로 데리고 나가 그날 저녁의 계획을 마무리 지었다.

"변신할 사람의 신체 일부가 필요해." 헤르미온느가 사무적으로 말했다. 마치 슈퍼마켓에 가서 세제를 사 오라는 투였다. "그리고 당연한 얘기지만 크래브와 고일의 신체 일부를 가져오는 게 가장 좋을 거야. 걔들은 말포이의 가장 친한 친구고, 말포이는 걔들한테 뭐든지 말할 테니까. 또 우리가 말포이를 취조하는 동안 진짜 크래브하고 고일이 불쑥 나타나는 일이 없도록 확실히 해 둘 필요가 있어. 내가 다 생각해 놨어." 헤르미온느는 해리와 론의 멍한 표정을 무시하고 아무렇지도 않게 말을 이었다. 그녀가 두툼한 초콜릿 케이크 두 개를 들어 보였다. "여기에 간단한 수면 물약을 넣어 놨거든. 너희는 크래브하고 고일이 이걸 발견하도록 만들면 돼. 너희도 걔들이 얼마나 식탐이 많은지 알지? 반드시 먹을 거야. 그 두 사람이 잠들면 머리카락 몇 가닥만 뽑고 걔들은 빗자루를 보관하는 벽장에다 숨겨."

해리와 론은 믿을 수 없다는 듯 서로 시선을 주고받았다.

"헤르미온느, 그건 좀……."

"일이 심각해질 수도……."

하지만 헤르미온느의 눈에는 맥고나걸 교수가 가끔 그러듯 강철 같은 빛이 감돌고 있었다.

"크래브와 고일의 머리카락이 없으면 마법약은 아무 쓸모가 없어." 그녀가 고집스럽게 말했다. "너희는 말포이를 조사하고 *싶지 않아?*"

"어휴, 알았어, 알았어." 해리가 말했다. "근데 넌? 너는 누구 머리카락을 뽑을 건데?"

"내 건 이미 가지고 있어!" 헤르미온느가 쾌활하게 말하며 주머니에서 작은 병을 하나 꺼내 그 안에 들어 있는 머리카락 한 가닥을 보여 주었다. "내가 결투 동아리에서 밀리선트 벌스트로드랑 몸싸움했던 것 기억나? 걔가 내 목을 조를 때 이게 내 로브에 묻었어! 그리고 걔는 크리스마스 연휴 동안 집에 가 있지. 슬리데린 애들을 만나면 그냥 학교에 돌아오기로 했다고 말하면 돼."

헤르미온느가 부산을 떨며 폴리주스 마법약을 다시 한 번 확인하러 가자 론이 불길함 가득한 표정으로 해리를 돌아보았다.

"잘못될 가능성이 이렇게 많은 계획, 들어 본 적 있어?"

하지만 해리와 론에게는 굉장히 놀랍게도, 작전 1단계는 헤르미온느가 말한 그대로 순조롭게 진행되었다. 그들은 크리스마스 차를 마신 뒤 텅 빈 현관홀을 어슬렁거리며, 슬리데린 식탁에 단둘이 남아 트라이플을 네 접시째 먹어 치우고 있는 크래브와 고일을 기다렸다. 해리는 계단 난간 끝에 초콜릿 케이크를 얹어 두었다. 해리와 론은 크래브와 고일이 대연회장에서 나오는 것을 보고 재빨리 정문 현관 옆에 있는 갑옷 뒤에 숨었다.

"너희는 대체 얼마나 멍청해질 수 있는 거냐?" 크래브가 아주 좋아하면서 고일에게 케이크를 가리켜 보인 뒤 집어 들자 론이 환희하다시피 하며 속삭였다. 크래브와 고일은 멍청하게 씩 웃으며 케이크를 큰 입에 한꺼번에 욱여넣었다. 그들은 잠깐 동안 득의양양한 표정으로 게걸스럽게 케이크를 먹어 대더니 조금의 표정 변화도 없이 바닥에 벌러덩 쓰러졌다.

가장 어려운 일은 그들을 현관홀 맞은편 벽장에 숨기는 것이었다. 일단 그들을 양동이와 대걸레 사이에 안전하게 집어넣은 다음, 해리는 고일의 이마에 흘러내린 짧고 뻣뻣한 머리카락 한두 가닥을 뽑고 론은 크래브의 머리카락을 몇 가닥 뽑았다. 크래브와 고일의 발에 비해 둘이 신고 있는 신발이 너무 작았기 때문에 신발도 가져갔다. 잠시 후, 두 사람은 방금 자신들이 해낸 일에 어안이 벙벙해진 채 울보 머틀의 화장실을 향해 전속력으로 달려갔다.

헤르미온느가 들어가 솥을 젓고 있는 화장실 칸에서 짙은 검은색 연기가 뿜어져 나와 앞이 보이지 않을 지경이었다. 해리와 론은 로브를 끌어당겨 코와 입을 막고 살며시 문을 두드렸다.

"헤르미온느?"

잠금장치가 끽끽거리는 소리가 나더니 땀으로 번들거리는 얼굴에 불안한 표정을 띤 헤르미온느가 나타났다. 헤르미온느 뒤에서 당밀처럼 걸쭉한 마법약이 '부글부글' 끓는 소리가 들렸다. 손잡이 없는 컵 세 개가 변기 뚜껑 위에 준비되어 있었다.

"구했어?" 헤르미온느가 숨죽여 물었다.

해리가 고일의 머리카락을 보여 주었다.

"좋아. 그리고 내가 세탁실에서 몰래 여벌 로브를 가져왔거든." 헤르미온느가 작은 자루를 들어 올리며 말했다. "크래브와 고일이 되면 더 큰 옷이 필요할 테니까."

세 사람은 솥을 들여다보았다. 가까이에서 보니 마법약은 느럭느럭 부글거리는 어두운 색깔의 걸쭉한 진흙 같았다.

"난 모든 재료가 제대로 들어갔다고 확신해." 헤르미온느가 긴장한 채 《최강의 마법약》을 펼쳐 얼룩이 져 있는 페이지를 다시 읽으며 말했다. "책에도 이런 모양이 되어야 한다고 나와 있어. ……일단 약을 마시면 정확히 한 시간 뒤에 본모습으로 돌아올 거야."

"이제 뭘 하면 돼?" 론이 속삭였다.

"약을 잔 세 개에 나눠 담은 다음 머리카락을 넣어야지."

헤르미온느는 유리잔 하나하나에 마법약을 듬뿍 퍼 담았다. 그런 다음, 떨리는 손으로 병에서 밀리선트 벌스트로드의 머리카락을 꺼내 첫 번째 유리잔에 넣었다.

마법약이 끓는 주전자처럼 요란하게 쉭쉭거리더니 마구 거품을 일으켰다. 잠시 뒤 그것은 역겨운 노란색 비슷한 색깔로 변했다.

"으웩. 밀리선트 벌스트로드 진액이네." 론이 혐오감 어린 눈으로 그것을 보며 말했다. "맛도 역겨울 게 뻔해."

"이제 너희 것도 넣어." 헤르미온느가 말했다.

해리가 고일의 머리카락을 가운데 잔에 떨어뜨리자 론은 남은 잔에 크래브의 머리카락을 넣었다. 두 유리잔 모두 쉭쉭거리며 거품을 일으켰다. 고일의 것은 코딱지 같은 카키색으로 변했고 크래브 것은 어둡고 칙칙한 갈색이 되었다.

"잠깐만." 론과 헤르미온느가 유리잔으로 손을 뻗자 해리가 말했다. "셋 다 여기에서 마시면 안 될 것 같아. 우리가 크래브와 고일로 변하면 너무 좁을 거야. 밀리선트 벌스트로드도 픽시는 아니고."

"좋은 생각이네." 론이 잠금장치를 풀며 말했다. "각자 다른 칸에 들어가자."

해리는 폴리주스 마법약을 한 방울도 흘리지 않으려고 조심하면서 가운데 칸으로 들어갔다.

"준비됐어?" 해리가 소리쳤다.

"응." 론과 헤르미온느의 목소리가 들렸다.

"하나…… 둘…… 셋……."

해리는 코를 잡은 채 두 번 크게 꿀꺽꿀꺽 마법약을 삼켰다. 너무 오래 삶은 양배추 맛이 났다.

다음 순간, 마치 살아 있는 뱀을 막 삼키기라도 한 듯 속이 뒤틀리기 시작했다. 해리는 허리를 구부린 채 토할지도 모르겠다고 생각했다. 곧이어 화끈거리는 감각이 뱃속에서부터 손가락과 발가락 끝까지 빠르게 번졌다. 다음 순간 해리는 네 발로 기면서 헐떡거렸다. 온몸의 피부가 뜨거운 밀랍처럼 끓다가 녹아내리는 끔찍한 느낌이 그를 덮쳤다. 눈앞에서 손이 커지고, 손가락이 굵어지고, 손톱이 넓어지고, 손마디가 나사못처럼 튀어나오기 시작했다. 어깨가 아프도록 쫙 펴졌고, 이마의 깔끄러운 느낌으로 머리카락이 눈썹 위까지 내려왔다는 것을 알 수 있었다. 나무통이 부풀어 올라 그 둘레를 감아 놓은 금속 테를 터뜨리듯, 가슴이 부풀어 오르더니 로브가 찢어졌다. 네 치수나 작은 신발 때문에 발이 아프기 시작했다…….

모든 것은 시작했을 때처럼 갑작스럽게 멈췄다. 해리는 차가운 돌바닥에 엎드려, 머틀이 맨 끝의 칸 변기 위에서 우울하게 꾸르륵거리는 소리를 들었다. 그는 힘겹게 신발을 벗어 던지고 바닥에서 일어났다. 그러니까 이런 기분이구나, 고일이 되는 건. 그는 큼직한 손을 떨면서 발목 30센티미터 위에서 달랑거리는 로브를 벗고 여벌 로브를 입은 다음 고일의 나룻배 같은 신발 끈을 묶었다. 시야를 희미하게 가린 머리카락을 쓸어 올리려고 손을 들었지만, 이마에서는 짧고 빳빳한 털만 만져졌다. 그제야 해리는 시야가 뿌연 게 안경 때문이었음을 깨달았다. 고일한테는 안경이 필요 없는 것이 분명했다. 해리는 안경을 벗고 소리쳤다. "너희 둘 다 괜찮아?" 그의 입에서 톤이 낮고 귀에 거슬리는 고일의 목소리가 튀어나왔다.

"응." 오른쪽에서 크래브가 나직이 툴툴거리는 소리가 들렸다.

해리는 문을 열고 깨진 거울 앞으로 걸어갔다. 고일이 멍청하고 움푹 꺼진 눈으로 그를 마주 보았다. 해리가 귀를 긁었다. 고일도 그렇게 했다.

론이 들어간 칸막이 문이 열렸다. 그들은 서로를 뚫어지게 바라보았다. 하얗게 질리고 충격받은 표정만 빼면, 론은 바가지 머리부터 고릴라처럼 긴 팔까지 크래브와 전혀 구분되지 않았다.

"이거 믿어지지가 않네." 론이 거울로 다가가 크래브의 납작한 코를 눌러 보며 말했다. "믿을 수가 없어."

"가야 돼." 해리가 고일의 두꺼운 손목을 조이던 손목시계를 느슨하게 풀면서 말했다. "슬리데린 휴게실이 어딘지 알아내야 하니까. 따라갈 만한 사람이 있으면 좋겠는데……."

해리를 뚫어지게 바라보던 론이 말했다. "고일이 *생각*이라는 걸 하는 모습을 보는 게 얼마나 이상한지 넌 모를 거야." 그가 헤르미온느가 있는 칸의 문을 두드렸다. "빨리 나와, 가야 돼……."

높은 음의 목소리가 대답했다. "나, 난 어차피 못 가. 나 빼고 너희끼리 가."

"헤르미온느, 밀리선트 벌스트로드가 못생겼다는 건 우리도 다 알아. 그게 너라는 건 아무도 모를 거야."

"아니, 정말로…… 못 갈 것 같아. 너희야말로 서둘러. 시간이 가고 있잖아."

해리는 어리둥절해서 론을 바라보았다.

"그게 더 고일 같다." 론이 말했다. "교수님이 질문할 때마다 딱 그런 표정이잖아."

"헤르미온느, 괜찮아?" 해리가 문에 대고 물었다.

"괜찮아, 난 괜찮아……. 어서 가."

해리는 손목시계를 보았다. 귀중한 60분 중 벌써 5분이 지났다.

"여기서 다시 만나자. 알았지?" 그가 말했다.

해리와 론은 조심스럽게 화장실 문을 열고 아무

도 없는 걸 확인한 다음 출발했다.

"팔 그렇게 휘두르지 마." 해리가 론에게 작은 소리로 뭐라고 했다.

"응?"

"크래브는 뭐랄까, 팔을 뻣뻣하게 하고 다니잖아……."

"이렇게?"

"그래, 훨씬 낫다."

그들은 대리석 계단을 내려갔다. 휴게실까지 쫓아갈 슬리데린 학생만 있으면 되는데 주위에는 아무도 없었다.

"좋은 방법 있어?" 해리가 중얼거렸다.

"슬리데린 애들은 항상 저쪽에서 아침을 먹으러 오던데." 론이 지하 감옥 입구 쪽을 고갯짓하며 말했다. 론이 그 말을 하기 무섭게 긴 곱슬머리 여학생이 지하 감옥 입구에서 나타났다.

"저기." 론이 허둥지둥 그녀 쪽으로 다가가 말을 걸었다. "우리 휴게실로 가는 길을 까먹어서 그러는데."

"뭐라고?" 여학생이 딱딱하게 말했다. "우리 휴게실? 나는 래번클로야."

그녀는 수상하다는 듯 그들을 돌아보면서 가 버렸다.

해리와 론은 다급히 돌계단을 내려가 어둠 속으로 들어갔다. 크래브와 고일의 커다란 발이 바닥을 디딜 때마다 유난히 시끄러운 소리가 울려 퍼졌다. 기대만큼 일이 쉽게 풀리진 않을 것 같았다.

미로 같은 통로는 텅 비어 있었다. 그들은 학교 밑으로 점점 더 깊숙이 들어가면서 끊임없이 손목시계를 들여다보며 시간이 얼마 남았는지 확인했다. 15분 뒤, 막 자포자기하는 마음이 들 때쯤 갑자기 앞에서 뭔가 움직이는 소리가 들렸다.

"하!" 론이 흥분해서 소리쳤다. "이제야 한 명 찾았네!"

옆에 있는 방에서 사람의 형체가 나오고 있었다. 하지만 다급히 다가간 순간 그들은 가슴이 철렁 내려앉는 것을 느꼈다. 슬리데린 학생이 아니라 퍼시였던 것이다.

"여기서 뭐 해?" 론이 놀라서 물었다.

퍼시는 모욕이라도 당한 듯한 표정이었다.

"그거야" 하고, 그가 뻣뻣하게 말했다. "네가 알 바 아니지. 크래브, 맞지?"

"무슨…… 아, 응." 론이 말했다.

"자, 너희 기숙사로 돌아가." 퍼시가 완고한 말투로 말했다. "요즘 같은 때 어두운 복도를 돌아다니는 건 위험해."

"그러는 넌." 론이 지적했다.

"난" 하고, 퍼시가 가슴을 쫙 편 채 말했다. "반장이야. 그 무엇도 감히 날 공격하진 못해."

갑자기 해리와 론 뒤에서 어떤 목소리가 울렸다. 드레이코 말포이가 어슬렁거리며 걸어오고 있었다. 그가 반갑게 느껴지기는 또 처음이었다.

"여기 있었네." 말포이가 그들을 보며 거만한 어조로 느릿느릿 말했다. "여태까지 대연회장에서 처먹고 있었냐? 너희를 찾고 있었어, 진짜 우스운 걸 보여 주려고."

말포이가 깔보는 듯한 눈으로 퍼시를 힐끗 쳐다보았다.

"근데 넌 여기까지 내려와서 뭐 하냐, 위즐리?" 말포이가 비웃으며 말했다.

퍼시는 화가 난 듯했다.

"반장한테 좀 더 공손하게 구는 게 좋을 텐데!"

그가 말했다. "태도가 그게 뭐야!"

말포이는 피식 웃더니 해리와 론에게 따라오라고 손짓했다. 해리는 하마터면 퍼시에게 사과 비슷한 말을 할 뻔했지만 아슬아슬하게 참았다. 그는 론과 함께 허둥지둥 말포이를 따라갔다. 다음 통로에 접어들었을 때 말포이가 입을 열었다. "저놈의 피터 위즐리……."

"퍼시야." 론이 무심코 말포이의 말을 바로잡아 주었다.

"뭐든 간에." 말포이가 말했다. "요즘 들어 저 녀석이 살금살금 돌아다니는 걸 자주 봤어. 무슨 꿍꿍이인지는 뻔하지. 자기 혼자서 슬리데린의 후계자를 잡으려는 거야."

그는 경멸감을 섞어 짧게 웃었다. 해리와 론은 흥분한 눈길을 주고받았다.

말포이는 아무 장식 없이 쭉 뻗은 축축한 돌벽 근처에 멈춰 섰다.

"새 암호가 뭐였지?" 그가 해리에게 물었다.

"어……" 하고, 해리가 말했다.

"아 그래, 순수 혈통!" 말포이가 해리의 대답은 들을 생각도 않고 말하자, 벽 속에 숨겨져 있던 돌문이 스르르 열렸다. 해리와 론은 우쭐대며 안으로 들어가는 말포이를 뒤따라 들어갔다.

지하에 있는 슬리데린 휴게실은 사방이 거친 놀벽으로 둘러싸이고 천장이 나지막한 긴 방이었다. 천장에는 초록빛의 둥그런 등불이 쇠사슬에 매달려 있었다. 저 앞 정교한 무늬가 조각된 벽난로에서 불꽃이 타닥타닥 타오르고 있었고, 그 주위로 세공된 의자에 앉아 있는 슬리데린 학생 몇 명의 윤곽이 보였다.

"너희는 여기서 기다려." 말포이가 난로에서 떨어진 곳에 있는 빈 의자 두어 개를 손짓하며 해리와 론에게 말했다. "가서 가져올게. 아버지가 방금 보내 줬어."

해리와 론은 말포이가 무엇을 보여 주려는지 궁금해하면서 최대한 편안한 척 자리에 앉아 있었다.

잠시 후 말포이가 오려 낸 신문기사 같은 것을 들고 돌아와 론의 코앞에 내밀었다.

"보면 웃을걸." 그가 말했다.

해리는 론의 두 눈이 충격을 받아 휘둥그레지는 모습을 보았다. 론은 오려 낸 신문 기사를 빠르게 읽고 매우 억지스러운 웃음을 짓더니 해리에게 건네주었다.

그것은 《예언자일보》에서 잘라 낸 기사로 이런 내용이 담겨 있었다.

## 마법 정부의 조사

오늘, 머글 자동차에 마법을 건 혐의로 머글 제품 오용 관리과 과장인 아서 위즐리에게 50갈레온의 벌금형이 선고되었다.

마법에 걸린 문제의 자동차는 올해 초 호그와트 마법학교에서 사고를 일으켰으며, 해당 학교 이사인 루시우스 말포이 씨는 오늘 위즐리 씨의 사임을 요구했다.

"위즐리는 마법 정부의 명예를 실추시켰습니다." 말포이 씨가 본지 기자에게 말했다. "그는 법안을 만드는 데 부적합한 인물임이 명백하므로, 그가 만든 우스꽝스러운 머글 보호법은 즉각 폐기되어야 합니다."

위즐리 씨는 이에 대해 어떠한 해명도 내놓지 않았으나, 위즐리 부인은 당장 꺼지지 않으면 집에 있는 굴을 풀어놓겠다고 기자들을 위협했다.

"어때?" 해리가 신문 기사를 돌려주자 말포이가 재촉하듯 물었다. "웃기지 않냐?"

"하, 하." 해리가 음울하게 웃었다.

"아서 위즐리는 머글이 그렇게 좋으면 마법 지팡이를 반 토막 내고 가서 머글들하고 살 것이지." 말포이가 경멸하듯 말했다. "위즐리네 인간들이 순수 혈통이라는 걸 누가 믿겠어? 그 인간들 하는 짓을 좀 봐."

론의 얼굴, 아니 크래브의 얼굴이 분노로 일그러졌다.

"너 대체 왜 그래, 크래브?" 말포이가 쏘아붙이듯 물었다.

"배가 아파서." 론이 앓는 소리를 했다.

"그럼, 병동에 가서 나 대신 그 머드블러드 놈들 전부 한 번씩 걷어차 줘." 말포이가 낄낄거리며 말했다. "나 참, 이 습격 사건들이 아직 《예언자일보》에 실리지 않았다니 놀라워." 말포이는 생각에 잠긴 채 말을 이었다. "내 생각엔 덤블도어가 모든 걸 덮으려고 하는 것 같아. 이 일이 하루 빨리 멈추지 않으면 짐을 싸야 할 테니까. 아버지는 항상 이 학교에서 가장 골칫거리는 덤블도어라고 하셨어. 덤블도어는 머글 태생들을 사랑하잖아. 정신이 제대로 박힌 교장이라면 크리비 같은 쓰레기를 받아 주지 않았을 텐데."

말포이가 상상 속의 카메라로 사진을 찍으며 콜린을 흉내 내기 시작했는데, 그 모습이 지독할 만큼 똑같았다. "포터, 네 사진 좀 찍어도 되니, 포터? 네 사인 받아도 돼? 네 신발 핥아도 돼? 제발, 포터!"

그는 양손을 축 늘어뜨리더니 해리와 론을 바라보았다.

"너희 둘, 대체 *뭐가* 문제야?"

해리와 론이 뒤늦게 억지로 웃었으나 말포이는 그걸로 만족한 것 같았다. 아마 크래브와 고일은 항상 이해가 더딘 모양이었다.

"성자 포터, 머드블러드의 친구." 말포이가 심드렁한 목소리로 말을 이었다. "걔도 마법사 정신이 제대로 박힌 놈은 아니야. 그렇지 않고서야 그 잘난 척하는 머드블러드 그레인저랑 같이 다닐 리 없잖아. 그런데도 다들 *걔가* 슬리데린의 후계자라고 생각하다니!"

해리와 론은 숨을 죽이고 기다렸다. 몇 초만 있으면 말포이는 자기가 바로 그 슬리데린의 후계자라고 이야기할 것이다. 하지만 그때……

"나도 그 사람이 누군지 알았으면 좋겠다." 말포이가 심통 사납게 말했다. "그럼 내가 도와줄 수 있을 텐데."

론이 입을 쩍 벌리는 바람에 크래브의 얼굴은 평소보다 더 우둔해 보였다. 다행히 말포이는 알아채지 못했고, 해리가 얼른 머리를 굴리고는 말했다. "너는 이 모든 일의 배후에 누가 있는지 조금은 알 거 아냐……."

"모른다는 거 알잖아, 고일. 도대체 몇 번을 말해 줘야 되냐?" 말포이가 쏘아붙였다. "아버지는 먼젓번 비밀의 방이 열렸을 때 얘기도 절대 안 해 주신단 말이야. 물론 50년 전 일이니까 아버지가 다닐 때보다도 옛날이긴 한데, 그래도 아버지는 다 알고 있어. 그 일에 관한 것은 모두 비밀에 부쳐졌으니, 내가 너무 많이 알면 의심받을 거래. 그래도 하나는 알아. 먼젓번 비밀의 방이 열렸을 때 머드블러드 하나가 죽었어. 그러니까 이번에도 걔들 중 하나가 죽

# DRACO

드레이코 말포이

# MALFOY

는 건 시간문제일 거야……. 그게 그레인저였으면 좋겠다." 그가 즐거워하며 말했다.

론은 크래브의 거대한 주먹을 꽉 쥐고 있었다. 론이 말포이를 때렸다가는 단번에 들킬 것 같다는 생각에 해리는 그에게 경고의 눈길을 쏘아 보내고 재빨리 입을 열었다. "먼젓번에 비밀의 방을 열었던 사람은 잡혔어?"

"아, 그럼. 잡혔지……. 누군지는 모르겠지만 퇴학당했어." 말포이가 말했다. "아마 아직도 아즈카반에 있을걸."

"아즈카반이라니?" 해리가 어리둥절한 얼굴로 물었다.

"아즈카반, 마법사 감옥 말이야, 고일." 말포이가 믿을 수 없다는 눈으로 그를 바라보며 말했다. "진짜, 너 그 이상 머리가 안 돌아가다가는 아예 멈추겠다."

말포이가 가만있지 못하고 의자에서 자세를 바꿔 앉으며 말했다. "아버지는 그냥 바짝 엎드려서 슬리데린의 후계자가 하는 일이나 계속 지켜보라고 하셔. 학교에서 머드블러드 쓰레기들을 몰아내야 하는 건 맞지만 거기에 말려들지는 말라는 거지. 물론 지금은 아버지가 처리해야 할 일이 많기도 하고. 지난주에 마법 정부가 우리 집을 불시 단속한 거 알아?"

해리는 억지로나마 고일의 멍청한 얼굴로 염려하는 표정을 지으려고 애썼다.

"그렇다니까……." 말포이가 말했다. "다행히 많이 찾아내지는 못했어. 아버지한테 아주 진귀한 어둠의 마법 관련 물건들이 조금 있거든. 하지만 천만다행으로 거실 바닥 밑에 우리만 아는 비밀 방이 있어서……."

"호오!" 론이 외쳤다.

말포이가 그를 보았다. 해리도 그랬다. 론의 얼굴이 빨개졌다. 머리카락까지 빨개지고 있었다. 코 또한 천천히 길어지고 있었다. 시간이 다 된 것이다. 론은 다시 본래 모습으로 변해 가고 있었고, 그가 갑자기 겁먹은 눈길을 던진 것을 보면 해리도 그러고 있는 게 틀림없었다.

그들은 둘 다 벌떡 일어났다.

"배가 아파서 약을 좀……." 론이 끙 앓는 소리를 내뱉었다. 그들은 말포이가 아무것도 눈치채지 못했기를 바라며 곧바로 슬리데린의 긴 휴게실을 전속력으로 가로질러 돌벽이 있는 곳으로 뛰쳐나온 다음 통로를 질주했다. 해리는 두 발이 고일의 거대한 신발 안에서 미끄러지는 것을 느꼈다. 몸이 줄어드는 바람에 로브를 끌어 올려야 했다. 그들은 요란한 소리를 내면서 현관홀로 달려 올라갔다. 크래브와 고일이 갇혀 있는 벽장 안에서 문을 쿵쿵 두드리는 소리가 희미하게 울려 퍼지고 있었다. 해리와 론은 둘의 신발을 벽장문 앞에 두고 양말만 신은 채 대리석 계단을 올라가 울보 머틀의 화장실로 전력 질주했다.

"뭐, 시간 낭비만 한 건 아니었네." 론이 화장실 문을 닫으며 헐떡거렸다. "누가 습격을 하고 있는지는 알아내지 못했지만, 내일 아빠한테 편지를 써서 말포이네 거실 바닥 밑을 확인하라고 해야겠어."

해리는 깨진 거울에 비친 자신의 얼굴을 확인했다. 본래대로 돌아와 있었다. 그가 안경을 쓰는 사이 론이 헤르미온느가 들어가 있는 칸막이 문을 두드렸다.

"헤르미온느, 나와. 해 줄 얘기가 아주 많……."

"저리 가!" 헤르미온느가 꽥 소리 질렀다.

해리와 론은 서로를 바라보았다.

"왜 그래?" 론이 말했다. "지금쯤이면 너도 본래 모습으로 돌아왔을 거 아냐. 우리는……."

그런데 돌연 울보 머틀이 칸막이 문을 뚫고 미끄러져 나왔다. 해리는 머틀이 그렇게 행복해하는 모습을 본 적은 한 번도 없었다.

"우우우우우우, 이따가 봐 봐." 머틀이 말했다. "끔찍해!"

잠금장치를 미는 소리가 들리더니 헤르미온느가 로브를 끌어 올려 얼굴을 가리고 훌쩍거리며 나타났다.

"왜 그래?" 론이 머뭇거리며 물었다. "아직까지 밀리선트의 코나 뭐 그런 게 붙어 있는 거야?"

헤르미온느가 로브를 내리자 론은 뒷걸음질 치다가 세면대에 부딪치고 말았다.

헤르미온느의 얼굴은 검은색 털로 뒤덮여 있었다. 눈은 노란색이었고, 머리카락 사이로 길고 뾰족한 귀 두 개가 튀어나와 있었다.

"고, 고양이 털이었어!" 헤르미온느가 울부짖었다. "미, 밀리선트 벌스트로드한테 고, 고양이가 있었나 봐! 이 마, 마법약은 동물 변신에 사용해선 안 된단 말이야!"

"아, 이런." 론이 말했다.

"너한텐 *지독한* 별명이 붙을 거야." 머틀이 기분 좋은 듯 말했다.

"괜찮아, 헤르미온느." 해리가 다급히 달래 주었다. "우리가 병동에 데려다줄게. 폼프리 선생님은 너무 많은 걸 묻지 않으니까……."

화장실에서 나가자고 헤르미온느를 설득하기까지 한참 시간이 걸렸다. 울보 머틀이 큰 소리로 깔깔 웃으며 그들의 발걸음을 재촉했다.

"좀만 있어 봐. 다들 너한테 *꼬리*가 있다는 걸 알게 될 테니까!"

CHAPTER 13

# 아주 비밀스러운 일기장

헤르미온느는 몇 주 동안 병동에 머물렀다. 다른 학생들이 크리스마스 연휴를 보내고 학교로 돌아왔을 때 헤르미온느가 보이지 않자 한바탕 소문이 몰아쳤다. 다들 헤르미온느가 습격을 당했다고 생각한 것이다. 수많은 아이들이 헤르미온느를 한번 보려고 줄지어 병동 앞을 지나다니는 바람에, 폼프리 선생은 커튼을 다시 꺼내 헤르미온느의 침대에 달아서 그녀가 털북숭이 얼굴을 보이는 부끄러움을 덜어 주었다.

해리와 론은 매일 저녁 헤르미온느를 보러 갔다. 새 학기가 시작되어 그날그날의 숙제를 그녀에게 전달해 준 것이다.

"나한테 고양이 수염이 났다면 공부 안 하고 쉬었을 거야." 어느 날 저녁 론이 헤르미온느의 침대 옆 탁자에 책을 한 무더기 쏟아 놓으며 말했다.

"바보 같은 소리 하지 마, 론. 따라잡아야지." 헤르미온느가 씩씩하게 말했다. 얼굴에 난 털이 다 사라지고 눈이 천천히 갈색으로 돌아오고 있다는 사실에 기분이 매우 좋은 듯했다. "새로운 단서라도 찾았어?" 헤르미온느가 폼프리 선생이 듣지 못하도록 속삭였다.

"전혀." 해리가 우울하게 말했다.

"난 분명 말포이일 거라고 생각했는데." 론이 백 번쯤 한 말을 또 했다.

"저건 뭐야?" 해리가 헤르미온느의 베개 밑에서 비어져 나온 황금빛 무언가를 가리키며 물었다.

"그냥 회복 기원 카드야." 헤르미온느가 재빨리 말하며 그것을 보이지 않게 밀어 넣으려고 했지만 론이 더 빨랐다. 그는 카드를 빼낸 다음 탁 펼치고 큰 소리로 읽었다.

"그레인저 양의 쾌유를 기원하며. 너를 너무나 걱정하는 교수님이자 3급 멀린 훈장 수훈자이며 어둠의 힘 방어 연맹 명예회원 겸 《주간 마녀》 가장 매력적인 미소 상 5회 연속 수상자, 길더로이 록하트 교수가'."

론이 메스껍다는 표정으로 눈을 들어 헤르미온느를 보았다.

"이걸 베개 밑에 넣고 잔단 말이야?"

하지만 헤르미온느는 때마침 폼프리 선생이 저녁 약을 가지고 나타나는 바람에 대꾸하지 않아도 되었다.

"록하트가 뭐가 좋다고 저러는 거야? 정말 느끼하지 않냐?" 병동을 나선 뒤 그리핀도르 탑으로 향하는 계단을 오르며 론이 해리에게 말했다. 스네이프가 숙제를 너무 많이 내줘서 6학년이 될 때까지도 다 못 할 것 같다고 생각하던 중이었다. 론이 헤르미온느에게 머리카락 곤두세우기 마법약에 쥐의 꼬리를 몇 개나 넣어야 하는지 물어볼 걸 그랬다고 막 얘기하고 있을 때, 위층에서 성난 외침이 터져 나왔다.

"저건 분명 필치 목소린데." 해리가 중얼거렸다. 그들은 서둘러 계단을 올라가 몸을 숨긴 채 귀를 기울였다.

"누가 또 공격당한 건 아니겠지?" 론이 긴장해서 말했다.

그들은 가만히 서서 극도로 흥분한 필치의 목소리가 들려오는 쪽으로 머리를 기울였다.

"……여기서 일을 더 주다니! 이미 할 일이 산더미 같은데 밤새 걸레질이나 하라는 건가! 안 돼, 너이상 못 참겠다. 덤블도어한테 가야겠어……."

발소리가 멀어지더니 멀리서 문이 쾅 하고 닫히는 소리가 들렸다.

그들은 모퉁이에서 고개를 내밀었다. 필치가 평소 망을 보던 자리에서 감시하고 있었던 게 틀림없었다. 그들은 노리스 부인이 공격당했던 바로 그곳에 다시 와 있었다. 그들은 필치가 무엇 때문에 소리를 질렀는지 단번에 알았다. 물이 잔뜩 흘러넘쳐 복도가 절반이나 잠겨 있었던 것이다. 지금도 울보 머틀의 화장실 문 아래로 물이 계속 새어 나오고 있는 것 같았다. 필치의 고함이 그치자, 화장실 벽에 메아리치는 머틀의 울음소리가 들렸다.

"이번엔 또 왜 저래?" 론이 말했다.

"가 보자." 해리가 말했다. 그들은 로브를 발목 위로 들어 올린 채 엄청난 물웅덩이를 지나, 늘 그랬듯 문에 붙은 '고장' 팻말을 무시하고 안으로 들어갔다.

울보 머틀은, 그게 가능한지는 모르겠지만, 평소보다 더 요란하고 더 큰 소리로 울고 있었다. 그녀는 애용하는 변기 밑에 숨어 있는 것 같았다. 벽과 바닥을 적신 세찬 물줄기 탓에 촛불이 꺼져서 화장실은 어두웠다.

"왜 그래, 머틀?" 해리가 물었다.

"거기 누구야?" 머틀이 가련하게 훌쩍거렸다. "나한테 또 뭘 던지려고 왔어?"

그녀가 있는 칸막이까지 물이 흥건한 바닥을 헤치고 다가간 해리가 말했다. "내가 왜 너한테 물건을 던지겠어?"

"그걸 나한테 묻는 거야?" 머틀이 이미 흠뻑 젖은 바닥에 더 많은 물을 튀기며 나타나 소리쳤다. "난 여기서 내 일만 신경 쓰고 있었는데, 누군가는 그런 나한테 책을 던지는 게 재미있다고 생각했나 보지……."

"하지만 누가 너한테 뭘 던져도 다치진 않잖아." 해리가 논리적으로 말했다. "그러니까, 책은 너를 그냥 통과할 거 아니야."

그런 말은 하지 말았어야 했다. 머틀이 숨을 훅 들이켜더니 소리를 질렀다. "모두 머틀한테 책을 던지자, 쟤는 아무것도 못 느끼니까! 배를 통과하면 10점! 머리를 통과하면 50점! 와, 하하하! 이렇게 재미있는 게임이라니. 아니, 난 그렇게 생각 안 하는데?"

"그건 그렇고, 누가 던졌는데?" 해리가 물었다.

"나야 모르지. ……나는 그냥 하수관 속에 앉아서 죽음에 대해 생각하고 있었는데, 그게 내 정수리를 곧장 통과했어." 머틀이 그들을 노려보며 말했다. "책은 저기 있어. 물에 쓸려 나갔어."

해리와 론은 머틀이 가리키는 세면대 아래를 바라보았다. 그곳에는 작고 얇은 책이 놓여 있었다. 너덜너덜한 검은색 표지의 그 책은 화장실에 있는 다른 물건들처럼 물에 젖어 있었다. 해리가 그 책을 집으려고 앞으로 나서자 론이 갑자기 팔을 뻗어 그를 막았다.

"왜?" 해리가 물었다.

"너 미쳤어?" 론이 말했다. "위험한 거면 어쩌려고 그래."

"*위험?*" 해리가 웃으며 말했다. "야, 저게 어떻게 위험할 수가 있어?"

"들으면 놀랄걸." 론이 걱정스럽게 책을 바라보며 말했다. "아빠가 그러는데, 마법 정부에서 압수한 어떤 책들은…… 눈을 태워 버리기도 했대. 《어느 마법사의 소네트》를 읽은 사람은 모두 평생 오행시 형식으로만 말하게 됐고. 그리고 바스에 사는 한 나이 든 마법사는 *결코* 읽는 걸 멈출 수 없는 책을 갖고 있었대! 책에 코를 박고 모든 걸 한 손으로만 하느라 쩔쩔매야 했지. 그리고……."

"그래, 알아들었어." 해리가 말했다.

푹 젖은 채 바닥에 놓여 있는 그 작은 책에는 별 특이한 구석이 없었다.

"뭐, 펼쳐 보지 않으면 그런 책인지 아닌지 알 수 없잖아?" 해리는 그렇게 말하고 론을 피해 몸을 홱 숙이고는 바닥에서 책을 집어 들었다.

해리는 단번에 그것이 일기장임을 알았다. 표지에 적힌 빛바랜 연도를 보니 50년 된 일기장이었다. 해리는 두근거리는 마음으로 일기장을 펼쳤다. 첫 번째 장에서는 잉크가 번진, 'T. M. 리들'이라는 이름만 알아볼 수 있었다.

"잠깐만." 론이 조심스럽게 다가와 해리의 어깨 너머로 보다가 말했다. "나 그 이름 알아……. T. M. 리들은 50년 전 학교에 특별한 공로를 세워서 상을 받은 사람이야."

"그런 걸 대체 어떻게 알아?" 해리가 놀라워하며 물었다.

"방과 후 징계를 받을 때 필치가 나한테 리들의 트로피를 50번 정도 닦게 했거든." 론이 분하다는 듯 말했다. "내가 거기에다 민달팽이를 잔뜩 토해 놨었지. 너도 그 이름에서 끈적끈적한 걸 한 시간 동안 닦아 내야 했다면 기억할 수밖에 없을걸."

해리는 젖은 페이지들을 떼어 냈다. 페이지들은 완전히 비어 있었다. 어디에도 글씨를 쓴 희미한 흔적조차 없었고, '메이블 고모 생신'이나 '3시 30분 치과' 같은 메모도 없었다.

"한 번도 안 쓴 거네." 해리가 실망해서 말했다.

"이걸 왜 변기에 내버리려고 했지?" 론이 이상하다는 듯 말했다.

해리는 일기장 뒤표지를 보았다. 런던 복스홀가의 판매점 이름이 찍혀 있었다.

"틀림없이 머글 태생이었을 거야." 해리가 깊은 생각에 잠겨서 말했다. "복스홀가에서 일기장을 산 걸 보면……."

"뭐, 너한테는 별로 쓸모없겠네." 론이 말했다. 그가 목소리를 낮추며 말했다. "머틀의 코를 통과시키면 50점."

하지만 해리는 일기장을 주머니에 넣었다.

2월 초에 헤르미온느는 고양이 수염과 꼬리와 털이 없어진 모습으로 병동을 나왔다. 헤르미온느가 그리핀도르 탑에 돌아온 첫날 저녁, 해리는 그녀에게 T. M. 리들의 일기장을 보여 주고 그것을 어떻게 찾았는지도 이야기해 주었다.

"우아, 어쩌면 뭔가 힘이 숨겨져 있을지도 몰라." 헤르미온느가 신이 나서 말하며 일기장을 받아 들고 자세히 들여다보았다.

"그럼 그 힘을 아주 잘 감추고 있나 보네." 론이 말했다. "부끄러움을 타는지도 모르고. 난 네가 왜 그걸 안 버리는지 모르겠다, 해리."

"누가 저걸 왜 버리려고 했는지 알고 싶어서." 해리가 말했다. "리들이 호그와트에 어떤 특별한 공을 세워서 상을 받았는지도 알고 싶고."

"어떤 것이든 될 수 있지 않을까." 론이 말했다. "O.W.L.을 무려 서른 개나 받았을지도 몰라. 아니면 대왕오징어한테서 교수를 구했을 수도 있고. 어쩌면 머틀을 죽였을지도 모르지. 모두에게 도움이 되는 일이었을 테니까……."

그러나 해리는 헤르미온느의 굳은 표정을 보고 그녀 역시 자기와 똑같은 생각을 하고 있다는 것을 알았다.

"왜 그래?" 론이 둘을 번갈아 보며 물었다.

"음, 비밀의 방이 50년 전에도 열렸었다고 하지 않았어?" 해리가 말했다. "말포이가 그렇게 얘기했잖아."

"그랬지……." 론이 천천히 말했다.

"그리고 이 일기장은 50년 전 거고." 헤르미온느가 흥분한 듯 일기장을 톡톡 두드리며 말했다.

"그래서?"

"아, 론. 정신 차려." 헤르미온느가 쏘아붙였다. "먼젓번에 비밀의 방을 연 사람은 50년 전에 퇴학당했잖아. T. M. 리들은 50년 전 학교에 특별한 공을 세워서 상을 받았고. 자, 리들이 슬리데린의 후계자를 잡아서 특별 공로상을 받은 거라면? 어쩌면 리들의 일기장이 우리에게 모든 걸 말해 줄지도 몰라. 비밀의 방이 어디에 있는지, 어떻게 여는지, 그 안에 어떤 생명체가 있는지 말이야. 이번 습격의 배후에 있는 사람은 이 일기장이 버젓이 돌아다니길 바라지 않겠지. 안 그래?"

"그것 참 기발한 이론인데, 헤르미온느." 론이 말했다. "아주 작은 오류가 하나 있긴 하지만. 일기장에 아무것도 쓰여 있지 않다는 것 말이야."

하지만 헤르미온느는 가방에서 마법 지팡이를 꺼내고 있었다.

"투명 잉크로 썼을지도 몰라!" 헤르미온느가 속삭거렸다.

그녀는 일기장을 톡톡톡 세 번 두드리더니 말했다. "아파레시움!"

아무 일도 일어나지 않았다. 헤르미온느는 실망하지 않고 다시 가방에 손을 넣어 밝은 빨간색 지우개 비슷한 물건을 꺼냈다.

"'폭로개'야, 다이애건 앨리에서 샀어." 그녀가 말했다.

그녀는 '1월 1일'이 인쇄된 페이지를 힘껏 문질렀다. 그러나 아무 일도 일어나지 않았다.

"거 봐, 여기에서는 알아낼 게 아무것도 없다니까." 론이 말했다. "리들은 그냥 크리스마스에 일기장을 선물받았고, 귀찮아서 안 쓴 거야."

해리는 어째서 리들의 일기장을 버리지 않았는지 스스로에게도 설명할 수 없었다. 사실은 아무것도 쓰여 있지 않다는 걸 알면서도, 해리는 그것이 끝까지 읽고 싶은 이야기라도 되는 양 멍하니 일기장을 집어 들어 페이지를 넘기고 있었다. 분명 T. M. 리들이라는 이름을 한 번도 들어 본 적 없었음에도, 반쯤 잊은 아주 어릴 적 친구라도 되는 듯 뭔가 의미가 있는 것만 같았다. 하지만 그건 말도 안 되는 일이었다. 호그와트에 오기 전 해리한테는 단 한 명의 친구도 없었다. 더들리가 확실히 그렇게 만들어 주었다.

그럼에도 해리는 리들에 대해 더 알아내기로 마음먹고, 다음 날 쉬는 시간에 리들의 특별 공로상을 보러 트로피 전시실로 갔다. 헤르미온느와 론도 함께였는데, 헤르미온느는 관심을 보였지만 론은 트로피 전시실은 평생 다시 안 봐도 될 만큼 충분히 봤다며 전혀 납득하지 못했다.

리들의 번쩍거리는 황금색 트로피는 구석 진열장에 보관돼 있었다. 무슨 이유로 상을 수여했는지 자세한 내용은 적혀 있지 않았다("잘됐지, 뭐. 그랬다면 트로피가 더 컸을 테고, 난 아직도 저걸 닦고 있었을걸" 하고 론이 말했다). 세 사람은 오래된 마법 성적 우수 메달과 역대 남학생 회장 명단에서도 리들의 이름을 찾아냈다.

"꼭 퍼시 같네." 론이 진저리가 난다는 듯 코를 찡그리며 말했다. "반장에, 남학생 회장에…… 아마 전 과목에서 1등 했을걸."

"넌 그게 꼭 나쁜 일인 것처럼 말한다." 헤르미온느가 약간 상처받은 목소리로 말했다.

이제 호그와트에도 미약하게나마 해가 다시 내리쬐기 시작했다. 성안에는 좀 더 희망 어린 분위기가 감돌았다. 저스틴과 목이 달랑달랑한 닉 이후로 더 이상의 습격은 없었고, 폼프리 선생은 맨드레이크들이 감정 기복이 심해지고 뭔가 자꾸 숨기려 든다는 소식을 기쁜 얼굴로 알려 왔는데, 이는 맨드레이크들이 빠르게 유년기를 벗어나고 있다는 뜻이었다.

"여드름이 없어지면 다시 분갈이할 준비가 된 거예요." 해리는 어느 날 오후 폼프리 선생이 필치에게 친절하게 설명하는 것을 들었다. "그런 다음 조만간 잘라서 끓일 거고요. 노리스 부인도 금방 돌아올 거예요."

해리는 어쩌면 슬리데린의 후계자가 배짱을 잃었는지도 모른다고 생각했다. 학교 전체가 이토록 경계하고 의심스러워하는 상황에서 비밀의 방을 여는 건 분명 점점 위험한 일이 되어 가고 있었다. 어쩌면 그 뭔지 모를 괴물은 지금 또다시 50년 동안의 동면을 준비하고 있는지도 몰랐…….

후플푸프의 어니 맥밀런은 이런 긍정적인 관점을 받아들이지 않았다. 그는 여전히 해리가 범인이며, 결투 동아리에서 그 '정체를 드러냈다고' 확신하고 있었다. 피브스도 도움이 안 되긴 마찬가지였다. 이제 그는 율동까지 곁들여 '오 포터, 이 폭도야……'를 노래하면서 사람들로 가득한 복도에 펑 나타나곤 했다.

길더로이 록하트는 본인이 습격을 멈추게 했다고 생각하는 듯했다. 해리는 그리핀도르 학생들이 변환 마법 수업을 들으려고 줄서 있는 동안 그가 맥고나걸 교수에게 하는 말을 우연히 들었다.

"더 이상의 문제는 없을 것 같습니다, 미네르바." 그는 다 알고 있다는 듯 자기 코를 톡톡 두드리고 눈을 찡긋하며 말했다. "이번에는 비밀의 방이 영원히 잠긴 것 같아요. 범인들은 분명 저에게 잡히는 건 시간문제라는 것을 알아차렸을 겁니다. 차라리 지금 멈추는 게 현명하죠, 제가 나서기 전에요. 이제 필요한 건 학생들의 사기를 북돋는 일입니다. 지난 학기의 기억을 씻어 내야죠! 이 자리에서는 더 이상 이야기하지 않겠지만, 제가 딱 좋은 방법을 알고 있어요······."

그는 다시 코를 톡톡 두드리더니 성큼성큼 멀어져 갔다.

학생들의 사기를 높이려는 록하트의 계획은 2월 14일 아침 식사 시간에 분명해졌다. 해리는 전날 밤 늦게까지 퀴디치 훈련을 하는 바람에 잠을 많이 자지 못했고, 그래서 조금 늦게 허겁지겁 대연회장으로 내려갔다. 그는 잠깐 엉뚱한 데로 들어간 건가 싶어 어리둥절했다.

벽이 온통 크고 야단스러운 분홍색 꽃으로 뒤덮여 있었던 것이다. 설상가상으로, 옅은 파란색 천장에서는 하트 모양 색종이 조각이 떨어지고 있었다. 해리는 그리핀도르 식탁으로 갔다. 론은 토할 것 같은 표정으로 앉아 있었고, 헤르미온느는 키득거리는 웃음을 참기가 힘든 모양이었다.

"이게 다 무슨 일이야?" 해리가 자리에 앉아 베이컨에서 색종이 조각을 떼어 내며 물었다.

론은 차마 말하기도 역겹다는 듯 교직원 식탁을 가리켰다. 실내장식과 어울리는 요란한 분홍색 로브를 걸친 록하트가 학생들에게 조용히 하라고 손짓하고 있었다. 그의 양옆에 앉은 교수들의 얼굴은 잔뜩 굳어 있었다. 해리가 앉아 있는 곳에서도 맥고나걸 교수의 볼 근육이 꿈틀거리는 것이 보였다. 스네이프는 누군가가 '뼈가쑥쑥'을 큰 컵 가득 먹인 것 같은 표정이었다.

"해피 밸런타인데이!" 록하트가 소리쳤다. "그리고 지금까지 내게 카드를 보내 준 마흔여섯 분께 감사드립니다! 그래요, 내가 여러분 모두를 위해 실례를 무릅쓰고 이 조그만 깜짝 파티를 준비했습니다. 게다가 이게 다가 아니에요!"

록하트가 손뼉을 치자 현관홀 문으로 성질 더러워 보이는 드워프 10여 명이 들어왔다. 하지만 그들은 여느 드워프들과는 확실히 달랐다. 록하트가 그들 모두에게 황금색 날개를 달고 하프를 들게 했던 것이다.

"나의 사랑스러운 공식 큐피드들입니다!" 록하트가 환하게 미소 지었다. "이들이 오늘 학교를 돌아다니면서 여러분에게 밸런타인 메시지를 전할 거예요! 재미있는 일은 여기서 끝이 아닙니다! 동료 교수님들께서도 이 행사의 취지에 동참하고 싶어 하실 거라고 확신합니다! 스네이프 교수님께 사랑의 마법약을 휘리릭 만드는 법을 보여 달라고 하면 어떨까요? 플리트윅 교수님은 내가 여태껏 만난 어떤 마법사보다도 황홀경 마법을 잘 알고 계신답니다. 음흉한 늑대 같으니라고!"

플리트윅 교수가 두 손으로 얼굴을 감쌌다. 스네이프는 가장 처음으로 사랑의 마법약을 부탁하는 사람에게 독약을 먹여 버릴 것 같은 표정을 짓고 있었다.

"부탁이야, 헤르미온느. 너는 그 마흔여섯 명 가운데 한 명이 아니라고 말해 줘." 첫 번째 수업을 들으러 대연회장을 나서며 론이 말했다. 헤르미온느는 아무 대답 없이 갑자기 시간표를 찾아 열심히 가방을 뒤지기 시작했다.

드워프들은 그날 온종일 수업 시간에 불쑥 들이닥쳐 밸런타인 메시지를 전하면서 교수들을 짜증나게 만들었다. 그날 오후 늦게 그리핀도르 학생들이 일반 마법 수업을 들으러 위층으로 올라가고 있는데 드워프 하나가 해리를 쫓아왔다.

"야, 너! 해리 포터!" 유난히 험상궂게 생긴 드워프가 팔꿈치로 학생들을 밀치며 해리에게 성큼성큼 다가왔다.

공교롭게도 지니 위즐리가 끼어 있는 1학년 무리 앞에서 밸런타인 메시지를 받는다는 생각에 창피함을 느낀 해리는 그 자리에서 빠져나가려고 애썼다. 그러나 드워프는 학생들의 정강이를 걷어차면서 인파를 뚫고 와, 해리가 두 발짝 떼어 놓기도 전에 그를 따라잡았다.

"해리 포터에게 직접 전해야 할 음악 메시지가 있다." 드워프가 조금 위협적인 방식으로 하프를 튕기며 말했다.

"여기서는 안 돼." 해리가 달아나려고 애쓰면서 씩씩거렸다.

"가만히 있어!" 드워프가 해리의 가방을 잡아당기며 툴툴거렸다.

"이거 놔!" 해리는 화를 내며 가방을 힘껏 끌어당겼다.

큰 소리가 나면서 가방이 양쪽으로 찢어졌다. 책들과 지팡이, 양피지와 깃펜이 바닥에 쏟아졌고 잉크병은 그 자리에서 박살 났다.

해리는 드워프가 노래를 시작하기 전에 물건을 다 주우려고 허둥거렸고 그 바람에 복도가 정체되었다.

"무슨 일이야?" 말포이의 차갑고 질질 끄는 말투가 들렸다. 말포이가 밸런타인 음악 메시지를 듣기 전에 도망치려는 절실한 마음에, 해리는 찢어진 가방에 미친 듯이 물건들을 쑤셔 넣기 시작했다.

"이게 다 무슨 소란이야?" 또 다른 익숙한 목소리가 말했다. 퍼시 위즐리가 온 것이다.

당황한 해리는 도망치려 했지만 드워프가 무릎을 붙잡는 바람에 바닥에 쾅 넘어지고 말았다.

"좋아." 드워프가 해리의 발목을 깔고 앉으며 말했다. "너에게 전하는 밸런타인 노래다."

그의 눈은 금방 절인 두꺼비 같은 초록색,
그의 머리카락은 칠판 같은 검은색.
그가 내 것이었으면 좋겠어, 그는 정말 멋있어,
어둠의 왕을 물리친 영웅이여.

해리는 그 자리에서 증발할 수만 있다면 그린고츠에 있는 황금을 다 내줘도 좋았다. 그는 태연한 척 다른 사람들을 따라 웃으려고 무진 애를 쓰며 자리에서 일어났다. 드워프의 무게에 눌려 발이 얼얼했다. 그러는 사이 퍼시 위즐리는 아이들을 흩어놓느라 진땀을 뺐는데, 그중 몇몇은 웃다 못해 아예 울고 있었다.

"어서 가, 빨리 가라고. 5분 전에 종이 울렸으니 이제 교실로 가." 퍼시가 저학년 학생 몇 명을 쫓아보내며 말했다. "말포이 너도."

해리는 힐끗, 말포이가 허리를 숙이고 뭔가를 집어 드는 모습을 보았다. 말포이는 짓궂은 눈빛으로 그것을 크래브와 고일에게 보여 주었다. 리들의 일기장이었다.

"돌려줘." 해리가 조용히 말했다.

"포터가 여기에 뭐라고 썼을지 궁금하지 않아?" 말포이가 말했다. 표지에 적힌 연도를 보지 못하고 해리의 일기장이라고 생각한 게 틀림없었다. 구경하던 아이들 사이에 정적이 내려앉았다. 지니는 겁에 질린 표정으로 일기장과 해리를 번갈아 보고 있었다.

"이리 내놔, 말포이." 퍼시가 엄격한 목소리로 말했다.

"한번 보고." 말포이가 비웃듯이 해리를 향해 일기장을 흔들며 말했다.

퍼시가 말했다. "학교 반장으로서⋯⋯." 하지만 해리는 더 이상 참을 수 없었다. 그가 마법 지팡이를 꺼내 들고 소리쳤다. "엑스펠리아르무스!" 스네이프가 록하트를 무장해제시켰을 때처럼 일기장이 말포이의 손에서 공중으로 휙 날아갔다. 론이 씩 웃으며 일기장을 잡아챘다.

"해리!" 퍼시가 큰 소리로 말했다. "복도에서는 마법을 쓰면 안 돼. 이건 보고를 할 수밖에 없어. 너도 알지?"

하지만 해리는 신경 쓰지 않았다. 말포이에게 한 방 먹이는 것은 언제든지 그리핀도르가 5점 감점당할 만한 가치가 있는 일이었다. 말포이는 굉장히 화가 나서, 그를 지나쳐 교실로 들어가는 지니의 뒤에다 대고 심술궂게 소리쳤다. "포터는 네 밸런타인 메시지가 별로 마음에 안 드나 본데!"

지니가 두 손으로 얼굴을 감싸고 교실로 달려 들어갔다. 론이 화를 내며 지팡이를 꺼냈지만 해리가 말렸다. 일반 마법 시간 내내 민달팽이를 게워 낼 수는 없었으므로.

해리가 리들의 일기장에서 상당히 이상한 점을 발견한 건 플리트윅 교수의 교실에 도착하고 나서였다. 해리의 다른 책은 모두 짙은 빨간색 잉크에 젖어 있었다. 그러나 일기장은 잉크병이 박살 나기 전처럼 깨끗했다. 해리가 론에게 이 얘기를 하려고 했지만 론은 또다시 마법 지팡이 때문에 골치를 썩고 있었다. 지팡이 끝에서 커다란 자주색 거품이 피어오르고 있어서 다른 일에 신경 쓸 겨를이 없었던 것이다.

그날 밤 해리는 기숙사에서 가장 먼저 침실에 들어갔다. 프레드와 조지가 '그의 눈은 금방 절인 두꺼비 같은 초록색' 어쩌고 하는 노래를 반복하는 것을 더 이상 견딜 수 없어서이기도 했고, 리들의 일기장을 다시 살펴보고 싶은데 론은 그것을 시간 낭비라고 생각했기 때문이었다.

해리는 사주식 침대에 앉아 텅 빈 페이지를 펄럭펄럭 넘겨 보았다. 진홍색 잉크가 묻은 곳은 단 한 군데도 없었다. 잠시 후 해리는 침대 옆 보관함에서 새 잉크병을 꺼내 깃펜을 담갔다가 일기장 첫 페이지에 잉크를 한 방울 떨어뜨렸다.

잉크는 종이 위에서 잠깐 동안 밝게 빛나더니 마치 그 페이지 속으로 흡수된 것처럼 사라졌다. 해리는 흥분해서 다시 한 번 깃펜에 잉크를 적신 뒤 "내 이름은 해리 포터다"라고 썼다.

종이 위에서 단어들이 잠깐 빛나는가 싶더니 역시 흔적도 없이 사라졌다. 그때, 마침내 무슨 일인가 일어났다.

해리가 쓴 잉크가 다시 종이 위로 스며 나오더니 그가 쓰지 않은 단어들이 나타난 것이다.

"안녕, 해리 포터. 내 이름은 톰 리들이야. 어쩌다 내 일기장을 갖게 됐니?"

이 단어들 또한 희미해지다가 사라지려 하자 해리는 얼른 대답을 휘갈겨 썼다.

"누가 이걸 변기에 넣고 물을 내리려 했어."

그는 리들의 대답을 간절히 기다렸다.

"내 기억들을 잉크보다 더 오래가는 방법으로 기록해 놓아서 정말 다행이다. 난 항상 이 일기장이 읽히길 바라지 않는 사람이 있을 거라는 사실을 알고 있었거든."

"무슨 뜻이야?" 해리는 흥분한 탓에 종이에 잉크 얼룩을 남기며 마구 휘갈겨 썼다.

"이 일기장에 끔찍한 일들에 관한 기억이 담겨 있다는 뜻이야. 은폐된 일들. 호그와트 마법학교에서 일어났던 일들."

"내가 지금 거기에 있어." 해리가 재빨리 썼다. "나는 지금 호그와트에 있는데, 섬뜩한 일들이 일어나고 있어. 비밀의 방 알아?"

심장이 두근거렸다. 리들의 답은 금방 돌아왔다. 아는 내용을 모두 말해 주려고 허겁지겁 쓰는 듯 글씨가 삐뚤빼뚤해지고 있었다.

"비밀의 방이야 당연히 알지. 내가 학교에 다닐 때 사람들은 그게 전설일 뿐이라고, 그런 건 존재하지 않는다고 말했어. 하지만 거짓말이었지. 내가 5학년 때 비밀의 방이 열렸거든. 괴물이 학생 몇 명을 공격했고 결국 한 명이 죽었어. 내가 그 방을 연 사람을 잡았고 그 사람은 퇴학당했지. 하지만 교장이었던 디핏 교수님은 호그와트에서 그런 일이 일어난 것을 부끄럽게 여겨서 내가 진실을 말하지 못하게 했어. 그 여자애는 이상한 사고로 죽었다고 알려졌지. 사람들은 내 수고에 대한 보상으로 내 이름을 새긴 멋지고 번쩍거리는 트로피를 주면서 입 다물고 있으라고 경고했어. 하지만 난 그 일이 또다시 벌어질 수 있다는 걸 알았어. 괴물은 살아 있었고, 괴물을 풀어 줄 힘을 가진 사람은 감옥에 가지 않았거든."

해리는 급하게 대답을 쓰려다가 잉크병을 엎을 뻔했다.

"지금 그 일이 다시 벌어지고 있어. 세 번의 습격이 있었는데, 누가 한 짓인지 아무도 모르는 것 같아. 지난번에는 누가 그랬어?"

"원한다면 보여 줄게." 리들의 답이 돌아왔다. "내 말을 믿으려고 애쓸 필요도 없어. 내가 그 사람을 붙잡은 날 밤의 기억으로 널 데려갈 수 있거든."

해리는 일기장 위에 깃펜을 가만히 들고 망설였다. 리들의 말이 무슨 뜻일까? 어떻게 그를 다른 사람의 기억 속으로 데려간다는 걸까? 해리는 점점 어두워지는 기숙사 침실 문을 초조하게 흘끗 바라보았다. 일기장을 다시 보니 새로운 단어들이 만들어지고 있었.

"내가 보여 줄게."

해리는 아주 잠깐 머뭇거리다가 두 글자를 적었다.

"그래."

일기장 페이지들이 강한 바람에 휩쓸린 듯 펄럭펄럭 넘어가기 시작하더니 6월 중간쯤에서 멈췄다. 해리는 입을 떡 벌린 채 소형 텔레비전 화면처럼 변한 6월 13일의 작은 네모칸을 보았다. 해리가 살짝 떨리는 손으로 일기장을 들어 그 작은 화면에 눈을 갖다 댄 순간, 무슨 일이 벌어지는지 알아차리기도 전에 그의 몸이 앞으로 기울어졌다. 화면이 점점 커지면서 해리는 자기 몸이 침대에서 떨어지는 것을 느꼈다. 그는 그 페이지의 구멍으로 머리부터 빨려 들어가, 색과 그림자의 소용돌이 속으로 내동댕이쳐졌다.

해리는 두 발이 단단한 바닥에 닿는 것을 느끼고 떨리는 몸을 일으켰다. 주위의 흐릿했던 형상들이 갑자기 또렷해졌다.

해리는 자기가 어디에 있는지 금방 알아차렸다. 잠자는 초상화들이 걸려 있는 이 둥근 방은 덤블도어의 연구실이었다. 하지만 책상 앞에 앉아 있는 사람은 덤블도어가 아니었다. 쭈글쭈글하고 허약해 보이는 그 남자 마법사는 하얀 머리카락 몇 가닥만 빼면 대머리였으며, 촛불 빛에 의지해 편지를 읽고 있었다. 해리가 처음 보는 사람이었다.

"죄송합니다." 해리가 부들부들 떨면서 말했다. "방해하려는 건 아니었는데……."

하지만 마법사는 고개를 들지 않았다. 그는 얼굴을 살짝 찌푸린 채 계속 편지를 읽었다. 해리는 그

의 책상으로 조금 더 다가가 더듬거렸다. "어…… 그냥 갈까요?"

마법사는 여전히 해리를 무시했다. 그의 말을 아예 듣지 못한 것 같았다. 귀가 잘 안 들리는 것일지도 모른다는 생각에 해리는 목소리를 높였다.

"방해해서 죄송합니다. 이제 갈게요." 그는 거의 소리치다시피 했다.

마법사는 한숨을 쉬며 편지를 접더니 자리에서 일어나, 해리를 쳐다보지도 않고 지나쳐 가서는 창문의 커튼을 걷었다.

창밖으로 보이는 하늘은 루비 같은 붉은빛을 띠고 있었다. 해 질 녘인 듯했다. 마법사는 책상으로 돌아와 앉더니 엄지손가락을 만지작거리며 문 쪽을 바라보았다.

해리는 연구실을 둘러보았다. 불사조 폭스도 없었고 윙윙거리는 은제 기구들도 보이지 않았다. 이곳은 리들이 알고 있는 호그와트였다. 그렇다는 건 저 정체 모를 마법사는 덤블도어가 아닌 당시의 교장이고, 50년 전 사람들에게 해리는 전혀 보이지 않는 유령이나 마찬가지라는 뜻이었다.

누군가가 연구실 문을 두드렸다.

"들어오너라." 나이 든 마법사가 기운 없는 목소리로 말했다.

열여섯 살쯤 돼 보이는 소년이 뾰족한 모자를 벗으면서 걸어 들어왔다. 은빛 반장 배지가 그의 가슴에서 반짝거리고 있었다. 그는 키가 해리보다 훨씬 컸지만 머리카락은 해리와 마찬가지로 새까맸다.

"아, 리들." 교장이 말했다.

"저를 부르셨다고요, 디핏 교수님?" 리들이 말했다. 그는 긴장한 듯 보였다.

"앉거라." 디핏이 말했다. "막 네 편지를 읽고 있었다."

리들이 "아" 하고 내뱉더니 양손을 꽉 맞잡으며 의자에 앉았다.

"얘야." 디핏이 다정하게 말했다. "너를 여름방학 동안 학교에 머물게 해 줄 수는 없단다. 너도 방학 때는 당연히 집에 가고 싶지 않니?"

"아뇨." 리들이 곧바로 대답했다. "저는 호그와트에 머무는 게 훨씬 좋습니다. 돌아가 봐야 그곳은…… 그곳은……."

"방학 중에는 머글 고아원에 머문다지?" 디핏이 호기심 어린 말투로 물었다.

"네, 교수님." 리들은 대답하면서 얼굴을 살짝 붉혔다.

"머글 태생이냐?"

"혼혈입니다, 교수님." 리들이 말했다. "아버지는 머글이고 어머니가 마법사입니다."

"그리고 부모님은 두 분 다……?"

"어머니는 제가 태어나자마자 돌아가셨습니다. 고아원에서 어머니가 제 이름만 간신히 지어 주고 돌아가셨다는 얘기를 들었어요. 톰은 아버지 이름을 딴 거고, 마볼로는 할아버지 이름을 딴 거라고 했습니다."

디핏은 안됐다는 듯 혀를 끌끌 찼다.

"문제는 말이다, 톰." 그가 한숨을 쉬었다. "널 위해서 특별 조치를 취할 수도 있지만, 지금 상황에서는……."

"연이은 습격 사건을 말씀하시는 거죠, 교수님?" 리들이 말했다. 해리는 가슴이 철렁 내려앉는 것을 느끼며, 한 마디라도 놓칠까 그들에게 더 가까이 다가갔다.

"그렇단다." 교장이 말했다. "얘야, 내 입장에서

네가 학기가 끝난 뒤 성에 남도록 허락해 주는 건 아주 어리석은 일이라는 걸 알아줬으면 좋겠구나. 특히 최근의 비극적인 일들에 비춰 볼 때…… 그 불쌍한 소녀가 죽은 일 말이다……. 고아원에 가는 게 너한테는 훨씬 안전할 거야. 사실, 지금 마법 정부에서 학교를 폐쇄한다는 얘기까지 나오고 있단다. 우리는, 음…… 이 불쾌한 사건들의 원인에 대해 실마리조차 못 잡고 있으니……."

리들이 눈을 크게 떴다.

"교수님, 그자가 잡히면…… 이 모든 일이 멈추면……."

"그게 무슨 뜻이냐?" 디핏이 의자에서 몸을 바로 세우며 쉿소리 섞인 목소리로 말했다. "리들, 이 습격 사건들에 대해 아는 게 있니?"

"아뇨, 교수님." 리들이 재빨리 대답했다.

하지만 해리는 그 대답이 자기가 덤블도어에게 했던 "아뇨"와 같은 종류임을 확신했다.

디핏이 조금 실망한 표정으로 다시 주저앉았다.

"가 봐도 좋다, 톰……."

리들은 의자에서 살며시 일어나 터벅터벅 연구실을 나섰다. 해리는 그를 뒤쫓았다.

그들은 움직이는 나선형 계단을 내려가 어둑어둑한 복도에 있는 가고일 옆으로 나왔다. 리들이 멈춰 서자 그를 지켜보던 해리도 곧바로 걸음을 멈췄다. 해리는 리들이 뭔가 심각한 생각을 하고 있다는 것을 알아차렸다. 리들은 이마를 찌푸린 채 입술을 깨물고 있었다.

잠시 후, 그는 갑작스럽게 결정을 내린 듯 서둘러 그 자리를 떠났다. 해리는 소리 없이 그 뒤를 쫓았다. 누구와도 마주치지 않고 현관홀에 도착했을 때, 온통 적갈색인 긴 머리카락과 수염을 하고 있는 키 큰 마법사가 대리석 계단에서 리들을 불러 세웠다.

"이렇게 늦은 시간까지 돌아다니다니, 뭐 하는 거냐, 톰?"

해리는 그 마법사를 보고 입을 떡 벌렸다. 그는 다름 아닌 50년 전의 덤블도어였다.

"교장 선생님을 뵙고 오는 길입니다, 교수님." 리들이 말했다.

"으흠, 어서 침실로 가거라." 덤블도어는 해리가 너무나 잘 아는 꿰뚫어 보는 듯한 눈으로 리들을 보며 말했다. "요즘은 복도를 돌아다니지 않는 게 최선이란다. 그 사건 이후로……."

덤블도어는 깊은 한숨을 쉬고 리들에게 잘 자라고 인사한 뒤 성큼성큼 멀어져 갔다. 리들은 덤블도어가 사라지는 모습을 지켜본 다음 재빨리 걸음을 옮겨 지하 감옥으로 가는 돌계단을 곧장 내려갔다. 해리는 그 뒤를 바짝 쫓았다.

하지만 실망스럽게도 리들이 해리를 이끌고 간 곳은 숨겨진 통로나 비밀 터널이 아니라, 해리가 스네이프의 마법약 수업을 듣는 바로 그 지하 감옥 교실이었다. 횃불은 밝혀 있지 않았다. 리들은 그들이 들어가 있는 교실 문을 약간의 틈만 남기고 닫았다. 해리에게는 문 옆에 꼼짝 않고 서서 바깥 통로를 지켜보는 리들의 모습만 보였다.

적어도 한 시간은 그곳에 있었던 것 같았다. 해리의 눈에는 여전히 문 옆에 조각상처럼 서서 문틈으로 내다보는 리들의 형체만 보일 뿐이었다. 기대감이 사라지고 긴장도 풀려서 이제 막 현재로 돌아갔으면 좋겠다는 생각이 들었을 때, 문 밖에서 무언가 움직이는 소리가 들렸다.

누군가가 통로를 살금살금 걸어오고 있었다. 그 사람이 그와 리들이 숨어 있는 지하 감옥 앞을 지나가는 소리가 들려왔다. 리들이 그림자처럼 조용히 문틈으로 빠져나가 그 사람의 뒤를 쫓자, 해리는 자기 소리가 들리지 않는다는 것도 잊고 까치발로 그 뒤를 따랐다.

발소리를 따라간 지 5분 정도 지났을까, 리들이 갑자기 멈춰 서더니 또 다른 소리가 들리는 쪽으로 고개를 기울였다. 문이 삐걱거리며 열리는 소리에 이어 누군가가 쉰 목소리로 소곤거렸다.

"자…… 너를 여기서 내보내야 해……. 어서…… 상자에 들어가……."

어딘가 귀에 익은 목소리였다.

리들이 갑자기 모퉁이를 홱 돌았다. 해리는 뒤따라갔다. 열린 문 앞에 웅크리고 있는 덩치 큰 소년의 어두컴컴한 윤곽이 보였다. 문 앞에는 아주 커다란 상자가 있었다.

"안녕, 루비우스." 리들이 날카로운 목소리로 말했다.

소년이 문을 쾅 닫고 일어섰다.

"여기서 뭐 하는 거야, 톰?"

리들이 더 가까이 다가갔다.

"다 끝났어." 그가 말했다. "너를 고발해야겠어, 루비우스. 습격이 멈추지 않으면 호그와트를 폐쇄한다는 얘기가 나오고 있거든."

"그게 무슨……."

"네가 일부러 누굴 죽이려고 했던 건 아닐 거야. 하지만 괴물은 착한 반려동물이 될 수 없어. 넌 그냥 운동시키려고 녀석을 내보내 줬겠지만……."

"얘는 아무도 죽이지 않았어!" 덩치 큰 소년이 닫힌 문을 등지고 뒷걸음질 치며 말했다. 그의 뒤에서 부스럭부스럭하고 달그락거리는 이상한 소리가 들렸다.

"어서, 루비우스." 리들이 더 가까이 다가가며 말했다. "그 죽은 여자애의 부모님이 내일 여기 올 거야. 딸을 죽인 괴물을 확실히 죽이는 것이 호그와트가 그분들에게 할 수 있는 최소한의 도리지……."

"얘가 그런 게 아니라고!" 소년이 고함을 지르자 그의 목소리가 어두운 통로에 메아리쳤다. "얘는 그런 짓을 하지 않아! 절대로!"

"옆으로 비켜서." 리들이 마법 지팡이를 꺼내며 말했다.

그가 주문을 외우자 갑작스럽게 빛이 타오르면서 복도를 비췄다. 덩치 큰 소년 뒤에 있는 문이 엄청난 힘으로 확 열리면서 소년을 맞은편 벽으로 날려 보냈다. 이어서 그 문 밖으로 나온 뭔가를 본 해리는 아무도 듣지 못하는 길고 날카로운 비명을 내질렀다.

땅에 바짝 붙은, 털이 숭숭 난 어마어마하게 큰 몸통과 이리저리 얽힌 검은색 다리들, 희미하게 번득이는 여러 개의 눈알과 면도날처럼 날카로운 집게발 한 쌍……. 리들이 다시 지팡이를 들어 올렸지만 너무 늦었다. 그것은 리들을 넘어뜨리고 황급히 도망치더니 복도를 부리나케 달려 사라졌다. 리들은 재빨리 일어나 그것이 사라진 곳을 살폈다. 리들이 지팡이를 들어 올리자 덩치 큰 소년이 달려들어 지팡이를 낚아채더니 리들을 쓰러뜨리며 소리쳤다. **"안 돼애애애애애애!"**

그 장면이 빙빙 돌다가 완전한 어둠으로 변했다. 몸이 아래로 떨어지는 것 같더니 해리는 이내 그리핀도르 기숙사 침실 안 사주식 침대에 팔다리를 뻗고 쿵 떨어졌다. 리들의 일기장은 그의 배 위에 펼쳐져 있었다.

해리가 숨 고를 새도 없이 침실 문이 열리고 론

이 들어왔다.

"여기 있었네." 론이 말했다.

해리가 몸을 일으켜 앉았다. 그는 땀을 뻘뻘 흘리며 부들부들 떨고 있었다.

"왜 그래?" 론이 걱정스러운 듯 그를 바라보며 물었다.

"해그리드였어, 론. 해그리드가 50년 전에 비밀의 방을 열었어."

CHAPTER 14

# 코닐리어스 퍼지

해리, 론, 헤르미온느는 해그리드가 안타깝게도 크고 괴물 같은 생명체들을 좋아한다는 사실을 예전부터 알고 있었다. 세 사람이 호그와트 1학년이었을 때 해그리드는 그의 작은 나무집에서 용을 키우려고 했다. 해그리드가 '복슬이'라고 이름 붙인 머리 세 개짜리 거대한 개도 한동안 잊을 수 없을 터였다. 그런 해그리드였으니 성안 어딘가에 웬 괴물이 숨겨져 있다는 얘기를 들었다면 한번 보려고 갖은 애를 썼을 게 틀림없었다. 해그리드는 아마도 그 괴물이 그렇게 오랫동안 갇혀 있는 것을 안타까워하면서, 괴물에게 그 많은 다리를 쭉 뻗을 기회를 줘야 한다고 생각했을 것이다. 해리는 괴물에게 목줄과 목걸이를 채우려 드는 열세 살짜리 해그리드의 모습을 금방 떠올릴 수 있었다. 그러나 마찬가지로 해그리드가 결코 누군가를 죽게 하려던 것은 아니라는 점도 확신했다.

해리는 차라리 리들의 일기장을 어떻게 작동시키는지 알지 못했더라면 좋았을 거라는 마음마저 들었다. 론과 헤르미온느는 해리에게 그가 본 장면을 여러 번 다시 이야기하게 했고, 해리는 마침내 그 이야기에도, 뒤이어지는 길고 빙빙 도는 대화에도 질리고 말았다.

"어쩌면 리들이 엉뚱한 사람을 붙잡았을 수도 있어." 헤르미온느가 말했다. "사람들을 공격한 건 다른 괴물이었을지도 몰라……."

"넌 여기에 괴물이 몇 마리나 있다고 생각하는 거야?" 론이 심드렁하게 물었다.

"해그리드가 퇴학당한 건 예전부터 알고 있었잖

아." 해리가 안타까운 어조로 말했다. "그리고 해그리드가 쫓겨나자 습격이 멈췄겠지. 그렇지 않다면 리들이 상을 받지 못했을 거야."

론은 다른 방향에서 접근했다.

"들어 보면 리들은 정말 퍼시 같아. 누가 해그리드를 고발하라고 시키기라도 했대?"

"하지만 그 괴물은 사람을 죽였잖아, 론." 헤르미온느가 말했다.

"게다가 리들은 호그와트가 폐쇄되면 머글 고아원으로 돌아가야만 했어." 해리가 말했다. "여기 머물고 싶어 했다고 리들을 탓할 수는 없어……."

론이 입술을 깨물더니 머뭇거리며 입을 열었다. "해리, 녹턴 앨리에 갔을 때 해그리드를 만났다고 하지 않았어?"

"해그리드는 육식 민달팽이 방충제를 사고 있었어." 해리가 얼른 대답했다.

세 사람 모두 한동안 아무 말도 하지 않았다. 오랜 침묵 끝에 헤르미온느가 망설이는 목소리로 가장 곤란한 질문을 입에 올렸다. "해그리드한테 가서 모든 걸 물어봐야 할까?"

"그것 참 화기애애하겠네." 론이 말했다. "안녕하세요, 해그리드. 있잖아요, 최근에 정신 나간 털북숭이를 성에 풀어놓으셨나요?"

결국 그들은 또 한 번 습격이 있기 전에는 해그리드에게 아무 말 하지 않기로 결정했다. 형체 없는 목소리의 속삭임이 들리지 않는 날이 계속되면서, 해그리드에게 퇴학당한 이유를 물을 일은 결코 없을 거라는 희망도 생겼다. 저스틴과 목이 달랑달랑한 닉이 석화된 지도 거의 4개월이 되었다. 대부분의 사람들은 습격한 자가 누구인지는 몰라도 그런 짓을 영원히 그만뒀다고 생각하는 것 같았다. 피브스는 마침내 '오 포터, 너 이 폭도야' 어쩌고 하는 노래에 싫증 났고, 어니 맥밀런은 어느 날 약초학 수업 시간에 제법 정중한 태도로 해리에게 폴짝폴짝 뛰는 독버섯 한 양동이를 건네 달라고 부탁했으며, 3월에는 맨드레이크 몇 포기가 3번 온실에서 시끄럽고 요란한 파티를 열기도 했다. 스프라우트 교수는 매우 기뻐했다.

"맨드레이크들이 서로의 화분으로 옮겨 가려 하기 시작하면 녀석들이 완전히 자랐다는 뜻이야." 그녀가 해리에게 말했다. "그러면 병동에 있는 그 가엾은 사람들을 치료할 수 있을 거다."

2학년들에게는 부활절 연휴 동안 새로운 생각거리가 주어졌다. 3학년 때 들을 과목을 선택할 시간이 온 것인데, 적어도 헤르미온느에게는 굉장히 심각한 문제였다.

"우리의 미래 전체를 좌우할 수 있는 문제야." 해리와 론이 새로운 과목 목록을 보며 체크 표시를 하고 있을 때 헤르미온느가 말했다.

"그냥 마법약을 뺐으면 좋겠다." 해리가 말했다.

"그럴 수 없어." 론이 우울하게 말했다. "예전 과목들은 그대로 들어야 해. 아니면 난 어둠의 마법 방어법을 뺐을 거야."

"하지만 그 과목은 정말 중요하잖아!" 헤르미온느가 충격을 받아서 말했다.

"록하트가 가르치는 방식대로라면 아니지." 론이 말했다. "픽시를 풀어놔선 안 된다는 것 말고는 그 사람한테 배운 게 없잖아."

네빌 롱보텀은 집안의 모든 마법사들에게서 편지를 받았는데, 다들 무슨 과목을 선택할지 서로 다른 조언을 하고 있었다. 그는 혼란과 걱정에 휩싸여

혀를 빼물고 앉아 새로운 과목 목록을 읽으면서, 사람들에게 숫자점이 고대 룬문자 연구보다 어려울 것 같은지 물었다. 해리처럼 머글들과 함께 어린 시절을 보낸 딘 토머스는 결국 눈을 감고 마법 지팡이로 목록을 쿡 찔러 지팡이가 짚은 과목을 선택했다. 헤르미온느는 누구의 조언도 듣지 않고 모든 과목을 신청했다.

해리는 마법사 세계에서의 진로를 상의하려고 하면 버넌 이모부와 피튜니아 이모가 뭐라고 할까 하고 생각해 보다가 혼자 우울하게 미소 지었다. 그렇다고 아무런 조언도 받지 못한 건 아니었다. 퍼시 위즐리가 열정적으로 본인의 경험을 나누고 싶어 했으니까.

"네가 무슨 일을 하고 싶으냐에 따라 달라지는 거야, 해리." 퍼시가 말했다. "나라면 점술 과목을 추천하겠어. 미래에 대해서는 아무리 일찍 생각해도 결코 이르지 않으니까. 어떤 사람들은 머글 연구가 안이한 선택이라고 하지만 나는 개인적으로 마법사들이 비마법 사회에 대한 철저한 이해를 갖추어야 한다고 생각해. 특히 그들과 밀접한 관계를 맺으며 일할 생각이라면 말이야. 우리 아버지를 봐. 언제나 머글 관련 일을 처리하셔야 하잖아. 우리 형 찰리는 원래 바깥 활동이 잘 맞는 타입이라 마법 생명체 돌보기 과목에 열을 올렸지. 네 장점을 살리면 돼, 해리."

하지만 해리가 정말로 잘한다고 느끼는 건 퀴디치뿐이었다. 결국 그는 론과 같은 과목을 선택했다. 자신이 그 과목에서 아무리 형편없는 실력을 보인대도 최소한 옆에서 도와줄 친구가 있어야 한다는 생각 때문이었다.

그리핀도르의 다음번 퀴디치 시합 상대는 후플푸프였다. 우드가 매일 저녁 식사 후 야간 팀 훈련을 해야 한다고 고집을 피웠으므로, 해리는 퀴디치와 숙제 외에 다른 일을 할 시간이 거의 없었다. 그래도 최소한 비는 오지 않았기에 훈련하기는 조금씩 좋아졌다. 토요일 시합 전날 저녁, 해리는 그리핀도르가 퀴디치 우승컵을 차지할 가능성이 어느 때보다 높다고 생각하며 빗자루를 갖다 놓으려고 기숙사 침실로 올라갔다.

하지만 유쾌한 기분은 그리 오래가지 않았다. 침실로 향하는 계단 꼭대기에서 그는 제정신이 아닌 것 같은 네빌 롱보텀을 만났다.

"해리, 누가 저런 짓을 했는지 모르겠어. 내가 방금 발견했는데……."

네빌은 잔뜩 겁먹은 눈으로 해리를 보며 침실 문을 열었다.

해리의 짐 가방에 들어 있던 물건들이 사방에 팽개쳐진 채였다. 망토는 찢겨서 바닥에 널브러져 있었다. 침대보는 벗겨져 있고, 침대 옆 보관함 서랍은 열려 있었으며, 그 안에 있던 물건들은 매트리스 위에 흩어져 있었다.

해리는 입을 떡 벌린 채 《트롤과의 일상 탈출》에서 떨어져 나온 페이지 몇 장을 밟으며 침대로 다가갔다.

그와 네빌이 이불을 다시 침대 위로 끌어 올리는 사이 론, 딘, 셰이머스가 들어왔다. 방 안의 광경을 본 딘이 큰 소리로 욕설을 내뱉었다.

"무슨 일이야, 해리?"

"모르겠어." 해리가 말했다. 하지만 론은 해리의 로브를 살펴보고 있었다. 주머니란 주머니는 다 뒤집혀 있었다.

"누가 뭘 찾았나 본데." 론이 말했다. "없어진 거 있어?"

해리는 물건을 하나하나 주워서 짐 가방에 던져 넣기 시작했다. 마지막으로 록하트의 책을 가방에 도로 넣은 다음에야 그는 무엇이 없어졌는지 알아차렸다.

"리들의 일기장이 사라졌어." 그가 목소리를 낮추고 론에게 말했다.

"뭐?"

해리가 침실 문 쪽으로 고개를 까닥이자 론은 그를 따라 밖으로 나왔다. 그들은 반쯤 비어 있는 그리핀도르 휴게실로 허겁지겁 내려가, 홀로 앉아 《쉽게 익히는 고대 룬문자》라는 책을 읽고 있던 헤르미온느 곁에 앉았다.

헤르미온느는 그들의 말을 듣고 깜짝 놀란 것 같았다.

"하지만, 훔칠 수 있는 건 그리핀도르 학생뿐이잖아. 우리 암호를 아는 사람은 아무도 없을 텐데……."

"바로 그거야." 해리가 말했다.

다음 날 그들은 눈부신 햇살과 가볍고 상쾌한 산들바람을 맞으며 잠에서 깼다.

"퀴디치를 하기에 완벽한 날이야!" 우드가 그리핀도르 식탁에서 선수들의 접시에 스크램블드에그를 담아 주며 열정적으로 말했다. "해리, 기운 내. 넌 아침을 잘 먹어야 돼."

해리는 사람들로 가득 찬 그리핀도르 식탁을 뚫어지게 바라보며, 리들 일기장의 새로운 주인이 눈앞에 있을지 궁금해하고 있었다. 헤르미온느가 도난 신고를 하라고 재촉했지만 해리는 그렇게 하고 싶지 않았다. 교수한테 일기장 얘기를 모두 털어

놓아야 할 텐데, 이 학교에서 해그리드가 50년 전에 왜 퇴학당했는지 아는 사람이 몇 명이나 되겠는가? 해리는 그 모든 얘기를 다시 끄집어내는 사람이 되고 싶지 않았다.

해리가 론, 헤르미온느와 함께 대연회장을 나서서 퀴디치 용품을 가지러 가는데, 안 그래도 늘어 가는 해리의 걱정 목록에 또 한 가지 매우 심각한 걱정거리가 더해졌다. 대리석 계단에 막 발을 디뎠을 때 다시 그 소리가 들려왔던 것이다 "이번엔 죽인다…… 가죽을 벗기고…… 갈기갈기 찢어서……."

해리가 큰 소리로 비명을 지르자 론과 헤르미온느는 화들짝 놀라며 그에게서 떨어졌다.

"그 목소리야!" 해리가 어깨 너머를 돌아보며 말했다. "방금 다시 들렸어……. 너희는 못 들었어?"

론은 눈을 크게 뜨고 고개를 저었다. 반면 헤르미온느는 자기 이마를 탁 쳤다.

"해리, 방금 뭔가 알아낸 것 같아! 도서관에 가야겠어!"

헤르미온느는 계단을 올라 전속력으로 멀어져 갔다.

"뭘 알아냈다는 거지?" 해리가 말했다. 그는 정신이 팔린 채 계속 주위를 둘러보면서 그 목소리가 어디에서 들려왔는지 알아내려 애쓰고 있었다.

"뭐든 나보단 많이 알겠지." 론이 고개를 설레설레 저으며 말했다.

"그런데 도서관에는 왜 가야 한다는 거야?"

"그게 헤르미온느가 하는 일이잖아." 론이 어깨를 으쓱하며 말했다. "의문이 생기면 일단 도서관에 간다."

해리는 우물쭈물하고 서서 다시 목소리를 들어 보려고 했다. 하지만 어느새 등 뒤 대연회장에서 사람들이 몰려 나오더니 큰 소리로 떠들면서 정문을 지나 퀴디치 경기장으로 향했다.

"슬슬 가는 게 좋겠어." 론이 말했다. "11시 다 됐어. 경기 시작하겠다."

해리는 그리핀도르 탑을 달려 올라가 님부스 2000을 챙겨 들고 잔디밭을 지나는 사람들 무리에 끼었지만 생각은 여전히 성안에, 형체 없는 목소리에 머물러 있었다. 탈의실에서 진홍색 로브를 걸치면서도 그는 지금 모두가 경기를 보러 밖에 나와 있다는 사실에 안도할 뿐이었다.

양 팀 선수들이 떠들썩한 갈채를 받으며 경기장에 나왔다. 올리버 우드가 준비운동 삼아 골대 주위를 날았고 후치 선생은 공을 풀어놓았다. 샛노란 경기복을 입은 후플푸프 선수들은 다닥다닥 붙어 서서 마지막 작전 회의를 하고 있었다.

해리가 막 빗자루에 오르려는데 맥고나걸 교수가 어마어마하게 큰 자주색 확성기를 든 채 반쯤은 걷고 반쯤은 뛰듯이 경기장을 가로질러 왔다.

해리는 가슴이 철렁 내려앉는 것을 느꼈다.

"이번 경기는 취소됐습니다." 맥고나걸 교수가 확성기를 입에 대고 사람들로 빽빽한 경기장을 향해 소리쳤다. 야유와 고함이 쏟아졌다. 올리버 우드는 크게 충격받은 얼굴로 내려오더니 빗자루를 탄 채 맥고나걸 교수에게 질주해 갔다.

"하지만, 교수님!" 우드가 소리쳤다. "저희는 경기를 해야만 합니다······. 우승컵이······ 그리핀도르가······."

맥고나걸 교수는 그를 무시한 채 확성기에 대고 계속 외쳤다. "학생들은 모두 기숙사 휴게실로 돌아가세요. 거기에서 각 기숙사 담임 교수님들이 자세한 상황을 전할 겁니다. 가능한 한 빨리 움직이도록 하세요!"

그러더니 그녀는 확성기를 내리고 해리를 손짓해 불렀다.

"포터, 너는 나랑 같이 가는 게 좋겠다······."

어떻게 이번에도 자기를 의심할 수 있는지 궁금해하던 해리는 론이 툴툴거리는 사람들 무리에서 빠져나오는 것을 보았다. 론은 성을 향하는 두 사람에게 달려왔다. 놀랍게도 맥고나걸 교수는 론을 돌려보내지 않았다.

"그래, 너도 같이 가는 게 좋겠다, 위즐리."

주위에 몰려 있던 학생들 중 몇몇은 경기가 취소된 것에 투덜거렸고, 또 다른 학생들은 걱정스러운 얼굴을 하고 있었다. 해리와 론은 맥고나걸 교수를 따라 다시 성으로 들어가 대리석 계단을 올라갔다. 하지만 이번에 도착한 곳은 어느 누구의 연구실도 아니었다.

"조금 놀랄 거다." 다름 아닌 병동을 향해 가면서 맥고나걸 교수가 놀랄 만큼 부드러운 목소리로 말했다. "또 다른 습격이 있었어······. 또 두 명이 습격당했다."

해리의 심장이 끔찍하게 요동쳤다. 맥고나걸 교수가 병동 문을 열자 해리와 론은 안으로 들어갔다.

폼프리 선생이 긴 곱슬머리의 6학년 여학생 위로 몸을 기울이고 있었다. 해리는 그 여학생을 알아보았다. 해리와 론이 실수로 슬리데린 휴게실로 가는 길을 물었던 래번클로 학생이었다. 그리고 옆 침대에는······

"헤르미온느!" 론이 신음했다.

헤르미온느는 눈을 멀겋게 뜨고 누운 채 전혀 움직이지 않았다.

"도서관 근처에서 발견됐다." 맥고나걸 교수가

말했다. "너희 중 누구도 이것에 대해 설명할 수 없겠지? 이 아이들 옆에 떨어져 있었는데……."

그녀는 작고 동그란 거울을 들어 보였다.

해리와 론 둘 다 헤르미온느를 뚫어지게 바라보며 고개를 저었다.

"너희를 그리핀도르 탑에 데려다주마." 맥고나걸 교수가 무거운 어조로 말했다. "어쨌거나 나도 가서 학생들한테 말해 줘야 하니까."

"모든 학생은 저녁 6시까지 각자의 기숙사 휴게실로 돌아와야 합니다. 어떤 학생도 그 시각 이후 기숙사를 떠나서는 안 됩니다. 학생들은 매 수업 교수님 한 분이 인솔할 거예요. 어떤 학생도 교수님을 동반하지 않고 화장실에 가서는 안 됩니다. 이후 퀴디치 훈련과 시합은 모두 연기될 겁니다. 더 이상의 야간 활동은 없습니다."

그리핀도르 학생들은 휴게실에 빽빽이 모여서 조용히 맥고나걸 교수의 말에 귀를 기울였다. 맥고나걸 교수가 읽고 있던 양피지를 다시 말아 올리고 목이 메는 듯한 소리로 말을 이었다. "내가 이렇게까지 괴로웠던 적이 없다는 얘기는 굳이 할 필요도 없겠지요. 이런 습격을 감행한 범인이 잡히지 않는다면 학교가 문을 닫을지도 모릅니다. 습격에 대해 뭐라도 알고 있는 학생들은 누구든 나서 주길 바랍니다."

그녀가 조금 어색하게 초상화 구멍으로 나가자마자 그리핀도르 학생들이 여기저기에서 입을 열기 시작했다.

"이걸로 그리핀도르의 유령을 빼고라도 그리핀도르 학생이 두 명이나 당한 거야. 그리고 래번클로 한 명에, 후플푸프 한 명." 위즐리 쌍둥이의 친구인 리 조던이 손가락을 꼽으며 말했다. "슬리데린 애들만 무사하다는 걸 알아차린 선생은 *아무도* 없는 건가? 이게 다 슬리데린 짓인 게 *뻔하잖아*? 슬리데린의 후계자, 슬리데린의 *괴물*. 왜 슬리데린 애들을 전부 쫓아내지 않는 거지?" 그가 소리치자 아이들은 고개를 끄덕거리거나 띄엄띄엄 박수를 쳤다.

퍼시 위즐리는 리 뒤에 있는 의자에 앉아 있었는데, 이번만은 자신의 견해를 들려줄 생각이 없는 듯했다. 그는 창백하고 멍해 보였다.

"퍼시는 충격을 받았어." 조지가 해리에게 조용히 말했다. "그 래번클로 여자애, 페넬러피 클리어워터 말이야. 걔가 반장이거든. 퍼시는 괴물이 감히 *반장*을 공격할 거라곤 생각 안 했겠지."

하지만 해리는 그 말을 제대로 듣고 있지 않았다. 그는 돌 조각상처럼 병동 침대에 누워 있는 헤르미온느의 모습을 머릿속에서 떨쳐 내지 못할 것 같았다. 게다가 빨리 범인이 잡히지 않으면 다시 더즐리 가족과 평생을 보내야 할 판이었다. 톰 리들은 학교가 폐쇄될 경우 머글 고아원에 가야 할 상황이었기에 해그리드를 고발했다. 해리는 이제 그가 어떤 기분이었을지 확실히 알 것 같았다.

"어쩌지?" 론이 해리의 귀에 대고 조용히 물었다. "사람들이 해그리드를 의심하는 것 같아?"

"가서 해그리드랑 얘기해 봐야겠어." 해리가 결단을 내리고 말했다. "이번 일이 해그리드 짓이라고 생각하진 않지만, 먼젓번에 괴물을 풀어놓은 사람이 해그리드였다면 비밀의 방에 들어가는 방법도 알고 있을 거야. 거기서부터 시작이야."

"하지만 맥고나걸이 수업 시간이 아닐 땐 탑에 있어야 한다고……."

"내 생각엔" 하고, 해리가 더욱 나직한 목소리로

말을 이었다. "우리 아빠의 오래된 망토를 다시 꺼낼 때인 것 같아."

해리는 아버지에게서 딱 한 가지를 물려받았다. 은빛이 도는 긴 투명 망토였다. 그들이 아무도 모르게 학교 건물을 빠져나가 해그리드를 만날 길은 그것밖에 없었다. 그들은 평소와 같은 시간에 잠자리에 들어 네빌, 딘, 셰이머스가 비밀의 방 얘기를 멈추고 마침내 잠들 때까지 기다렸다가 일어나서 옷을 갈아입고 투명 망토를 뒤집어썼다.

이 시간에 어두운 성 복도를 걸어가는 길은 결코 즐겁지 않았다. 해리는 예전에도 몇 차례 한밤중에 성을 돌아다닌 적이 있지만, 해가 진 뒤에 성안이 이렇게까지 붐비는 건 한 번도 본 적이 없었다. 교수들, 반장들, 유령들이 둘씩 짝지어 복도를 돌아다니면서 조금이라도 평소와 다른 움직임이 있는지 주위를 살피고 있었다. 투명 망토가 소리까지 가려 주지는 않았으므로, 스네이프가 지키고 선 곳에서 고작 몇 미터 떨어진 데서 론이 발가락을 찧었을 때는 유독 긴장감이 흘렀다. 론이 욕설을 내뱉은 것과 거의 동시에 스네이프가 재채기를 해서 다행이었다. 둘은 오크나무 정문에 다다라 살며시 문을 열고 나와서야 한시름 놓을 수 있었다.

맑고 별이 총총한 밤이었다. 그들은 해그리드의 불 켜진 오두막 창문을 향해 서둘러 걸어가 현관 바로 앞에 도착해서야 망토를 벗었다.

문을 두드리고 얼마 후 해그리드가 문을 벌컥 열었다. 해그리드는 그들에게 석궁을 겨누고 있었고 그의 뒤에서는 사냥개 팽이 시끄럽게 짖어 댔다.

"아." 해그리드가 무기를 내리고 그들을 바라보며 물었다. "너희 둘 여기서 뭐 하냐?"

"그걸로 뭐 하시려고요?" 해리가 안으로 들어가면서 석궁을 가리키며 물었다.

"아냐…… 아무것도." 해그리드가 웅얼거렸다. "나는 혹시…… 별일 아니다……. 앉아……. 차를 끓여 주마……."

해그리드는 자기가 뭘 하고 있는지도 모르는 듯했다. 주전자의 물을 쏟아 불을 꺼뜨릴 뻔하더니, 긴장한 탓에 커다란 손을 확 움직이다가 찻주전자를 박살 내 버렸다.

"괜찮아요, 해그리드?" 해리가 물었다. "헤르미온느 얘기 들으셨어요?"

"아, 들었다. 들었지." 해그리드가 살짝 갈라진 목소리로 대답했다.

그는 끊임없이 초조하게 창문을 힐끔거렸다. 그가 커다란 머그잔에 끓는 물을 따라 둘에게 주고 (티백 넣는 것을 잊어버렸다) 막 과일 케이크 한 조각을 접시에 올려놓으려는데 문 두드리는 소리가 요란하게 울렸다.

해그리드가 과일 케이크를 떨어뜨렸다. 해리와 론은 겁에 질린 눈길을 주고받은 다음 투명 망토를 다시 뒤집어쓰고 구석으로 물러났다. 해그리드는 그들이 숨은 걸 확인한 뒤 석궁을 집어 들고 다시 한 번 문을 벌컥 열었다.

"잘 있었나, 해그리드."

덤블도어였다. 그는 매우 심각한 표정으로 안으로 들어왔고, 뒤이어 굉장히 괴상한 차림새의 남자가 따라 들어왔다.

그 낯선 사람은 키가 작고 약간 뚱뚱했으며 헝클어진 회색 머리카락에 얼굴에는 불안한 표정을 짓고 있었다. 옷을 이상하게 조합해 입은 모양새였다. 가는 세로줄무늬 정장에 진홍색 넥타이, 긴 검은색 망토와 뾰족한 자주색 부츠. 옆구리에는 연두색 중산모자를 끼고 있었다.

"우리 아빠 직장 상사야!" 론이 숨죽인 채 말했다. "코닐리어스 퍼지, 마법 정부 총리!"

해리는 팔꿈치로 론을 쿡 찔러 그가 입을 다물게 했다.

해그리드는 얼굴이 창백해져서 땀을 뻘뻘 흘렸다. 그는 의자에 털썩 주저앉아 덤블도어와 코닐리어스 퍼지를 번갈아 보았다.

"곤란하게 됐네, 해그리드." 퍼지가 딱 부러지는 말투로 말했다. "아주 곤란해. 여기 올 수밖에 없었네. 머글 태생을 노린 습격 사건이 네 건이나 발생하다니. 사태가 걷잡을 수 없게 됐어. 정부가 나서야 했네."

"저는 절대 아닙니다." 해그리드가 애원하듯 덤블도어를 보며 말했다. "제가 한 짓이 결코 아니라는 걸 아시잖아요, 덤블도어 교수님……."

"이 점을 이해해 줬으면 좋겠소만, 코닐리어스. 나는 해그리드를 전적으로 믿는다오." 덤블도어가 퍼지를 향해 얼굴을 찌푸리며 말했다.

"이보시오, 알버스." 퍼지가 언짢은 듯 대꾸했다. "해그리드는 전력이 있잖습니까. 정부 입장에서는 뭐라도 해야 하고. 학교 이사들과 연락 중이라오."

"코닐리어스, 다시 한 번 분명히 말하지만 이 상황에서 해그리드를 데려가는 건 조금도 도움이 되지 않을 거요." 덤블도어가 말했다. 그의 푸른 눈이 저렇듯 불길로 이글거리는 모습을 해리는 지금껏 한 번도 본 적이 없었다.

"내 입장도 생각해 주시오." 퍼지가 모자를 만지작거리며 말했다. "나는 엄청난 압력을 받고 있어요. 뭐라도 하고 있다는 걸 보여 줘야 한단 말이오.

범인이 아닌 게 밝혀지면 해그리드는 돌아올 거고 더 이상 아무 말도 나오지 않을 거요. 하지만 난 해그리드를 데려가야 합니다. 그래야만 하오. 내 임무를 다하려면……."

"저를 데려간다고요?" 해그리드가 부들부들 떨면서 물었다. "어디로요?"

"오래 걸리진 않을 걸세." 퍼지가 해그리드와 눈을 마주치지 않은 채 말했다. "형벌이 아니네, 해그리드. 예방 조치일 뿐이지. 다른 사람이 잡히면 자네는 사과를 받고 풀려날 거야……."

"아즈카반은 아니죠?" 해그리드가 쉰 목소리로 물었다.

퍼지가 대답하기도 전에 또 한 차례 요란하게 문을 두드리는 소리가 들렸다.

덤블도어가 문을 열러 갔다. 이번에는 해리가 다 들리게 헉 소리를 내다가 옆구리를 찔렸다.

루시우스 말포이 씨가 해그리드의 오두막 안으로 성큼성큼 들어왔다. 그는 긴 검은색 여행용 망토로 몸을 감싼 채 차갑고 만족스러운 미소를 짓고 있었다. 팽이 으르렁거리기 시작했다.

"벌써 와 계셨습니까, 퍼지." 그가 흡족한 듯 말했다. "좋군요, 좋아……."

"댁이 여기엔 웬일이야?" 해그리드가 화를 내며 말했다. "내 집에서 나가!"

"이봐, 확실히 말하는데 나도 이런 데 들어와 있는 게 전혀 즐겁지 않아. 당신의, 어…… 당신은 이걸 집이라고 부르나?" 루시우스 말포이가 작은 오두막을 둘러보며 비웃듯 말했다. "나는 다만 학교에 들렀다가 교장 선생님이 여기에 계시다는 말을 듣고 왔을 뿐이야."

"나를 찾은 이유가 뭔가, 루시우스?" 덤블도어가

물었다. 정중한 말투였으나 푸른 눈에는 여전히 불길이 타오르고 있었다.

"*끔찍한* 일입니다만, 덤블도어." 말포이가 기다란 양피지 두루마리를 꺼내며 느릿느릿 말했다. "이사들은 당신이 물러설 때라고 여기고 있소. 이건 정직 명령서요. 이사 열두 명 전원의 서명을 볼 수 있을 거요. 유감이지만 우리가 느끼기에 당신은 감을 잃어 가고 있소. 지금까지 습격이 몇 번이나 있었소? 오늘 오후에만 두 번 아니오? 이런 속도라면 호그와트에 머글 태생은 한 명도 남지 않게 될 거요. 그것이 학교에 엄청난 손실이라는 건 우리 모두 알고 있지요."

"아, 저기, 이보게, 루시우스." 퍼지가 놀란 얼굴로 나섰다. "정직이라니…… 안 되네, 안 돼……. 지금 우리가 결코 해선 안 되는 일이 바로……."

"교장의 임명 또는 정직은 이사들의 소관입니다, 퍼지." 말포이 씨가 번드르르한 어조로 말했다. "그리고 덤블도어는 이 습격들을 막는 데 실패했으므로……."

"이것 보게, 루시우스. 덤블도어가 이 일을 막을 수 없다면……." 퍼지가 말했다. 이제는 윗입술로 땀이 흘러내리고 있었다. "그러니까, 누가 막을 수 있겠나?"

"그야 두고 볼 일이죠." 말포이 씨가 고약한 미소를 지으며 말했다. "그러나 우리 열두 명 모두가 투표로 결정했으니……."

해그리드가 벌떡 일어나자 그의 덥수룩한 검은 머리가 천장에 쓸렸다.

"몇 명이나 위협하고 협박해서 그 동의를 얻어 냈나, 말포이? 응?" 그가 으르렁거리듯 말했다.

"이런이런, 조만간 그 성질머리 때문에 곤란해질 거야, 해그리드." 말포이 씨가 말했다. "충고하는데, 아즈카반의 간수들한테는 그렇게 소리치지 않는 게 좋아. 그자들은 그런 걸 전혀 좋아하지 않거든."

"덤블도어 교수님을 쫓아낼 수는 없어!" 해그리드가 소리쳤다. 사냥개 팽이 바구니 안에서 몸을 웅크리고 낑낑거렸다. "덤블도어 교수님을 쫓아내면 머글 태생들한테는 희망이 전혀 없다고! 다음번에는 살인이 일어날 거야!"

"진정하게, 해그리드." 덤블도어가 날카롭게 말했다. 그는 루시우스 말포이를 바라보았다.

"이사들이 나의 해임을 원한다면, 루시우스, 당연히 물러서겠네."

"하지만……." 퍼지가 말을 더듬었다.

"*안 돼요!*" 해그리드가 으르렁거렸다.

덤블도어는 그 밝은 푸른색 눈을 루시우스 말포이의 차가운 회색 눈에서 떼지 않았다.

"그러나……." 덤블도어는 그들 중 누구도 단어 하나 놓치지 않게 하려는 듯 아주 느리고 분명하게 말했다. "자네는 내가 *진정으로* 이 학교를 떠나는 건 내게 충실한 이가 한 명도 없게 될 때뿐이라는 걸 알게 될 걸세. 또한 호그와트에서는 도움을 요청하는 사람에게 언제나 도움이 주어지리란 것도 알게 될 테고."

짧은 순간 해리는 덤블도어가 그와 론이 숨어 있는 구석을 향해 눈을 깜빡였다고 확신했다.

"감동적인 퇴임사로군." 말포이 씨가 꾸벅 허리를 숙이며 말했다. "우리 모두 그리워할 거요. 당신의, 어…… 굉장히 독창적인 운영 방식을 말이오, 알버스. 그리고 당신의 후임자가 그 어떤, 음…… '살인'도 막을 수 있기를 바랄 뿐이오."

그는 성큼성큼 걸어가 오두막 문을 열더니 허리

# RUBEUS

루비우스 해그리드

# HAGRID

를 구부리며 덤블도어를 밖으로 내보냈다. 퍼지는 모자를 만지작거리며 해그리드가 먼저 나가기를 기다렸으나, 해그리드는 그 자리에 그대로 서서 심호흡을 하더니 조심스럽게 입을 열었다. "누구든 뭔가를 찾아내고 싶다면 거미를 따라가면 됩니다. 거미들이 옳은 길로 인도해 줄 거예요! 내가 하고 싶은 말은 그것뿐입니다."

퍼지는 놀란 듯 그를 빤히 쳐다보았다.

"알겠어요, 갑니다." 해그리드가 두더지 가죽 외투를 입으며 말했다. 하지만 그는 퍼지를 따라 문을 나서려던 참에 다시 멈춰 서서 큰 소리로 말했다. "내가 없는 동안 누가 팽한테 밥을 줘야 할 텐데요."

문이 쾅 닫히자 론이 투명 망토를 벗었다.

"이제 큰일 났어." 그가 쉰 목소리로 말했다. "덤블도어를 데려가다니. 오늘 밤 학교를 폐쇄하는 게 나을지도 몰라. 덤블도어가 없으니 이제 하루에 한 번씩 습격이 일어날걸."

팽이 닫힌 문을 긁으며 울부짖기 시작했다.

CHAPTER 15

# 아라고그

성안 교정으로 여름이 찾아들고 있었다. 하늘과 호수 모두 연한 파란색으로 변했고, 온실에는 양배추만 한 꽃들이 활짝 피었다. 그러나 뒤를 졸졸 따르는 팽을 데리고 교정을 성큼성큼 돌아다니는 해그리드가 없는 창밖 풍경은 해리의 눈에 정상적으로 보이지 않았다. 정말이지 모든 것이 엉망진창인 성안 풍경보다도 나을 게 없었다.

해리와 론은 헤르미온느를 만나러 가려고 했지만 이제 병동에서는 병문안이 금지되었다.

"더 이상 위험을 무릅쓸 수는 없어." 폼프리 선생이 병동 문틈으로 엄격하게 말했다. "안 된다. 미안하지만 범인이 이 아이들을 끝장내러 올 수도 있으니까……."

덤블도어가 없으니 전에 없는 공포가 번져 나갔고, 그 바람에 성벽에 내리쬐는 태양도 기둥 달린 창문 앞에서 그만 가로막히는 것 같았다. 학교에서는 걱정하거나 긴장하는 표정을 짓지 않는 얼굴을 거의 찾아볼 수 없었고, 복도에 울려 퍼지는 웃음소리는 날카롭고 부자연스러웠으며 그나마도 금방 그쳤다.

해리는 덤블도어의 마지막 말을 계속 곱씹어 보았다. '내가 진정으로 이 학교를 떠나는 건 내게 충실한 이가 한 명도 없게 될 때뿐이라는 걸……. 호그와트에서는 도움을 요청하는 사람에게 언제나 도움이 주어지리란 것도…….' 하지만 이런 말이 무슨 도움이 된단 말인가? 모두가 똑같이 혼란스러워하고 두려워하는 이때, 정확히 누구에게 도움을 청하라는 걸까?

거미에 관한 해그리드의 힌트는 훨씬 이해하기 쉬웠다. 문제는, 따라갈 만한 거미가 성안에 한 마리도 남아 있지 않은 것처럼 보인다는 것이었다. 해리는 (상당히 꺼림칙해하는) 론과 함께 가는 곳마다 주의 깊게 살펴보았다. 물론 혼자 다니는 게 허용되지 않고 다른 그리핀도르 학생들과 무리 지어 다녀야 한다는 점이 방해가 되기는 했다. 다른 친구들은 대부분 교수들에게 이 교실에서 저 교실로 양 떼처럼 이끌려 다닐 수 있어 다행이라고 여기는 듯했지만 해리는 꽤 성가셨다.

그러나 한 사람만은 공포와 의심의 분위기를 철저히 즐기는 듯했다. 드레이코 말포이는 방금 남학생 회장으로 뽑히기라도 한 것처럼 으스대며 학교를 활보하고 다녔다. 해리는 말포이가 무엇 때문에 그토록 즐거워하는지 알지 못하다가, 덤블도어와 해그리드가 학교를 떠나고 보름 뒤에 있었던 마법약 수업 시간에 말포이 바로 뒤에 앉아 고소하다는 듯 크래브와 고일에게 떠들어 대는 얘기를 우연히 들었다.

"난 예전부터 덤블도어를 쫓아내는 사람은 우리 아버지일 거라고 생각했어." 말포이가 굳이 목소리를 낮추지도 않고 말했다. "전에도 말했지만 우리 아버지는 덤블도어가 이 학교 역대 최악의 교장이라고 생각하시거든. 어쩌면 이제 괜찮은 교장이 올지도 몰라. 비밀의 방이 닫히길 *바라지 않는* 사람 말이야. 맥고나걸도 오래 버티지 못할 거야. 그냥 자리나 때우는 거니까……."

스네이프는 헤르미온느의 빈자리와 빈 솥에 대해 아무 말도 하지 않고 해리 옆을 지나쳤다.

"교수님." 말포이가 큰 소리로 말했다. "교수님이 교장 자리에 지원하시는 건 어떠세요?"

"자자, 말포이." 스네이프가 가느다란 입술에 떠오르는 미소를 억누르지 못하고 말했다. "덤블도어 교수님은 이사들에 의해 정직을 당하셨을 뿐이야. 머잖아 돌아오실 거다."

"네, 그렇겠죠." 말포이가 히죽 웃으며 말했다. "제 생각에 우리 아버지는 교수님한테 투표하실 거예요. 교수님이 교장 자리에 지원하신다면요. *제가* 아버지한테 여기 교수들 중 교수님이 가장 훌륭한 분이라고 말씀드릴게요……."

다행히 스네이프는 히죽거리며 지하 감옥을 휩쓸고 돌아다니느라, 솥 안에다 토하는 시늉을 하던 셰이머스 피니건을 보지 못했다.

"머드블러드들이 아직도 짐을 싸지 않았다니 참 놀라워." 말포이가 말을 이었다. "다음 녀석은 죽는다는 데 5갈레온 건다. 그게 그레인저가 아닌 건 아쉽지만……."

그 순간 종이 울려서 다행이었다. 말포이의 마지막 말을 듣고 론이 의자에서 벌떡 일어났음에도, 가방과 책을 챙기느라 소란이 일어난 덕분에 그가 말포이에게 달려들려는 것을 아무도 알아채지 못했기 때문이다.

"말리지 마." 론이 해리와 딘에게 양팔을 붙들린 채 으르렁거렸다. "상관없어, 마법 지팡이도 필요 없어. 내가 맨손으로 저 자식 죽여 버릴 거야."

"서두르도록. 내가 너희 모두를 약초학 수업에 데려다주어야 하니까." 스네이프가 학생들 머리 너머로 소리쳤다. 학생들은 두 명씩 줄을 서서 교실을 떠났다. 해리, 론, 딘이 맨 끝에 섰는데, 론은 여전히 둘에게서 빠져나오려 애쓰고 있었다. 두 사람은 스네이프가 학생들을 성 밖까지 데려간 다음에야 안심하고 론을 놔줄 수 있었다. 그들은 채소밭을 가로질러 온실로 향했다.

저스틴과 헤르미온느가 없어 학생이 둘이나 줄어든 약초학 수업 분위기는 매우 가라앉아 있었다.

스프라우트 교수는 모두에게 아비시니아 쪼글쪼글 무화과의 가지치기 작업을 하게 했다. 해리는 시든 가지 한 아름을 비료 더미에 쏟아부으러 갔다가 어니 맥밀런과 마주쳤다. 어니는 한 차례 숨을 깊게 들이쉬더니 제법 정중하게 말했다. "그냥 이 얘기를 하고 싶었어, 해리. 너를 의심해서 미안해. 네가 결코 헤르미온느 그레인저를 공격할 리 없다는 걸 알아. 내가 했던 말 전부 사과할게. 이제 우리 모두 한배를 탔으니까, 뭐······."

그가 통통한 손을 내밀자 해리는 그 손을 잡았다.

어니와 그의 친구 해너가 해리, 론이 작업하고 있는 쪼글쪼글 무화과에 가지치기를 하러 왔다.

"그 드레이코 말포이 녀석 말이야." 어니가 죽은 잔가지를 부러뜨리며 말했다. "걔는 이 모든 일을 재밌어하는 것 같더라? 있지, 내 생각엔 걔가 슬리데린의 후계자인 것 같아."

"똑똑하기도 하지." 론이 이죽거렸다. 그는 해리처럼 선뜻 어니를 용서하지 못하는 것 같았다.

"너도 말포이라고 생각해, 해리?" 어니가 물었다.

"아니." 해리가 말했다. 너무나 단호한 대답에 어니와 해너가 그를 뚫어지게 바라보았다.

잠시 후, 해리는 뭔가를 발견하고 정원용 가위로 론의 손을 툭 쳤다.

"아얏! 너 무슨······."

해리는 1미터쯤 떨어진 땅바닥을 가리켰다. 커다란 거미 몇 마리가 땅 위를 빠르게 기어가고 있었다.

"아, 그래." 론은 억지로 기쁜 표정을 지어 보이려고 애쓰다가 실패했다. "하지만 지금 따라갈 수는 없잖아······."

어니와 해너가 궁금한 얼굴로 귀를 기울이고 있었다.

해리는 도망치는 거미들을 지켜보았다.

"금지된 숲으로 가는 것 같은데······."

론은 그 말에 더욱 괴로운 표정이 되었다.

수업이 끝나자 스프라우트 교수는 학생들을 어둠의 마법 방어법 교실로 데려다주었다. 해리와 론은 다른 사람들에게 들리지 않게 이야기하려고 뒤로 처졌다.

"또다시 투명 망토를 써야 할 거야." 해리가 론에게 말했다. "팽을 데려가면 돼. 팽은 해그리드랑 같이 금지된 숲에 들어가곤 했잖아. 어느 정도 도움이 될 거야."

"그래." 론이 초조한 듯 손가락으로 마법 지팡이를 빙글빙글 돌리며 말했다. "어······ 거기 숲에는 늑대인간이 있다고 하지 않았어?" 록하트의 교실 뒤쪽, 평소 앉는 자리에 앉으며 론이 덧붙였다.

해리는 그 질문에 대답하지 않기로 했다. "좋은 것도 제법 많아. 켄타우로스들도 괜찮고, 유니콘도 있고."

론은 금지된 숲에 한 번도 들어가 본 적이 없었다. 해리는 딱 한 번 들어가 봤지만 결코 다시 가고 싶은 마음은 없었다.

록하트가 교실로 껑충껑충 뛰어

들어오자 학생들이 그를 쳐다봤다. 다른 교수들은 하나같이 평소보다 우울한 표정을 짓고 있는 반면 록하트의 쾌활함은 조금도 줄어들지 않은 듯했다.

"저런저런." 그가 주위에 환한 미소를 뿌리며 소리쳤다. "왜 다들 우울한 얼굴이야?"

아이들은 화난 눈길을 주고받을 뿐 아무도 대답하지 않았다.

"아직 모르는구나." 록하트가 그들을 죄다 살짝 바보 취급 하며 천천히 말했다. "위험은 지나갔단다! 범인이 잡혔어."

"누가 그래요?" 딘 토머스가 큰 소리로 물었다.

"이봐, 친구. 해그리드가 범인이라고 100퍼센트 확신하지 않았다면 마법 정부 총리가 그자를 잡아갔겠니?" 록하트가 1 더하기 1은 2라고 설명하는 투로 말했다.

"아, 퍽이나 그렇겠네요." 론이 딘보다 큰 목소리로 말했다.

"자랑은 아니지만, 해그리드가 붙잡힌 일에 대해서는 내가 너보다 조금 더 알고 있단다, 위즐리 군." 록하트가 자기만족에 빠진 목소리로 말했다.

론은 자기 생각은 어쩐지 좀 다르다고 말하려 했지만 해리가 책상 밑으로 세게 걷어차는 바람에 중간에 입을 다물었다.

"우린 그 자리에 없었던 거야. 기억하지?" 해리가 중얼거렸다.

하지만 해리도 록하트의 진저리 나는 쾌활함과, 그가 은연중에 예전부터 해그리드를 형편없는 사람이라 생각했다고 말한 것, 이 모든 일이 이제 끝났다고 자신하는 그 태도에 너무 짜증이 나서 록하트의 멍청한 얼굴에 《굴과 굴러다니기》를 집어던지고 싶은 마음이 굴뚝같았다. 대신 그는 론에게 쪽지를 휘갈겨 쓰면서 마음을 다잡았다. '오늘 밤에 하자.'

론은 쪽지를 읽고 침을 꿀꺽 삼키더니 평소 헤르미온느가 앉던 빈자리를 곁눈질했다. 그 모습에 결심을 굳힌 듯 론은 고개를 끄덕였다.

6시 이후로는 아무 데도 갈 수 없었기 때문에 그리핀도르 휴게실은 늘 북적거렸다. 게다가 할 얘기도 많았기에, 휴게실은 자정이 지나서까지 비지 않을 때가 많았다.

해리는 저녁을 먹자마자 짐 가방에서 투명 망토를 꺼내 와 깔고 앉은 채 휴게실이 비기를 기다리며 저녁 시간을 보냈다. 프레드와 조지가 해리와 론에게 몇 차례 폭발하는 카드 게임을 도전해 왔고, 지니는 축 처져서 헤르미온느가 평소 앉던 의자에 앉아 그들을 지켜보고 있었다. 해리와 론은 게임을 빨리 끝내려고 일부러 계속 졌지만, 그럼에도 프레드, 조지, 지니가 마침내 자러 갔을 때는 자정이 훨씬 지난 뒤였다.

해리와 론은 멀찍이서 두 군데 침실 문이 닫히는 소리가 들리기를 기다렸다가 투명 망토를 들어 올려 뒤집어쓴 다음 초상화 구멍으로 나갔다.

둘은 또 한 번 교수들을 피해 성안을 지나는 힘든 여정에 올랐다. 마침내 현관홀에 도착한 그들은 오크나무 정문 잠금장치를 연 다음 삐걱거리는 소리가 나지 않도록 조심스럽게 문틈을 비집고 달빛이 비치는 교정으로 나왔다.

"물론" 하고, 어두운 잔디밭을 성큼성큼 지날 때 론이 갑자기 입을 열었다. "숲으로 갔는데 따라갈 게 아무것도 없을 수 있겠지. 거미들은 숲으로 가려던 게 아니었을지도 몰라. 걔들이 뭐랄까, 대체 론은 기대감으로 말끝을 흐렸다.

그들은 해그리드의 집에 도착했다. 불 꺼진 창문이 슬프고 초라해 보였다. 해리가 문을 열자 팽이 그들을 보고 기뻐서 날뛰었다. 팽이 짖는 소리에 성 안 사람들이 깰까 봐 그들은 얼른 난로 위 깡통에서 당밀 퍼지를 꺼내 팽에게 먹였다. 팽의 이빨이 쩍 달라붙어 버렸다.

해리는 해그리드의 탁자에 투명 망토를 놓아두었다. 칠흑같이 어두운 숲에서는 망토가 필요 없을 터였다.

"이리 와, 팽. 산책 갈 거야." 해리가 팽의 다리를 토닥이며 말하자, 팽은 기쁜 듯 그들을 뒤쫓아 껑충껑충 집 밖으로 뛰쳐나오더니 숲가로 돌진해서는 커다란 단풍나무에 대고 한쪽 다리를 들어 올렸다.

해리가 지팡이를 꺼내 "루모스"라고 중얼거리자 마법 지팡이 끝에서 딱 거미의 흔적을 찾아 오솔길을 살펴볼 만큼의 작은 빛이 생겨났다.

"좋은 생각이야." 론이 말했다. "내 것도 켜고 싶지만, 너도 알다시피 아마 지팡이가 터지거나 뭐 그럴 거야……."

해리는 론의 어깨를 가볍게 두드려 주고 풀밭을 가리켰다. 무리에서 떨어진 거미 두 마리가 마법 지팡이 불빛을 피해 황급히 나무 그늘 속으로 달아나고 있었다.

"그래." 론이 최악의 상황을 각오한 듯 한숨을 쉬었다. "준비됐어. 가자."

나무뿌리와 잎사귀 냄새를 맡으며, 그들은 주위를 날쌔게 뛰어다니는 팽과 함께 금지된 숲으로 들어갔다. 그들은 해리의 지팡이 불빛에 의지해, 오솔길을 따라 꾸준히 이동하는 거미들을 쫓아갔다. 잔가지 부러지는 소리와 나뭇잎 부스럭거리는 소리 말고 다른 소리가 들리지 않는지 열심히 귀를 기울이며 아무 말 없이 20분쯤 걸었다. 잠시 후, 나무들이 더욱 빽빽해져서 더 이상 머리 위의 별들이 보이지 않게 되고 해리의 마법 지팡이만이 어둠의 바다 속에서 홀로 빛날 때, 거미 안내자들이 길을 벗어나는 모습이 보였다.

해리는 멈춰 서서 거미들이 어디로 가는지 보려고 했지만 작고 동그란 빛이 미치는 범위 바깥은 칠흑같이 어두웠다. 금지된 숲에 이토록 깊이 들어와 본 적은 없었다. 지난번 여기에 왔을 때 해그리드가 숲 오솔길을 벗어나지 말라고 조언했던 것이 생생하게 떠올랐다. 하지만 해그리드는 지금 몇 킬로미터 떨어진 곳에, 아마도 아즈카반의 감옥에 있었고, 거미를 따라가라고도 말했다.

뭔가 축축한 것이 손에 닿자 해리는 뒤로 펄쩍 뛰다가 론의 발을 꽉 밟고 말았다. 하지만 팽의 코가 닿은 것일 뿐이었다.

"어떻게 할까?" 해리가 마법 지팡이 빛에 비쳐 눈만 간신히 보이는 론에게 물었다.

"이미 여기까지 왔는걸." 론이 말했다.

그래서 그들은 빠르게 나아가는 거미들의 그림자를 좇아 우거진 나무들 사이로 들어갔다. 이제는 그렇게 빨리 움직일 수가 없었다. 어둠에 잠겨 거의 보이지 않는 나무뿌리와 그루터기가 가는 길을 방해했기 때문이다. 해리는 팽의 뜨거운 숨결이 손에 닿는 것을 느꼈다. 해리가 쭈그리고 앉아 지팡이 불빛으로 거미를 찾을 수 있도록 그들은 몇 번이고 멈춰 서야 했다.

낮게 늘어진 나뭇가지와 가시덤불에 로브가 걸리고 찢기면서 적어도 30분은 걸은 것 같았다. 얼마 후 그들은 주위의 나무는 다른 곳처럼 울창하지만 땅은 밑으로 경사져 있다는 사실을 알아차렸다.

그때 팽이 갑자기 큰 소리로 쩌렁쩌렁하게 짖는 바람에 해리와 론 둘 다 화들짝 놀랐다.

"뭐지?" 론이 해리의 팔꿈치를 꽉 움켜잡고 새까만 어둠 속을 두리번거리며 큰 소리로 말했다.

"저기 뭔가가 움직이고 있어." 해리가 숨죽여 말했다. "잘 들어 봐…… 뭔가 커다란 게 움직이는 소리가 들려."

그들은 귀를 기울였다. 오른쪽으로 조금 떨어진 곳에서 거대한 무언가가 나무들을 뚫고 길을 만드느라 나뭇가지를 딱딱 부러뜨리고 있었다.

"이런, 안 돼." 론이 넋 나간 듯 중얼거렸다. "안 돼, 안 돼, 안……."

"조용히 해." 해리가 한껏 흥분해서 말했다. "네 소리를 듣겠어."

"내 소리를 듣는다고?" 론이 부자연스럽게 높아진 목소리로 말했다. "이미 팽이 짖어 대는 소리를 들었잖아!"

겁에 질린 채 서서 기다리는데 어둠이 눈알을 짓눌러 오는 것 같았다. 기괴한 우르릉거리는 소리가 나는가 싶더니 갑자기 조용해졌다.

"뭘 하려는 거지?" 해리가 혼잣말처럼 물었다.

"달려들려고 준비하는 거겠지." 론이 말했다.

그들은 감히 움직이지도 못한 채 부들부들 떨면서 기다렸다.

"가 버린 걸까?" 해리가 속삭였다.

"모르겠어……."

그때 그들의 오른쪽에서 갑자기 불빛이 작열했다. 어둠 속의 그 빛이 너무나 밝아 둘은 얼른 양손을 들어 올려 눈을 가렸다. 팽은 컹컹 짖으며 도망치려다가 엉긴 가시덤불에 걸리자 더욱 시끄럽게 컹컹댔다.

"해리!" 론이 안도감에 갈라진 목소리로 외쳤다. "해리, 우리 자동차야!"

"뭐?"

"가자!"

해리는 비틀거리고 발을 헛디디면서 론을 따라 빛을 향해 더듬더듬 걸어갔다. 잠시 뒤 그들은 공터로 나왔다.

위즐리 씨의 자동차가 빽빽한 나뭇가지 지붕 아래 울창한 숲 한가운데에서 전조등을 번쩍거리며 서 있었다. 론이 입을 쩍 벌리고 그쪽으로 걸어가자 자동차는 마치 주인을 맞이하는 커다란 청록색 개처럼 론을 향해 천천히 움직였다.

"줄곧 여기에 있었다니!" 론이 자동차 주위를 걸어 다니며 기쁜 듯 말했다. "이것 봐. 숲이 녀석을 거칠게 바꿔 놨어……."

자동차는 양 옆구리가 긁히고 진흙으로 온통 더럽혀 있었다. 저 혼자 숲속을 덜컹거리고 돌아다닌 게 틀림없었다. 팽은 자동차가 전혀 마음에 들지 않는지 해리 곁에 바짝 붙어 있었다. 팽이 부들부들 떠는 것이 느껴졌다. 해리는 호흡을 가라앉히며 마법 지팡이를 다시 로브 속에 집어넣었다.

"이게 우리를 공격할 거라고 생각했다니!" 론이 자동차에 기대 몸체를 토닥거리며 말했다. "어디로 갔나 했네!"

해리는 거미가 더 있는지 보려고 눈을 가늘게 뜨고 조명이 비치는 바닥을 살폈지만, 거미들은 전조

등 불빛을 피해 달아난 뒤였다.

"거미를 놓쳤어." 그가 말했다. "빨리, 가서 찾아보자."

론은 대꾸하지 않았다. 움직이지도 않았다. 론의 두 눈은 해리의 바로 뒤, 바닥에서 3미터 높이에 고정되어 있었다. 얼굴은 공포에 질려 창백했다.

해리가 돌아볼 겨를도 없었다. 크게 딸깍거리는 소리가 나더니 돌연 길고 털이 잔뜩 난 뭔가가 그의 허리를 낚아채 땅에서 들어 올리는 것이 느껴졌다. 해리는 그렇게 얼굴을 아래로 한 채 공중에 매달려 있었다. 두려움에 몸부림치는 해리의 귀에 딸깍거리는 소리가 더 많이 들려왔다. 론의 다리가 땅에서 들리는 광경이 보이고, 팽이 낑낑거리며 울부짖는 소리가 들렸다. 다음 순간, 해리는 어두운 숲속으로 휩쓸려 갔다.

해리는 거꾸로 매달린 채, 그를 붙잡은 존재가 엄청나게 길고 털이 숭숭 난 여섯 개의 다리로 나아가는 것을 보았다. 앞의 두 다리로는 그를 꽉 붙잡고 있었는데 그 위로 까맣고 번쩍이는 한 쌍의 집게발이 보였다. 뒤에서 또 한 놈의 소리가 들렸다. 놈이 론을 붙잡고 있는 게 틀림없었다. 그들은 금지된 숲 한가운데로 들어가고 있었다. 해리는 팽이 세 번째 괴물에게서 벗어나려고 몸부림치면서 요란하게 낑낑거리는 소리를 들었지만, 그 자신은 소리를 지르고 싶어도 그럴 수가 없었다. 마치 공터에 있는 자동차에 목소리를 놔두고 온 것 같았다.

해리는 얼마나 오래 그 생물에게 붙들려 있었는지 알 수 없었다. 그저 갑자기 어둠이 걷힌 덕분에 지금 그의 눈앞에서 낙엽으로 뒤덮인 땅에 거미들이 득시글거리고 있다는 사실만 알 뿐이었다. 목을 옆으로 쭉 빼고 보니 그들은 광대한 분지 가장자리에 다다라 있었다. 나무가 없었기에 별빛이 해리가 여태껏 한 번도 본 적 없는 끔찍한 장면을 그대로 비췄다.

거미들. 나뭇잎 밑에서 갑자기 튀어나오는 그런 작은 거미들이 아니었다. 짐마차 끄는 말만 한 거미, 눈 여덟 개에 다리 여덟 개, 검은색에 털이 숭숭 난 어마어마하게 큰 거미들이 있었다. 해리를 들고 있던 거대 거미가 가파른 내리막길을 따라 분지 한가운데 있는 부연 반구형 거미줄로 향했다. 그사이 동료 거미들은 놈이 들고 있는 것을 보고 흥분한 듯 집게발을 딸깍거리며 주위에 몰려들었다.

거미가 놓아주자 해리는 팔다리를 뻗은 채 땅바닥에 널브러졌다. 론과 팽이 옆에 털썩 떨어졌다. 팽은 더 이상 울부짖지 않고 그 자리에 조용히 웅크리고 있었다. 론은 해리와 정확히 똑같은 기분인 듯했다. 그의 입이 소리 없는 비명이라도 지르는 것처럼 크게 벌어지고 눈은 튀어나오려 했다.

해리는 갑자기 자기를 떨어뜨린 거미가 뭔가 말을 하고 있음을 알아챘다. 한 마디 할 때마다 집게발을 딸깍거렸기에 알아듣기가 어려웠다.

"아라고그!" 놈이 소리쳤다. "아라고그!"

그러자 부연 반구형 거미줄 한가운데에서 작은 코끼리만 한 거미가 아주 천천히 모습을 드러냈다. 검은색 몸통과 다리에는 회색빛이 돌았고, 집게발이 달린 흉측한 머리에 붙어 있는 눈들은 하나같이 우유처럼 하얬다. 눈이 먼 거미였다.

"무슨 일이냐?" 그 거미가 집게발을 빠르게 딸깍거리며 물었다.

"인간이에요." 해리를 잡은 거미가 집게발을 딸깍거렸다.

"해그리드냐?" 아라고그가 더 가까이 다가오더

니 여덟 개의 뿌연 눈알을 이리저리 굴렸다.

"낯선 자들인데요." 이번에는 론을 데려온 거미가 딸깍거렸다.

"죽여 버려." 아라고그가 귀찮다는 듯 집게발을 딸깍거렸다. "자고 있었는데……."

"우린 해그리드의 친구예요." 해리가 소리쳤다. 심장이 가슴에서 떨어져 나와 목구멍에서 쿵쾅거리는 것 같았다.

딸깍, 딸깍, 분지에 모인 모든 거미가 집게발을 딸깍거렸다.

아라고그가 멈춰 섰다.

"해그리드는 우리가 사는 분지에 인간들을 보낸 적이 한 번도 없다." 그가 천천히 말했다.

"해그리드가 곤경에 빠졌어요." 해리가 숨 가쁘게 말했다. "그래서 우리가 온 거예요."

"곤경에 빠졌다고?" 늙은 거미가 말했다. 집게발이 딸깍거리는 소리 뒤로 걱정스러운 기색이 들린 것 같았다. "그런데 왜 너를 보냈지?"

해리는 일어설까 하다가 그러지 않기로 했다. 다리가 버텨 줄 것 같지 않았다. 그는 땅바닥에 주저앉은 채 할 수 있는 한 차분하게 말했다.

"사람들은, 저 위에 있는 학교 사람들요, 그 사람들은 해그리드가 학생들한테 어…… 어…… 뭔가를 풀어놨다고 생각해요. 그 사람들이 해그리드를 아즈카반으로 데려갔어요."

아라고그가 불같이 화를 내며 집게발을 딸깍거리자, 뒤이어 분지 전체에 거미 떼가 딸깍거리는 소리가 울려 퍼졌다. 꼭 박수갈채 소리 같았다. 보통은 박수 소리 때문에 두려워 토할 것 같은 기분이 들지는 않겠지만.

"그러나 그건 오래전 일이었다." 아라고그가 짜증이 담긴 목소리로 말했다. "무척 오래전의 일. 나는 똑똑히 기억한다. 그게 그자들이 해그리드를 학교에서 쫓아낸 이유였지. 그자들은 내가 그들이 비밀의 방이라고 부르는 곳에 사는 괴물이라 믿었다. 해그리드가 그 방을 열어서 나를 풀어 주었다고 생각했지."

"그럼 당신은…… 당신은 비밀의 방에서 나온 게 아닌가요?" 이마에 식은땀이 흐르는 것을 느끼며 해리가 물었다.

"내가!" 아라고그가 화가 나서 딸깍거렸다. "나는 그 성에서 태어나지 않았다. 머나먼 땅에서 왔지. 내가 알 속에 있었을 때 어떤 여행자가 나를 해그리드한테 줬어. 해그리드는 어린아이였지만 날 성안 벽장에 숨겨 놓고 식탁에 떨어진 음식 부스러기를 가져와 먹이면서 돌봐 주었다. 해그리드는 좋은 친구이자 좋은 인간이다. 내가 발견되고 한 소녀가 죽은 일이 내 탓이 되자 해그리드는 나를 지켜 줬어. 그때 이후로 나는 계속 여기 숲에서 살았다. 해그리드는 지금도 나를 만나러 온다. 해그리드는 심지어 내게 아내 모새그를 찾아 주기도 했어. 너도 우리 가족이 얼마나 불어났는지 알겠지. 이건 다 선량한 해그리드 덕분이다……."

해리는 남아 있는 용기를 끌어모았다.

"그러니까 당신은 절대, 절대 아무도 공격하지 않았다는 거죠?"

"그래." 늙은 거미가 쉰 목소리로 말했다. "그게 내 본능이었겠지만 나는 해그리드를 존중하기에 한 번도 인간을 해치지 않았다. 살해당한 소녀의 시체는 화장실에서 발견됐다. 나는 내가 자란 벽장을 빼면 성의 어디도 본 적이 없어. 우리 종족은 어둡고 조용한 곳을 좋아하니까……."

"하지만 그러면…… 대체 뭐가 그 소녀를 죽였는지 아세요?" 해리가 말했다. "왜냐면, 뭔지는 모르겠지만 그게 돌아와서 다시 사람들을 공격하고 있……."

하지만 해리의 말은 갑작스레 터져 나온 요란한 딸깍거리는 소리와 수많은 긴 다리들이 화난 듯 이리저리 움직이며 버스럭거리는 소리에 묻히고 말았다. 사방에서 거대한 검은 형체들이 이쪽저쪽으로 움직였다.

아라고그가 말했다. "성에 살고 있는 그것은 우리 거미들이 무엇보다 두려워하는 고대 생명체다. 그 짐승이 학교를 돌아다니고 있다는 것을 감지하고 해그리드한테 날 놓아달라고 얼마나 애원했는지 잘 기억한다."

"그게 뭔데요?" 해리가 다급히 물었다.

딸깍거리는 소리와 버스럭거리는 소리가 더욱 시끄럽게 울려 퍼졌다. 거미들이 그들에게 점점 다가오고 있는 것 같았다.

"우리는 말하지 않는다!" 아라고그가 사납게 내뱉었다. "우리는 그것의 이름을 말하지 않아! 해그리드에게조차 그 끔찍한 생명체의 이름을 말해 주지 않았다. 그가 수차례 물었는데도 말이야."

해리는 거미들이 사방으로부터 밀려들고 있는 상황에서 이 문제를 더 밀어붙이고 싶진 않았다. 아라고그는 말하는 데 싫증이 난 듯했다. 그는 반구형 거미줄 안으로 천천히 돌아가고 있었으나 그의 동료 거미들은 계속 해리와 론을 향해 조금씩 천천히 다가왔다.

"그럼, 우리는 그냥 갈게요." 해리는 뒤에서 나뭇잎이 부스럭거리는 소리를 들으며 아라고그의 뒤에 대고 절박하게 소리쳤다.

"간다고?" 아라고그가 천천히 말했다. "그건 안 될 것 같은데……."

"하지만…… 하지만……."

"내 아들들과 딸들은 내 명령에 따라 해그리드를 해치지 않는다. 그러나 신선한 고기가 우리 한가운데 제 발로 걸어 들어왔다면 나로서도 허락하지 않을 수 없지. 잘 가거라, 해그리드의 친구여."

해리는 몸을 홱 돌렸다. 바로 앞에 해리의 키보다 큰, 거미들로 이루어진 단단한 벽이 서 있었다. 딸깍딸깍 소리를 내면서, 흉측한 검은색 머리들에 붙은 수많은 눈알을 번뜩이면서…….

해리는 마법 지팡이로 손을 뻗으면서도 그래 봐야 아무 소용 없다는 것을 알았다. 수가 너무 많았다. 그래도 싸우다 죽겠다는 결심으로 애써 일어서려는데, 시끄러운 소리가 길게 울리더니 분지에 눈부신 빛이 작열했다.

위즐리 씨의 자동차가 전조등을 번뜩이고 경적을 빵빵 울리며 거미들을 옆으로 쳐 내면서 내리막길을 우르릉 달려 내려오고 있었다. 거미 몇 마리가 뒤집혀서 여러 개의 다리를 허공에 허우적댔다. 자동차가 끼익 소리를 내며 해리와 론 앞에 멈추더니 문이 활짝 열렸다.

"팽을 데려와!" 해리가 앞좌석에 뛰어들며 소리쳤다. 론은 컹컹 짖고 있는 사냥개의 몸을 낚아채 자동차 뒷좌석에 던져 넣었다. 문이 쾅 닫혔다. 론은 액셀을 밟지 않았지만 자동차에게는 론이 필요하지 않았다. 엔진이 부르릉거리는가 싶더니, 그들은 더 많은 거미를 쳐서 넘어뜨리며 그 자리를 떠났다. 비탈길을 빠르게 달려 분지를 벗어난 자동차는 곧 숲을 뚫고 나아갔다. 나뭇가지들이 창문을 채찍질했다. 자동차는 영리하게도 가장 넓은 틈을 골라

통과하고 있었다. 길을 알고 있는 게 분명했다.

해리는 론을 힐끗 보았다. 입으로는 여전히 소리 없는 비명을 지르고 있었지만 이제 눈은 튀어나올 것처럼 보이지 않았다.

"괜찮아?"

론은 대답을 못 하고 앞만 뚫어지게 바라보았다.

그들은 덤불을 마구 헤치며 나아갔고, 뒷좌석에서는 팽이 시끄럽게 울부짖고 있었다. 해리는 자동차가 커다란 오크나무 옆을 비집고 지나가면서 사이드미러가 툭 부러지는 것을 보았다. 시끄럽고 험난한 10분이 지나자 나무들이 드문드문해지고 다시 하늘이 조금 보이기 시작했다.

자동차가 급정거하는 바람에 그들은 하마터면 앞 유리에 부딪힐 뻔했다. 그들은 금지된 숲 가장자리에 와 있었다. 팽은 밖으로 나가고 싶은 마음에 창문으로 몸을 던졌고, 해리가 문을 열어 주자 꼬리를 만 채 나무 사이를 헤치고 쏜살같이 해그리드의 집으로 달려갔다. 해리도 밖으로 나왔다. 론은 그제야 팔다리에 감각이 돌아온 듯 1분쯤 뒤에 따라 내렸지만 여전히 목은 뻣뻣했고 얼굴은 멍했다. 해리가 고맙다는 표시로 가볍게 두드리자 자동차는 후진해서 다시 금지된 숲으로 사라졌다.

해리는 투명 망토를 가지러 해그리드의 오두막으로 돌아갔다. 팽은 바구니 안 담요 밑에서 부들부들 떨고 있었다. 해리가 다시 밖으로 나와 보니 론은 호박밭에다 격하게 토악질을 하고 있었다.

"거미들을 따라가라고?" 론이 소매로 입을 닦으며 힘없이 말했다. "난 해그리드를 절대 용서하지 않을 거야. 우리가 지금 살아 있는 것만으로도 기적이라고."

"해그리드는 분명 아라고그가 자기 친구들을 해치지 않을 거라고 생각했을 거야." 해리가 말했다.

"그게 바로 해그리드의 문제야!" 론이 오두막 벽을 쾅 치며 말했다. "해그리드는 항상 괴물들이 사람들이 아는 것만큼 나쁘지 않다고 생각하잖아. 그래서 해그리드가 어떻게 됐는지 좀 봐! 아즈카반의 감옥에 있지!" 론은 이제 걷잡을 수 없이 떨고 있었다. "대체 우리를 저 숲에 보낸 이유가 뭐야? 우리가 뭘 알아냈는지 좀 말해 볼래?"

"해그리드는 결코 비밀의 방을 열지 않았다는 것." 해리가 론에게 투명 망토를 뒤집어씌우고 팔을 쿡쿡 찔러 그를 걷게 하면서 말했다. "해그리드는 결백하다는 것."

론은 크게 코웃음을 쳤다. 론이 생각하기에 아라고그를 벽장 안에서 부화시키는 것은 전혀 '결백'한 일이 아니었다.

성의 어렴풋한 모습이 점점 가까워지자 해리는 투명 망토를 끌어내려 발을 확실히 감춘 다음, 삐걱거리는 문을 열었다. 그들은 조심스럽게 현관홀을 지나 대리석 계단을 올라갔다. 경계 중인 보초들이 걸어 다니는 복도를 지날 때는 숨까지 참았다. 마침내 그들은 그리핀도르 휴게실이라는 안전한 장소에 도착했다. 난롯불은 다 타서 빨갛게 달아오른 재로 변해 있었다. 그들은 투명 망토를 벗고 구불구불한 계단을 올라 기숙사 침실로 향했다.

론은 옷도 벗지 않고 침대에 쓰러졌다. 그러나 해리는 별로 졸리지 않았다. 그는 사주식 침대 가장자리에 앉아 아라고그가 했던 말들을 곱씹어 보았다.

해리는 성안 어딘가에 숨어 있는 그 생명체가 꼭 괴물 세계의 볼드모트 같다고 생각했다. 다른 괴물들조차 그놈의 이름을 입에 담고 싶어 하지 않았다. 하지만 해리와 론은 대체 그것의 정체가 뭔지, 혹은 그놈이 어떻게 피해자들을 석화시켰는지에 대해 더 알아내지 못했다. 해그리드도 비밀의 방 안에 뭐가 있는지는 전혀 몰랐다.

해리는 다리를 침대 위로 휙 끌어 올리고 베개에 기대 달빛이 탑 창문으로 비쳐 드는 모습을 바라보았다.

달리 뭘 할 수 있을지 알 수가 없었다. 사방이 막다른 길이었다. 리들은 엉뚱한 사람을 잡았고, 슬리데린의 후계자는 벌을 받지 않았으며, 이번에 비밀의 방을 연 인물이 그때와 같은 사람인지 아닌지는 아무도 알지 못했다. 달리 물어볼 사람도 없었다. 해리는 아라고그가 했던 말을 계속 떠올리면서 자리에 누웠다.

막 졸음이 쏟아질 무렵, 마지막 희망과도 같은 생각이 불현듯 떠올라 해리는 갑자기 몸을 벌떡 일으켰다.

"론." 그가 어둠 속에서 숨죽여 불렀다. "론!"

론은 팽처럼 컹컹거리며 잠에서 깨어나 주위를 이리저리 두리번거리다가 해리를 보았다.

"론…… 그 죽은 여자애 말이야. 아라고그는 그 여자애가 화장실에서 발견됐다고 말했잖아." 해리는 구석에서 들려오는 네빌의 훌쩍거리는 듯한 코 고는 소리를 무시하고 말을 이었다. "만약 그 애가 화장실을 결코 떠나지 않았다면? 아직도 거기에 있다면?"

론이 달빛에 얼굴을 찡그리며 눈을 비볐다. 마침내 그는 그 말을 이해했다.

"너 설마…… 울보 머틀 얘기하는 건 아니지?"

CHAPTER 16

# 비밀의 방

"우린 내내 그 화장실에 있었고, 걔는 딱 세 칸 떨어진 데 있었잖아." 다음 날 아침 식사 시간에 론이 씁쓸하게 말했다. "걔한테 물어볼 수도 있었는데, 이제는……."

거미들을 찾아다니는 것도 힘든 일이었는데, 교수들한테서 벗어나 여자 화장실, 그것도 첫 번째 습격 현장 바로 앞에 있는 여자 화장실에 몰래 숨어든다니 거의 불가능한 일이었다.

그러나 그날 첫 번째 수업인 변환 마법 시간에 일어난 일 덕분에 그들은 몇 주 만에 처음으로 머릿속에서 비밀의 방을 몰아낼 수 있었다. 수업이 시작하고 10분이 지났을 때 맥고나걸 교수가 오늘부터 1주일 뒤인 6월 1일에 시험이 시작된다고 말해 준 것이다.

"*시험이라고요?*" 셰이머스 피니건이 울부짖었다. "이런 상황에서 *시험*을 본다고요?"

네빌 롱보텀의 마법 지팡이가 옆으로 넘어지면서 그의 책상 다리 하나를 없애 버리는 바람에 해리 뒤에서 쾅 하는 소리가 들렸다. 맥고나걸 교수가 마법 지팡이를 한 번 휘둘러 책상을 복구하고는 얼굴을 찌푸리면서 셰이머스에게 고개를 돌렸다.

"이런 상황에서 학교를 열어 놓는 이유는 오로지

너희가 교육받을 수 있게 하기 위해서야." 그녀가 엄격한 어조로 말했다. "그러므로 시험은 예정대로 실시될 거다. 너희 모두 시험공부를 열심히 할 거라 믿는다."

시험공부를 열심히 하다니! 해리는 학교가 이렇게 된 상황에서 시험을 볼 거라고는 전혀 생각지 못했다. 교실 여기저기서 반항 섞인 불평이 쏟아지자 맥고나걸 교수의 눈빛이 더욱 험악해졌다.

"덤블도어 교수님은 되도록 학교를 평소대로 유지하라고 지시하셨다." 그녀가 말했다. "그리고 굳이 지적할 필요도 없겠지만 그 말은 너희가 올해 얼마나 많은 걸 배웠는지 알아보라는 뜻이지."

해리는 슬리퍼로 바꿔 놓아야 할 흰토끼 한 쌍을 내려다보았다. 올 한 해 지금까지 그는 뭘 배웠던가? 시험에 도움이 될 만한 건 하나도 떠오르지 않는 것 같았다.

론은 지금 막 금지된 숲에 가서 살아야 한다는 말을 들은 것 같은 표정이었다.

"이걸로 어떻게 시험을 보라는 거야?" 그가 이제 막 시끄러운 휘파람 소리를 내기 시작한 마법 지팡이를 들어 보이며 해리에게 물었다.

첫 시험을 보기 사흘 전, 맥고나걸 교수가 아침 식사 시간에 또 다른 소식을 전했다.

"좋은 소식이 있습니다." 그녀의 말에 대연회장에는 침묵이 내려앉는 대신 함성이 터졌다.

"덤블도어 교수님이 돌아오시는군요!" 몇몇 사람이 기뻐하며 소리쳤다.

"슬리데린의 후계자가 잡혔나요!" 래번클로 식탁에서 여학생 하나가 꽥 소리를 질렀다.

"퀴디치 경기를 다시 시작하는 겁니까!" 우드가 흥분해서 고함을 질렀다.

왁자지껄한 소리가 잦아들자 맥고나걸 교수가 입을 열었다. "스프라우트 교수님이 드디어 맨드레이크를 잘라 낼 준비가 됐다고 전해 오셨습니다. 오늘 밤에는 석화된 사람들을 되살릴 수 있을 거예요. 굳이 상기시킬 필요도 없겠지만 그중 한 명은 우리에게 누가, 혹은 무엇이 그들을 공격했는지 분명히 말해 줄 수 있을 겁니다. 범인을 잡음으로써 이 끔찍했던 한 해가 마무리되기를 기대합니다."

환호성이 터져 나왔다. 슬리데린 식탁 쪽을 바라본 해리는 드레이코 말포이가 거기에 동참하지 않는 것을 보고도 전혀 놀라지 않았다. 반면 론은 요 며칠 사이 어느 때보다 행복한 표정을 짓고 있었다.

"그럼 머틀한테 물어보지 않아도 되겠네!" 그가 해리에게 말했다. "헤르미온느가 깨어나면 모든 걸 말해 줄 거야! 근데 사흘 뒤에 시험이라는 걸 알면 난리가 날 텐데. 시험공부를 안 했잖아. 시험이 끝날 때까지 그냥 두는 게 헤르미온느를 더 배려하는 일일지도 몰라."

바로 그때 지니 위즐리가 다가와 론 옆에 앉았다. 잔뜩 긴장하고 초조해 보였는데, 해리가 보니 그녀는 무릎에 올려놓은 손을 배배 꼬고 있었다.

"왜 그래?" 론이 자기 그릇에 포리지를 더 덜면서 물었다.

지니는 아무 말 없이 그저 겁에 질린 표정으로 그리핀도르 식탁 이쪽저쪽을 힐끔힐끔 바라보았다. 그 표정을 보자 해리는 누군가가 떠올랐지만 그게 누구인지는 정확히 생각나지 않았다.

"다 털어놔 봐." 론이 그녀를 바라보며 말했다.

해리는 문득 지니가 누구와 닮았는지 깨달았다. 의자에 앉아 앞뒤로 살짝 몸을 흔들고 있는 지니의 모습은 금지된 정보를 폭로하기 직전의 도비의 모습과 똑같았다.

"할 얘기가 있어." 지니가 해리를 쳐다보지 않으려고 조심하면서 웅얼거렸다.

"뭔데?" 해리가 물었다.

지니는 적절한 말을 찾지 못한 것 같았다.

"*뭐냐니까?*" 론이 재차 물었다.

지니가 입을 열었지만 아무 소리도 나오지 않았다. 해리는 몸을 바짝 기울이고 지니와 론만 들을 수 있도록 조용히 말했다.

"비밀의 방에 관한 거야? 뭔가 봤어? 누가 이상한 행동을 했어?"

지니가 숨을 크게 들이마시는 순간, 퍼시 위즐리가 지치고 맥없는 모습으로 나타났다.

"다 먹었으면 나 좀 앉자, 지니. 배고파 죽겠어. 방금 순찰 임무를 마치고 왔거든."

지니는 지금 막 의자에 전기가 통하기라도 한 듯 벌떡 일어나 겁에 질린 눈으로 퍼시를 잠깐 보더니 빠르게 달아났다. 퍼시는 자리에 앉아 식탁 한가운데 있던 머그잔을 집어 들었다.

"퍼시!" 론이 화를 내며 소리쳤다. "지니가 방금 우리한테 중요한 얘기를 하려고 했단 말이야!"

퍼시는 차를 들이켜다가 사레들렸다.

"무슨 얘기?" 그가 기침을 하면서 물었다.

"지니한테 뭔가 이상한 걸 봤냐고 물어봤단 말이야. 지니가 얘기하려고 했는데……."

"아, 그거…… 그건 비밀의 방하고는 아무 상관 없는 얘기야." 퍼시가 곧바로 말했다.

"형이 그걸 어떻게 알아?" 론이 눈썹을 치켜들며 물었다.

"뭐, 어, 네가 꼭 알아야겠다면, 지니가, 어, 지난 번에 나랑 우연히 마주쳤을 때 내가…… 음, 잊어버려. 중요한 건, 내가 뭔가를 하는 걸 지니가 봤고, 나는, 음, 지니더러 아무한테도 말하지 말라고 부탁했어. 사실 나는 지니가 그 약속을 지킬 줄 알았어. 실은, 아무것도 아니거든. 난 그냥……."

해리는 퍼시가 그렇게 안절부절못하는 모습은 본 적이 없었다.

"뭐 하고 있었는데, 퍼시?" 론이 씩 웃으며 말했다. "얼른, 말해 줘. 안 웃을게."

퍼시는 마주 웃어 주지 않았다.

"거기 롤빵 좀 줘, 해리. 배고파 죽겠다."

해리는 그들이 나서지 않아도 내일이면 모든 수수께끼가 풀리리라는 걸 알았지만, 머틀과 이야기할 기회가 생기면 놓치지 않을 작정이었다. 그리고 오전, 길더로이 록하트를 따라 마법의 역사 수업에 가던 중 다행히 그 기회가 찾아왔다.

록하트는 해 봐야 틀렸다는 게 곧바로 증명될 말인데도 이제 위험은 다 지나갔다고 수없이 장담하며, 복도에서 학생들을 안전하게 데려다주는 일에 별 의미가 없다고 전적으로 확신하고 있었다. 록하트의 머리카락은 평소처럼 매끈거리지 않았다. 5층을 순찰하느라 밤을 거의 샌 것 같았다.

"내 말 명심해라." 그가 학생들을 이끌고 모퉁이를 돌면서 말했다. "석화되어 버린 그 불쌍한 사람들 입에서 나올 첫 마디는 분명 '해그리드였어요'일 거야. 솔직히 나는 맥고나걸 교수님께서 이 모든 보안 조치가 필요하다고 생각하신다는 데 깜짝 놀랐단다."

"저도요, 교수님." 해리의 말에 론이 놀라서 책을 떨어뜨렸다.

"고맙다, 해리." 록하트가 후플푸프 학생들의 긴 줄이 지나가기를 기다리면서 다정스럽게 말했다. "내 말은, 우리 교수들한테는 학생들을 교실로 데려다주거나 밤새 경비 서는 일 말고도 할 일이 많다는 거야……."

"맞아요." 론도 눈치를 채고 말을 보탰다. "저희를 두고 가셔도 될 것 같은데요, 교수님. 복도 하나만 더 가면 되니까요."

"그러게 말이다, 위즐리. 그러는 게 좋겠다." 록하트가 말했다. "정말로 다음 수업 준비를 하러 가야 할 것 같구나."

그는 서둘러 가 버렸다.

"수업 준비를 한다고?" 론이 뒤에서 비웃었다. "가서 머리나 말겠지."

그들은 나머지 그리핀도르 학생들이 앞질러 갈 때까지 기다린 다음 옆 통로로 쏜살같이 달려가 허겁지겁 울보 머틀의 화장실로 향했다. 그러나 이 기발한 작전을 두고 서로를 칭찬하려는 순간……

"포터! 위즐리! 뭐 하는 거냐?"

맥고나걸 교수가 나타났다. 그녀의 입이 어느 때보다도 꽉 다물려 있었다.

"저희는…… 저희는……." 론이 말을 더듬었다. "저희는, 가서 보려고……."

"헤르미온느를요." 해리가 말했다. 론과 맥고나걸 교수 모두 그를 바라보았다.

"헤르미온느를 본 지 한참 됐거든요, 교수님." 해리가 론의 발을 밟으며 서둘러 말을 이었다. "그래서 병동에 몰래 들어가려고 했어요. 그러니까, 헤르미온느한테 맨드레이크가 거의 준비됐으니까, 어, 걱정하지 말라고 얘기해 주려고요."

맥고나걸 교수는 여전히 해리를 뚫어지게 바라보고 있었다. 해리는 잠깐 맥고나걸 교수가 화를 낼 거라고 생각했지만 입을 열었을 때 그녀의 목소리는 이상하게 쉬어 있었다.

"그렇겠구나." 그녀가 말했다. 해리는 놀랍게도 그녀의 구슬 같은 눈에 눈물이 괴어 반짝이는 것을 보았다. "당연히 그럴 테지. 친구가 그런 일을 당하면 얼마나 힘든지 나도 잘 안단다……. 충분히 이해한다. 그래, 포터. 당연히 그레인저 양을 만나러 가도 된다. 내가 빈스 교수님께 너희가 어디 갔는지 말씀드리마. 폼프리 선생님께는 내가 허락했다고 전하거라."

해리와 론은 방과 후 징계를 받지 않았다는 사실을 도저히 믿을 수 없어 하며 그 자리를 벗어났다. 모퉁이를 돌자 맥고나걸 교수가 코 푸는 소리가 분명하게 들려왔다.

"그건" 하고, 론이 열띤 어조로 입을 열었다. "네가 여태껏 생각해 낸 이야기 가운데 최고였어."

이제는 병동에 가서 폼프리 선생에게 맥고나걸 교수의 허락을 받고 헤르미온느를 보러 왔다고 이야기하는 수밖에 없었다.

폼프리 선생은 그들을 들여보내 주면서도 마뜩잖아했다.

"석화된 사람한테 말을 걸어 봤지 아무 소용 없어." 그녀가 말했다. 헤르미온느 곁에 앉은 두 사람도 그 말이 맞다는 걸 인정해야 했다. 헤르미온느가 방문객이 왔다는 사실을 어렴풋하게라도 알아차리지 못하는 건 분명했기에, 차라리 침대 옆에 있는 보관함에 대고 걱정하지 말라고 이야기하는 게 나을 것 같았다.

"근데 헤르미온느가 그 습격자를 봤을까?" 론이 슬픔이 깃든 눈으로 헤르미온느의 굳은 얼굴을 바라보며 말했다. "여기 있는 사람들 모두 기습당한 거라면 아무도 모르겠지……."

하지만 해리는 헤르미온느의 얼굴을 보고 있지 않았다. 그는 헤르미온느의 오른손에 더 관심을 보였다. 헤르미온느의 손은 꽉 움켜쥔 채 담요 위에 놓여 있었는데, 몸을 더 가까이 구부리자 주먹 안에 종잇조각이 구겨져 있는 것이 보였다.

해리는 폼프리 선생이 가까이 있지 않은 것을 확인한 뒤 론에게 이 사실을 알려 주었다.

"한번 빼 봐." 론은 폼프리 선생이 해리를 보지 못하도록 의자를 움직이며 속삭거렸다.

쉬운 일이 아니었다. 종이가 헤르미온느의 손에 워낙 꽉 쥐여 있는 탓에 꼭 찢어질 것만 같았다. 론이 망을 보는 동안 해리는 그 종이를 당겼다가 비틀었다가를 반복했고, 긴장감 가득한 몇 분이 흐른 끝에 드디어 종이를 빼낼 수 있었다.

도서관에 있는 아주 오래된 책에서 찢어 낸 페이지였다. 해리가 열심히 종이를 눌러 반듯하게 펴자 론도 그것을 읽으려고 몸을 가까이 기울였다.

**우리 땅을 배회하는 수많은 두려운 짐승과 괴물 가운데, 뱀들의 왕으로 알려진 바실리스크보다 신비스럽고 치명적인 건 없다. 어마어마한 크기로 자라고 수백 년을 사는 이 뱀은 두꺼비가 품은 닭의 알에서 부화한다. 바실리스크가 상대를 죽이는 방법은 대단히 경이롭다. 바실리스크는 독이 있는 치명적인 송곳니 외에도 목숨을 빼앗는 시선을 갖고 있어, 그 안광에 사로잡힌 자는 하나같이 곧바로 죽음을 맞이한다. 거미가 바실리스크 앞에서 도망치는 건 그것이 거미에게 천적이기 때문이며, 바실리스크가 오직 수탉의 울음 앞에서만 달아나는 것은 수탉의 울음소리가 바실리스크에게 치명적이기 때문이다.**

그 밑에는 헤르미온느의 글씨로 단 한 단어가 쓰여 있었다. '파이프.'

마치 지금 막 누군가가 해리의 머릿속에 불을 탁 켠 것 같았다.

"론." 그가 숨죽여 말했다. "이거야. 이게 답이야. 비밀의 방에 있는 괴물은 *바실리스크*야. 거대한 뱀! 내게는 온갖 곳에서 들리는 목소리가 다른 사람한테는 안 들린 건 그 때문이었어. 내가 뱀의 말을 알아듣기 때문이야……."

해리는 눈을 들어 주위의 침대를 바라보았다.

"바실리스크는 바라보는 것만으로도 사람을 죽인다고 했지. 하지만 아무도 죽지 않았어. 왜냐하면 놈의 눈을 직접 본 사람은 한 명도 없기 때문이야. 콜린은 카메라를 통해서 봤어. 바실리스크가 카메라 안에 있는 필름을 다 태워 버리기는 했지만 콜린은 그냥 석화되기만 했지. 저스틴은…… 저스틴은 목이 달랑달랑한 닉을 통해서 바실리스크를 봤을 거야! 닉은 그 시선을 정면으로 맞았지만 다시 죽을 수는 없었고. 그리고 헤르미온느와 저 래번클로 반장이 발견됐을 때는 그 옆에 거울이 떨어져 있었잖아. 헤르미온느는 그때 막 이 괴물이 바실리스크라는 사실을 깨달았던 거야. 그래서 처음 만난 사람한테 모퉁이를 돌 때 먼저 거울을 비춰 보라고 경고했겠지. 그다음 저 여자애가 거울을 꺼냈고, 그리고……."

론의 입이 떡 벌어졌다.

"그럼 노리스 부인은?" 그가 애타는 목소리로 소곤거렸다.

해리는 핼러윈 날 밤의 장면을 그려 보면서 열심히 생각했다.

"물……." 그가 천천히 말했다. "울보 머틀의 화장실이 넘쳤잖아. 노리스 부인은 분명 물에 반사된 눈을 본 거야……."

그는 손에 쥔 페이지를 열심히 훑어보았다. 보면 볼수록 맞아떨어졌다.

"들어 봐. '바실리스크가 오직 수탉의 울음 앞에서만 달아나는 것은 수탉의 울음소리가 바실리스크에게 치명적이기 때문이다'." 해리가 큰 소리로 읽었다. "해그리드의 수탉들이 죽었잖아! 일단 비밀의 방이 열리자 슬리데린의 후계자는 성안에 수탉이 없길 바랐던 거야. '거미는 바실리스크 앞에서 도망친다'! 전부 맞아떨어져!"

"하지만 바실리스크가 어떻게 돌아다닐 수 있지?" 론이 말했다. "더럽게 큰 뱀인데…… 누군가 봤을 거 아냐……."

그러나 해리는 헤르미온느가 페이지 아래쪽에 휘갈겨 쓴 단어를 가리켰다.

"파이프야." 해리가 말했다. "파이프라고……. 론, 놈은 수도관을 이용하고 있었어. 난 벽에서 나는 소리를 들었던 거야……."

론이 갑자기 해리의 팔을 붙잡았다.

"비밀의 방으로 들어가는 입구!" 그가 쉰 목소리로 외쳤다. "그게 화장실이라면? 만약에 그게……."

"울보 머틀의 화장실에 있다면." 해리가 말을 받았다.

그들은 흥분에 휩싸인 채, 믿기 힘들다는 얼굴로 그 자리에 가만히 앉아 있었다.

해리가 말했다. "그 말은, 이 학교에 파셀마우스가 나 혼자일 리 없다는 뜻이야. 슬리데린의 후계자도 파셀마우스야. 그래서 놈들은 바실리스크를 조종할 수 있었던 거야."

"어쩌지?" 론이 두 눈을 번뜩이며 물었다. "맥고나걸한테 곧장 가야 할까?"

"교무실로 가자." 해리가 벌떡 일어나며 말했다. "10분만 있으면 오실 거야. 쉬는 시간이 거의 다 됐으니까."

그들은 아래층으로 달려갔다. 또 다른 복도를 돌아다니다 들키고 싶지 않았기에 곧장 텅 빈 교무실로 들어갔다. 그곳은 어두운 색깔의 나무 의자로 가득하고 벽에 패널을 댄 넓은 방이었다. 해리와 론은 너무 흥분한 탓에 앉지도 못하고 교무실 안을 서성거렸다.

하지만 쉬는 시간을 알리는 종은 울리지 않았다. 대신, 마법으로 키운 맥고나걸 교수의 목소리가 복도에 울려 퍼졌다.

"모든 학생은 즉시 각자의 기숙사로 돌아가도록 합니다. 교수님들은 모두 곧바로 교무실로 돌아오시길 바랍니다."

해리는 몸을 돌려 론을 바라보았다.

"설마 또 습격이 일어난 건 아니겠지? 지금은 안 되는데."

"우린 어쩌지?" 론이 겁에 질린 채 물었다. "기숙사로 돌아가?"

"아니." 해리가 주위를 힐끗 둘러보고 말했다. 왼쪽에 교수들의 망토로 가득 찬 보기 흉한 옷장 비슷한 것이 있었다. "일단 여기에 들어가. 무슨 일인지 들어 보자. 그런 다음에 우리가 알아낸 걸 이야기하면 될 거야."

그들은 옷장 안에 몸을 숨긴 채 머리 위로 수백 명이 우르르 이동하는 소리, 교무실 문이 벌컥 열리는 소리에 귀를 기울였다. 여러 겹의 퀴퀴한 망토 사이로 교수들이 교무실에 하나둘 들어오는 모습이 보였다. 몇몇은 영문을 모르겠다는 표정이었고, 또 다른 몇몇은 순전히 겁에 질려 있었다. 그때 맥고나걸 교수가 도착했다.

"일이 벌어졌습니다." 그녀가 조용한 교무실을 향해 말했다. "학생 하나가 그 괴물에게 잡혀갔어요. 비밀의 방으로요."

플리트윅 교수가 꺅 소리를 질렀다. 스프라우트 교수는 두 손으로 입을 막았다. 스네이프가 의자 등받이를 쥔 손에 힘을 꽉 주더니 말했다. "어떻게 그렇게 확신하십니까?"

맥고나걸 교수가 얼굴이 하얗게 질린 채 대답했다. "슬리데린의 후계자가 또 다른 메시지를 남겼습니다. 첫 번째 메시지 밑에다가요. '그녀의 해골은 비밀의 방에 영원히 누워 있으리라.'"

플리트윅 교수가 울음을 터뜨렸다.

"누구죠?" 무릎이 풀려 의자에 주저앉은 후치 선생이 물었다. "어느 학생인가요?"

"지니 위즐리입니다." 맥고나걸 교수가 말했다.

해리는 옆에서 론이 옷장 바닥으로 스르르 주저앉는 것을 느꼈다.

"내일 학생들을 모두 집으로 보내야 합니다." 맥고나걸 교수가 말했다. "호그와트는 끝났어요. 덤블도어 교수님이 항상 말씀하셨는데……."

교무실 문이 다시 벌컥 열렸다. 해리는 한순간 몹시 흥분해서 덤블도어가 돌아온 게 아닌가 생각했다. 하지만 그 사람은 록하트였다. 게다가 그는 환하게 웃고 있기까지 했다.

"정말 죄송합니다. 깜빡 졸았네요. 무슨 얘기들 하고 계셨습니까?"

록하트는 다른 교수들이 놀라울 만큼 증오에 가까운 얼굴로 자기를 쳐다보고 있다는 사실을 깨닫지 못한 듯했다. 스네이프가 앞으로 나섰.

"마침 잘 왔군." 그가 말했다. "적임자가 왔군요. 여학생 한 명이 괴물에게 납치당했소, 록하트. 다름 아닌 비밀의 방으로 끌려갔소. 마침내 댁이 활약할 때가 왔군."

록하트의 얼굴이 핼쑥해졌다.

"맞아요, 길더로이." 스프라우트 교수가 끼어들었다. "바로 어젯밤에 비밀의 방 입구가 어디 있는지 처음부터 알고 있었다고 말하지 않았어요?"

"전…… 그게, 전……." 록하트가 더듬거렸다.

"그래요, 나한테도 그 안에 뭐가 있는지 확실히 안다고 말했잖아요." 플리트윅 교수가 목소리를 높였다.

"제, 제가요? 전 기억이 안 나는데……."

"나도 당신이 해그리드가 체포되기 전에 괴물이랑 한판 붙어 보지 못해서 유감이라고 말했던 게 똑똑히 기억나는군." 스네이프가 말했다. "모든 게 엉망이 됐다고, 애초에 당신한테 전권이 주어져야 했다고 말하지 않았나?"

록하트는 잔뜩 굳은 얼굴의 동료 교수들을 바라보았다.

"저, 저는 사실 한 번도…… 여러분이 뭔가 오해하신 것……."

"그럼 당신에게 맡기겠습니다, 길더로이." 맥고나걸 교수가 말했다. "일을 처리하기엔 오늘 밤이 가장 좋을 겁니다. 우리가 책임지고 아무도 당신을 방해하지 못하게 하죠. 오로지 당신 혼자서 그 괴물과 맞붙을 수 있도록 말입니다. 드디어 당신에게 전권이 주어졌군요."

록하트는 절박한 눈길로 주위를 둘러봤지만 아무도 도와주려고 나서지 않았다. 그는 더 이상 멋져 보이지 않았다. 입술은 떨렸고, 치아를 다 드러내는 평소의 미소가 없으니 하관이 빈약하고 허약해 보였다.

"조, 좋습니다." 그가 말했다. "저, 저는 제 연구실에 있겠습니다. 주, 준비하고 있죠."

그는 교무실을 나갔다.

"됐군요." 맥고나걸 교수가 콧구멍을 벌름거리며 말했다. "이걸로 *저* 사람은 따돌릴 수 있겠어요. 각 기숙사 담임 교수님들은 돌아가셔서 학생들에게 무슨 일이 일어났는지 알려 주세요. 내일 날이 밝자마자 호그와트 급행열차를 타고 집에 가게 될 거라고 이야기해 주십시오. 다른 교수님들은 어떤 학생도 기숙사 밖에 남아 있지 않도록 조치해 주시길 바랍니다."

교수들은 자리에서 일어나 한 명씩 떠났다.

그날은 어쩌면 해리 평생 최악의 날인지도 몰랐다. 그와 론, 프레드와 조지는 서로에게 그 어떤 말도 하지 못한 채 그리핀도르 휴게실 한구석에 모여 앉아 있었다. 퍼시는 그 자리에 없었다. 그는 위즐리 부부에게 올빼미를 보내러 갔다가 자기 기숙사 침실에 틀어박혔다.

그날 오후처럼 시간이 느리게 흐른 것도, 그리핀도르 탑이 그렇게 북적거리는 동시에 조용한 것도 처음이었다. 해 질 무렵, 프레드와 조지는 더 이상 앉아 있을 수 없어서 자러 올라갔다.

"걔가 뭔가를 알고 있었던 거야, 해리." 론이 교무실 옷장에 들어갔던 이후 처음으로 입을 열었다. "그래서 잡혀간 거야. 퍼시랑 관련된 멍청한 얘기가 결코 아니었다고. 지니가 비밀의 방에 대해 뭔가를 알아낸 거야. 틀림없어. 왜냐하면 걔는……." 론은 미친 듯이 눈을 문질렀다. "그러니까, 걔는 순수 혈통이잖아. 다른 이유가 있을 리 없어."

해리는 피처럼 붉은 태양이 지평선 아래로 가라앉는 모습을 바라보았다. 이렇게 괴로운 기분은 처음이었다. 뭐라도 할 수 있다면 좋을 텐데. 무슨 일이라도…….

"해리." 론이 말했다. "지니가 아직…… 무슨 말인지 알지? 조금이라도 희망이 있을까?"

해리는 뭐라고 대꾸해야 할지 몰랐다. 어떻게 지니가 아직까지 살아 있을 수 있단 말인가.

"저기, 있잖아." 론이 다시 말했다. "나는 가서 록하트를 만나야 할 것 같아. 록하트한테 우리가 아는 걸 말해 주는 거야. 그 사람은 비밀의 방에 들어가려고 할 테니까. 우리가 생각하는 비밀의 방 위치도 얘기해 주고, 그 안에 바실리스크가 있다고 말해 주는 거야."

해리는 별다른 방법이 생각나지 않기도 했고 또 뭐라도 하고 싶은 마음에 동의했다. 주위의 그리핀도르 학생들은 너무나 비통한 데다 위즐리 형제를 매우 가엾어하고 있었기에, 그들이 일어나서 휴게실 출입구가 초상화 구멍으로 나가도 말리려 하지 않았다.

록하트의 연구실로 걸어가는 사이 어둠이 내렸다. 록하트의 연구실 안에서 뭔가가 부산스럽게 움직이고 있는 것 같았다. 긁히는 소리와 털썩하는 소리, 후다닥하는 발소리가 들렸다.

해리가 문을 두드리자 갑자기 안이 조용해지더니 문이 아주 조금 열리고 록하트가 그 사이로 한쪽 눈만 빠끔 내밀고 내다보았다.

"아…… 포터 군…… 위즐리 군…….", 그가 문을 아주 조금 더 열며 말했다. "지금은 내가 좀 바쁘단다. 용건이 있으면 빨리……."

"교수님께 드릴 정보가 있어요." 해리가 말했다. "교수님한테 도움이 될 것 같아서요."

"어, 글쎄, 그게 딱히……." 그들에게 보이는 록하트의 얼굴 한쪽은 매우 불편한 표정을 짓고 있었다. "그러니까, 그게…… 알았다."

록하트가 문을 열자 그들은 안으로 들어갔다.

록하트의 연구실은 거의 비워진 상태였다. 커다란 짐 가방 두 개가 열린 채 바닥에 놓여 있었다. 옥색, 연보라색, 암청색 로브가 대충 접혀서 그 가방 중 하나에 들어 있었다. 다른 가방에는 책들이 너저분하게 뒤죽박죽 섞여 있었다. 벽을 뒤덮었던 사진들은 어느새 책상 위 상자에 넣어져 있었다.

"어디 가세요?" 해리가 물었다.

"어, 음, 그래." 록하트가 그렇게 말하며 실물 크기의 자기 포스터를 문 뒤에서 떼어 내 돌돌 말기 시작했다. "긴급 호출이 있어서…… 어쩔 수가 없구나……. 가야 해……."

"제 동생은 어쩌고요?" 론이 불쑥 말했다.

"그게, 그 문제는…… 참으로 불행한 일이지." 록하트가 그들의 시선을 피하면서 서랍을 열어 내용물을 가방에 담기 시작하며 말했다. "나보다 더 유감스러워하는 사람은 없을……."

"교수님은 어둠의 마법 방어법 선생님이잖아요!" 해리가 말했다. "지금 가실 순 없어요! 여기에서 사악한 일이 잔뜩 벌어지고 있다고요!"

"그게, 이건 말해 둬야겠는데…… 내가 이 일을 맡기로 했을 땐……." 록하트가 이제는 로브 위에 양말들을 쌓아 올리며 중얼거렸다. "업무 내용에 이런 건 전혀 없었단다……. 예상하지 못한……."

"도망가겠다는 거예요?" 해리가 믿을 수 없다는 듯 말했다. "책에 나온 그 모든 일들을 해 놓고!"

"책이란 건 오해의 소지가 있지." 록하트가 교묘하게 말했다.

"교수님이 쓴 거잖아요!" 해리가 소리쳤다.

"얘야." 록하트가 허리를 펴고 해리를 향해 얼굴을 찌푸리며 말했다. "상식적으로 생각해 보렴. 사람들이 그 모든 일을 내가 한 거라고 생각하지 않았다면 내 책은 반도 팔리지 않았을 거야. 못생기고 늙은 아르메니아 고위 마법사 얘기는 아무도 읽고 싶어 하지 않거든. 실제로 그자가 늑대인간한테서 한 마을을 구했더라도 말이다. 그 고위 마법사가 표지에 실리면 끔찍할 거야. 패션 감각도 전혀 없고 말이야. 게다가 밴던의 밴시를 쫓아낸 여자 마법사한테는 턱수염이 있었어. 내 말은, 알잖아······."

"그러니까, 다른 사람들이 한 일을 그냥 가로챘다는 거예요?" 해리는 어이가 없다는 듯 말했다.

"해리, 해리." 록하트는 짜증이 나는 듯 고개를 내저었다. "그렇게 간단한 문제가 결코 아니란다. 수반되는 작업이 있지. 나는 그 사람들을 찾아내야 했단다. 그러고는 정확히 어떻게 그 일을 해냈는지 물었지. 그런 다음에는 그들이 자기가 한 일을 기억하지 못하도록 망각 마법을 걸었다. 내가 자부심을 느끼는 게 딱 한 가지 있다면 바로 망각 마법이거든. 아니, 정말 엄청난 작업이었어, 해리. 책 사인회와 홍보 사진이 다가 아니야. 유명해지고 싶다면 오랜 시간 힘겹고 지겨운 일을 묵묵히 해낼 준비가 되어 있어야 한단다."

록하트가 짐 가방 뚜껑을 쾅 닫고 잠갔다.

"어디 보자." 그가 말했다. "전부 챙긴 것 같군. 그래. 딱 하나가 남았지."

그는 마법 지팡이를 꺼내 들고 고개를 돌려 그들

을 바라보았다.

"정말 미안하구나, 애들아. 하지만 이제 너희에게 망각 마법을 걸어야겠다. 너희가 내 비밀을 동네방네 퍼뜨리게 둘 수는 없잖니. 그랬다간 책을 한 권도 더 팔 수 없을 테니……."

해리는 때맞춰 마법 지팡이로 손을 뻗었다. 록하트가 지팡이를 채 들어 올리기도 전에 해리가 소리쳤다. "엑스펠리아르무스!"

록하트는 뒤로 홱 날아가 가방 위로 쓰러졌다. 그의 마법 지팡이가 공중으로 높이 날아가자 론이 그것을 잡아 열린 창밖으로 던져 버렸다.

"스네이프 교수가 우리한테 이걸 가르치게 하지 말았어야죠." 해리는 화가 나서 록하트의 짐 가방을 옆으로 걷어찼다. 록하트는 또 한 번 나약한 모습으로 해리를 올려다보았다. 해리는 여전히 마법 지팡이로 록하트를 겨누고 있었다.

"내가 어떻게 했으면 좋겠니?" 록하트가 힘없이 말했다. "나는 비밀의 방이 어디에 있는지 몰라. 내가 할 수 있는 일은 아무것도 없어."

"운 좋은 줄 알아요." 지팡이를 겨눠 록하트를 억지로 일으켜 세우며 해리가 말했다. "우리는 그게 어디 있는지 아는 것 같으니까. 그리고 그 안에 뭐가 있는지도요. 가요."

그들은 록하트를 연구실 밖으로 데리고 나와 가장 가까운 계단을 내려간 다음, 벽에 쓰인 메시지가 번쩍거리는 어두운 복도를 나아가 울보 머틀의 화장실 문 앞에 도착했다.

그들은 록하트를 먼저 들여보냈다. 록하트가 벌벌 떠는 모습을 보자 해리는 기분이 좋았다.

울보 머틀은 맨 끝의 칸 변기 수조 위에 앉아 있었다.

"아, 너구나." 머틀이 해리를 보더니 말했다. "이번엔 뭐 때문에 왔니?"

"네가 어떻게 죽었는지 물어보려고." 해리가 말했다.

머틀의 태도가 순식간에 달라졌다. 그렇게 기분 좋은 질문은 단 한 번도 받아 본 적 없다는 표정이었다.

"으으, 정말 지독했지." 그녀가 즐거운 듯 말했다. "바로 여기에서 일어난 일이야. 나는 바로 이 칸막이에서 죽었어. 생생하게 기억나. 올리브 혼비가 내 안경을 갖고 놀려서 여기 숨어 있었지. 문을 잠가 놓고 울고 있었는데 누가 들어오는 소리가 들렸어. 그러더니 뭔가 이상한 말이 들리더라고. 다른 언어였던가, 틀림없이 그랬을 거야. 어쨌든 내가 정말로 화가 났던 건 그 말을 하는 사람이 남자였기 때문이었어. 그래서 문을 열었지. 그 애한테 나가서 남자 화장실을 쓰라고 말하려고. 그러고는……." 머틀은 으스대듯 몸을 부풀렸다. 그녀의 얼굴이 반짝반짝 빛났다. "죽었어."

"어떻게?" 해리가 물었다.

"모르겠어." 머틀이 목소리를 낮추고 말했다. "엄청나게 큰 노란 눈 한 쌍을 본 것만 기억나. 몸 전체가 멈춰 버리는 것 같더니, 그다음엔 둥실둥실 떠오르고 있었어……." 그녀가 꿈꾸는 듯한 얼굴로 해리를 바라보았다. "그 뒤로 난 다시 돌아왔어. 올리브 혼비를 따라다니기로 결심했거든. 아, 내 안경을 놀린 걸 어찌나 미안해하던지."

"그 눈을 정확히 어디서 봤어?" 해리가 물었다.

"저기 어디쯤일 거야." 머틀이 앞에 있는 세면대 쪽을 애매하게 가리키며 말했다.

해리와 론은 서둘러 그쪽으로 다가갔다. 록하트

는 잔뜩 겁먹은 표정으로 멀찍이 물러섰다.

평범한 세면대 같았다. 그들은 아래에 있는 수도관을 포함해 세면대 안팎을 구석구석 살폈다. 그러다 해리는 그것을 보았다. 구리 수도꼭지 중 하나의 옆면에 작은 뱀이 새겨져 있었다.

"그 수도꼭지는 한 번도 작동한 적 없어." 해리가 수도꼭지를 틀어 보려 하자 머틀이 밝은 목소리로 말했다.

"해리." 론이 말했다. "뭔가 말해 봐. 뱀의 말로."

"하지만……." 해리는 열심히 생각했다. 그가 뱀의 말을 한 건 진짜 뱀과 마주했을 때뿐이었다. 그는 진짜라 생각하려고 애쓰며 아주 작게 새겨진 뱀을 뚫어지게 바라보았다.

"열어." 해리가 말했다.

그가 론을 쳐다보자 론은 고개를 저었다.

"우리말이야." 론이 말했다.

해리는 마음을 다해 그 뱀이 살아 있다 믿고 다시 바라보았다. 머리를 이리저리 움직이면 촛불 빛 때문에 뱀이 움직이는 듯 보일 것 같았다.

"열어." 그가 말했다.

해리에게만 그렇게 들렸을 뿐이었다. 그의 입에서 쉿쉿 하는 이상한 소리가 튀어나왔다. 그 순간 수도꼭지가 눈부신 하얀빛을 내면서 빙글빙글 돌더니 이어 세면대가 움직이기 시작했다. 정확히 말하면 가라앉아 보이지 않게 되었고, 바로 그 자리에 사람 하나가 미끄러져 들어갈 수 있을 만큼 큰 수도관이 나타났다.

해리는 론이 숨을 헉 들이켜는 소리를 듣고 그를 보았다. 해리는 뭘 할지 마음을 정했다.

"난 저기로 내려갈 거야." 그가 말했다.

비밀의 방 입구를 찾은 이상, 지니가 살아 있을지도 모른다는 아주 실낱같고 터무니없이 작은 가능성이 있는 이상, 가지 않을 도리가 없었다.

"나도." 론이 말했다.

잠시 침묵이 흘렀다.

"뭐, 너희한테는 내가 그다지 필요 없을 것 같구나." 록하트가 흔적만 남은 예전의 미소를 지으며 말했다. "난 그냥……."

그러나 그가 문고리에 손을 댄 순간 론과 해리가 동시에 그에게 마법 지팡이를 겨눴다.

"교수님이 먼저 가요." 론이 으르렁거렸다.

록하트는 얼굴이 백짓장처럼 질린 채 마법 지팡이도 없이 입구로 다가갔다.

"얘들아." 그가 들릴 듯 말 듯한 목소리로 말했다. "얘들아, 이게 다 무슨 소용이겠니?"

해리가 마법 지팡이로 그의 등을 쿡 찔렀다. 록하트는 수도관 안으로 다리를 집어넣었다.

"내 생각엔 정말로……." 그는 입을 열었지만 론이 한 번 툭 밀자 보이지 않는 곳으로 쭉 미끄러져 내려갔다. 해리도 얼른 그 뒤를 따랐다. 그는 천천히 몸을 숙이고 수도관 안으로 들어가서 입구를 잡고 있던 손을 놓았다.

마치 끈적끈적하고 어두운 미끄럼틀을 타고 끝없이 내려가는 것 같았다. 더 많은 수도관이 온갖 방향으로 갈라져 있었지만 그들이 타고 내려가는 수도관만큼 큰 것은 하나도 없었다. 수도관은 비틀리고 꼬이며 가파르게 아래로 기울어졌다. 해리는 학교 밑, 지하 감옥보다도 더 깊은 곳으로 떨어지고 있었다. 뒤에서 수도관이 구부러지는 곳을 지날 때마다 론이 툭툭 부딪치는 소리가 들렸다.

잠시 후 바닥에 다다랐을 때 과연 어떤 일이 벌어질지 막 걱정되기 시작한 순간 수도관이 평평해지더니, 해리는 철퍽하는 소리와 함께 수도관 끝으로 튀어나와 어두운 돌 터널의 축축한 바닥에 착지했다. 터널은 일어설 수 있을 만큼 컸다. 조금 떨어진 곳에서 록하트가 끈적이는 물질에 뒤덮여 마치 유령처럼 하얘져서는 몸을 일으키고 있었다. 해리가 비켜서자 론도 수도관을 휙 빠져나왔다.

"학교에서 몇 킬로미터는 내려왔을 거야." 해리의 목소리가 캄캄한 터널에 울려 퍼졌다.

"호수 밑일지도 몰라." 론이 눈을 가늘게 뜬 채 컴컴하고 끈적끈적한 벽을 둘러보며 말했다.

세 사람 모두 몸을 돌려 눈앞의 어둠을 뚫어지게 바라보았다.

"루모스." 해리가 중얼거리자 지팡이에 다시 불이 켜졌다. "가자." 그가 론과 록하트에게 말하자 그들은 걷기 시작했다. 바닥을 딛는 그들의 발소리가 시끄럽게 울려 퍼졌다.

터널이 너무 어두워서 바로 코앞만 보일 뿐이었다. 축축한 벽에 드리워진 그들의 그림자가 마법 지

# 비밀의 방

팡이 불빛에 비쳐 기괴하게 보였다.

"잊지 마." 해리가 조심스럽게 앞으로 걸어 나가며 조용히 말했다. "뭔가 움직이는 것 같으면 곧바로 눈을 감아……."

하지만 터널은 무덤처럼 조용했다. 갑자기 '와작' 하는 요란한 소리가 처음으로 들렸지만, 알고 보니 론이 쥐의 두개골을 밟아서 난 소리였다. 해리는 바닥을 보려고 마법 지팡이를 내렸다. 바닥에는 작은 동물의 뼈가 흩어져 있었다. 해리는 지니가 어떤 모습으로 발견될지 상상하지 않으려고 애쓰며 앞장서서 터널의 어두운 굴곡을 돌았다.

"해리, 저 앞에 뭐가 있어……." 론이 해리의 어깨를 꽉 잡으며 쉰 목소리로 말했다.

그들은 그 자리에 우뚝 얼어붙은 채로 잠깐 지켜보았다. 터널 한가운데 누워 있는, 커다랗고 둥그스름한 무언가의 윤곽만 보였다. 그것은 꼼짝도 하지 않았다.

"잠들었는지도 몰라." 해리가 다른 두 사람을 힐

끗 돌아보면서 숨죽여 말했다. 록하트는 두 손으로 눈을 가렸다. 해리는 그 물체를 보려고 다시 돌아섰다. 심장이 아플 만큼 거세게 뛰었다.

해리는 가급적 눈을 가늘게 뜨고 지팡이를 높이 든 채 아주 천천히, 조금씩 나아갔다.

빛이 거대한 뱀 허물을 비췄다. 독이 있을 것 같은 선명한 초록색 뱀 허물이 속이 빈 채 돌돌 말려서 터널 바닥에 놓여 있었다. 허물을 벗은 그 생물은 적어도 6미터는 될 것 같았다.

"제기랄." 론이 조그맣게 중얼거렸다.

뒤에서 갑작스러운 움직임이 느껴졌다. 길더로이 록하트의 다리가 풀리고 만 것이다.

"일어나요." 론이 마법 지팡이를 록하트에게 겨누며 날카롭게 말했다.

록하트가 자리에서 일어나는가 싶더니 론에게 달려들어 그를 바닥에 쓰러뜨렸다.

해리가 얼른 달려갔지만 너무 늦었다. 록하트는 한 손에 론의 지팡이를 들고 헐떡거리면서도 환한 미소를 얼굴에 다시 띤 채 몸을 일으켰다.

"모험은 여기서 끝이다, 얘들아!" 그가 말했다. "나는 이 뱀 허물을 조금 잘라 가지고 학교로 돌아가서 여자애를 구하기에는 너무 늦었다고, 너희 둘은 토막 난 그 애의 시신을 보고 *비참하게도* 정신이 나가 버렸다고 말해야겠다. 너희 기억에 작별 인사나 하거라!"

그가 마법 테이프로 붙여 놓은 론의 마법 지팡이를 머리 위로 높이 들어 올리더니 소리쳤다. "*오블리비아테!*"

마법 지팡이가 작은 폭탄 정도의 위력을 내며 폭발했다. 해리는 양팔로 머리를 감싸고 달려가서 뱀 허물 똬리를 넘어, 천둥 같은 굉음과 함께 천장에서 쏟아져 내리는 돌덩이를 피했다. 다음 순간, 그는 길을 가로막은 단단한 바위 벽을 홀로 마주 보고 있었다.

"론!" 그가 소리쳤다. "괜찮아? 론!"

"나 여기 있어!" 떨어진 돌덩이 뒤에서 론의 목소리가 먹먹하게 들렸다. "난 괜찮아. 근데 이 재수 없는 자식은 안 괜찮네. 제대로 맞았나 봐."

둔탁한 퍽 소리와 "아얏!" 하는 큰 소리가 들렸다. 론이 방금 록하트의 정강이를 걷어찬 듯했다.

"이제 어쩌지?" 론이 절박한 목소리로 말했다. "그쪽으로 갈 수가 없어. 돌들을 다 치우려면 엄청 오래 걸릴 거야……."

해리는 터널 천장을 올려다봤다. 커다란 금이 가 있었다. 해리는 이 바위처럼 큰 것을 마법으로 부숴 본 적이 한 번도 없었지만, 지금은 연습하기에 좋은 때가 아닌 것 같았다. 터널 전체가 무너질 수도 있었다.

바위 뒤에서 또 한 번 퍽 소리와 "아얏!" 하는 소리가 들렸다. 이러고 있을 시간이 없었다. 지니는 이미 몇 시간 전부터 비밀의 방에 있었다. 해리는 할 일이 딱 하나뿐임을 깨달았다.

"거기에서 기다려!" 그가 론에게 소리쳤다. "록하트랑 같이. 난 계속 갈게. 내가 한 시간 내로 돌아오지 않으면……."

의미심장한 침묵이 흘렀다.

"난 바위를 좀 치워 볼게." 론이 말했다. 목소리를 떨지 않으려고 애쓰는 것 같았다. "그래야…… 그래야 네가 다시 나올 수 있으니까. 그리고, 해리……."

"좀 이따 보자." 해리는 떨리는 목소리에 조금이나마 자신감을 불어넣으려고 애쓰며 말했다.

그는 혼자서 거대한 뱀 허물을 지나쳐 앞으로 나

아갔다.

머잖아 론이 바위를 옮기느라 낑낑대는 소리도 들리지 않게 되었다. 터널은 구부러지길 반복했다. 온몸의 감각이 불쾌하게 얼얼했다. 터널이 끝나길 바라는 한편, 터널 끝에서 무엇을 보게 될지 두렵기도 했다. 마침내 또 한 번 굴곡을 조심스럽게 돌자, 뒤엉킨 뱀 두 마리가 새겨진 단단한 벽이 눈앞에 나타났다. 뱀의 눈에는 번쩍이는 큼직한 에메랄드가 박혀 있었다.

해리는 그곳으로 다가갔다. 목이 바싹 탔다. 돌에 새겨진 이 뱀들은 진짜라고 억지로 믿을 필요도 없었다. 눈이 기이하게도 살아 있는 것처럼 보였기 때문이다.

해리는 뭘 해야 할지 알 것 같았다. 그가 목을 가다듬자 에메랄드 눈동자들이 깜빡이는 것처럼 보였다.

"열어." 해리가 낮고 희미하게 쉿쉿 소리를 냈다.

벽이 양쪽으로 열리면서 뱀들이 반으로 갈라졌다가 눈앞에서 스르르 사라지자, 해리는 부들부들 떨면서 안으로 걸어 들어갔다.

CHAPTER 17

# 슬리데린의 후계자

그는 흐릿하게 불 밝힌 기다란 방 한쪽 끝에 서 있었다. 더 많은 뱀 조각이 뒤엉켜 있는 높은 돌기둥들이 어둠에 묻혀 보이지 않는 천장을 떠받치고 서서, 공간을 가득 채운 기이한 초록빛 어둠 속으로 길고 검은 그림자를 드리우고 있었다.

심장이 두방망이질하는 가운데 해리는 가만히 서서 서늘한 침묵에 귀를 기울였다. 기둥 뒤 어두운 구석에 바실리스크가 숨어 있는 건 아닐까? 지니는 어디에 있을까?

해리는 지팡이를 꺼내 들고 뱀 기둥 사이로 나아갔다. 한 발 한 발 조심스럽게 내디딜 때마다 발소리가 그늘진 벽에 부딪쳐 크게 울렸다. 해리는 아주 작은 움직임이라도 보이면 눈 감을 준비를 하고 계속 실눈을 뜨고 있었다. 돌 뱀의 공허한 눈이 그를 따라다니는 듯했다. 어떤 움직임을 본 것 같아 몇 번이고 가슴이 철렁했다.

잠시 후, 마지막 한 쌍의 기둥에 다다르자 벽을 등지고 선 조각상이 어렴풋하게 눈에 들어왔다. 그 조각상은 비밀의 방 천장에 닿을 만큼 컸다.

해리는 목을 한껏 젖혀서야 그 거대한 얼굴을 올려다볼 수 있었다. 나이가 꽤 든, 원숭이처럼 생긴 얼굴이었다. 길고 듬성듬성한 턱수염은 바닥에 쓸리는 돌로 된 로브 밑자락에 닿을 듯 늘어져 있고, 그 아래 거대한 잿빛 발 두 개가 매끄러운 바닥을 딛고 서 있었다. 그리고 두 발 사이, 타오르는 듯한 붉은 머리카락에 검은색 로브를 입은 작은 형체가 얼굴을 바닥으로 한 채 쓰러져 있었다.

"지니!" 해리가 쏜살같이 그녀에게 달려가 털썩 무릎을 꿇으며 중얼거렸다. "지니! 죽으면 안 돼! 제발 죽지 마!" 그는 지팡이를 옆으로 던지고 지니의 어깨를 붙잡아 바로 눕혔다. 지니의 얼굴은 대리석처럼 하얬고 그만큼 차가웠으며 두 눈은 감겨 있었지만 석화된 것은 아니었다. 하지만 그렇다면 그 말은…….

"지니, 제발 일어나." 해리가 그녀를 흔들며 절박하게 중얼거렸다. 지니의 머리가 이쪽저쪽으로 절망스럽게 축 늘어졌다.

"그 앤 깨어나지 않을 거야." 부드러운 목소리가 말했다.

해리는 깜짝 놀라 무릎을 꿇은 채 휙 돌아보았다.

키 큰 검은 머리카락의 소년이 가장 가까운 기둥에 기대서서 그를 지켜보고 있었다. 소년은 성에 낀 창문을 통해 보듯 몸의 윤곽이 이상할 정도로 흐릿했다. 하지만 해리는 단번에 그를 알아보았다.

"톰…… 톰 리들?"

리들은 해리의 얼굴에서 눈을 떼지 않은 채 고개를 끄덕였다.

"깨어나지 않을 거라니, 그게 무슨 뜻이야?" 해리가 절박한 말투로 물었다. "아니야. 설마, 아니지?"

"아직 살아 있어." 리들이 말했다. "하지만 곧 죽을 거야."

해리는 그를 뚫어지게 바라보았다. 톰 리들이 호그와트에 다닌 건 50년 전이건만 그는 괴이하고 흐릿한 빛에 휩싸인 채, 열여섯 살 이후 단 하루도 나이를 먹지 않은 모습으로 이곳에 서 있었다.

"넌 유령이야?" 해리가 확신 없는 말투로 물었다.

"기억이지." 리들이 조용히 말했다. "50년 동안 일기장에 보존된."

리들은 조각상의 거대한 발가락 근처를 가리켰다. 그곳에는 해리가 울보 머틀의 화장실에서 발견한 작고 검은 일기장이 펼쳐져 있었다. 해리는 순간 일기장이 어떻게 여기에 있는지 의아했지만, 더 급박한 문제들이 있었다.

"날 좀 도와줘, 톰." 해리가 지니의 머리를 다시 들어 올리며 말했다. "여기서 데리고 나가야 해. 바실리스크가 있어……. 어디에 있는지는 모르겠지만 언제 나타날지 몰라. 부탁이야, 도와줘…….."

리들은 움직이지 않았다. 해리는 땀을 뻘뻘 흘리며 간신히 지니를 바닥에서 들어 올리다 말고 마법 지팡이를 다시 집기 위해 허리를 구부렸다.

하지만 지팡이는 사라지고 없었다.

"혹시 내 마법 지팡이……."

해리는 고개를 들었다. 리들은 여전히 그를 바라보고 있었다. 기다란 손가락으로 해리의 마법 지팡이를 빙글빙글 돌리면서.

"고마워." 해리가 지팡이를 받으려고 손을 뻗으며 말했다.

리들이 입꼬리를 말아 올리며 미소 지었다. 그는 계속 해리를 뚫어지게 바라보면서 한가롭게 지팡이를 놀리기만 했다.

"저기 말이야." 해리가 다급히 말했다. 지니의 무게 때문에 무릎이 휘청거렸다. "여기서 나가야 돼! 바실리스크가 나타나면…….."

"부르기 전에는 나타나지 않을 거야." 리들이 담

담하게 말했다.

해리는 더 이상 버틸 수가 없어서 지니를 다시 바닥에 내려놓았다.

"무슨 뜻이야?" 해리가 물었다. "저기, 내 마법 지팡이 이리 줘. 필요할지도 몰라."

리들의 얼굴 가득 미소가 번졌다.

"필요 없을걸." 리들이 말했다.

해리가 그를 빤히 바라보았다.

"무슨 뜻이야? 필요 없을 거라니……?"

"난 이때를 오랫동안 기다려 왔어, 해리 포터." 리들이 말했다. "너를 만나는 순간 말이야. 너와 이야기할 순간."

"이봐." 해리는 참지 못하고 말했다. "이해가 잘 안 되나 본데, 우리는 지금 *비밀의 방*에 와 있어. 얘기는 나중에 할 수 있잖아."

"지금 이야기할 거야." 리들은 여전히 활짝 미소 지은 얼굴로 말하더니 해리의 마법 지팡이를 주머니에 넣었다.

해리는 그를 쏘아보았다. 상황이 어쩐지 이상해지고 있었다.

"지니는 어쩌다가 이렇게 된 거야?" 해리가 천천히 물었다.

"글쎄, 그것 참 흥미로운 질문이네." 리들이 즐거운 듯 말했다. "꽤 긴 이야기이기도 하고. 내 생각에 지니 위즐리가 이렇게 된 진짜 이유는, 보이지도 않는 낯선 사람한테 마음을 열고 자기 비밀을 전부 털어놓았기 때문이야."

"그게 무슨 소리야?" 해리가 물었다.

"일기장." 리들이 말했다. "*내* 일기장 말이야. 꼬마 지니는 그 일기장에 몇 달 동안이나 글을 쓰면서 나한테 온갖 한심한 걱정거리와 고민을 털어놨지. 오빠들이 놀려 댄 얘기며, 어째서 중고 로브와 책을 갖고 학교에 가야 했는지, 또……." 리들의 눈이 반짝거렸다. "유명하고 착하고 멋진 해리 포터는 결코 자기를 좋아하지 않을 거라든가……."

말하는 내내 리들의 시선은 해리의 얼굴을 한 번도 떠나지 않았다. 그의 눈빛에는 거의 굶주린 기색이 어려 있었다.

"꽤 지루한 일이지, 열한 살짜리 여자애의 바보같고 사소한 문제에 귀 기울이는 건." 그가 말을 이었다. "하지만 참고 들어줬어. 답장을 썼지. 공감해 주고 친절하게 대해 줬다고. 지니는 그야말로 나를 *사랑했어.* '아무도 너처럼 나를 이해해 준 적 없어, 톰……. 이렇게 비밀을 털어놓을 수 있는 일기장이 있어서 너무 기뻐……. 주머니에 넣고 다닐 수 있는 친구가 생긴 것 같아…….'"

리들은 웃었다. 그 어울리지 않는 높은 음의 차가운 웃음소리를 듣자 해리는 머리카락이 쭈뼛 섰다.

"내 입으로 이런 말 하긴 그렇지만, 해리, 나는 항상 내게 필요한 사람들을 매혹시킬 수 있었어. 그렇게 지니는 나에게 마음을 열고 모든 걸 털어놨는데, 마침 그 애의 마음이 내가 원하던 거였거든. 나는 지니의 마음 가장 깊은 곳에 있는 두려움, 가장 어두운 비밀을 먹고 점점 강해졌어. 어린 위즐리 양보다 훨씬 막강해졌지. 위즐리 양에게 *내* 비밀 몇 가지를 떠먹여 주기 시작할 정도로, *내* 마음 일부를 지니에게 도로 흘려 넣기 시작할 만큼……."

"*그게* 무슨 뜻이야?" 입이 바싹 마른 채 해리가 물었다.

"아직도 모르겠어, 해리 포터?" 리들이 부드러운 목소리로 말했다. "지니 위즐리가 비밀의 방을 열었어. 저 애가 학교 수탉들의 목을 비틀고 벽에 위협적인 메시지를 남겼단 얘기야. 지니가 머드블러드 넷과 그 스큅의 고양이한테 슬리데린의 뱀을 풀어놓은 거라고."

"아냐." 해리가 작은 소리로 반박했다.

"맞아." 리들이 차분하게 말했다. "물론, 저 애도 처음에는 자기가 뭘 하는지 알지 못했지. 꽤 재미있었어. 너도 저 애가 새로 쓴 일기 내용을 봤다면 좋았을 텐데……. 내용이 훨씬 재미있어졌거든. 이렇게……. '톰에게'." 그가 겁에 질린 해리의 얼굴을 보며 읊기 시작했다. "'기억이 사라지는 것 같아. 로브에 닭 털이 잔뜩 묻어 있었는데 어쩌다 묻었는지 모르겠어. 톰에게, 핼러윈 밤에 뭘 했는지 기억이 안 나. 그런데 고양이 한 마리가 공격당했고 내 옷 앞자락에 페인트가 잔뜩 묻어 있었어. 톰에게, 퍼시가 계속 나한테 창백하고 평소답지 않다고 해. 나를 의심하는 것 같아……. 오늘 또 습격이 있었는데 내가 어디에 있었는지 모르겠어. 톰, 난 어떻게 해야 할까? 내가 미쳐 가나 봐……. 모두를 공격하고 있는 게 바로 나인 것 같아, 톰!'"

해리는 두 주먹을 꽉 쥐었다. 손톱이 손바닥 깊숙이 파고들었다.

"멍청한 지니가 일기장을 더 이상 믿지 않게 되기까지는 꽤 오랜 시간이 걸렸어." 리들이 말했다. "그래도 결국엔 수상쩍게 여기고 일기장을 버리려고 했지. 그런데 네가 등장한 거야, 해리. 네가 일기장을 발견해서, 나는 그 이상 즐거울 수 없었지. 하고많은 사람 중에 바로 너, 내가 누구보다도 만나기를 열망했던 네가 일기장을 주웠으니까……."

"나를 왜 만나고 싶었는데?" 해리가 물었다. 화가 치솟아서 목소리를 침착하게 유지하려면 애를 써야 했다.

"뭐, 글쎄. 지니가 너에 대해 다 말해 줬거든, 해리." 리들이 말했다. "너의 그 굉장히 흥미로운 이야기 전부를 말이야." 두리번거리던 그의 시선이 해리의 이마에 있는 번개 모양 흉터에 머물렀다. 리들의 표정에 갈망하는 빛이 더 짙어졌다. "난 너에 대해서 더 많은 걸 알아내야 한다는 걸, 너와 이야기하고, 가능하다면 너를 만나야 한다는 걸 알게 됐어. 그래서 너의 신뢰를 얻기 위해, 그 덩치만 큰 얼간이 해그리드를 붙잡은 내 유명한 업적을 보여 주기로 결심한 거지."

"해그리드는 내 친구야." 해리가 말했다. 어느새 목소리가 떨리고 있었다. "네가 누명 씌운 거 아니야? 나는 네가 실수한 거라고 생각했는데……."

리들은 또다시 특유의 높은 웃음을 웃었다.

"내 말과 해그리드의 진술이 엇갈리는 상황이었어, 해리. 뭐, 늙은이 아만도 디핏한테 어떻게 보였을지는 너도 상상할 수 있을 거야. 한쪽에는 가난하지만 영특하고, 부모는 없지만 매우 용감한, 학교 반장에다 모범생인 톰 리들이 있었지. 다른 쪽에는 1주일이 멀다 하고 문제를 일으키고, 침대 밑에서 늑대인간 새끼를 키우려 들고, 트롤과 레슬링을 하겠다며 몰래 금지된 숲으로 들어가는 덩치만 큰 덤벙이 해그리드가 있고. 하지만 나도 인정해. 그 계획이 그렇게 잘 먹힐 줄은 나두 몰랐어. 누군가는 틀림없이 해그리드가 슬리데린의 후계자일 리 없다는 걸 알아챌 거라고 생각했거든. 나도 비밀의 방에 관해서 알아낼 수 있는 건 모두 알아내고 비밀 출입구를 발견하기까지 5년이나 걸렸는데…… 해그리드한테 그럴 만한 머리나 힘이 있을 리가! 오직 변환 마법 교수인 덤블도어만이 해그리드가 결백하다고 생각하는 것 같았지. 덤블도어는 디핏을 설득해 해그리드를 학교에 두고 숲지기로 훈련시켰어. 그래, 덤블도어는 짐작했을지도 몰라. 그자는 다른 교수들만큼 나를 좋아하진 않는 것 같았거든……."

"덤블도어 교수님은 분명 널 꿰뚫어 봤을 거야." 해리가 이를 악물고 말했다.

"글쎄, 해그리드가 퇴학당하고부터 짜증 날 정도로 가까이서 날 감시한 건 분명해." 리들이 태평하게 말했다. "학교에 다니는 동안 비밀의 방을 다시 여는 건 안전하지 않다는 생각이 들었지. 하지만 비밀의 방을 찾느라 보낸 그 오랜 시간을 헛되이 할 생각은 없었어. 그래서 일기장을 남기기로 결심한 거야. 나의 열여섯 살 시절을 그 페이지 안에 보존해 두면, 언젠가 운이 따라 줄 때 또 다른 사람이 내 발자취를 좇아 살라자르 슬리데린의 고귀한 임무를 마치도록 이끌 수 있을 테니까."

"뭐, 그 계획은 실패했네." 해리가 의기양양하게 말했다. "이번엔 아무도 죽지 않았어. 심지어 고양이도. 몇 시간 뒤에 맨드레이크 물약이 완성되면 석화된 사람들 모두 회복될 거야."

"내가 아직 얘기 안 했던가?" 리들이 조용히 말했다. "머드블러드를 죽이는 건 더 이상 내 관심사가 아니라니까? 지난 몇 달 동안 내 새로운 표적은…… 너였어."

해리는 그를 뚫어지게 바라보았다.

"내 일기장이 펼쳐졌을 때 나한테 글을 쓰고 있는 사람이 네가 아니라 지니였다니, 내가 얼마나 화가 났을지 생각해 봐. 지니는 네가 일기장을 가지고 있는 걸 봤고, 너도 짐작하겠지만 겁에 질렸지. 네가 일기장을 작동시키는 법을 알아내면 어쩌지? 내가 자기 비밀을 너한테 다 말해 버리면 어쩌지? 그것도 모자라, 내가 너한테 수탉의 목을 비틀어 죽인 게 누군지 말했다면? 그래서 그 멍청한 계집애는 네 기숙사 침실이 빌 때까지 기다렸다가 일기장을 다시 훔쳐 낸 거야. 하지만 나는 뭘 해야 할지 알고 있었지. 넌 분명 슬리데린의 후계자를 뒤쫓고 있었으니까. 지니가 다 얘기해 준 덕분에 나는 네가 그 수수께끼를 풀 수만 있다면 무슨 짓이든 하리라는 걸 알았어. 네 가장 친한 친구 중 한 명이 공격당하면 더욱 그럴 테고. 게다가 지니는 나한테 네가 뱀의 말을 할 줄 안다고 전교생이 수군거린다는 얘기도 해 줬거든……. 그래서 나는 지니에게 벽에다 직접 작별 인사를 쓰게 하고 여기 와서 기다리게 했어. 지니는 발버둥치고 울부짖다가 아주 지루하게 변했지. 어쨌든 저 애는 목숨이 얼마 남지 않았어. 일기장에, 나에게 너무 많은 걸 쏟아부었거든. 마침내 내가 일기장 페이지에서 나올 수 있을 만큼 말이지. 난 지니와 함께 여기 온 뒤로 쭉 너를 기다리고 있었어. 네가 올 줄 알았어. 너한테 물어볼 게 많아, 해리 포터."

"어떤 거?" 해리가 여전히 주먹을 꽉 쥔 채 내뱉었다.

"글쎄." 리들이 즐거운 듯 미소 지으며 말했다. "비범한 마법적 재능도 갖추지 못한 아기가 어떻게 역사상 가장 위대한 마법사를 물리쳤을까? 어째서 볼드모트 경의 힘은 파괴되었는데 넌 흉터 하나만 생기고 살아남았을까?"

리들의 굶주린 눈에 어느새 기묘한 붉은빛이 번뜩였다.

"내가 어떻게 살아남았는지가 왜 궁금해?" 해리가 천천히 말했다. "볼드모트는 너보다 후대 사람이잖아."

"볼드모트는" 하고, 리들이 부드럽게 입을 열었다. "내 과거이자 현재이자 미래야, 해리 포터……."

그는 주머니에서 해리의 마법 지팡이를 꺼내 허공에다 희미하게 빛나는 세 단어를 썼다.

### TOM MARVOLO RIDDLE
### 톰 마볼로 리들

그가 지팡이를 한 번 휘두르자 이름을 이루는 글자들이 저절로 재배치되었다.

### I AM LORD VOLDEMORT
### 내가 볼드모트 경이다

"알겠어?" 그가 속삭였다. "볼드모트는 내가 호그와트에 있을 때 이미 사용하던 이름이었어. 물론 가장 가까운 친구들 사이에서만 말이야. 내가 더러운 머글 아버지의 이름을 영원히 사용할 거라고 생각했어? 내가, 어머니에게서 다름 아닌 살라자르 슬리데린의 피를 물려받은 내가? 이 내가, 자기 아내가 마법사였다는 사실을 알자마자, 내가 태어나기도 전에 나를 버린 그 역겹고 천한 머글의 이름을 계속 쓸 거라고? 아니지, 해리. 난 나를 위해 새로운 이름을 마련했어. 언젠가 내가 이 세상에서 가장 위대한 마법사가 됐을 때 만방의 마법사들이 두려워서 감히 입에 담지도 못할 이름을 말이야!"

해리는 얼떨떨했다. 그는 훗날 그의 부모님을 비롯한 수많은 사람을 죽인 고아 소년 리들을 바라보았다……. 마침내 해리는 힘겹게 입을 열었다.

"넌 아니야." 해리가 증오로 가득 찬 나직한 목소리로 말했다.

"뭐가 아니라는 거지?" 리들이 쏘아붙였다.

"넌 세상에서 가장 위대한 마법사가 아니라고." 해리가 가쁘게 숨을 쉬며 말했다. "너와 네 추종자들을 실망시켜서 미안한데, 세상에서 가장 위대한 마법사는 알버스 덤블도어야. 다들 그렇게 말해. 네 힘이 강했던 시절에도 넌 감히 호그와트를 차지하려는 시도조차 못 했어. 덤블도어 교수님은 네가 학교에 있을 때 이미 널 꿰뚫어 봤고, 지금도 넌 그분을 두려워해. 어디에 숨어 있는지는 모르겠지만."

리들의 얼굴에서 미소가 사라지고 대신 아주 추한 표정이 자리 잡았다.

"덤블도어는 단지 내 기억만으로 이 성에서 쫓겨났어!" 그가 식식거렸다.

"네 생각처럼 아주 떠난 건 아냐!" 해리가 반박했다. 리들에게 겁을 주고 싶어서 마구 내뱉으면서도 그것이 사실이길 바랐다.

리들은 입을 열었다가, 곧 얼어붙었다.

어디선가 음악 소리가 들려오고 있었다. 리들은 몸을 빙그르르 돌려 텅 빈 방을 뚫어지게 바라보았다. 음악 소리는 점점 커지고 있었다. 으스스하고 등골 오싹하고 이 세상 소리 같지 않은 음악이었다. 해리는 머리털이 곤두서고 심장이 두 배로 부풀어 오르는 것을 느꼈다. 음악 소리가 갈비뼈 안에서 진동하는 느낌이 들 만큼 높은 음에 달한 그 순간, 가장 가까운 기둥 꼭대기에서 불꽃이 터져 나왔다.

백조만 한 진홍색 새 한 마리가 나타나 아치형 천장 아래에서 그 기묘한 음악을 만들어 내고 있었다. 새는 공작처럼 길고 반짝이는 황금색 꼬리를 갖고 있었고, 번뜩이는 황금색 발톱으로 웬 너덜너덜한 꾸러미를 그러쥐고 있었다.

잠시 후, 그 새가 해리에게 곧장 날아왔다. 새는

고 있던 너덜너덜한 물건을 해리의 발 앞에 떨어 드리고는 그의 어깨에 묵직하게 내려앉았다. 새가 커다란 날개를 접자 해리는 눈을 들어 그 길고 날카 로운 황금색 부리와 또렷한 검은 눈동자를 바라보 았다.

 새가 노래를 멈췄다. 새는 여전히 해리의 어깨 에 가만히, 평온하게 자리를 잡고 한결같이 리들 을 응시하고 있었다.

 "불사조로군······." 리들이 빈틈없는 눈으로 그 새를 마주 바라보며 말했다.

 "폭스?" 해리가 속삭이자 새가 황금색 발톱으로 그의 어깨를 부드럽게 그러쥐는 것이 느껴졌다.

 "그리고 *저건*······." 어느새 폭스가 떨어뜨린 너 덜너덜한 물건을 의심스럽게 쳐다보며 리들이 말 했다. "낡아 빠진 학교 기숙사 배정 모자고."

 정말 그랬다. 누덕누덕 기워지고 해지고 더러운 그 모자가 해리의 발 앞에 가만히 놓여 있었다.

 리들이 다시 웃음을 터뜨렸다. 어찌나 크게 웃는 지, 마치 열 명의 리들이 한꺼번에 웃는 것처럼 어 두운 방이 쩌렁쩌렁 울렸다.

 "덤블도어는 자기편한테 이런 걸 보내는군! 노래 하는 새와 낡은 모자라니! 용기가 생기나, 해리 포 터? 이제 안심이 돼?"

 해리는 대답하지 않았다. 폭스나 기숙사 배정 모 자가 무슨 도움이 될지는 모르겠지만 그는 더 이상 혼자가 아니었다. 해리는 점점 용기가 솟는 것을 느 끼며 리들이 웃음을 멈추기를 기다렸다.

 "본론으로 돌아가면, 해리." 리들이 여전히 활짝 미소 지으며 말했다. "우리는 이미 두 번이나 만났 어. *너의* 과거이자 *나의* 미래에서. 그리고 나는 두 번 다 너를 죽이지 못했지. 넌 어떻게 살아남은 거

지? 전부 말해 봐. 이야기가 길어질수록······ 하 니 그가 부드럽게 덧붙였다. "네가 살아 있는 시간 도 늘어날 거야."

 해리는 빠르게 머리를 굴리며 가능성을 따져 보 았다. 리들에게는 마법 지팡이가 있었다. 그에게 해리에게는 폭스와 기숙사 배정 모자가 있었지만 둘 중 어느 것도 결투에서는 별 쓸모가 없을 것이 다. 정말이지 상황이 안 좋아 보였다. 하지만 리들 이 저기 오래 서 있을수록 지니의 생명은 점점 더 줄어든다. 그사이 해리는 문득 리들의 윤곽이 점점 더 선명하고 견고해지고 있다는 것을 깨달았다. 만 약 리들과 싸워야 한다면 빨리 시작하는 게 나았다

 "네가 날 공격했을 때 어째서 힘을 잃었는지는 아무도 몰라." 해리가 불쑥 말했다. "나 자신도 모르 고. 하지만 네가 왜 날 죽이지 못했는지는 알아. 우 리 어머니가 날 구하려고 돌아가셨기 때문이야. 머 글 집안에서 *태어난* 평범한 내 어머니가." 해리는 분노를 억누르느라 몸을 떨며 덧붙였다. "우리 어 머니가, 네가 나를 죽이지 못하게 막은 거야. 난 너 진짜 모습을 본 적이 있어. 작년에 봤지. 너는 만신 창이였어. 살아 있다고 말할 수도 없을 정도로. 그 잘난 힘의 끝이 결국 그거야. 넌 숨어 있는 신세이 너는 추악하고, 역겨워!"

 리들의 얼굴이 일그러졌다. 그는 곧 애써 끔찍한 미소를 지어냈다.

 "그렇단 말이지. 네 어머니가 너를 구하려고 죽 었다. 그래, 그건 강력한 반격 마법이지. 이제 알겠 군. 결국 너한테는 특별한 게 전혀 없었어. 있지, 난 궁금했어. 너랑 나 사이에는 이상하게 닮은 점들이 있잖아, 해리 포터. 너도 분명 알아챘을 거야. 둘 다 머글 집안의 피가 섞인 데다 고아에, 머글 손에서

났지. 아마 위대한 슬리데린 이후 호그와트에 입학한 파셀마우스는 너와 나 둘뿐일 거야. 우린 심지어 생긴 것도 어딘지 비슷해……. 하지만 어쨌거나 네가 나한테서 살아남은 건 그저 운이 좋았기 때문이야. 내가 알고 싶었던 건 그게 전부야."

해리는 긴장한 채 리들이 지팡이를 들어 올리기만 기다렸다. 하지만 리들의 얼굴에는 또다시 비틀린 미소가 번지고 있었다.

"그럼, 해리, 내가 널 좀 따끔하게 가르쳐야겠다. 살라자르 슬리데린의 후계자이신 볼드모트 경과 유명하신 해리 포터, 그리고 덤블도어가 보내 준 최고 무기의 힘을 겨뤄 보자."

그는 즐거워하는 눈길로 폭스와 기숙사 배정 모자를 한 번 쳐다보더니 저만치 걸어갔다. 해리는 무감각한 다리에 공포가 번지는 것을 느끼며, 높은 기둥 사이에 멈춰 선 리들이 저 높이 어둠에 반쯤 잠겨 있는 슬리데린의 돌 얼굴을 올려다보는 모습을 바라봤다. 리들이 입을 크게 벌리더니 쉭쉭거렸다. 그러나 해리는 그가 무슨 말을 하는지 알아들었다.

"제게 말씀하소서, 슬리데린이여, 네 명의 호그와트 창립자 가운데 가장 위대하신 이여."

해리가 몸을 돌려 조각상을 올려다보자 그의 어깨 위에서 폭스가 흔들거렸다.

슬리데린의 거대한 돌 얼굴이 움직이고 있었다. 해리는 공포에 질린 채, 석상의 입이 점점 크게 벌어지면서 커다란 검은 구멍을 드러내는 모습을 바라보았다.

그 입안에서 무언가 슬쩍 움직였다. 뭔가가 조각상 깊은 곳에서부터 스르르 올라오고 있었다.

해리는 뒷걸음질 치다가 비밀의 방의 컴컴한 벽에 부딪쳤다. 눈을 꾹 감는 순간 폭스가 날아가면서

날개가 뺨을 스치는 게 느껴졌다. 해리는 "날 두고 가지 마!"라고 소리치고 싶었지만, 불사조 한 마리가 뱀들의 왕을 이길 가능성이 얼마나 되겠는가?

뭔가 거대한 것이 돌바닥에 떨어졌다. 해리는 그것이 부르르 떠는 것을 느꼈다. 그는 무슨 일이 벌어지고 있는지 알았다. 느낄 수 있었다. 슬리데린의 입에서 나온 거대한 뱀이 똬리를 푸는 모습이 눈에 보이는 듯했다. 그때 리들이 쉭쉭거리는 소리가 들렸다. "죽여."

바실리스크가 해리 쪽으로 움직이고 있었다. 바실리스크의 육중한 몸이 먼지투성이 바닥을 묵직하게 미끄러지는 소리가 들려왔다. 해리는 여전히 눈을 꾹 감고 양손을 쭉 뻗어 앞을 더듬으면서 무작정 옆걸음으로 도망치기 시작했다. 리들이 웃음을 터뜨렸다…….

해리는 발을 헛디뎠다. 돌바닥에 철퍼덕 넘어지자 입에서 피 맛이 느껴졌다. 뱀은 아주 가까운 곳에 있었다. 놈이 다가오는 소리가 들렸다.

해리의 바로 위에서 크게 쉭쉭거리는 소리가 터져 나오나 싶더니, 뭔가 묵직한 것이 해리를 강타해 그를 벽에다 내동댕이쳤다. 송곳니에 몸이 뚫리는 건 시간문제라 생각하고 있을 때, 더욱 격렬하게 쉭쉭거리는 소리와 뭔가가 기둥을 마구 때리는 소리가 들렸다.

해리는 참지 못하고, 무슨 일이 벌어지는지 볼 수 있을 만큼만 샛눈을 떴다.

독을 품고 있을 것 같은 밝은 초록색에 오크나무 몸통만큼이나 굵은 어마어마한 크기의 뱀이 몸을 공중으로 꼿꼿이 세운 채 기둥 사이로 그 거대하고 뭉툭한 머리를 취한 듯 이리저리 흔들고 있었다. 뱀이 고개를 돌리면 바로 눈을 감을 준비를 하고 떨고

있을 때, 뭔가가 뱀의 주의를 흐트러뜨리는 것이 보였다.

폭스가 뱀의 머리 주위를 날아다니고, 바실리스크는 사브르 칼만큼 길고 가는 송곳니로 사납게 폭스를 물어뜯으려 하고 있었다.

폭스가 급강하했다. 긴 황금색 부리가 보이지 않는 곳으로 쑥 들어가는가 싶더니 돌연 짙은 피가 바닥에 흩뿌려졌다. 마구 요동치던 뱀의 꼬리가 가까스로 해리를 비켜 갔다. 해리가 눈을 감을 새도 없이 놈이 고개를 돌렸다. 해리는 놈의 얼굴을 똑바로 바라보았다. 불사조에게 찔린, 크고 둥글납작한 노란색 두 눈이 보였다. 피가 바닥으로 철철 흘러넘쳤고, 뱀은 고통에 겨워 캭캭거렸다.

"안 돼!" 리들의 비명이 들렸다. "새는 놔둬! 새는 그냥 두라고! 아이는 네 뒤에 있어! 아직 냄새는 맡을 수 있잖아! 그 애를 죽여!"

눈먼 뱀은 몸을 마구 흔들었다. 그것은 혼란에 빠져 있었지만, 여전히 위험했다. 폭스가 으스스한 노래를 부르며 뱀의 머리 주위를 빙빙 돌면서, 비늘로 덮인 바실리스크의 코를 마구 쪼아 댔다. 놈의 상처 난 눈에서는 아직도 피가 쏟아져 나왔다.

"도와주세요, 도와주세요." 해리는 간절하게 중얼거렸다. "누가 좀…… 누구라도!"

뱀의 꼬리가 다시 바닥을 때렸다. 해리는 몸을 수그렸다. 뭔가 부드러운 것이 얼굴에 닿았다.

바실리스크의 움직임에 기숙사 배정 모자가 해리의 품안으로 휩쓸려 들어온 것이다. 해리는 모자를 꽉 잡았다. 그것이 해리에게 남은 유일한 희망이었다. 또다시 바실리스크의 꼬리가 머리 위로 휘둘러지자, 해리는 모자를 눌러쓰고 바닥에 납작하게 엎드렸다.

'도와주세요…… 도와줘요…….' 해리는 모자 아래서 눈을 꽉 감고 생각했다. '제발 도와줘!'

응답하는 목소리는 없었다. 대신, 보이지 않는 손이 움켜 쥐기라도 한 듯 모자가 오그라들었다.

뭔가 아주 딱딱하고 무거운 것이 머리로 툭 떨어지는 바람에 해리는 하마터면 기절할 뻔했다. 눈앞에서 별이 번쩍거리는 와중에 해리는 모자를 벗으려고 그 끄트머리를 잡았다. 그러자 모자 안에서 뭔가 길고 단단한 것이 만져졌다.

모자 안에서 번뜩이는 은빛 검이 나타났다. 달걀만 한 루비 여러 개가 박힌 손잡이가 반짝거렸다.

"그 애를 죽여! 새는 놔둬! 그 애가 네 뒤에 있어! 냄새를 맡아. 아이의 냄새를 맡으라고!"

해리는 일어서서 공격 자세를 취했다. 바실리스크의 머리가 내려오고 있었다. 놈은 똬리를 튼 채 해리를 마주 보려고 몸을 뒤틀다가 기둥들에 부딪쳤다. 해리는 피로 범벅된 커다란 눈구멍을 보았다. 놈은 해리가 들고 있는 검만큼이나 길고 가느다랗고 번쩍이는 독니가 나란히 박힌 입을 크게 벌렸다. 금방이라도 해리를 통째로 삼킬 것만 같았…….

바실리스크는 무작정 돌진했다. 해리가 재빨리 피한 덕분에 놈은 벽에 부딪쳤다. 놈이 다시 돌진해서 갈라진 혀로 해리의 옆구리를 공격했다. 해리는 두 손으로 검을 들어 올렸다.

바실리스크가 다시 달려들었다. 이번에는 목표를 정확히 겨냥하고 있었다. 해리는 온 무게를 검에 실어 뱀의 입천장 깊숙이 꽂아 넣었다.

그러나 따뜻한 피가 해리의 팔을 적셔 왔을 때, 팔꿈치 바로 위에서 타는 듯한 통증이 느껴졌다. 긴 독니 하나가 해리의 팔에 박혀 점점 더 깊숙이 들어가더니, 바실리스크가 옆으로 기울어지다가 경련하면서 바닥에 쓰러지자 뚝 부러져 버렸다.

해리는 벽에 기댄 채 스르르 미끄러졌다. 몸 전체로 독을 퍼뜨리고 있는 송곳니를 움켜쥐고 팔에서 뽑았다. 하지만 너무 늦었다는 걸 알았다. 상처에서부터 극심한 통증이 천천히 퍼져 나가고 있었다. 송곳니를 떨어뜨리고 자신의 피가 로브를 물들이는 것을 본 순간 시야가 흐려졌다. 비밀의 방이 탁한 색깔의 소용돌이 속으로 점점 사라지고 있었다.

진홍색을 띤 뭔가가 그 소용돌이 속을 헤치고 오는가 싶더니, 옆에서 발톱이 부드럽게 달각거리는 소리가 들렸다.

"폭스." 해리가 탁한 목소리로 입을 열었다. "정말 잘했어, 폭스……." 해리는 뱀의 송곳니가 꿰뚫은 자리에 새가 그 아름다운 머리를 내려놓는 것을 느꼈다.

발소리가 울리더니 검은 그림자가 그의 앞으로 다가왔다.

"넌 죽은 거야, 해리 포터." 머리 위에서 리들의 목소리가 들렸다. "죽었다고. 덤블도어의 새도 알잖아. 녀석이 뭘 하는지 보여, 포터? 울고 있어."

해리는 눈을 깜빡였다. 눈앞에서 폭스의 머리가 또렷이 보였다가 다시 스르륵 흐려졌다. 진주 같은 굵은 눈물방울이 윤기 나는 깃털 아래로 톡톡 떨어지고 있었다.

"난 여기 앉아서 네가 죽는 걸 지켜볼 거야, 해리 포터. 천천히 해. 나야 급할 것 없으니까."

해리는 나른함을 느꼈다. 주위 모든 것이 빙빙 도는 것 같았다.

"유명하신 해리 포터도 이렇게 끝나는군." 리들의 목소리가 아득하게 들렸다. "친구들한테 버림받은 채 홀로 비밀의 방에서, 멍청하게도 어둠의 왕에게 도전했다가 마침내 패배해서 말이야. 넌 머잖아 사랑하는 머드블러드 어머니에게로 돌아갈 거야, 해리……. 그 여자는 어쩌다 네가 12년을 더 살게 해 줬지만…… 결국 볼드모트 경이 널 끝장냈어. 너도 이렇게 될 수밖에 없다는 걸 알았겠지."

해리는 생각했다. '이게 죽어 가고 있는 거라면, 그렇게 나쁘지 않은걸.' 심지어 통증마저 사라지고 있었다…….

그런데 과연 이게 죽고 있는 걸까? 눈앞이 캄캄해지는 대신 비밀의 방이 다시 또렷해지는 것 같았다. 해리는 살짝 고개를 저었다. 폭스는 그때까지도 해리의 팔에 머리를 얹고 있었다. 상처 주위에 온통 진주 같은 눈물자국이 빛나고 있었다. 다만 상처는 더 이상 없었다.

"꺼져, 이놈의 새." 돌연 리들의 목소리가 들렸다. "그 녀석한테서 떨어져. *꺼지라니까!*"

해리는 머리를 들었다. 리들이 해리의 마법 지팡이로 폭스를 겨누고 있었다. 총소리 같은 굉음이 나더니 폭스가 황금색과 진홍색 소용돌이를 그리며 다시 한 번 날아올랐다.

"불사조의 눈물……." 리들이 해리의 팔을 바라보며 조용히 말했다. "그랬지……. 치유의 힘이 있는데…… 깜빡했군……."

그가 해리의 얼굴을 바라보았다. "하지만 그렇다고 달라질 건 없어. 사실, 나도 이편이 더 좋아. 너랑 나만 남았어, 해리 포터…… 너랑 나만……."

리들이 마법 지팡이를 들어 올렸다.

그때 세찬 날갯짓과 함께 폭스가 다시 머리 위로 날아오르자 뭔가가 해리의 무릎 위에 떨어졌다. 일기장이었다.

짧은 순간 해리도, 여전히 지팡이를 치켜들고 있

는 리들도 그 일기장을 뚫어지게 바라보았다. 그런 다음, 생각할 것도 없이, 고민하지도 않고, 처음부터 이렇게 할 작정이었던 것처럼, 해리는 옆에 떨어져 있던 바실리스크의 송곳니를 집어 그대로 일기장 한가운데에 꽂아 넣었다.

끔찍하고 귀청이 찢어질 듯한 비명 소리가 길게 이어졌다. 일기장에서 폭포수처럼 뿜어져 나온 잉크가 해리의 손을 타고 바닥에 흘러내렸다. 리들은 고통에 몸부림치면서 온몸을 비틀고 비명을 지르고 팔다리를 버둥대더니……

사라져 버렸다. 해리의 마법 지팡이가 바닥에 탁 떨어지자 정적이 흘렀다. 일기장에서 끊임없이 잉크가 뿜어 나와 '뚝뚝' 흘러내리는 소리만 들릴 뿐이었다. 바실리스크의 독이 일기장에 타 버린 듯한 구멍을 내놓은 것이다.

해리는 부들부들 떨면서 몸을 일으켰다. 플루 가루로 아주 먼 거리를 여행한 것처럼 머리가 핑핑 돌았다. 그는 천천히 마법 지팡이와 기숙사 배정 모자를 주워 든 다음, 바실리스크의 입천장에서 번쩍이는 검을 힘껏 뽑았다.

그때 비밀의 방 끝에서 희미한 신음이 들렸다. 지니가 꿈틀거리고 있었다. 해리가 허겁지겁 그쪽으로 가는 사이 지니는 일어나 앉았다. 지니의 멍한 시선이 죽은 바실리스크의 거대한 형체에서 피투성이가 된 로브를 입고 있는 해리에게로, 그가 들고 있는 일기장으로 옮겨 갔다. 지니는 크게 몸서리치면서 숨을 들이켰다. 그녀의 얼굴로 눈물이 흘러내렸다.

"해리…… 아, 해리…… 아, 아침 식사 시간에 전부 얘기하려고 했어. 그런데 퍼시 앞에서는 말할 수가 어, 없었어. 나였어, 해리. 하지만 매, 맹세코 일부러 그런 건 아, 아냐. 리, 리들이 시킨 거야. 내 정신을 지배해서……. 그런데 저, 저걸 어떻게 죽였어? 리들은 어, 어딨어? 내, 내가 마지막으로 기억하는 건 리들이 일기장에서 나오던 모습인데……."

"괜찮아." 해리가 일기장을 들어 올려 지니에게 송곳니로 뚫은 구멍을 보여 주면서 말했다. "리들은 끝장났어. 봐! 바실리스크도 죽었어. 가자, 지니. 여기서 나가자."

"난 퇴학당할 거야!" 해리가 서툴게 그녀를 부축해 일으키자 지니가 훌쩍거렸다. "비, 빌이 입학한 뒤로 계속 호그와트에 들어가기를 바랐는데 이, 이제 떠나야 하다니…… 어, 엄마랑 아빠가 뭐라고 하실까?"

폭스가 비밀의 방 입구를 맴돌며 그들을 기다리고 있었다. 해리는 지니를 재촉해 앞으로 나아갔다. 그들은 똬리를 뜬 채 움직이지 않는 바실리스크의 시체를 넘어 어둑한 방 안에 발소리를 울리며 터널로 돌아갔다. 뒤에서 돌문이 부드럽게 쓱 닫히는 소리가 들렸다.

깜깜한 터널을 얼마쯤 걸어가자, 멀찍이서 천천히 바위들을 옮기는 소리가 들려왔다.

"론!" 해리가 걸음을 빨리하며 소리쳤다. "지니는 무사해! 내가 데려왔어!"

론의 목멘 환호성이 들렸다. 다음 굴곡을 돌자 론이 떨어진 바위 사이에 간신히 만들어 낸 제법 넓은 틈새로 그의 간절한 얼굴이 보였다.

"*지니!*" 론이 바위 틈새로 팔을 넣어 가장 먼저 지니를 끌어당겼다. "살아 있었구나! 이럴 수가! 무슨 일이 있었던 거야?"

론이 지니를 끌어안으려 했지만 지니는 훌쩍거리며 그를 밀어냈다.

"무사하니 됐어, 지니." 론이 환하게 웃으며 말했다. "이제 다 끝났어. 저건…… 저 새는 어디서 온 거야?"

폭스가 지니를 따라 바위 틈새로 날아들어 갔다.

"덤블도어 교수님의 새야." 해리가 틈새로 몸을 욱여넣으며 말했다.

"그 검은 또 어디서 났고?" 론이 해리의 손에서 번쩍이는 무기를 보고 입을 쩍 벌리며 물었다.

"나가서 설명해 줄게." 해리가 지니를 흘깃 곁눈질하며 말했다.

"하지만……."

"나중에." 해리가 재빨리 말을 끊었다. 아직은 론에게 누가 비밀의 방을 열었는지 말하지 않는 게 좋을 것 같았다. 어쨌든 지니 앞에서는 그랬다. "록하트는?"

"저 뒤에." 론이 씩 웃고는 수도관이 있는 터널 쪽으로 고개를 까딱하며 말했다. "상태가 안 좋아. 가서 봐 봐."

그들은 어둠 속에서 커다란 진홍색 날개로 부드러운 황금빛을 뿜어내는 폭스를 따라 수도관 입구를 향해 길을 되짚어 갔다. 길더로이 록하트는 거기에 앉아 홀로 평온하게 콧노래를 부르고 있었다.

"기억이 사라졌어." 론이 말했다. "망각 마법이 거꾸로 발사돼서 우리가 아니라 저 사람을 맞힌 거야. 자기가 누군지, 여기가 어딘지, 우리가 누군지 하나도 몰라. 내가 여기서 기다리라고 했어. 록하트는 지금 자기 자신한테도 위험한 상태거든."

록하트가 온화한 눈으로 그들 모두를 올려다보았다.

"안녕." 그가 말했다. "이상한 곳이구나. 여기 말이야. 그렇지 않니? 너희는 여기에 사니?"

"아뇨." 론이 해리를 향해 눈썹을 치켜올리며 말했다.

해리는 허리를 구부린 채로 길고 어두운 수도관을 올려다보았다.

"어떻게 다시 올라갈지는 생각해 봤어?" 그가 론에게 물었다.

론이 고개를 젓는데 불사조 폭스가 해리 옆으로 날아들더니 어둠 속에서 눈을 빛내며 그의 앞에서 날개를 퍼덕거렸다. 폭스는 긴 황금색 꼬리 깃을 흔들고 있었다. 해리는 의아한 눈으로 폭스를 바라보았다.

"너보고 자기를 잡으라는 것 같은데……." 론이 당혹스러운 얼굴로 말했다. "하지만 새 한 마리가 저 위까지 끌어 올리기에 넌 너무 무겁잖아."

해리가 말했다. "폭스는 평범한 새가 아냐." 그는 재빨리 다른 사람들을 보았다. "서로서로 잡아 줘야 해. 지니, 론의 손을 잡아. 록하트 교수님."

"당신을 말하는 거예요." 론이 록하트에게 매섭게 말했다.

"교수님이 지니의 다른 쪽 손을 잡으세요."

해리가 검과 기숙사 배정 모자를 허리띠 안으로 밀어 넣자 론이 해리의 로브 뒷자락을 잡았고, 해리는 손을 뻗어 희한하게 뜨거운 폭스의 꼬리 깃을 잡았다.

놀랄 만한 가벼움이 온몸으로 번지는가 싶더니, 다음 순간 그들은 수도관 속을 날고 있었다. 아래에 매달린 록하트가 "놀랍다! 놀라워! 꼭 마법 같은 걸!" 하고 외치는 소리가 들렸다. 해리의 머리카락 사이로 서늘한 공기가 획획 지나갔다. 미처 비행을 다 즐기기도 전에 네 사람 모두 울보 머틀의 축축한 화장실 바닥에 착지했다. 록하트가 모자를 똑바로 쓰는 사이 세면대가 스르르 제자리로 돌아와 수도관을 숨겼다.

머틀은 눈을 휘둥그레 뜨고 그들을 바라보았다.

"살아 있네." 그녀가 해리를 향해 멍하니 말했다.

"그렇게 실망한 티를 낼 건 없잖아." 해리가 피와 점액질 얼룩을 안경에서 닦아 내며 기분 나쁜 듯 말했다.

"아, 뭐…… 그냥 생각한 게 있어서 그래. 네가 죽었다면 기꺼이 내 변기를 같이 쓰게 해 줬을 거야." 머틀이 얼굴을 은빛으로 물들이며 말했다.

"웩!" 화장실에서 텅 빈 어두운 복도로 나가며 론이 말했다. "해리! 머틀이 너한테 반한 것 같은데. 경쟁자가 생겼구나, 지니!"

하지만 여전히 지니의 얼굴에는 소리 없이 눈물만 주르륵 흘러내리고 있었다.

"이제 어디로 가지?" 론이 지니를 보며 불안한 듯 물었다. 해리는 손가락으로 앞을 가리켰다.

폭스가 황금빛을 내뿜으며 복도를 따라 길을 안내하고 있었다. 그들은 폭스를 쫓아 성큼성큼 나아가다가, 잠시 후 맥고나걸 교수의 연구실 앞에 도착했다.

해리는 문을 두드린 다음 열었다.

CHAPTER 18

# 도비가 받은 보상

해리, 론, 지니, 록하트가 문 앞에 나타나자 잠깐 동안 침묵이 흘렀다. 그들은 흙먼지와 점액, 그리고 (해리의 경우에는) 피로 뒤덮여 있었다. 잠시 후 비명이 터졌다.

"지니!"

벽난로 앞에 앉아 울고 있던 위즐리 부인이 벌떡 일어섰다. 위즐리 씨가 곧장 그녀 뒤를 따라 일어났다. 두 사람 모두 딸에게 달려갔다.

그러나 해리의 시선은 그들을 지나쳐, 벽난로 옆에 서서 활짝 웃고 있는 덤블도어 교수에게로 향했다. 그 옆에서는 맥고나걸 교수가 가슴을 부여잡고 심호흡을 하고 있었다. 폭스가 해리의 귓가를 휙 스치고 날아가 덤블도어의 어깨에 막 내려앉았을 때 해리는 어느새 론과 함께 위즐리 부인의 품에 꼭 안겨 있었다.

"너희가 지니를 구했구나! 너희가 구했어! 어떻게 한 거니?"

"우리 모두가 알아야 할 일 같군요." 맥고나걸 교수가 나직이 말했다.

위즐리 부인이 놓아주자 해리는 잠깐 망설이다가 책상으로 걸어가 기숙사 배정 모자와 루비가 박힌 검, 리들의 일기장 잔해를 올려놓았다.

그런 다음 모든 것을 이야기하기 시작했다. 해리가 15분 가까이 이야기하는 동안 모두 입을 다물고 그의 말에 빠져들었다. 형체 없는 목소리를 들었던 일, 그가 들은 목소리가 수도관 속에 있는 바실리

불사조의 알은 광택이 나는 초록빛 또는 파란빛을 띠고 있다. 품어 줄 필요는 없지만 몇 년이 지나도 부화하지 않을 수 있다. 불사조들은 키우거나 길들이기가 까다롭기로 악명이 높은데, 그 까닭은 대체로 마음대로 순간이동해서 사라질 수 있는 불가사의한 능력 때문이다.

불사조의 노래는 매우 독특하다. 음악처럼 들리고, 끊임없이 귓가에 맴돌며, 소리도 아주 크다. 그 노래는 마음이 순수한 사람들에게는 용기를 북돋아 주고 순수하지 못한 사람들에게는 공포를 주는 것으로 알려져 있다.

불사조는 소화할 수 없는 식물을 둥근 알갱이 형태로 게워 낸다. 이 알갱이들은 치료 성분을 지니고 있는 데다가 그 안에 아주 독특한 보석이 들어 있기 때문에 굉장히 인기가 좋다. '불사조의 부싯돌'이라고도 불리는 이 희귀한 보석들을 몸에 지니고 있으면, 고도가 높은 장소에 갔을 때 추위를 막을 수 있다고 한다.

암컷

수컷

불사조의 눈물에는 강력한 치유력이 깃들어 있다.

'불사조의 부싯돌'

불사조 깃털은 마법적인 힘을 가지고 있어 마법 지팡이나 부적을 만드는 데 사용된다.

불사조의 날개깃은 희미한 빛을 내뿜는다. 꼬리 깃은 만지면 뜨겁다.

# 불사조

크의 소리였음을 헤르미온느가 마침내 알아낸 일, 론과 함께 거미를 쫓아 금지된 숲으로 들어간 일, 아라고그가 바실리스크의 마지막 희생자가 죽은 장소를 알려 준 일, 울보 머틀이 그 희생자이며 비밀의 방 입구가 머틀의 화장실에 있을 거라고 추측한 일까지…….

"잘 알겠다." 해리가 잠깐 말을 멈췄을 때, 맥고나걸 교수가 그의 말을 거들었다. "그렇게 입구가 있는 곳을 알아낸 거구나. 그러기까지 교칙을 100개쯤 어겼다는 얘기를 덧붙여야겠지만……. 그런데 너희 모두 도대체 거기서 어떻게 살아 나온 거냐, 포터?"

해리는 그 모든 얘기를 하느라 목이 쉬어 가면서, 폭스가 때맞춰 도착한 일과 기숙사 배정 모자가 검을 내준 일에 대해 말했다. 하지만 그런 다음 머뭇거렸다. 지금까지는 리들의 일기장이나 지니에 관한 이야기를 피해 왔다. 지니는 위즐리 부인의 어깨에 머리를 기대고 서 있었는데, 아직도 양 뺨으로 소리 없는 눈물이 흘러내리고 있었다. 지니가 퇴학당하면 어떡하지? 해리는 크게 당황해서 생각했다. 리들의 일기장은 더 이상 작동하지 않았다……. 지니에게 그 모든 일을 하도록 만든 게 리들이라는 것을 어떻게 증명할 수 있을까?

해리는 자기도 모르게 희미하게 미소 짓고 있는 덤블도어를 보았다. 난로 불빛이 그의 반달 모양 안경에 반사돼 번득였다.

"내가 가장 궁금한 건……." 덤블도어가 부드럽게 입을 열었다. "볼드모트 경이 어떻게 지니에게 마법을 걸 수 있었느

나란다. 내 소식통에 따르면 그자는 지금 알바니아의 숲에 숨어 있거든."

해리는 따스하니 온몸을 감싸는 듯한 눈부신 안도감을 느꼈다.

"뭐, 뭐라고 하셨죠?" 위즐리 씨가 충격받은 목소리로 말했다. "'그 사람' 말인가요? 그자가 지니한테 마, 마법을 걸었다고요? 지니는 아니에요……. 지니는 그런 적이…… 지니가 그랬다고요?"

"이 일기장 때문이에요." 해리가 일기장을 집어 덤블도어에게 보여 주면서 재빨리 말했다. "리들이 열여섯 살 때 쓴 거예요."

덤블도어는 해리에게서 일기장을 건네받아, 길고 구부러진 코 아래로 그을리고 젖은 페이지를 날카롭게 내려다보았다.

"기발하군." 그가 부드럽게 말했다. "그럴 만도 하지. 그자는 호그와트에 입학했던 학생 가운데 가장 총명했으니까." 덤블도어가 도무지 영문을 모르겠다는 표정을 짓고 있는 위즐리 가족에게로 몸을 돌렸다.

"볼드모트 경이 한때 톰 리들이라고 불렸다는 걸 아는 사람은 거의 없네. 내가 직접 그 애를 가르쳤지. 50년 전, 호그와트에서. 학교를 떠난 뒤 리들은 자취를 감췄고…… 먼 곳을 두루 여행하며…… 어둠의 마법에 너무 깊이 빠지면서 매우 사악한 마법사와 어울렸다네. 위험한 마법적 변형을 너무 많이 거친 탓에 리들이 볼드모트 경으로 다시 나타났을 때는 거의 알아볼 수조차 없었지. 여기서 남학생 회장으로 뽑히기도 했던 영리하고 잘생긴 소년을 볼드모트 경과 연관 지은 사람은 아무도 없었네."

"그런데 지니가……" 위즐리 부인이 말을 더듬었다. "우리 지니가 그, 그, 그자와 무슨 상관이 있다는 건가요?"

"그 사람의 이, 일기장요!" 지니가 흐느꼈다. "제가 그 일기장에 글을 썼더니 그, 그 사람이 1년 내내 답장을 써, 써 줬어요."

"지니!" 위즐리 씨가 소스라치게 놀라며 소리쳤다. "내가 뭐라고 했니? 아빠가 항상 얘기하지 않았어? 뇌가 어디에 있는지 알 수 없는데도 스스로 생각할 수 있는 존재는 절대로 믿지 말라고 했잖아. 왜 아빠나 엄마한테 그 일기장을 보여 주지 않았니? 그렇게 수상쩍은 물건이라면 틀림없이 어둠의 마법으로 가득했을 텐데!"

"전 모, 몰랐어요." 지니가 훌쩍거렸다. "엄마가 준 책들 사이에 끼워져 있었어요. 전 누가 거기에 두고 잊어버린 거라고만 새, 생각했어요……."

"위즐리 양은 즉시 병동에 가야 하네." 덤블도어가 단호한 말투로 끼어들었다. "이 일은 이 아이에게 끔찍한 시련이었어. 처벌은 없을 걸세. 이 아이보다 나이가 많고 현명한 마법사들도 볼드모트 경에게 현혹돼 왔지." 그는 성큼성큼 걸어가 문을 열었다. "침대에서 안정을 취하거라. 큰 잔에다 김이 모락모락 나는 코코아를 따라 마셔도 좋을 게다. 나는 그렇게 하면 늘 기분이 나아지더구나." 그가 지니에게 다정하게 눈을 빛내며 덧붙였다. "폼프리 선생님은 아직 주무시지 않을 거야. 조금 전까지 맨드레이크 즙을 나눠 주고 계셨거든. 바실리스크에게 피해를 입은 사람들도 아마 곧 깨어날 거다."

"그럼 헤르미온느도 괜찮겠네요!" 론이 밝은 목소리로 말했다.

"되돌릴 수 없는 피해는 전혀 없단다." 덤블도어가 담담하게 말했다.

위즐리 부인이 지니를 데리고 나가자, 아직 깊은 충격에서 헤어나지 못한 듯 보이는 위즐리 씨가 그 뒤를 따랐다.

"그럼, 미네르바." 덤블도어 교수가 자상한 말투로 맥고나걸 교수에게 말했다. "이 모든 게 훌륭한 연회를 베풀 만한 일 같은데요. 주방에 가서 알려 주시지 않겠어요?"

"그러죠." 맥고나걸 교수 또한 문으로 향하며 상쾌하게 말했다. "포터와 위즐리의 처분은 교수님께 맡기면 되겠지요?"

"물론입니다." 덤블도어가 말했다.

맥고나걸 교수가 연구실을 나가자 해리와 론은 머뭇거리며 덤블도어를 바라보았다. 맥고나걸 교수가 말한 '처분'이란 정확히 무슨 뜻일까? 설마…… 설마…… 벌을 받는 건 아니겠지?

"너희 둘한테 교칙을 하나라도 더 어기면 퇴학시킬 수밖에 없다고 말했던 게 기억나는데." 덤블도어가 말했다.

론은 겁에 질려서 입을 딱 벌렸다.

"가끔은 우리가 했던 말을 어기는 게 최선일 때가 있다는 걸 보여 주는 예로구나." 덤블도어가 미소 지으며 말을 이었다. "너희 둘 다 특별 공로상을 받게 될 거다. 그리고, 어디 보자…… 그래, 그리핀도르에 너희 각각 200점씩 주면 될 것 같다."

론은 록하트의 밸런타인 꽃만큼이나 밝은 분홍빛으로 얼굴을 물들인 채 다시 입을 다물었다.

"한데 이 위험한 모험에서 어떤 역할을 했는지 지나치게 침묵을 지키는 사람이 한 명 있는 것 같구나." 덤블도어가 덧붙였다. "왜 이리 겸손하신가, 길더로이?"

해리는 놀라서 움찔했다. 록하트를 까맣게 잊고 있었던 것이다. 고개를 돌리자 방 한구석에 서서 여전히 희미한 미소를 머금고 있는 록하트가 보였다. 덤블도어의 말에, 록하트는 그가 누구에게 말을 걸었는지 보려고 뒤돌아보았다.

"덤블도어 교수님." 론이 재빨리 말했다. "비밀의 방에서 사고가 있었어요. 록하트 교수님이……."

"내가 교수였니?" 록하트가 가볍게 놀라며 말했다. "세상에. 한심했을 것 같은데. 안 그래?"

"교수님이 망각 마법을 걸려고 했는데 지팡이에서 마법이 거꾸로 발사됐어요." 론이 나직한 목소리로 덤블도어에게 설명했다.

"이런." 덤블도어가 고개를 저으며 말했다. 그의 긴 은빛 콧수염이 가볍게 흔들렸다. "제 칼에 제가 찔린 게로구먼, 길더로이!"

"칼요?" 록하트가 흐리멍덩하게 말했다. "저한텐 칼이 없는데요. 저 아이한테 있어요." 그가 해리를 가리켰다. "저 애가 빌려 드릴 거예요."

"록하트 교수도 병동으로 데려가 주겠니?" 덤블도어가 론에게 말했다. "해리와 몇 마디 더 나누고 싶구나……."

록하트가 느긋한 걸음으로 방을 나갔다. 론은 덤블도어와 해리에게 호기심 어린 눈길을 던지며 문을 닫았다.

덤블도어가 난롯가의 의자로 향했다.

"앉거라, 해리." 그가 말하자, 해리는 왠지 모르게 긴장감을 느끼며 자리에 앉았다.

"해리, 무엇보다 고맙다고 말하고 싶구나." 덤블도어가 말했다. 그의 눈이 다시 반짝이고 있었다. "저 아래 비밀의 방에서 너는 내게 진실로 충실하다는 것을 분명하게 보여 줬어. 오직 그 충실함만이 폭스를 부를 수 있단다."

덤블도어는 날개를 퍼덕이며 그의 무릎에 앉은 불사조를 쓰다듬었다. 덤블도어가 바라보자 해리는 어색하게 씩 웃었다.

"그러니까 톰 리들을 만난 거로구나." 덤블도어가 생각에 잠겨서 말했다. "그자가 너에게 무척 관심을 보였을 것 같은데……."

해리를 계속 괴롭히고 있던 뭔가가 입 밖으로 불쑥 튀어나왔다.

"덤블도어 교수님…… 리들은 제가 자기랑 비슷하다고 했어요. 이상하게 닮았다고요……."

"그랬단 말이지?" 덤블도어가 숱 많은 은빛 눈썹 아래 생각에 잠긴 듯한 눈으로 해리를 바라보며 말했다. "그럼 네 생각은 어떠냐, 해리?"

"저는 제가 그자와 닮았다고 생각하지 않아요!" 해리가 원래 내려고 했던 것보다 더 큰 목소리로 말했다. "그러니까, 저는…… 저는 *그리핀도르*에 있고, 전……."

하지만 그는 머릿속에 도사리고 있던 의심이 다시 떠오르는 것을 느끼며 말을 멈췄다.

"교수님." 해리가 잠시 뒤에 다시 입을 열었다. "기숙사 배정 모자는 제가 슬리데린에 가서도 잘했을 기랬어요. 다른 애들도 한동안 절 슬리데린의 후계자라고 생각했고요……. 제가 뱀의 말을 할 줄 안다고요……."

"네가 뱀의 말을 할 줄 아는 건 말이다, 해리." 덤블도어가 태연한 어조로 말했다. "살라자르 슬리데린의 마지막 후손인 볼드모트 경이 뱀의 말을 할 수 있기 때문이란다. 내가 잘못 생각한 게 아니라면, 그자는 너의 그 흉터를 만들어 준 그날 밤 자기 능력의 일부를 너에게 전해 주었어. 물론 의도한 바는 아니었겠지만 말이다……."

"볼드모트가 자기 능력의 일부를 *저한테* 줬다고요?" 해리가 깜짝 놀라서 물었다.

"확실히 그런 것 같구나."

"그럼 전 슬리데린에 있어야겠네요." 해리가 절망 어린 눈으로 덤블도어의 얼굴을 바라보며 말했다. "기숙사 배정 모자는 제 안에서 슬리데린의 힘을 봤고, 그리고……."

"너를 그리핀도르에 넣었지." 덤블도어가 담담하게 말했다. "내 말 잘 듣거라, 해리. 공교롭게도 너는 살라자르 슬리데린이 학생들을 직접 선발할 때 중요하게 여긴 수많은 자질을 지니고 있어. 그자가 가진 굉장히 희귀한 재능인 뱀의 말을 하는 능력이라든지…… 지략, 결단력…… 규칙을 무시하는 태도도 그렇고." 또다시 콧수염을 살짝 들썩거리며 그가 덧붙였다. "그런데도 기숙사 배정 모자는 너를 그리핀도르에 넣었다. 이유는 너도 알고 있어. 생각해 보려무나."

"모자가 저를 그리핀도르에 넣은 건 단지……." 해리가 자포자기한 목소리로 말했다. "제가 슬리데린에 넣지 말아 달라고 부탁했기 때문인데요……."

"*바로 그거야.*" 덤블도어가 다시 한 번 환하게 웃으며 말했다. "그게 너와 톰 리들의 큰 *차이점*이다. 우리의 진정한 모습을 보여 주는 건 말이다, 해리, 우리가 가진 능력이 아니라 우리가 하는 선택이란다." 해리는 얼떨떨한 얼굴로 의자에 꼼짝 않고 앉아 있었다. "네가 그리핀도르에 속해 있다는 증거가 필요하다면, 해리, 이걸 더 자세히 보려무나."

덤블도어는 맥고나걸 교수의 책상으로 다가가 피로 얼룩진 은빛 검을 집어 들고 해리에게 건넸다.

해리는 멍하니 검을 뒤집어 보았다. 루비들이 난롯불 빛을 받아 눈부시게 빛나고 있었다. 그리고 해리는 칼자루 바로 밑에 새겨진 이름을 보았다.

## 고드릭 그리핀도르

"진정한 그리핀도르만이 모자에서 그 검을 꺼낼 수 있단다, 해리." 덤블도어가 간결하게 말했다.

잠깐 동안 둘 다 아무 말도 하지 않았다. 이윽고 덤블도어가 맥고나걸 교수의 책상 서랍을 열어 깃펜과 잉크병을 꺼냈다.

"해리, 너한테 필요한 건 뭘 좀 먹고 푹 자는 거야. 내려가서 연회를 즐기려무나. 그동안 나는 아즈카반에 편지를 써야겠다. 우리의 숲지기를 되찾아야지. 게다가 《예언자일보》에 낼 광고 문안도 만들어야 한단다." 그가 생각에 잠긴 채 덧붙였다. "새로운 어둠의 마법 방어법 교수가 필요할 테니까. 이런, 그 과목 교수님들이 너무 금방 바뀌는 것 같지 않니?"

해리는 자리에서 일어나 문으로 걸어갔다. 그러나 막 문손잡이에 손을 대려는 순간 문이 벌컥 열렸다. 어찌나 난폭하게 열었는지 문이 벽에 부딪쳐 튕겼다.

분노한 얼굴의 루시우스 말포이가 문 밖에 서 있었다. 그의 팔 아래 온몸을 붕대로 감고 웅크리고 있는 건 도비였다.

"안녕하신가, 루시우스." 덤블도어가 유쾌하게 말했다.

말포이 씨가 거칠게 방으로 들어서는 바람에 해리는 하마터면 넘어질 뻔했다. 도비는 한껏 겁에 질린 얼굴로 허둥지둥 말포이 씨를 뒤쫓아 와 그의 망토 자락 아래 움츠렸다.

"그래!" 루시우스 말포이가 차가운 두 눈을 덤블도어에게 고정한 채 말했다. "돌아오셨구려. 이사들이 정직 처분을 내렸는데도 당신은 호그와트로 돌아오는 게 맞다고 생각한 거야."

"글쎄, 그게 말이네, 루시우스." 덤블도어가 차분하게 미소 지으며 말했다. "다른 열한 명의 이사들이 오늘 내게 연락해 왔다네. 솔직히 말하면, 부엉이 세례를 맞은 기분이었지. 이사들은 와서 위즐리의 딸이 살해당했다는 얘기를 듣고 내가 즉시 여기로 돌아와 주길 바랐다네. 어쨌거나 그 사람들은 내가 이 일에 가장 적임자라고 생각하는 것 같더군. 아주 이상한 얘기도 들려주었어. 어떤 사람들은 자네가 내 정직 처분에 동의하지 않으면 그들의 가족에게 저주를 걸겠다면서 위협했다고 생각하던데."

말포이 씨의 얼굴이 평소보다도 더 창백해졌지만 가느다란 두 눈은 여전히 분노로 가득했다.

"그래서, 습격은 막은 거요?" 그가 비웃었다. "범인은 잡았나?"

집요정은 아주 이상한 행동을 하고 있었다. 도비는 커다란 눈을 의미심장하게 해리에게 고정한 채 일기장을, 그다음에는 말포이 씨를 가리키다가 주먹으로 자기 머리를 세게 쥐어박는 행동을 반복하고 있었다.

"그랬군……." 말포이 씨가 덤블도어에게 중얼거리듯 말했다.

"교묘한 계획이었네." 덤블도어가 여전히 말포이 씨의 눈을 똑바로 응시하면서 흔들림 없는 목소리로 말했다. "여기 있는 해리와……." 말포이 씨가 날카로운 눈길로 해리를 흘끗 쏘아보았다. "이 아이

"잡았다네." 덤블도어가 미소 지으며 말했다.

"그래?" 말포이 씨가 날카롭게 물었다. "그게 누구요?"

"지난번하고 같은 사람이었네, 루시우스." 덤블도어가 말했다. "그러나 이번에 볼드모트 경은 다른 사람을 통해서 움직였지. 이 일기장을 이용해서 말이야."

덤블도어는 말포이 씨를 유심히 바라보며, 한가운데 커다랗게 구멍이 뚫린 작고 검은 책을 들어 올렸다. 반면 해리는 도비를 지켜보았다.

의 친구 론이 이 책을 발견하지 못했더라면 말이지. 그랬다면, 지니 위즐리가 모든 죄를 뒤집어썼을지도 모르네. 그 애가 자유의지로 행동한 게 아니라는 걸 아무도 증명하지 못했겠지……."

말포이 씨는 아무 말도 하지 않았다. 그의 얼굴이 갑자기 가면처럼 굳었다.

"생각해 보게나." 덤블도어가 말을 이었다. "그랬다면 무슨 일이 일어났을지 말일세. ……위즐리 가족은 가장 핵심적인 순수 혈통 집안 중 하나일세. 이 일이 아서 위즐리와 그가 만든 머글 보호법에 미

칠 영향을 생각해 보게. 다른 사람도 아닌 아서의 딸이 머글 태생들을 공격하고 살해했다는 게 밝혀졌다면 어떻게 됐겠나? 일기장이 발견되고 리들의 기억이 다 지워져서 정말 다행이군. 그렇지 않았다면 어떤 결과가 나왔을지 누가 알겠나…….."

말포이 씨가 억지로 입을 열었다.

"정말 다행이군." 그가 뻣뻣하게 말했다.

그때까지도 도비는 말포이 씨의 등 뒤에서 일기장과 루시우스 말포이를 번갈아 가리키다가 자기 머리를 쥐어박고 있었다.

해리는 문득 알아차렸다. 그가 도비에게 고개를 끄덕이자 도비는 구석으로 물러나 벌로 자기 귀를 비틀었다.

"지니가 어떻게 그 일기장을 갖게 됐는지 알고 싶지 않으세요, 말포이 씨?" 해리가 입을 열었다.

루시우스 말포이가 그에게로 몸을 돌렸다.

"멍청한 여자애가 어쩌다 그걸 손에 넣었는지 내가 어떻게 알겠나?" 그가 말했다.

"당신이 그 애한테 줬으니까요." 해리가 말했다. "플러리시 앤 블러츠 서점에서요. 지니의 낡은 변환 마법 책을 집어 들고 그 안에 일기장을 살짝 끼워 넣었죠. 아닌가요?"

해리는 말포이 씨가 하얀 두 손을 쥐었다 폈다 하는 모습을 보았다.

"증명해 봐라." 그가 씩씩거렸다.

"아니, 아무도 증명하지 못할 걸세." 덤블도어가 해리를 향해 미소 지으며 말했다. "리들은 이제 일기장에서 사라졌으니까. 그와는 별개로 충고하겠는데, 루시우스, 볼드모트 경이 예전에 학교에서 쓰던 물건들을 퍼뜨리고 다니지 말게나. 그런 물건이 하나라도 더 순진한 아이의 손에 들어간다면 내 생각엔 누구보다도 아서 위즐리가 나서서 자네 짓이라는 걸 밝혀 낼 테니까……."

루시우스 말포이가 잠깐 서 있는 동안 해리는 그의 오른손이 마법 지팡이에 닿기를 갈망하듯 움찔거리는 것을 분명히 보았다. 그러나 그는 집요정에게로 돌아섰다.

"가자, 도비!"

그는 문손잡이를 비틀어 열더니 허겁지겁 다가온 집요정을 문 밖으로 뻥 차 버렸다. 그들이 복도를 걸어가는 내내 도비가 고통스러워하며 꽥꽥 내지르는 소리가 들렸다. 해리는 잠깐 서서 열심히 머리를 굴렸다. 순간 어떤 생각이 떠올랐다.

"덤블도어 교수님." 해리가 다급히 말했다. "저 일기장을 말포이 씨한테 되돌려 드려도 될까요? 네?"

"물론이다, 해리." 덤블도어가 담담하게 말했다. "하지만 서둘러라. 연회, 잊지 않았지?"

해리는 일기장을 움켜쥐고 연구실 밖으로 달려 나갔다. 고통에 겨운 도비의 비명 소리가 모퉁이 저편으로 점점 멀어지고 있었다. 이 계획이 과연 먹힐까 의심하면서도 해리는 재빨리 한쪽 신발을 벗고 점액투성이 더러운 양말을 벗어 일기장을 그 안에 쑤셔 넣었다. 그런 다음 어두운 복도를 달려갔다.

해리는 계단 꼭대기에서 그들을 따라잡았다.

"말포이 씨." 해리가 죽 미끄러져 멈춰 서면서 헉헉거렸다. "드릴 게 있는데요."

그러고는 냄새 나는 양말을 루시우스 말포이의 손에 억지로 쥐여 주었다.

"이게 무슨……?"

말포이 씨는 일기장에서 양말을 벗겨 내 옆으로 던지고는 분노한 얼굴로 망가진 일기장과 해리를 번갈아 보았다.

# 도비가 받은 보상

"너도 언젠가 네 부모와 똑같이 비참한 최후를 맞게 될 거다, 해리 포터." 그가 나직이 말했다. "그 자들도 오지랖 넓은 멍청이였지."

그가 몸을 돌렸다.

"이리 와라, 도비. 오라고 했다!"

그러나 도비는 움직이지 않았다. 도비는 해리의 역겹고 끈적거리는 양말을 든 채, 값진 보물이라도 되는 양 그것을 바라보고 있었다.

"주인님이 도비에게 양말을 주셨어요." 도비가 놀라워하며 말했다. "주인님이 이걸 도비한테 주셨어요."

"뭐?" 말포이 씨가 내뱉었다. "뭐라고 했지?"

"도비가 양말을 받았어요." 도비가 믿어지지 않는다는 듯 말했다. "주인님이 양말을 던져서 도비가 잡았어요. 그래서 도비는…… 도비는 *자유*예요."

루시우스 말포이는 그 자리에 얼어붙어서 집요 정을 빤히 바라보았다. 잠시 후 그가 해리에게 달려들었다.

"너 때문에 내 하인을 잃었어, 이 자식!"

그러나 도비가 소리쳤다. "해리 포터를 해쳐선 안 돼요!"

엄청난 쾅 소리가 나더니 말포이 씨가 뒤로 날아갔다. 그는 요란한 소리를 내면서 계단을 세 칸씩 굴러 내려가 밑의 층계참에 아무렇게나 널브러졌다. 그가 몹시 화난 얼굴로 일어나 마법 지팡이를 빼 들었지만 도비는 길고 위협적인 손가락을 치켜 들었다.

"그만 가세요." 도비가 말포이 씨를 가리키며 사납게 말했다. "당신은 해리 포터를 건드려선 안 돼요. 당신은 지금 가야 해요."

루시우스 말포이에게는 선택의 여지가 없었다. 그는 마지막으로 해리와 도비에게 분노 어린 시선을 던지더니 망토를 휙 두르고 빠르게 사라졌다.

"해리 포터가 도비를 해방시켰어요!" 집요정이 해리를 올려다보며 쩌렁쩌렁하게 소리쳤다. 가장 가까운 창문으로 흘러들어 온 달빛이 도비의 동그란 눈에 비쳤다. "해리 포터가 도비를 자유롭게 해 줬어요!"

"내가 해 줄 수 있는 건 이것뿐이야, 도비." 해리가 씩 웃으며 말했다. "다시는 내 목숨을 구하려고 하지 않겠다고만 약속해 줘."

집요정의 못생긴 갈색 얼굴이 갑자기 펴졌다. 도비는 이가 드러나도록 활짝 웃었다.

"딱 하나 물어볼 게 있는데, 도비." 도비가 떨리는 손으로 해리의 양말을 신는 사이 해리가 물었다. "넌 이 일이 이름을 말해서는 안 되는 그 사람과 아무 관계도 없다고 했잖아. 기억해? 그런데……."

"그건 힌트였어요." 도비가 당연하지 않냐는 듯 눈을 크게 뜨고 말했다. "도비는 해리 포터에게 힌트를 준 거예요, 이름을 바꾸기 전에는 어둠의 왕도 자유롭게 이름 부를 수 있었으니까요. 아시겠어요?"

"그래." 해리가 힘 빠진 듯 말했다. "음, 난 가 봐야겠어. 연회도 있고, 내 친구 헤르미온느도 지금쯤 깨어났을……."

도비가 팔을 뻗어 해리의 허리를 끌어안았다.

"해리 포터는 도비가 알았던 것보다 훨씬 위대해요!" 도비가 훌쩍거렸다. "잘 있어요, 해리 포터!"

그런 다음 도비는 마지막으로 한 번 시끄러운 소리를 내면서 사라졌다.

해리는 호그와트 연회를 몇 번 경험했지만 이런 연회는 처음이었다. 모두가 잠옷 바람이었고, 축하 행사는 밤새도록 계속되었다. 해리는 가장 좋았던 일이 헤르미온느가 달려와 "네가 해냈어! 네가 해결했어!" 하고 소리 지른 것인지, 저스틴이 후플푸프 식탁 쪽에서 황급히 다가와 해리의 손을 꽉 움켜잡고 그를 의심했던 것에 끝도 없이 사과한 것인지, 해그리드가 3시 반쯤 나타나 해리와 론의 어깨를 너무 세게 치는 바람에 트라이플 접시에 처박혔던 일인지, 그와 론이 얻은 400점 덕분에 그리핀도르가 2년 연속 기숙사 우승컵을 차지한 것인지, 맥고나걸 교수가 일어서서 학생들에게 학교가 주는 선물 차원에서 모든 시험을 취소했다고 말한 것인지("이럴 수가, 안 돼!" 하고, 헤르미온느는 소리쳤다), 아니면 덤블도어가 록하트 교수는 기억을 되찾으러 가야 하기 때문에 유감스럽게도 다음 학기에 돌아올 수 없을 거라고 발표한 일인지 알 수 없었다. 마지막 발표를 반기는 환호성에는 교수들도 상당수 함께했다.

"안타깝네." 론이 잼 도넛을 먹으며 말했다. "록하트가 조금씩 마음에 들려던 참인데."

남은 여름 학기는 타오르는 햇빛 아지랑이 속에서 지나갔다. 호그와트는 몇 가지 사소한 변화와 함께 정상으로 돌아왔다. 어둠의 마법 방어법 수업은 폐강되었고("어쨌든 우리는 원 없이 연습했잖아" 하고, 론이 불만스러워하는 헤르미온느에게 말했다), 루시우스 말포이는 학교 이사 자리에서 해임되었다. 드레이코는 더 이상 학교가 자기 것인 양 거들먹거리며 다니지 못했다. 반대로 분하고 부루퉁한 표정이었다. 한편, 지니 위즐리는 다시 완벽하게 행복해졌다.

호그와트 급행열차를 타고 집으로 돌아갈 시간이 너무나 빠르게 다가왔다. 해리, 론, 헤르미온느, 프레드, 조지, 지니는 객실 하나를 차지하고 방학이 되기 전 마법 사용이 허용되는 마지막 몇 시간을 최대한 활용했다. 폭발하는 카드 게임을 하고, 프레드와 조지의 필리버스터 폭죽을 마지막 한 발까지 터뜨리고, 서로를 상대로 무장해제 마법을 연습했다. 해리는 실력이 점점 늘고 있었다.

킹스크로스역에 가까워졌을 때 해리의 머릿속에 뭔가가 떠올랐다.

"지니, 네가 뭘 봤길래 퍼시가 아무한테도 말하지 말라고 한 거야?"

"아, 그거." 지니가 키득거리며 입을 열었다. "그게…… 퍼시한테 여자 친구가 생겼거든."

프레드가 조지의 머리에 책을 한 무더기 떨어뜨렸다.

"뭐?"

"그 래번클로 반장 페넬러피 클리어워터야." 지니가 말했다. "퍼시가 여름방학 내내 편지를 쓴 상대 말이야. 퍼시는 학교 여기저기서 페넬러피를 몰래 만나고 있었어. 어느 날 빈 교실에서 둘이 키스하고 있는데 내가 들어간 거야. 페넬러피가…… 그…… 습격을 당해서 퍼시는 아주 속상해했어. 퍼시를 놀리지 않을 거지? 응?" 지니가 불안한 목소리로 덧붙였다.

"놀리다니, 그런 생각은 꿈에도 안 해." 마치 생일이 일찍 찾아온 것 같은 표정으로 프레드가 말했다.

"그렇고말고." 조지가 킬킬거리며 덧붙였다.

호그와트 급행열차는 서서히 속도를 늦추다가 마침내 멈춰 섰다.

해리는 깃펜과 양피지를 꺼내고 론과 헤르미온느를 돌아보았다.

"이건 전화번호라는 거야." 해리는 론에게 말한 다음 전화번호를 두 번 적고 양피지를 반으로 찢어 둘에게 건넸다. "전화기 사용법은 지난여름에 너희 아빠께 말씀드렸으니 아실 거야. 더즐리네로 전화해. 알았지? 또다시 더즐리하고만 대화하면서 두 달을 버틸 순 없어……."

"그래도 너희 이모랑 이모부가 자랑스러워하시지 않을까?" 헤르미온느가 말했다. 열차에서 내려 마법이 걸린 벽을 향해 몰려가는 아이들 무리에 합류했을 때였다. "네가 올해 무슨 일을 했는지 들으시면 말이야."

"자랑스러워한다고?" 해리가 말했다. "미쳤어? 죽을 기회가 그렇게 많았는데 그걸 해내지 못했잖아. 화가 나서 길길이 뛸걸……."

그렇게 그들은 다 같이 문을 통과해 다시 머글 세계로 걸어갔다.

# 감사의 말

짐 케이는 다음과 같은 분들께 감사드린다.

밸 브래스웨이트, 시티 오브 런던에서의 앤드루 버킹엄, 앨리슨 콜드웰, 클레이 콜드웰(나의 해리!), 캐서린 섈리스, 어밀리아 클라크, 루이스 클라크, 마크 콜스, 린과 던컨 쿠퍼(그리고 옥스퍼드셔의 버퍼드 학교 학생들), 타일러 크레이스트, 앨리슨 엘드리드, 이저벨 포드, 하워드 글랜스필드, 새러 굿윈, 데이비드 고이더, 핀레이 헤스, 존 하우, 그레이엄 존슨, 로자 주러, 제프리 루이스, 클라이브 런드퀴스트, 에이미 매케이(노샘프턴셔의 코비 비즈니스 아카데미 학생들), 앤서니 매덕, 패트릭 네스, 데이비드 니컬스, 올리버 스테이시, 애덤 쇼트, J.K.롤링, 그리고 당연히 엄마와 아빠.